LAS CADENAS DE ESPERANZA

LAS SIETE ISLAS
LIBRO SIETE

A.R. KNIGHT

1

EL CAUTIVO

Las lluvias apagaron los últimos fuegos de Mottilan, convirtiendo las fosas comunes en lodazales pegajosos. Eso no supuso ningún alivio para los Vis que habían arrastrado los cuerpos a las llamas, pues ahora tenían que enterrar esas almas por segunda vez.

Quik lo observaba todo, imponente en el camino del acantilado por orden de Pavarde. Llevaba, por esa misma orden, una túnica ligera najahn y sus guanteletes, con las puntas de metal afiladas hasta brillar. Las heridas seguían sanando bajo esas ropas, formando costras y cicatrices a partes iguales después de la lucha por salvar Mottilan. Después de varios meses usando los skars Vis para alejar el daño, la curación natural dejaba mucho que desear: los picores y dolores no eran agradables, aunque Quik prefería su cabeza sin los murmullos incomprensibles de un dios.

A pesar de compartir sus heridas con los cautivos, el cazador no mostraba nada cuando los prisioneros Vis, aquellos aldeanos de Mottilan que no habían escapado o muerto en la lucha, lo miraban. Al principio hacían preguntas, y cuando Quik respondía con repetidas recitaciones sobre sus tareas y los castigos por fallar en ellas —esas fosas siempre tenían más espacio—, las preguntas se convirtieron en insultos, y las miradas en fulminantes.

—Pero hacen el trabajo —dijo Pavarde, la capitana najahn y supervisora de la transformación en curso de Mottilan en los varios días desde su destrucción. Ella y Quik estaban de pie en el muelle principal de Mottilan, rodeados ahora de clíperes y fragatas najahn que recibían suministros y reparaciones para continuar la lucha contra Kance—. Están sanando su hogar, Quik. Se están uniendo al nuevo mundo.

—Lo dices como si Fassle fuera un dios.

Pavarde asintió.

—Es más fácil aceptarlo así. —Otro atardecer primaveral se reflejaba en ambos—. Él y Yarvick son lo más cercano a la divinidad que tenemos ahora. Con los skars, no hay nada que pueda oponerse a ellos.

—Kance sigue luchando.

—¿Por cuánto tiempo? Sus puertos están bloqueados. Las otras islas no protestan. Su Reina, según he oído, es joven e inexperta.

—Tiene mucho fuego.

—¿La conoces?

Quik sonrió, contento de tener un recuerdo que lo alejara de este lugar.

—Es la mujer más valiente que he conocido jamás, aparte de mi propia hermana.

—Entonces esperemos que sea lo suficientemente valiente como para rendirse.

Las palabras se desvanecieron con la brisa marina vespertina, que se entibiaba a medida que la primavera continuaba su asalto a las defensas del invierno. La gente pasaba junto a ellos, tanto Vis como Najahn continuando el trabajo. Continuaría toda la noche, con estos barcos partiendo y otros reemplazándolos. La distancia a la guerra era mucho más corta aquí que en Kitaye, que en Noctia. Transformando su isla día a día.

Lo que dio lugar a una pregunta diferente.

—Cuando escalé el Gran Sana —preguntó Quik—, había sido quemado. Donde crecen los skars. ¿Por qué?

—¿Crees que, después de todos estos años en que los Najahn han mantenido sagrados los sitios de skars, no hemos aprendido nada? Los skars de todas las islas florecen bajo el cuidado adecuado, y el Gran Sana crece mejor sus piedras de sus propias cenizas.

—¿Cómo sabes esto?

Pavarde hizo un gesto hacia los barcos.

—Siglos de conocimiento, escrito y transmitido desde la propia Demion. Nuestro gobierno no es aleatorio, Quik. Los Najahn han sido los administradores de los dioses desde el primer Aegis. Solo estamos asegurando ese gobierno ahora, y que los skars sigan fluyendo para que podamos resistir a los demonios. Simple, en realidad.

—No para la gente encadenada.

Pavarde podría haber respondido a eso, y Quik habría ignorado su respuesta, si un ayudante najahn no hubiera irrumpido en el muelle. Los escribas parlanchines eran las pestes del mundo najahn, más propensos a llevar túnicas púrpura claro que armaduras, sin voulges ni chakrams a la vista. El hombre blandía un lápiz de carboncillo y una tablilla de cera en su lugar, la ansiedad en su rostro haciendo que Quik se estremeciera.

Últimamente, la felicidad najahn significaba miseria vis.

—Tenemos uno, Comandante —dijo el escriba—. Están listos para usted.

—Perfecto —respondió Pavarde—. Guíanos. —Miró a Quik—. Vis, aquí está tu oportunidad.

Esa oportunidad se sentaba desafiante en la arena fangosa al borde de la playa, las olas lamiendo las piernas del hombre mientras la marea comenzaba su avance tierra adentro. Llevaba un tejido andrajoso, una barba desaliñada, músculos bajo una piel arrugada y marcada por el sol. Cuerdas ataban las manos del hombre. La mirada acusadora del anciano de Mottilan encontró primero a Quik y se quedó allí, incluso cuando Pavarde le preguntó al hombre por qué se había negado a obedecer órdenes.

—Porque estoy cansado, y el trabajo nunca termina —respondió el Vis.

—Pero tus compañeros continúan haciendo lo que se les pide —dijo Pavarde, señalando a través de la playa hacia el muelle, fluyendo con tráfico iluminado por antorchas mientras el sol tocaba el horizonte—. ¿Por qué deberías recibir descanso cuando ellos no lo reciben?

El anciano frunció el ceño.

—No me sorprende que los Najahn sean malvados, pero sí me sorprende descubrir que son estúpidos.

Pavarde asintió.

—Tu cuerpo parece lo suficientemente fuerte, pero no soy insensible a tus años. Hay diferentes trabajos, menos agotadores. Podrías reparar cuerdas, cocinar comidas, limpiar. Entiendo que te han ofrecido esos trabajos y los has rechazado. ¿Por qué?

—¿No te lo dijeron?

—Quiero que quede claro.

—Porque estoy cansado.

Quik hizo una mueca. Pavarde se apartó del hombre, miró fulminantemente a Quik como si las palabras del anciano fueran, de alguna manera, culpa de Quik.

—Por esto tomamos tu isla —dijo Pavarde—. Por esto las tomaremos todas. Pereza. Habrá un momento para descansar. Cuando yo lo diga. Cuando Noctia lo declare. Hasta entonces, igualarás a tus compañeros. Mottilan será reparada, y los Vis verán un nuevo y más brillante día gracias a tus esfuerzos.

—¿Le estás hablando a él o a mí? —preguntó Quik.

—Ambas cosas, excepto que sé lo que este hombre dirá. No quiero oírlo. En su lugar, quiero que usted cambie su opinión. Y, si no la cambia, haga que todos los demás en esta playa, en esta ciudad, entiendan las consecuencias.

—Yo no-

Pavarde tenía un dedo apuntando al pecho de Quik. A su alrededor, los varios guardias Najahn se pusieron tensos, llevando las manos a las hojas en sus cinturones. Mejores para el combate cercano y rápido que las voulges más grandes, y Quik sabía que tendría esas puntas clavándose en él mucho antes de que pudiera ejecutar un escape.

—Haga que este hombre se arrepienta de sus palabras y vuelva a sus deberes, o mátelo —dijo Pavarde, lo suficientemente alto para que el anciano la oyera—. Su vida pertenece ahora a los Najahn, Quik. Lo demostrará una y otra vez, y si falla, morirá como todos esos bandidos que masacré para salvar a su hermano. Y entonces le contaré a Fassle sobre su traición, y él se asegurará de que el final de su hermano sea aún peor que el suyo.

Quik le devolvió la mirada a Pavarde. No sabía dónde estaba Wax, a pesar de la insistencia de Pavarde de que su hermano estaba en Noctia, al alcance de Fassle. Si Fassle mataría a Wax —si Fassle siquiera sabía quién era Wax— solo por Quik parecía igualmente inverosímil, pero ¿cuáles eran las opciones del cazador?

Se había enfrentado a la muerte en los acantilados de

arriba, descubriendo que aún no estaba listo para enfrentar su oscuro olvido. Eso significaba hacer lo necesario para vivir, sin importar cuánto se odiara a sí mismo por ello. Quik no era un mártir.

Sus manos se deslizaron en los guanteletes. Pavarde se hizo a un lado, despejando el camino hacia el anciano.

—Lo reconozco —dijo el anciano—. Usted luchó por nosotros, pero ahora ¿está con ellos?

—Estoy haciendo lo necesario para sobrevivir —dijo Quik, acercándose. La arena fría entre sus dedos de los pies, una sensación que el cazador abrazó, al igual que la brisa salada, los sonidos del trabajo y los cantos de las aves. Cualquier cosa para alejarlo de este lugar, de este momento—. Usted debería hacer lo mismo.

El anciano se rió.

—He aprendido, cazador, que hay cosas mejores que sobrevivir.

Para Pavarde, un ejemplo tenía que ser visto y, preferiblemente, oído. Así que, mucho después de que la risa del anciano se hubiera convertido en gritos, su valiente cuerpo roto, aún sobrevivía.

2

BAJO ASEDIO

La última vez que Eujo vio zarpar el *Borde de la Tormenta*, fue en la costa sur de Whent, perseguido por una turba vengativa mientras la Reina y sus cómplices se escabullían en medio de una ventisca. Las semanas que siguieron habían sido angustiosas, pero —Wax, ausente durante mucho tiempo, destelló en su memoria— maravillosas de una manera diferente. Eujo se había acercado, por primera vez en su vida, a alguien, a varias personas, fuera de aquellos designados como sus guardias.

Regresó al muelle, mientras una resplandeciente mañana primaveral se alzaba sin niebla sobre el océano. Los cielos despejados hasta el horizonte permitían a Eujo observar formas difusas que se movían y danzaban, una guerra constante ahora a la vista de Kance. Su armada estaba perdiendo el conflicto lento e inevitable: mejores barcos y capitanes superados por el puro número de naves de Rana, Foti y Whent que navegaban por mares cada vez más libres de hielo.

La Isla de los Vientos se estaba quedando sin tiempo.

—Todavía no puedo creer que Svarde esté en una misión diplomática —dijo Ami, la ardiente Guardiana de Foti y líder de la fuerza invasora de demonios de Noctia, que aún esperaba en las afueras de la ciudad. Caminaba con Eujo de vuelta al muelle, escoltadas por varios soldados resplandecientes de Kance—. Una elección inspirada, Eujo. No es la que yo habría hecho, pero bueno, por eso tú eres la Reina.

—Tuve que elegirlo. Tú no querías ir.

—Creo que si viera a Fassle de nuevo, probablemente lo destriparía —respondió Ami. La espada de hierro de Whent que llevaba en la cintura parecía más que capaz de hacer precisamente eso. La máscara dorada de la Guardiana, que cubría la mayor parte de su mejilla izquierda hasta los ojos, brillaba bajo la luz del sol, sus dos esmeraldas —cicatrices de Vis— añadían color incluso mientras mantenían vivo el cuerpo quemado de Ami—. Se lo merece.

—Por eso envié a Svarde. Si Fassle no acepta el trato, Svarde lo destruirá.

—No mencionaste esta pequeña misión secundaria.

—Solo lo estoy diciendo ahora que se han ido.

La pareja llegó al muelle, donde la piedra blanca pulida daba paso a almacenes que alguna vez estuvieron repletos de grano y mercancías para exportar, ahora vacíos o llenos de proyectiles de balista, virotes de ballesta, estiletes y armaduras. —No creo que puedas hacer llegar el mensaje a Fassle lo suficientemente rápido como para que importe.

Ami se plantó frente a la Reina, y Eujo midió la distancia entre ellas. Un paso completo, con soldados alrededor. Incluso si la Guardiana decidiera que su lealtad a los caminantes de fuego, a su extraño trato con Noctia, valía la pena atacar a Eujo aquí mismo, Ami no lograría desenvainar su espada antes de que varios estiletes la atravesaran.

Además, Eujo sabía que Livier mantenía al menos a un asesino Vientas al alcance en todo momento. La Reina no se sorprendería al saber que una ballesta, un dardo envenenado o algo peor apuntaba a Ami en este preciso instante.

—No soy leal a ese bastardo —dijo Ami—. Estoy tratando de conseguir un hogar en las islas para los caminantes de fuego y todas sus familias. Eso es todo. Ese es mi objetivo. Fassle nos lo prometió, por eso estoy aquí.

—Fassle rompe sus promesas, Ami.

—Sin embargo, estás a punto de hacer un trato con él, Eujo.

—Porque no tengo otra opción. Si Fassle rompe esta promesa, Svarde hará lo correcto. —Eujo dejó que la conversación se desviara. No necesitaba intercambiar amenazas vagas con Ami, no cuando tenían una decisión más importante que tomar, una que su interminable séquito de consejeros había estado presionando durante los últimos dos días—. Me alegro de que hayas venido esta mañana, porque tenemos algo de qué hablar.

—De acuerdo, pero hagámoslo durante el desayuno. Tu maldita ciudad es grande, y tuve que saltarme el mío.

Ami negó con la cabeza antes de que Eujo terminara, y la Reina adivinó que no era un modesto pescado con pan lo que tenía delante. Kance se había reducido a alimentos racionados, y la Reina no haría ninguna excepción consigo misma, pero era lo suficientemente sabroso. El café aguado lo acompañaba, devorado en un café junto al mar ocupado por marineros y soldados que regresaban o estaban a punto de partir hacia lugares más sangrientos.

—No puedo hacerlos retroceder a las cuevas, aunque quieran ir —dijo Ami—. No hasta que Fassle esté de acuerdo. Paz con Kance, un hogar para los caminantes de fuego.

—¿Y si solo acepta una parte del trato?

—Si traiciona a mis amigos, Noctia se encontrará con un ejército muy enojado y muy caliente marchando a través de sus cuevas.

—Entonces te irás.

Ami ladeó la cabeza. —¿Tantas ganas tienes de deshacerte de mí, eh?

—Quiero que nuestros agricultores vuelvan a sus hogares. Quiero que mis soldados se concentren en los Najahn, no en los demonios que esperan justo fuera de nuestra ciudad.

La Guardiana no sonrió, no respondió con su habitual comentario arrogante, solo miró hacia el agua. —Los caminantes de fuego no deberían ser tus enemigos. Los mantendré alejados. Lo prometo.

—Es todo lo que pido.

El desayuno debería haber continuado en paz, pero Eujo ya no tenía ese lujo. En cambio, la gente entraba una tras otra, proporcionando informes de batalla —en su mayoría terribles— y noticias preocupantes. La ciudad Vis, Mottilan, había sido evacuada hace varios días y sus refugiados estaban desembarcando por todo Kance, apareciendo aquí y allá en barcos a menudo casi destruidos por los ataques Najahn. Esas personas necesitarían ropa, comida, un lugar donde quedarse.

Para eso, al menos, Eujo tenía una respuesta.

—Envíenlos al puesto avanzado Najahn —dijo Eujo—. Está abandonado y tendrá espacio. Ahora hará suficiente calor para los Vis.

—¿Enviar a un montón de habitantes de la jungla a la cima de una torre fría? —Ami se rio, escuchando desde el otro lado de la mesa—. Qué cruel, Eujo.

—Mejor que el fondo del mar.

Ami no discutió ese punto, pero la guardiana parpadeó al ver a la siguiente persona, sudorosa y exhausta, entrar en el café. Vestida con cueros de Whent y la expresión más grave que Eujo había visto en todo el día, la exploradora tomó un vaso de agua de manantial que le ofrecieron y lo bebió de un trago antes de decir una palabra.

—¿Olgata? —preguntó Ami—. Creí haberte dicho que te quedaras con los caminantes de fuego.

—Dejé algunos exploradores allí. Tus demonios no se moverán sin que lo sepamos —dijo Olgata, exhalando las palabras—. Por eso estoy aquí. Las puertas están cerradas.

—¿Puertas? —preguntó Eujo, notando que la boca de Ami se había abierto de par en par.

Cuando una Guardiana que había visto tanto como Ami parecía conmocionada, eso era una mala señal.

Olgata expuso la feliz verdad, aunque de todo lo que dijo, Eujo se quedó principalmente con un detalle: Wax estaba vivo. De alguna manera, después de desaparecer del *Borde de la Tormenta* en un asalto de Noctia, la Renovación Vis había llegado a Noctia, descendido por la Herida y encontrado una forma de unir a los skars para cerrar los portales de los demonios. Exactamente lo que el Aegis debería hacer, lo que Demion debería haber hecho siglos atrás.

Y, después de todo esto, el Vis permanecía ileso.

Debería haber sido un momento de celebración, y sin embargo Ami parecía horrorizada, incluso murmuró una o dos maldiciones mientras Olgata concluía su historia. La exploradora parecía compartir la preocupación de la guardiana, aunque eso no impidió que Olgata vaciara varios vasos más de agua. Había llegado a toda prisa después de que la noticia llegara esa mañana, apresurándose por la cadena de mensajeros habitual de Whent a lo largo de las rutas de cuevas desde el enclave subterráneo de Jochi.

—¿Puede alguna de ustedes decirme por qué esto parece ser algo malo? —preguntó Eujo.

—Porque no todos los demonios son malos —respondió Ami, y Olgata asintió—. Esos mundos que Wax cerró están muriendo. Todo lo que está atrapado dentro de ellos morirá también. Había miles de caminantes de fuego todavía en el reino de Foti, Eujo. Ahora no podrán salir.

La Guardiana no tuvo que explicar la siguiente parte, lo que podría suceder con el ejército ardiente acampado en pequeñas cuevas fuera de la capital de Kance una vez que descubrieran que sus amigos y familias habían desaparecido, todo porque un humano había decidido cerrar la puerta de golpe.

—No querrás que descarguen su ira sobre ti —dijo Ami—. Nada de lo que tienes aquí los alejará.

—Entonces haremos dos cosas —respondió Eujo, armando algo sobre la marcha, como un ladrón que hubiera sido atrapado en pleno robo—. Evitaremos que alguien se lo diga a los caminantes de fuego. No sé cómo se enterarían de todos modos, pero nadie menciona esto cerca de ellos. Sin celebraciones, sin burlas, nada. —Eujo obtuvo asentimientos de acuerdo de Olgata y Ami—. Luego, nos preparamos. Planeadores con agua, listos para volar. Los soltamos y empapamos a los caminantes de fuego si hacen un solo movimiento hacia la ciudad.

Ami juntó las manos y apoyó los codos sobre la mesa.

—No vas a asesinar a mis amigos.

—Si los mantienes alejados de mi ciudad y mi gente, no tendré que hacerlo.

—¿Evitando el problema, Eujo?

Eujo mantuvo su mirada gélida, un gesto que había perfeccionado hace mucho tiempo.

—Kance no debería sufrir porque Fassle hizo un mal trato. Saca a esos caminantes de fuego de mi isla, o los destruiré, Ami. Con los skars que nos quedan, si es necesario.

Ami soltó una risa sombría.

—No, Eujo. Si esos caminantes de fuego deciden que somos el enemigo, no habrá un lugar en estas islas que no arda. Pero escucho tu amenaza. Mantén a tu gente alejada y yo los haré moverse. De todos modos, querrán dejar atrás esta lluvia. —La Guardiana dirigió su mirada hacia Olgata—. Tendrás que advertir a Jochi que un montón de monstruos ardientes se dirigen hacia él, y no estarán contentos cuando lleguen a casa. A ver si se te ocurre alguna idea durante esa larga caminata.

—Bueno —se aventuró Olgata—, si estas puertas son como cualquier puerta que haya conocido, tal vez lo que se ha cerrado pueda abrirse de nuevo.

3
CONSEJO DE GUERRA

Prepararse para una batalla contra el poder más fuerte de las islas tenía un cierto atractivo fatalista, uno que Wax abrazó mientras se ataba sus nuevos cueros Whent y se echaba al hombro las alforjas repletas de agua fresca y provisiones. Sería una larga caminata hacia el sur hasta Kance, y ningún animal de carga podría atravesar las sinuosas cavernas del Abajo Oscuro.

El Vis Renovación, cerrador de las Puertas y, si se podía creer a Jochi, futuro héroe de Las Siete Islas, comenzó su mañana en una habitación lúgubre en el segundo piso de un edificio de piedra, iluminado por linternas de luz amarillenta. En las profundidades de la tierra, el tiempo se estiraba y contraía al azar, y Wax a menudo adivinaba la hora menos por su entorno y más por la necesidad de su cuerpo de dormir.

Aunque eso también se había vuelto impredecible.

Los skars bebían cuando Wax no prestaba atención, después de haber agotado sus propias reservas de lento llenado. Voces susurraban en su mente, como conversaciones que ocurrían en su periferia, todas sin sentido salvo por sus tonos, sus ritmos. Wax solía distinguir a Vis, Tamas y Foti por el tono, pero ahora su cadencia revelaba sus orígenes lo suficientemente bien. El gruñido gradual de Foti dominaba ahora, ahogando la contrarmelodía cantarina de Tamas, los dos en desacuerdo sobre si la linterna podría usar un pequeño impulso ardiente o si el farolero que hacía las rondas abajo debería ser empujado, solo un poco, para que subiera y le trajera a Wax una mejor luz.

El Renovación los ignoró a ambos. Se miró a sí mismo. Salvo por su bronceado Vis y la tinta que se extendía por sus brazos, cuello y hombros, Wax podría haber pasado por un Whent algo escuálido. Una mejora de equipo, como diría Jochi, respecto a los tejidos y lanzas de la tierra natal de Wax, aunque todo el peso significaba que Wax tendría dificultades para balancearse entre sus amadas lianas.

No es que Wax fuera a ver esas selvas pronto. Siempre que Fassle y los Najahn fueran puestos en su lugar, encerrados en su rocosa isla central. Eso es lo que haría una vez que llegara a Kance: usar esos skars para obligar a los Najahn a hacer las paces, a renunciar a su conquista y, finalmente, a dejarlo volver a casa.

—¿Ya casi estás listo?

La voz traía consigo un susurro de tiempos mejores, noches en la selva y días entre flores Sana y escapadas secretas. Sawi había regresado, haciendo que Wax se tambaleara. Había pasado la última temporada conociendo a Eujo, la Reina de Kance, y ese vínculo...

—Ya voy —respondió Wax. Pensamientos tontos, esos, y a los que podría volver si la vida y la muerte se resolvían—. ¿No soy el último, verdad?

—Wax, por supuesto que lo eres.

Sawi lo esperaba abajo en la entrada del edificio, luciendo bastante mejor de lo que había estado hace un par de días. El Vis, y la científica Whent Annalyse, habían salido tambaleándose de las cuevas hacia la ciudad, el Refugio de los Sueños de Jochi, al borde de la vida. Refrescada, vistiendo el mismo equipo Whent que Wax, Sawi aún no era ella misma. Al igual que Wax, había visto cosas que no podía olvidar, y esa violencia se manifestaba en algunas cicatrices, en las sombras detrás de sus ojos.

En la forma en que siempre tenía una mano sobre la lanza Vis a su lado.

—¿Cómo? —preguntó Wax—. ¿No es tan tarde?

—No pude dormir y Annalyse parece no dormir nunca. —Sawi se encogió de hombros, sonrió—. El explorador ha estado listo desde ayer, según cuenta Jochi.

—Bueno, van a tener que esperar un poco más.

—¿Por qué?

Wax sonrió. —Hay algo que quiero intentar.

En el centro del Refugio de los Sueños se alzaba una catedral, aunque Wax no había oído hablar de ningún vínculo religioso con la estructura. Su forma abovedada le daba el nombre, y su punto más alto se intersectaba con el fondo de la Herida. La larga caída desde la superficie hasta aquí ya no estaba plagada de demonios. Ahora retumbaba y zumbaba con martillos y trabajo. El comercio y los viajes desde Noctia y Whent subían y bajaban y se aceleraban cada día, a medida que las reparaciones arreglaban el daño dejado por la maniobra de Maena que sacudió la tierra.

El centro de la catedral albergaba el objetivo de Wax. El Rey Muerto se erguía, encorvado con los codos sobre las rodillas, vestido con una armadura negra abollada. En algún lugar dentro de esa cosa imponente esperaba la historia, un héroe antiguo y la próxima prueba de Wax.

—¿Qué, vienes a presentar tus respetos? —preguntó

Sawi, de pie detrás de él mientras subían los escalones y entraban.

—Algo así.

No había nadie más en el edificio de piedra, vacío excepto por el Rey Muerto y su trono de roca. Jochi había mencionado que una vez hubo consejos de guerra aquí, pero el señor de la guerra Whent había trasladado todas sus operaciones a una caverna cercana.

Sin interrupciones, como Wax había esperado.

El Renovación despertó a los skars. Dos en particular, Vis y Noctia. El primero cantaba una canción enérgica, ansioso por detectar cualquier herida o dolencia y atacarla. A Wax no le quedaban muchas de esas, aunque el skar Vis encontró un pequeño moretón de una rodilla golpeada —toda la cantería aquí castigaba los pasos en falso— y se emocionó. Noctia entró con golpes discordantes, notas duras que carecían de enfoque. Wax, mirando la forma inerte del Rey Muerto, proporcionó algo de eso.

Combinar skars no ocurría por accidente; dejadas a su libre albedrío, las piedras lanzarían sus poderes por todas partes, causando caos y agotando la energía de Wax hasta que colapsara. Torny, el bandido de Noctia, una vez había hecho caer una montaña sobre ellos al dejar que una multitud de skars Whent se descontrolaran. Parado bajo más que suficientes rocas para enterrarlo a él y a todos los demás, Wax no quería eso en absoluto.

En cambio, dirigió el Vis lejos del moretón y hacia el Rey Muerto. Dejó que el skar encontrara su equilibrio, entonando su curiosa y constante melodía. Si el Rey Muerto hubiera sido una flor o un soldado herido, quizás se habría animado con la atención. El Rey Muerto, tan alejado de cualquier vida, no hizo nada. Al menos hasta que Wax le dio vía libre al skar de Noctia.

La piedra de la diosa de la muerte emitió su estridente nota una vez, y otra cuando Wax la empujó. Los dos golpes, con más impactos en el momento adecuado, se unieron al skar de Vis. Sus canciones se mezclaron, no en un caos inútil sino en un acorde constante. A medida que se formaba la sincronización, Wax sintió una nueva conciencia, pequeños fragmentos a su alrededor en casi todas las direcciones. Puntos, casi como ideas, esperando que él los alcanzara y tocara. El más grande se encontraba frente a él, prácticamente resplandeciendo con los esfuerzos combinados de los skars.

Wax se acercó con los skars, y el Rey Muerto despertó con un inicio estremecedor. Viejas escamas cayeron del cuerpo mientras el Rey Muerto se enderezaba. Noctia y Vis desplegaron sus fuerzas, restaurando la vida y reteniendo sus necesidades al mismo tiempo: pulmones largamente marchitos, músculos y el corazón del hombre se recompusieron del antiguo polvo, funcionando una vez más para respirar, para latir, aunque ninguna sangre fluía por las venas del Rey Muerto.

—Bueno, eso no me lo esperaba —murmuró Sawi detrás de Wax, y él oyó cómo afianzaba su lanza con ambas manos—. ¿Qué estamos haciendo aquí, Wax?

—Saludando —dijo Wax.

—Hola —graznó el Rey Muerto, su rostro invisible crujiendo al mirar a Wax desde detrás de su visera—. ¿Quién eres tú?

—Soy el hombre que cerró las puertas —dijo Wax—, y espero que puedas ayudarme a destruir a algunas personas realmente desagradables.

—¿Cerraste las puertas?

Wax relató rápidamente la historia. Sawi permanecía detrás de él, con la lanza lista. El Rey Muerto no tuvo reacción alguna hasta que Wax terminó, momento en el que el viejo guerrero exhaló un suspiro marchito.

—Entonces hiciste lo que Demion no quiso hacer —dijo el Rey Muerto—. Lo que le pedí que hiciera.

Wax parpadeó.

—¿Qué, no quiso?

—Ella no quería condenar a todas esas criaturas a la muerte. Les dio una oportunidad y nos dijo que lucháramos contra las peores de ellas. Un error. Cuando se fue, intenté cerrar esas puertas y fracasé. Si tú lo lograste, entonces te lo agradezco, héroe, y me uniré a tu lucha contra tus enemigos, aunque parece que he perdido mi espada.

Wax, sin embargo, apenas escuchó esa última parte. ¿Demion se había negado a sellar a los demonios? ¿Había condenado la idea?

—¿Contra quién marchamos, héroe? —retumbó el Rey Muerto, pero Wax soltó los skars, y el antiguo guerrero volvió a caer en su trono, una vez más convertido en nada más que una reliquia.

Las palabras del hombre no se desvanecieron tan rápido.

¿Héroe? Wax no se sentía como uno.

4

LOS MARES SANGRIENTOS

La bandida empezaba a odiar el océano. Cada vez que Torny se hacía a la mar, parecía que ocurría algo terrible. En este momento, esa cosa terrible era compartir el barco con Svarde, el bárbaro inmortal y horripilante. Se encontraba en la proa del *Filo de la Tormenta*, con esa espada negra y dentada sobre un hombro y su ferrite, Kivi, acurrucada a sus pies. La piel gris de Svarde cubierta de cicatrices, su barba chamuscada y desgreñada, y la falta de todas esas cosas que hacen a un humano, bueno, humano, carcomían a Torny de una manera que no había entendido hasta ahora, justo en este momento.

—Pareces enferma —gesticuló Bliss, sentada frente a ella en el comedor.

El lujoso espacio albergaba una larga mesa y ventanas que daban vista a la cubierta delantera. Sin embargo, en lugar de comidas, el centro de la mesa contenía varios cofres con cerradura. En ellos, agrupados, estaban aproximadamente la mitad de los skars que Gladdring, el traidor najahn muerto, había robado de Noctia. Esas piedras constituían la ofrenda de paz para Fassle y Yarvick, destinada a comprar la independencia de Kance.

Torny no apostaría a que el dúo de poder najahn lo aceptara. Fassle no era del tipo que dejaba morir una posición ganadora con nada menos que el máximo beneficio, y era obvio para cualquiera que echara un vistazo al océano que la flota púrpura y negra tenía a Kance contra las cuerdas.

—No soy fan de la no muerte —dijo Torny, aún observando a Svarde—. Hay otro hombre que conozco como Svarde, y es un verdadero cabrón.

No había desentrañado el juego particular de Yarvick hasta que Svarde entró en la vida de Torny, pero el mismo brillo gris, la falta de sueño y el desdén por la comida y la bebida coincidían demasiado bien. Yarvick había estado liderando los Dedos Ágiles aparentemente desde siempre.

—Svarde está de nuestro lado, Torny. Prefiero eso a lo contrario.

La bandida podía estar de acuerdo con eso. Usualmente, tener al tipo de la espada grande en tu equipo era una ventaja. Su mano se deslizó dentro de su túnica marinera de Kance hacia el pequeño libro siempre seguro contra su pecho o muslo. Lo sacó ahora, agitándolo hacia Bliss.

—Esta es nuestra verdadera arma —dijo Torny—. ¿Recuerdas dónde conseguí esto?

—¿Cómo podría olvidar nuestra carrera helada por esa ciudad, con todos persiguiéndonos?

—Exactamente, pero valió la pena.

—¿El diario?

—Este es el hijo de Yarvick —dijo Torny—. El único hijo que Yarvick ha tenido, hasta donde yo sé, y el hombre ha querido este diario durante mucho tiempo.

—¿Por qué?

—¿Cómo voy a saberlo? Tal vez sea lo último que ata a Yarvick a la humanidad, tal vez solo quiere saber lo que su hijo piensa de él. —Torny guardó el libro—. El punto es que Yarvick me dijo que lo consiguiera y lo hice, lo que significa que tenemos ventaja.

—Si es tan malo como dices, ¿por qué simplemente no te mataría y lo tomaría?

Torny chasqueó la lengua.

—Porque Yarvick tiene una reputación. Si empiezas a matar a la gente que hace las cosas por ti, de repente tus trabajos quedan incompletos. Tendrá que encontrar otra excusa, y mi conjetura es que no lo hará.

—¿Entonces presionará a Fassle para hacer las paces con Kance solo porque tienes este diario?

La mirada escéptica de Bliss coincidía con lo que Torny sentía sobre ese resultado preciso, pero eso estaba bien, porque ella había apostado por una llamada diferente.

—Mi pensamiento es que Yarvick no quiere compartir el poder. Los rumores decían que intentó que mataran a Fassle y falló, se conformó con esto. —Torny tamborileó con los dedos sobre la mesa—. Apuesto a que Yarvick nos ofrecerá un trato diferente. Eliminar a Fassle, darle el diario, y Kance obtiene su respiro.

—Eso no parece justo.

—Lo justo y Yarvick no se mezclan. Cuanto antes lo aceptes, mejor te irá.

—¿Mejor me irá?

—Porque estarás lista cuando intenten matarse entre ellos.

Torny lo dijo como una broma, pero ninguna de las dos se rió.

Deux, el capitán del *Filo de la Tormenta*, los tenía en un

curso recto y corto hacia Noctia y la Ciudad Anillada. Llegar allí significaba navegar a lo largo de la costa sur de Noctia y girar hacia el norte en el enorme puerto, y llegar a la costa sur de Noctia significaba atravesar el bloqueo najahn. Torny había escuchado el discurso de Deux a su tripulación esa mañana. Esperaba que izar la bandera de Noctia junto a la de Kance pudiera disuadir a cualquier capitán najahn demasiado entusiasta, pero si Torny había aprendido algo durante sus años de ladrona, era que a todo el mundo le encantaba una buena presa, y el *Filo de la Tormenta* parecía una excelente. Llamativo, bordado con cristal de Kance y sus hilos sedosos y brillantes para imitar un prisma reluciente en el mar, el *Filo de la Tormenta* no guardaba ningún misterio sobre quién navegaba a bordo, incluso si Eujo no estaba en la embarcación esta vez.

Cualquier capitán najahn asumiría que sí lo estaba.

Esa molesta realidad se hizo evidente tan pronto como el *Filo de la Tormenta* dejó atrás sus escoltas de Kance. Esos barcos podrían haberse mantenido cerca si Deux no les hubiera ordenado dar la vuelta, para dedicar sus vidas a defender la isla en lugar de añadir amenazas a una misión pacífica. Otro giro miope, pero Torny volvió a mantener la boca cerrada.

Deux había dejado claro que no era fan de los bandidos, ni siquiera de los retirados.

Así que Torny y Bliss mantuvieron sus armas cerca. Un soporte de dagas yacía sobre la mesa cerca de esos cofres, y el bastón con punta de metal de Bliss descansaba en el suelo cerca de sus pies. Fáciles de agarrar, entonces, cuando el grito del vigía de Kance desde el nido más alto declaró que dos carabelas najahn estaban en rumbo de interceptación.

Los vientos suaves hacían la navegación lenta y los mares tranquilos. Torny mantenía el equilibrio fácilmente en la cubierta mientras ella y Bliss se unían a un par de marineros listos para el combate en la proa. Svarde también estaba allí, tan inmóvil como siempre, y su ferrite seguía durmiendo.

Adelante, las carabelas se acercaban por el agua gris sin problemas, meciéndose en su camino. Si las cosas seguían así, el *Filo de la Tormenta* quedaría atrapado entre ellas, y Torny todavía tenía pesadillas sobre la última vez que los habían abordado por ambos lados.

Habían perdido a Wax esa noche.

—¡Aguanten! —el grito de Deux resonó por toda la nave y Torny se aferró a la barandilla mientras el *Filo de la Tormenta* aprovechaba sus hermosas velas triangulares, haciendo virar el barco a babor.

Las carabelas intentaron ajustarse, sus planas velas cuadradas luchando contra la ligera brisa para manejar el giro. La de la izquierda comenzó un lento bucle, uno que no completaría a tiempo para alcanzar al *Filo de la Tormenta*. En cuanto a la otra...

—Al menos lo ha reducido a una —dijo Torny, soltándose de la barandilla y, junto con el resto, moviéndose hacia estribor—. ¿Lista para esto, Bliss?

—No creo que tengamos opción, Torny.

—Maldita sea que no la tenemos —dijo Torny, desenvainando una daga y agitándola hacia la carabela que se acercaba—. Aunque iremos demasiado rápido para algo más que uno o dos arpeos.

—Que me dejaréis a mí —dijo Svarde, dirigiéndose pesadamente hacia popa—. Vosotros tenéis vidas que perder. La mía ya se ha ido.

Torny observó pasar al bárbaro, su daga ondulante

perdiendo algo de fuerza. Bliss asentía para sí misma, su mano derecha haciendo un gesto hacia Torny.

—Si esa es su actitud, quizás sea bueno tener a Svarde cerca.

La bandida tuvo que estar de acuerdo.

5
LANZAS OCULTAS

Una confianza inmunda. Quik se había ganado lo suficiente para ayudar a algunos najahnianos a escoltar a unos cuantos cautivos mottilanos a la jungla esa tarde en busca de setas de temporada temprana, hierbas y cualquier otro alimento que pudieran encontrar. Pavarde, al comunicarle el encargo a Quik después del almuerzo, sugirió que la tarea era tanto para alejar su rostro ceñudo de ella como por cualquier necesidad real de su aportación, y Quik no discutió.

Evitar a la Armada Najahn y su creciente dominio sobre su isla podría hacerle bien a Quik.

Quince vis, algunos entre los más viejos o desafiantes de Mottilan que no habían intentado escapar y otros saqueados de las pequeñas aldeas tomadas por los najahnianos, eran escoltados por diez soldados armados que vestían de púrpura y negro. Esa disparidad numérica no parecía tan mala dado que los vis estaban delgados, cansados y abatidos.

Quik tragó la bilis que le subía ante la vista, concentrándose en cambio en la jungla floreciente a su alrededor. Vis estaba despertando a la primavera y el frío rocío matutino se había desvanecido bajo un sol agradable. Los animales ululaban y gritaban, los árboles agitaban sus hojas con el viento y las enredaderas extendían sus zarcillos. En unas semanas más estarían perfectas para columpiarse.

Wax habría sido el primero en salir entre ellas, lanzando gritos y riendo mientras se balanceaba por el dosel.

Un gruñido llamó la atención de Quik hacia un robusto najahn al frente de la fila, golpeando a un vis con la culata de su alabarda.

—Mantén tu alforja lejos de mis piernas —dijo el najahn, lo suficientemente alto para que la fila lo oyera—. Tienes dos hombros, mantenla sobre ellos. Si me vuelve a golpear, te ganarás más que un par de moretones.

—Ah, déjalos en paz, Beltran —se rió otro—. Apenas pueden mantenerse en pie como están.

—¿Acaso es mi culpa que eligieran luchar contra nosotros?

—Mátenlos —dijo Quik—, y Pavarde no estará contenta. Todos ustedes siguen en guerra, ¿recuerdan?

Todo el grupo se volvió hacia él, los vis le dirigieron una mirada que mezclaba aversión con confusión, mientras que los najahnianos optaron por el disgusto. Lo cual, como traidor a su propia isla, probablemente Quik se merecía.

—Sigan moviéndose —dijo finalmente Beltran, alejándose aún más del vis y la alforja oscilante del hombre delgado—. Espero que esa cosa esté llena para cuando regresemos.

Ni un alma volvió a mirar a Quik, ni compartió otra palabra, y al cazador le pareció bien.

Después de una hora de caminata hacia el sur, tropezando a través de las suaves colinas, el grupo encontró una arboleda repleta de setas que servirían para buenos guisos.

Los najahnianos establecieron un perímetro mientras los vis llenaban las alforjas. Quik se acomodó en un tocón, listo para pasar más tiempo reflexionando sobre pensamientos oscuros, cuando notó un llamado particular en medio de la cacofonía viviente de la jungla.

Un trino, repetido cada pocos compases. Lo suficientemente cerca para sonar como un pájaro cantor persistente, pero la voz humana tenía un tono difícil de ocultar. Al menos para alguien como Quik, que había estado en suficientes cacerías usando esa misma señal. Quik miró a los vis, que continuaban arrancando setas de la tierra, y no vio a ninguno preguntándose por el sonido.

Aunque, después de todo, estos eran cautivos viejos, hambrientos y aturdidos. No cazadores, no guerreros listos para escapar.

El trino sonó de nuevo. Más agudo esta vez, con una nota extra añadida al final. Quik se deslizó las manos en sus guanteletes. Los najahnianos no sospechaban nada, la mayoría con las manos en sus alabardas, sus bocas moviéndose en una conversación silenciosa. Dos se rieron de la broma de un tercero. Otro masticaba un poco de pan.

Un dardo comenzó la emboscada, volando desde el norte y alcanzando al pobre Beltran en el cuello. El brusco guardia se dio una palmada en el cuello como si fuera alguna plaga, pareciendo asombrado de encontrar un palo emplumado en lugar de un insecto. Sin embargo, cuando Beltran abrió la boca para decir algo, lo que fuera, la espuma brotó. La verdadera alarma surgió cuando, pesado en su armadura najahn, el guardia se desplomó en el suelo cubierto de musgo.

De inmediato, la recolección de setas se detuvo. De inmediato, los najahnianos dieron la voz de alarma.

No es que les sirviera de mucho a los soldados púrpura y negro.

Mientras los najahnianos se volvían hacia el cuerpo convulsionante de Beltran, los dardos volaron desde los otros lados. No todos fueron precisos, rebotando en cascos o placas de hombros, pero dos más dieron en el blanco. Quedaban siete najahnianos, y los luchadores noctia jugaron con inteligencia.

—Disparen de nuevo y ellos mueren —gritó el mismo que había molestado a Beltran para que se mantuviera tranquilo. Retrocedió hacia los prisioneros en el centro, levantando su alabarda. Los otros najahnianos lo siguieron, mientras Quik observaba desde su tocón—. No pueden matarnos a todos antes de que los eliminemos.

—No tendrán que hacerlo —dijo Quik, levantándose.

Hambrientos y maltratados podían estar los vis, pero tenían el espíritu de su isla dentro. Casi al unísono, los prisioneros saltaron sobre sus captores. Las alforjas pesadas con setas se enredaron alrededor de los cuellos de los najahnianos y se apretaron con fuerza. Se escucharon gritos desgarrados y, ante sus alaridos, la jungla cobró vida con un asalto de...

Quik vaciló, incluso en su primer paso con los guanteletes levantados. Cuatro. Solo cuatro vis se lanzaron con las lanzas en alto, arremetiendo contra los najahnianos mientras esos soldados decidían que sus prisioneros merecían una muerte dolorosa.

Los najahnianos no eran idiotas, sino luchadores entrenados, y reaccionaron a las emboscadas asfixiantes soltando sus alabardas y sacando las espadas de sus cinturones. Esas relucientes espadas de zafiro forjadas en Foti cortaron profundamente a los desprotegidos vis. Los prisioneros tenían números, y luchaban con los najahnianos, pero la arboleda de setas comenzó a llenarse de sangre del bando equivocado.

Para ser solo cuatro, los vis que se acercaban cambiaron la velocidad por estocadas inteligentes, lanzando sus lanzas emplumadas hacia los huecos en la armadura najahn. Lograron golpes profundos, pero Quik no vio ninguna herida mortal. La armadura púrpura y negra era demasiado fuerte, desviando esas estocadas hacia los lados, dejando mellas en la gruesa placa. Esa armadura habría sido demasiado calurosa en verano, cuando las túnicas najahnianas finas reemplazarían las defensas más pesadas.

Estos vis habían elegido un momento demasiado temprano, y ahora Quik tendría que rescatarlos.

Con un fuerte grito de guerra, Quik arremetió contra el najahn más cercano, uno que acababa de destripar a un prisionero y arrojar su zurrón. Mientras el najahn se giraba hacia su compañero, levantando su espada, Quik atacó con un tajo ascendente. Su guantelete izquierdo se clavó en el hueco de la axila entre la coraza y la manga, encontrando músculo debajo y desgarrándolo. El najahn aulló. Quik plantó los pies y tiró con el brazo izquierdo, haciendo que el najahn tropezara con los pies del cazador. Una vez en el suelo, al najahn le costaría levantarse con todo el peso de la armadura.

Súmale los prisioneros que se abalanzaron sobre el soldado, golpeándole la cara con piedras y tratando de arrebatarle la espada, y el hombre no se pondría en pie en mucho tiempo.

El najahn al que la víctima de Quik estaba a punto de ayudar apartó de un golpe una lanza vis y luego golpeó a su portador con un revés, derribándolo. En lugar de rematarlo, el najahn volvió a blandir la espada hacia Quik, con un tajo rápido que podría haberle arrancado la cabeza limpiamente si el cazador no hubiera levantado su guantelete derecho frente a su rostro. La espada resbaló por la parte posterior del guantelete, trazando una línea en la madera pulida y un corte limpio en el antebrazo de Quik detrás de este.

El ardor solo ayudó a Quik a concentrarse, y se lanzó hacia adelante contra el golpe, empujando el brazo armado del najahn hacia arriba y atrás contra su pecho. Quik lo inmovilizó allí con las palmas, las garras del guantelete cortando la barbilla del najahn bajo su casco. El cazador vio al najahn manipulando su mano izquierda, sacando el cuchillo que todos esos soldados llevaban en el lado opuesto a su espada.

Sacando un cuchillo que ya no estaba allí.

—Por Vis —siseó una prisionera, una mujer mayor con fuerza suficiente para clavar la hoja en el cuello indefenso del najahn.

El soldado se desplomó con un gorgoteo, y Quik se lanzó hacia el siguiente, uniendo dos lanzas con sus garras para abatir a un tercer najahn. Cuando esa mujer cayó, los dos combatientes noctia restantes, sangrando y despojados de sus armas, levantaron las manos, suplicando por sus vidas.

—Os perdonamos —sollozó uno a los prisioneros, el cuarteto vis que había iniciado la emboscada—. No os quitamos la vida.

Quik señaló los cuerpos alrededor del claro, donde al menos cinco prisioneros yacían y nunca volverían a levantarse.

—¿A eso llamáis perdonarnos?

—¡Vosotros atacasteis primero! ¿Qué se suponía que debíamos hacer?

—No pueden saber que existimos —susurró a Quik uno de los vis que empuñaba una lanza—. Los Lira aún resisten, pero no duraremos mucho si los najahn vienen a buscarnos. Tienen que morir.

—¿Habéis oído eso? —dijo Quik al par de najahn—. Ya estáis muertos por lo que le habéis hecho a esta isla.

—Espera —dijo el que sollozaba, con la cara manchada de mocos—. Pavarde no aceptará esto. Peinará la jungla buscándoos a ti y a todos estos prisioneros. Nos necesitáis. Podemos contar una historia diferente.

—¡Demonios! —gritó el otro najahn, como si acabara de tropezar con un milagro—. Los demonios hicieron esto, ¿verdad? Tú vuelves con nosotros, corroboras la historia. Eres el cazador vis, nos sacaste con vida.

Una historia que no funcionaría si Quik volvía solo. Demasiado sospechoso. Pero entonces, ¿por qué volvería Quik en absoluto? El cazador sintió las miradas sobre él. Matar a los najahn, desaparecer en la jungla, y... No. Eso no ayudaría a Wax. Matar a unos cuantos najahn desde las sombras hasta que uno atravesara a Quik con una vouge tampoco.

Annalyse siempre mantenía su atención en el panorama general. Tal vez era hora de que Quik hiciera lo mismo.

—¿Podéis llevarme hasta Kance? —preguntó Quik al par de najahn.

Lo miraron boquiabiertos.

—¿Podéis? —repitió Quik.

—Yo, tal vez —dijo el primero—. Pavarde tendría que ordenarlo, y no estoy seguro de qué diríamos.

Quik levantó un solo guantelete. Los insectos zumbaban. Un prisionero gemía mientras otro, arrancando la correa de su zurrón, vendaba una herida.

—Conozco a la capitana del cúter que están reabasteciendo ahora —dijo el segundo—. La conocí en el comedor anoche. Quiere más combatientes. Te ofreces como voluntario, podemos colarte a bordo. Navegará cerca.

Tan buen plan como cualquier otro, con un fallo fatal. Quik se movió frente al par de najahn, extendió la mano y les quitó los cascos. Dejó al descubierto sus cabezas.

—Ahora todos aquí conocen vuestras caras —dijo Quik—. Si contáis lo que pasó aquí, si me traicionáis, llegará un momento, desconocido para vosotros, en que vuestra vida terminará. Dolorosa y lentamente. ¿Lo entendéis?

Los najahn compraron sus vidas con sus asentimientos.

6

LA IRA DE LA REINA

Un tiempo atrás, Eujo solía pasar por todos los pasos para volar un planeador anticipando un maravilloso paseo por cielos soleados. Un aterrizaje en formación cerca de los muelles para impresionar a algún dignatario o en un chalé en la cima de una torre para disfrutar de vino del cielo y fruta lejos de la constante atención de la realeza.

Ahora volaba hacia la guerra.

La oferta de paz de Fassle tardaría días, incluso si el hombre la aceptaba. Mientras tanto, los najahn estaban felices de presionar su ataque. La Armada de Kance estaba en inferioridad numérica; si Eujo miraba hacia el oeste, planeando alto en la tarde, veía batallas navales desarrollándose demasiado cerca del puerto de la ciudad. Flechas, brea ardiente y abordajes se cobraban una vida de Kance tras otra.

Lo mismo ocurría en el lugar hacia el que volaba en ese preciso momento. Kance tenía planeadores en el aire a todas horas estos días, rodeando las islas y listos con antorchas de señales, porque los najahn habían roto la red.

Estaban desembarcando ahora, con la intención de saquear.

—¿Lo ves allí? —gritó Livier, su antiguo asesino y actual guardaespaldas. Volaba a su izquierda, anclando una formación de diez personas que planeaba hacia el ataque de la tarde—. Son los graneros.

Grandes almacenes para guardar el trigo cultivado en Kance y comprado a Tamas para comer durante el invierno, entre otras verduras, carnes saladas y los recursos de los que su gente dependía ahora para sobrevivir a la guerra. Más de una docena de estos enormes y achaparrados edificios se extendían por un amplio campo, con caminos que llevaban a cada uno de ellos. Habían sido espaciados para prevenir cualquier propagación accidental de incendios.

Esa distancia servía de poco cuando el incendio era intencional.

Un acantilado escarpado llevaba desde los almacenes hasta la costa, y Eujo vio el trío de clíperes anclados en la base del acantilado. Las banderas púrpura y negras de Najahn ondeaban, y las finas líneas que se elevaban desde esos barcos hablaban de cuerdas de abordaje colgadas y escaladas.

¿Cuánto tiempo habían estado esos barcos aparcados allí para permitir que esto sucediera sin ser vistos?

Eujo hizo una nota mental en su estresada mente para preguntarle a Livier, para duplicar las patrullas de planeadores.

Tal como estaba, unos pocos guardias y granjeros de Kance abajo se enfrentaban a los asaltantes najahn. Superados en número y empujados hacia atrás cerca de uno de los almacenes, los combatientes de Kance no podían hacer mucho mientras un tercer almacén era incendiado. Los najahn parecían pequeñas ratas, corriendo por la hierba corta de primavera con sus antorchas y sus cueros ligeros.

—Justo en su centro —gritó Eujo a Livier, quien repitió sus palabras a la formación—. Sorprender y dispersar, luego destruir.

—¿Y usted, mi Reina?

—Voy por los barcos.

Eujo inclinó su descenso hacia el acantilado, tirando de las cuerdas del planeador para afilar sus bordes y llevarlo a un rápido picado. Una caída dura que habría sido fatal para cualquier piloto ordinario. Una que no tuviera un skar de Kance en su muñeca derecha. El suelo se acercaba rápidamente, y Eujo rozó el skar. La piedra de Kance obedeció, silbando en la mente de Eujo y enviando una ráfaga justo contra la nariz de su planeador. El artilugio se inclinó verticalmente, poniendo las piernas de Eujo directamente hacia abajo en una caída que debería haberle roto las rodillas.

El skar de Kance, nuevamente, canalizó un empuje de géiser debajo de Eujo, amortiguando su caída y dejando a la Reina en el suelo sin el más mínimo golpe. Mientras caía, los pulgares de Eujo presionaron la liberación de emergencia del planeador, soltando el arnés que la mantenía en su lugar. El planeador cayó de su espalda mientras Eujo recuperaba el equilibrio, y levantó la barra restante sobre su cabeza.

Sería una larga caminata de regreso, pero tendría una victoria para saborear durante el viaje.

El campo de batalla se acercaba a ella. Livier y sus aliados habían aterrizado con una descarga inicial de ballestas, disparando virotes en un sobrevuelo antes de realizar un aterrizaje suave en los campos entre los almacenes. A pesar de que los najahn aún superaban en número — un hecho que a Eujo no le gustaba reconocer, pero Kance estaba tan estirado—, los asaltantes tomaron su llegada como una señal para huir. Algunos arrojaron sus antorchas restantes hacia los almacenes aún no encendidos, lanzamientos demasiado apresurados para tener suerte, y los veinte o treinta najahn vinieron cargando hacia ella.

Eujo aprovechó esos segundos para mirar hacia el empinado acantilado y esas escaleras que esperaban. Se dirigió al borde. Seis garfios y sus correspondientes escaleras se clavaban en la tierra, con más estacas clavadas a intervalos en el camino hacia arriba. Un desalojo difícil para cualquier soldado normal.

No para un skar de Whent.

La piedra dorada respondió al llamado de Eujo y envió varios temblores agudos que bajaron por el acantilado. Las estacas saltaron, lloviendo sobre los barcos de abajo, acompañadas de escombros sueltos, tierra y algunos arbustos desafortunados. A Eujo se le cortó la respiración, no por la hermosa vista, sino porque había extendido el skar un poco demasiado lejos, donde alcanzaba a Eujo para llenar el vacío.

Empujando el skar hacia atrás, Eujo se estabilizó, luego giró para enfrentar a los najahn que se acercaban. Ellos ralentizaron su carga, confundidos y sospechosos de la única mujer que se interponía en su ruta de escape. Con sus cueros maltrechos, llevando espadas y herramientas en lugar de vouges y chakrams, los asaltantes viajaban ligeros, carecían del pulido habitual de los najahn. Uno le dijo que tirara la espada a un lado, se tumbara en el suelo y la dejarían vivir.

Típica bravuconería najahn.

—Sus escaleras han desaparecido —anunció Eujo—. Están atrapados. Ríndanse ahora y les prometo que conservarán sus cabezas.

—O nos quedaremos con la tuya —replicó el mismo, un hombre que llevaba un emblema dorado de capitán en el pecho—. ¡Echadla por el acantilado y a escalar, muchachos!

El grupo lanzó algún grito infernal de Noctia y reanudó su embestida, con las espadas en alto. Eujo maldijo, pero si la escoria quería pelear, bueno, Eujo podía hacer eso perfectamente. Detrás de los najahn, los almacenes en llamas le dieron una idea, una a la que el skar de Foti respondió. La piedra encendió su rabia desesperada y buscó liberación.

La Reina le dio al poder un camino.

Eujo desenvainó y blandió su estoque a través de su cuerpo mientras los najahn se acercaban. El skar foti envió su poder a través de la espada y más allá. La punta del estoque escupió un chorro de fuego, arqueándose como agua hacia la línea de najahn que cargaba. Aquellos cueros y las ligeras camisas debajo, tan ágiles y delgadas, atraparon el fuego y lo retuvieron, cocinando a quienes las vestían. El cabello y la piel crepitaron por igual, y aquel símbolo dorado se derritió, una marca sobre un cuerpo fundido. El primer najahn tropezó, cayó envuelto en llamas, y el resto se precipitó sobre sus aliados ardientes.

Un muro imponente y abrasador se alzó ante la Reina mientras ella retrocedía su espada a una posición defensiva, aunque nada ni nadie logró atravesarlo. Sus oídos resonaban con el triunfo del skar foti, y las primeras cenizas terribles se elevaron hacia el cielo. Eujo recuperó el aliento, sintió sus huesos temblar y observó cómo las llamas se extinguían.

La tercera fila de najahn se detuvo ante el fuego, solo para que Livier y sus amigos los atraparan por la espalda. Los estoques los atravesaron, y en segundos el grupo de asalto najahn yacía capturado o muerto.

Eujo observó el final desde una rodilla, con su brazo

espada descansando sobre la hierba. Su respiración era tan superficial que Livier corrió a su lado para preguntarle si estaba bien.

—Sobreviviré —dijo Eujo—. ¿Los almacenes?

—Dos perdidos, un tercero dañado. ¿Qué deberíamos hacer con ellos?

Eujo miró hacia abajo del acantilado a su espalda. Los veleros comenzaban a levar anclas.

—Los najahn querrán a sus soldados, Livier. Digo que los enviemos a casa.

Los sonidos, los golpes secos, cuando aquellos cuerpos najahn golpearon los barcos que los habían traído, persiguieron a Eujo mientras cabalgaban de vuelta hacia el Palacio del Cielo. Los carros llevaban a los kance, y más se reunirían con sus planeadores. Una defensa vengativa, pero una incursión exitosa para los najahn. El ejército de Fassle tenía mano de obra. Ella había elegido los almacenes porque eran los más importantes, pero las forjas de estoques en el lado este de Kance habían sido atacadas antes ese día, y sin duda más lugares habían sido golpeados desde entonces.

El ataque era continuo y costoso, y Kance no podría resistir mucho más.

—¿Has pensado en rendirte? —preguntó Livier, recostado frente a Eujo en el carro. Habló lo suficientemente bajo para que las palabras no se elevaran por encima del traqueteo de las ruedas y las conversaciones de los otros soldados—. ¿O es esta una lucha hasta el final?

—Rendirse significaría nuestro fin, Livier —respondió Eujo—. Los najahn lo tomarían todo.

—Quizás no nuestras vidas. Nuestra gente.

—Pero sí nuestro espíritu.

Livier le lanzó una leve sonrisa.

—Eujo, no creo que nadie pueda tomar tu espíritu. Lo sé, porque intenté tomar eso y más —el asesino se giró para mirar hacia la ciudad a la que se acercaban—. Pero esto ya no se trata de ti o de mí. Hay familias muriendo de hambre, soldados perdiendo sus vidas en una guerra que no podemos ganar. Eso está claro ahora.

—Estamos pidiendo la paz a Fassle, Livier. Lo estoy intentando.

—¿Y si se niega, Eujo? ¿Qué estás dispuesta a hacer?

—Si Fassle quiere Kance, tendrá que tomarla con sus manos ensangrentadas —Eujo frotó el brazalete en su muñeca derecha, los suaves skars enganchados en él—. Este es nuestro hogar. Nunca lo entregaré.

7
TRAMPA EN EL TÚNEL

Condenar a todos los demonios a sus mundos en colapso no era un acto terrible, ¿verdad? Eran monstruos, criaturas viciosas capaces de destrozar ciudades enteras. Y lo que era peor, si la historia de Maena era cierta, algunos podían desgarrar tu alma o devorar tus recuerdos. Las Siete Islas no necesitaban eso, ¿cierto?

—¿Me lo estás preguntando a mí? —dijo Sawi mientras se abrían paso por un tramo estrecho y accidentado.

La recolectora Vis iba segunda, detrás del explorador Whent, con Wax en tercer lugar y Annalyse, la científica, cerrando la marcha. Ninguno de los otros Vis que habían logrado escapar sintió el impulso de regresar a Kance y luchar contra los Najahn, y Jochi no comprometería a ningún soldado Whent en el esfuerzo. El señor de la guerra necesitaba el comercio de Noctia y era nominalmente aliado de Fassle.

Lo que los dejaba a ellos tres.

—Perdona, solo pensaba en voz alta —dijo Wax.

—Creo que hiciste lo correcto —respondió Sawi, su

figura cambiando con las sombras mientras la luz de la linterna iluminaba geodas agrietadas y sal antigua—. Los demonios no merecen ser salvados, Wax. Son monstruos.

El antiguo Wax habría estado de acuerdo. El nuevo intentaba concentrarse en otras cosas. Afortunadamente, el Oscuro Inferior se lo permitió.

Lejos de ser roca aburrida, Wax se encontró asombrado con la vida que había aquí abajo. Las charcas rebosaban de pequeños peces e insectos vibrantes. A medida que se adentraban más allá de Fortaleza del Sueño, musgos de color púrpura y azul añadían un toque de color a su caminata, aunque cuando Wax intentó raspar un poco para llevárselo, el explorador Whent se lo prohibió, afirmando que el musgo era demasiado valioso para perturbarlo. Después de una temprana fiebre por recolectarlo que había sumido las cuevas cercanas en la oscuridad, Jochi había ordenado protegerlo y cultivarlo.

Los hongos terrosos que encontraban aquí y allá, sin embargo, eran perfectos para aperitivos y sopas.

El Oscuro Inferior resonaba con goteos. También rebotaban arañazos de garras y patas, y su explorador pedía que se detuvieran de vez en cuando para asegurarse de que cualquier animal —o demonio— que causara el ruido se alejara. La evasión parecía ser la directriz principal una vez que se habían alejado más de una hora de Fortaleza del Sueño, una política que Jochi pretendía mantener para que su gente siguiera con vida, aunque muchos Whent la ignoraban en su búsqueda de valiosos minerales. Las expediciones para encontrar otras expediciones perdidas eran un acontecimiento diario aquí abajo.

Lo que más destacaba, sin embargo, en medio de su caminata, era el ennegrecimiento de ceniza a lo largo de las paredes y el suelo. Como si algo o alguien hubiera provocado un incendio a lo largo de los túneles y lo hubiera dejado arder. Algunas secciones, además, estaban apuntaladas y ahuecadas, ensanchadas para cuerpos mucho más grandes de lo que Wax y cualquier soldado Whent necesitaban. Cuando Sawi le preguntó al explorador, el Whent solo dijo que no era nada de lo que preocuparse.

—Esa es una visión simplista —dijo Annalyse—. Los demonios son como nosotros. Diferentes, y quizás primitivos, pero su valor es tanto desconocido como digno de explorar.

—¿Valor? —preguntó Wax mientras Sawi resoplaba.

—Sí. Cada criatura tiene diferentes propiedades. Hacemos abrigos con pieles, obtenemos leche de las vacas. Algunos demonios podrían ofrecer algo igualmente valioso, o mejor. Curas para enfermedades, nuevos materiales para ropa, velas, o cualquier cantidad de cosas. Y aunque sus mundos estuvieran muriendo, quizás habría habido tiempo para enviar exploradores a recoger muestras. ¿Quién sabe qué dejaron los dioses en sus hogares originales?

—Annalyse, me estás dando náuseas.

—Solo estoy proporcionando otro punto de vista. ¿Esas posibilidades superan las vidas que probablemente salvaste al cerrar las puertas? No podemos saberlo. —Annalyse tomó un respiro más profundo—. Pero, Wax, ya está hecho. Tenemos que centrarnos en lo que podemos hacer ahora. Como destruir a los Najahn y encontrar a tu hermano.

—Annalyse —dijo Sawi, mientras entraban en una sala más grande, con un pilar de piedra sobresaliente en el centro—. No lo hagas.

El destino de Quik, desconocido y probablemente horrible, preocupaba a Wax en sus momentos más solitarios. El cazador no había llegado a las cuevas, no había escapado del asalto a Mottilan, lo que significaba que probablemente había muerto en la lucha. Su hermano no era de los que se iban pacíficamente, pero al mismo tiempo, probablemente no obtendrían una respuesta real hasta que fueran a Vis a buscar el cuerpo de Quik, o a alguien que lo hubiera visto.

Un viaje que Wax no haría en mucho tiempo, si podía evitarlo. Un hombre solo podía soportar tanto trauma en su vida.

—Estoy diciendo que podemos considerar a los demonios como un dilema para tiempos más tranquilos —respondió Annalyse—. Cuando no haya violencia más apremiante a mano.

—Violencia apremiante es una gran manera de describir lo que estamos haciendo —murmuró Wax.

—¿Guerra abierta? ¿Conflicto sangriento? ¿La destrucción completa de buenas islas debido a la lujuria de poder de un hombre? ¿Prefieres alguna de esas?

—Todas ellas —respondió Sawi—. Y Fassle recibirá lo que se merece, Annalyse. Te lo juro.

No hace mucho tiempo, la idea de que Sawi jurara venganza contra algo peor que una mala hierba habría hecho reír a Wax. Ahora, en medio del polvo, la piedra y las sombras parpadeantes, la Renovación compartía su fuego.

La primera noche fuera, lejos de las ruidosas distracciones de Fortaleza del Sueño, Wax se encontró, a pesar de estar agotado hasta los huesos, sentado en la pequeña cámara lateral que habían elegido como campamento. El explorador había colocado cables de tropiezo para señalar cualquier demonio que se acercara y, una vez hecho esto, se quedó dormido de inmediato. Annalyse había seguido su ejemplo después de toquetear varios dispositivos pequeños a la luz de la linterna, para luego decidir que el tenue resplandor no era lo suficientemente bueno para un trabajo delicado.

Lo que dejó a Sawi y Wax sentados, compartiendo un espacio en relativa soledad por primera vez en meses.

—No hace mucho tiempo, nos estaríamos escabullendo —dijo Sawi, con un brillo en los ojos.

—Tiempos diferentes —respondió Wax. El skar de Tamas burbujeó, como solía hacer cuando surgía algo emocional, nostálgico o simplemente intrigante. Lo reprimió: esta conversación era entre él y Sawi, no algún dios muerto hace mucho tiempo—. Los echo de menos.

—Yo también —Sawi enrolló su saco de dormir, aferrándose a él mientras se sentaba entre sus pliegues—. Ir con Gladdring lo cambió todo.

—Dejar que Pan me arrastrara también lo hizo —Wax soltó una risa solitaria—. Nos han utilizado, Sawi. Nuestros amigos han destrozado nuestra vida perfecta.

—Gladdring no era un amigo.

—¿Pero fuiste con él de todos modos?

Sawi asintió. —¿Qué se suponía que debía hacer, Wax? Todos me habían abandonado. Estaba inquieta, sola.

—Tú elegiste quedarte.

—Porque no sabía que había algo mejor —Ahora era el turno de Sawi de reír—. O tal vez sí lo sabía —Miró a Wax, con los ojos grandes a la luz de la linterna—. ¿Crees que podríamos volver a eso, después de todo esto?

—Tal vez.

Pero Wax no creía en la palabra al decirla, y sabía que Sawi podía notarlo.

—Nos amábamos, ¿verdad? —dijo ella en cambio, con una agradable tristeza en su voz.

—Lo hice. Lo hicimos. Nunca lo olvidaré.

—Oh, gracias Wax. Me alegra saber que siempre seré tu recuerdo feliz.

—Eso no es...

Sawi se rió, una risa genuina esta vez, con una o dos lágrimas colgando de sus ojos. —Está bien. Como dijimos, esos eran nuestros antiguos yo. Esas personas ya no existen. Quiénes somos ahora, bueno, tendremos que averiguarlo.

—Lo harás —dijo Wax—. Encontrar a alguien, quiero decir.

Sawi inclinó la cabeza. —¿Estás diciendo que tú ya lo has hecho, Wax? —Cuando el Vis dudó, los ojos de Sawi se abrieron de par en par—. Espera, ¿es esa bandida? ¿La que dijiste que te capturó en Foti?

—¡No! No es ella. Es decir, no es que haya nada malo con Torny, pero creo que está más interesada en Bliss que en mí. No es que me importe.

—Entonces ¿quién, bribón?

Wax sonrió. —Supongo que tendrás que esperar y ver.

Su amiga puso los ojos en blanco, luego se acostó y se cubrió con la manta. —Espero que sí, Wax.

—¿Ah sí? ¿Por qué?

—Porque si *tú* puedes encontrar el amor en todo esto, entonces el resto de nosotros estaremos bien.

Pasaron dos días en la oscuridad, caminando por esos anchos túneles, antes de que su camino girara hacia arriba. El explorador dijo que se acercaban a Kance, otra larga jornada de marcha y empezarían a sentir los vientos de la isla, a oler el aire salado del mar de la cueva frente a la playa de la que saldrían.

—Huelo algo nuevo —dijo Annalyse, y cuando Wax aspiró con fuerza, prestando atención, también pudo olerlo —. Como si algo se estuviera quemando.

El explorador redujo la velocidad, se detuvo en el ancho pasaje, mirando hacia adelante. Los otros tres se formaron detrás de él, y Sawi preguntó qué pasaba. El explorador negó con la cabeza.

—No somos los primeros en bajar por este túnel —dijo el explorador.

—Obviamente —añadió Annalyse—. No hay forma de que esto sea naturalmente tan ancho y liso.

—Cierto —continuó el explorador—. Pero hay algo que Jochi no les mencionó, de lo que yo tampoco debía hablar. Esperábamos que ya se hubieran ido, o que la guerra hubiera terminado. No creo que eso esté sucediendo.

—Suéltalo ya, hombre —dijo Sawi.

—Los Caminantes de Fuego vinieron por aquí. Un trato que Jochi hizo con Noctia para darles un hogar a cambio de luchar contra Kance —El explorador retrocedió un paso—. Creo... creo que están volviendo.

8

SOBRE LAS ROCAS NEGRAS

Durante los últimos tres días en el mar, Torny había descubierto algo sobre sí misma: le gustaba bastante ver a Svarde partir en dos a los angustiados marineros najahn. Al principio, ella y Bliss habían estado listas para intervenir, y la Vis incluso había derribado a un najahn que estaba escalando el costado del barco con su bastón.

Más acción que esa había sido innecesaria, porque Svarde había teñido el océano de rojo.

El bárbaro comenzaba cada abordaje de la misma manera: de pie en el borde, cortando los garfios mientras una lluvia de virotes najahn se le clavaba en el pecho, los brazos, el cuello e incluso el ojo. Esto último había sido un poco grotesco, pero después de arrancarse el dardo y lanzarlo de vuelta hacia el hombre que lo había disparado, el ojo de Svarde no parecía haber sufrido daño alguno. Un poco picado, como el resto de él, pero si a Svarde le molestaba, no lo demostraba.

Empeñados en su estupidez, los najahn no captaban las pistas que les daban sus ballestas, y en su lugar seguían trepando por los garfios restantes o, en el caso de un par de naves foti más grandes que igualaban en tamaño al *Filo de la Tormenta*, caminando por anchas rampas. En cualquier caso, Svarde se plantaba ante ellos y blandía su espada.

—Abordad y vuestra vida estará perdida —anunciaba el bárbaro cada vez, de alguna manera a la vez enérgico y cansado de todo aquello.

Los najahn no escuchaban. Al menos no al principio.

Cargaban con voulges, espadas y cualquier otra cosa que tuvieran. Con túnicas o armaduras, no importaba. Svarde blandía su espada como un granjero cosechando trigo con su guadaña. Los cuerpos volaban al mar, perdían extremidades o simplemente se doblaban por la mitad ante la fuerza del bárbaro. Cualquier najahn lo suficientemente afortunado o hábil para pasar al bárbaro se encontraba empujado fuera del barco por Kivi, o perdía un pie ante las fauces pétreas del ferrite. Una vez que los gritos de batalla se convertían en alaridos de dolor, el abordaje de los najahn flaqueaba, y la siguiente oleada se daba cuenta de lo que les esperaba.

Para el tercer ataque, Torny empezó a hacer apuestas con Deux sobre cuánto tiempo y cuántas cargas intentarían los najahn antes de retirarse y zarpar.

—¿Por qué no intentan simplemente hundirnos? —signó Bliss en un momento dado, una pregunta que Deux respondió señalando las dos banderas después de que Torny tradujera las señales manuales.

—No estamos armados y enarbolamos una bandera de paz —dijo Deux, mientras el capitán fumaba algo de hierba en su pipa al final de otro sangriento día. Estaban de pie en la cubierta superior del barco, observando a Svarde y Kivi que de nuevo se erguían amenazantes en la proa—. Todos buscan gloria y están muriendo por ello. Hundirnos no les daría ningún tesoro y podría costarles el mando si Fassle descubre lo que llevamos a bordo.

—¿Así que son básicamente piratas?

—Exactamente —dijo Torny—. Piratas inútiles tratando de sacar algo de una guerra que saben que pronto terminará.

—¿Eso crees? —preguntó Deux, su tono sugiriendo que Torny estaba siendo ingenua.

—Si no conseguimos la paz con estos malnacidos, mi conjetura es que Kance caerá para el verano —respondió Torny con un encogimiento de hombros casual—. Solo soy una ladrona, pero he leído suficientes rostros en mi vida, y cuando dejamos Kance, nadie en esos muelles creía que estábamos ganando. Esa es prueba suficiente para mí.

—Nunca nos rendiremos. La Reina no...

—No actúes como si supieras lo que Eujo va a hacer —replicó Torny—. Ella no es tan cabeza dura como el resto de vosotros.

—¿Cabeza dura? —signó Bliss mientras Deux parpadeaba.

—Esa me la he inventado yo —espetó Torny, luego asintió hacia la pipa de Deux—. ¿Tienes más de eso? Parece que los najahn por fin están entendiendo, lo que significa que será una noche aburrida.

Los clíperes, cúteres y carabelas púrpura-negro que habían estado persiguiendo al *Filo de la Tormenta* desde Kance hasta Noctia se estaban alejando, regresando hacia la isla del viento. Tal vez ver a tantos de sus barcos hermanos destrozados les había enseñado una lección, o alguien recordó que Kance era el objetivo, no una elegante embarcación surcando el mar.

De cualquier manera, habían superado el primer obstáculo. El segundo, Torny no tenía duda, sería peor.

La Ciudad Anillada parecía más dura cada vez que Torny la veía. Estar en medio de la guerra no le hacía ningún favor a la ciudad, ya que las banderas najahn ondeaban en más tejados puntiagudos que nunca, ocultando antiguos y hermosos grabados. El inmenso puerto ya no era una bulliciosa colección cosmopolita de todas las islas, sino una rígida línea de barcos de guerra foti, whent y noctia. Aunque los barcos pesqueros aún se aventuraban en el mar, eran arreados por naves de patrulla destinadas a mantenerlos alejados de las flotillas militares. Incluso el ruido de la ciudad, que aumentaba a medida que el *Filo de la Tormenta* se acercaba, llevaba música metálica en lugar del bullicio de una civilización más diversa.

—No te gusta, ¿verdad? —signó Bliss.

Estaban de pie cerca de Svarde y Kivi durante esta aproximación final. Los clíperes najahn que les habían perseguido se habían adelantado, entregando un pase diplomático para permitir el paso del barco de Kance. Esos mismos clíperes luego regresaron para escoltar al *Filo de la Tormenta* en su entrada, permitiendo que Torny finalmente disfrutara de un atraque escoltado.

—Todo está mal —dijo Torny—. Antes, Noctia tenía posibilidades. Era el centro, ¿sabes? Venías aquí para cambiar tu vida. O perder algunas cosas de valor y darte cuenta de que estabas mejor en casa. —Le guiñó un ojo a Bliss, antes de volver a fruncir el ceño—. Los najahn se mantenían en su barrio. Podías ignorarlos, realmente, si querías. No creo que eso esté pasando ahora.

—La ciudad no está luchando contra ellos. No pueden estar tan molestos.

—Vale, déjame explicártelo de otra manera. Dijiste que estás en alguna sociedad Vis, ¿verdad? ¿La Lira?

Bliss asintió.

—Imagina que la Lira marcha hacia tu ciudad natal y dice que tiene que tomar el control, que de lo contrario la gente morirá. El destino del mundo está en juego y todo eso.

—La Lira nunca haría eso.

—Ese no es el punto, pero bien por ti y tu noble islita. En fin, Fassle los ha convencido a todos de que los Najahn están luchando por el bien, y si no te gusta, entonces eres malo. Por eso ondean todas esas banderas.

Bliss permaneció en silencio ante esa explicación mientras Torny comprobaba, una vez más, que el diario seguía en el bolsillo de su chaleco. Seguro, oculto. No como las dagas gemelas que llevaba en la cintura, más bien como el pequeño cuchillo en su bota.

—¿Cuándo bajarán las banderas? —preguntó Bliss.

—Mi conjetura? Cuando Fassle esté muerto.

—Alguien ocupará su lugar. Podrían querer venganza.

—Bueno, tendremos que persuadirlos de que hagan algo diferente.

Bliss sonrió. —¿Tú, Torny? ¿Tú los persuadirás?

—¿Qué, no crees que pueda hablar con amabilidad? La gente escucha cuando hay un cuchillo contra su cuello, Bliss.

Ningún cuchillo encontró cuellos cuando el *Storm's Edge* atracó, sobre todo porque los soldados Najahn abarrotaban el muelle. El barco de Deux había sido guiado a un solitario embarcadero de piedra que sobresalía en el extremo norte de la ciudad, bien adentrado en el barrio Najahn. Torny ni siquiera reconocía los pequeños almacenes de aquí, todos desprovistos de mercaderes, tabernas y similares, y ensombrecidos por acantilados escarpados. En lo alto, las agujas Najahn se alzaban imponentes, y Torny supuso que más de un arma capaz de obliterar barcos apuntaba en su dirección.

Mientras Deux bajaba la rampa, Svarde volvió a tomar la delantera. No sacarían a los skars del barco, al menos no todavía. Primero la discusión, lo que significaba que el bárbaro, Bliss y Torny desembarcarían solos. Sin embargo, cuando Svarde comenzó a bajar por la rampa, los Najahn le ordenaron detenerse.

—Guardián —llegaron las palabras calmadas de una mujer mayor vestida con una túnica de erudita. La edad había dejado su huella en ella, pero Torny miró más allá de las arrugas hacia el collar en su cuello, las piedras incrustadas en él—. Antes de que vuelvas a poner tus pies en nuestra isla, la cual abandonaste por última vez como aliado, debes saber que esa espada no debe abandonar tus hombros. —La mujer se deslizó frente a todos los guardias—. Si su filo intenta tomar otra vida Najahn, no dudaremos en poner fin a la tuya de una vez por todas.

—¿Con qué? —gruñó Svarde en respuesta.

La mujer tocó el collar. —Hemos tenido tiempo suficiente para entrenar a algunos en el uso de las piedras. Mantendrás la paz en nuestras costas, Svarde.

—Eso, mi señora, depende más de ustedes que de mí.

Ella rio, luego se ensombreció. —Sin embargo, ahora que estás aquí, lamento tener que transmitirte una noticia desafortunada. La Égida, Catya, ha fallecido.

Torny había sido una niña cuando la última Égida murió, consumida en el trono. Había visto a Catya ascender, observado las ceremonias desde escondites y alcobas ocultas, aprovechando la distracción para vaciar algunos bolsillos y robar algunas manzanas. No obstante, Catya había sido esperanza, y su llegada había sido contagiosa, un nuevo comienzo para las islas. Que su vida hubiera terminado con tan poca fanfarria, ni siquiera un gran anuncio, dejó a la ladrona sin palabras.

—¿Cómo? —preguntó Svarde, el hombre muerto volviéndose cada vez más gris, desvanecido, y por un momento Torny se preguntó si iba a arrojar la espada y abrazar el olvido allí mismo—. ¿Qué la mató?

—Haciendo lo que siempre hacía —respondió la mujer—. Estaba salvando vidas, Svarde. Ahora vengan. Fassle está ansioso por hablar con todos ustedes, para ver si podemos dejar atrás esta terrible guerra.

Y sin embargo, mientras Torny y Bliss se unían al bárbaro en el muelle, con las filas Najahn cerrándose a su alrededor en una escolta apretada, la bandida no se sentía entre amigos.

Después de todo, ¿por qué querrían los ganadores terminar la guerra?

9
LA GUARDIA ELEGIDA

Quik cumplió su palabra con los prisioneros najahn. Pavarde no.

La capitana najahn escuchó el relato del ataque de los demonios y despidió al trío superviviente, ordenando una segunda expedición para cazar a los monstruos. No insistió en que Quik los acompañara, y eso, pensó Quik más tarde, debería haber sido la primera señal. Salió del informe sin sospechas, comió mientras el clíper que lo llevaría a Kance continuaba sus reparaciones y se abastecía de suministros. Quik bebió vino de melocotón, deambuló hasta la playa sur de Mottilan y observó las olas hasta mucho después de que Sichi se elevara. Demasiado emocionado para dormir, demasiado ansioso por dejar atrás este terrible recordatorio.

El cazador no se percató de las nuevas embarcaciones, ni de los cuerpos najahn llevados para ser incinerados.

Un najahn lo despertó, como prometido, en la madrugada. El dolor de cabeza causado por el vino desapareció cuando Quik abrió los ojos de golpe, encontrando su escape. Pavarde lo había alojado en una pequeña casa de Mottilan con otros pocos najahn, la mayoría de los cuales aún dormían. Su guía se llevó un dedo a los labios y le mostró una túnica y un gorro de navegante najahn. Quik asintió, se levantó de la estera y se puso la túnica sobre su tejido Vis. No era un gran disfraz, pero en la penumbra de la mañana podría ser suficiente.

El guía retrocedió hacia la puerta, el suelo de bambú en silencio. La mano izquierda del hombre hizo un gesto hacia adelante, pero Quik aún no estaba listo. El cazador se dirigió a la pared opuesta a la estera, donde sus guanteletes colgaban de una única clavija.

—No —susurró el guía, mirando a Quik con severidad—. Te delatarán.

Quik simplemente negó con la cabeza y tomó los guanteletes. No se los puso, pero utilizó la misma cuerda fina para atarlos al tejido en su cintura. El leve disfraz de la túnica tendría que bastar. Su guía, aceptando lo inevitable, maldijo en silencio y continuó.

Más allá de la casa, salieron a un Mottilan que despertaba. Pavarde había alojado a los najahn en la base del acantilado, cerca del puerto. El daño causado por el fuego aquí no había sido tan extenso, y los esfuerzos de reconstrucción ya estaban bien encaminados, con bambú talado y otra madera apilada y lista para usar. La capitana de Noctia era eficiente, exigente, y combinaba ambas cualidades con una fría implacabilidad que hacía que tanto prisioneros como soldados trabajaran sin quejarse demasiado.

O quizás, a estas alturas, era la amenaza de las garras de Quik lo que hacía que los Vis trabajaran para deshacer su propia destrucción.

Eso, al menos, terminaría hoy.

Quik mantuvo la cabeza baja y siguió a su guía. Ignoró su estómago que despertaba con el aroma del pescado cocinándose y el café hirviendo hecho con cacao fresco de Vis. El canto de la jungla que despertaba también llamaba a Quik, los mismos pájaros y animales salvajes de siempre, aunque esta vez teñido de tristeza. El cazador pensó que esta podría ser la última vez que vería su tierra natal, y era bastante amargo tener que escabullirse después de una derrota.

Una derrota que Quik desharía tan pronto como llegara a Kance, encontrara a Wax y ayudara a su hermano a destrozar a los najahn.

—Escabullirte no te sienta bien, Quik —la voz de Pavarde cortó la niebla matutina, por encima del chapoteo de las olas. Habían llegado al muelle, dando los primeros pasos sobre sus tablones de madera flotante. Quik se giró para encontrar a la capitana de pie, sola, al final del embarcadero—. Eres un guerrero, no un espía. Me sorprende que Masayo no lo viera, antes del final.

Detrás de él, Quik escuchó los pasos de su guía al huir. Solo, entonces, y sin pretensiones. Bien.

—Ella pensó que también podría cambiarme —dijo Quik, irguiéndose—. Un error fatal.

—Cegada por aduladores como todos los demás en Noctia. Fassle también. Tú, sin embargo, vas a ayudarme a cambiar eso.

Eso desconcertó a Quik. Había esperado una paliza, una escolta de vuelta a su cama. O tal vez una ejecución directa. Pavarde, sin embargo, no pedía nada de eso, solo mantenía su distancia y esbozaba una sonrisa astuta.

—¿No entiendo? —preguntó Quik, finalmente. No tenía paciencia para las personas que provocaban respuestas con pausas.

Gladdring había hecho lo mismo. Cuando llegó la

noticia de la muerte de ese hombre, Quik no derramó ni una sola lágrima.

—Tu Reina de Kance ha enviado su buque insignia a Noctia. Está abriendo un camino terrible a través de nuestra flota, lo suficientemente malo como para que haya ordenado que continúe sin ser molestado. —Pavarde se acercó ahora, señalando detrás de ella—. El barco que ibas a tomar para Kance tiene un nuevo destino y otro nuevo pasajero.

—¿Usted?

Quik no podía pensar en otra razón por la que Pavarde estaría haciendo esta gran aparición, este discurso.

—Vis es una isla atrasada, Quik. Hermosa, pero no me quedaré aquí confinada. No después de tanto tiempo en el lado lejano de Foti. Tú eres mi boleto de vuelta a casa. —Pavarde seguía acercándose. Aún sin guardias, sin ballestas apuntando. Las manos de Quik se crisparon—. Ya sea que esa Reina de Kance destruya a Fassle o muera en el intento, habrá un vacío. Uno que pretendo llenar, ya sea en el Palacio del Cielo o en la Ciudad Anillada.

—¿Por qué me está contando esto?

—Porque tú, Quik, serás mi cebo y mi arma. —Pavarde extendió la mano y la puso sobre el hombro de Quik—. Haz esto, y me aseguraré de que seas liberado. Haz esto por mí, y Noctia olvidará tus crímenes. Podrás regresar con tu hermano, si vive, o navegar de vuelta a Kitaye.

Tan cerca, y Quik calculó que pesaba el doble que Pavarde. Un solo puñetazo podría romperle la garganta. Sin embargo, la mirada de Pavarde lo detuvo. Otra promesa najahn, en la que no confiaba en absoluto, pero que venía con un señuelo. Uno al que no podía resistirse.

Si el barco de Eujo se dirigía a Noctia, probablemente Wax estaría en él. Y había pasado demasiado tiempo desde que Quik había visto a su hermano.

—Tendrás tu arma —susurró Quik—. No soy un cebo.

La mano de Pavarde se deslizó del hombro de Quik y le acarició la barbilla. El cazador se quedó atónito mientras la sonrisa de Pavarde se ensanchaba, sus ojos afilados adquiriendo un brillo diferente al de antes.

—No —dijo Pavarde—, supongo que no lo eres. Cada vez estoy más agradecida de que no murieras en ese acantilado, Quik. Esto sería mucho más difícil sin ti.

Se hicieron a la mar una hora después, asignándole a Quik un papel como cualquier otro marinero, aunque su falta de habilidades marineras pronto lo relegó a fregar la cubierta del clíper y hacer recados para quien los necesitara. Pavarde no vigiló mucho a Quik conforme avanzaba el día, mientras el clíper viraba hacia el norte alrededor de Vis, en su lugar comandando el barco y redactando misivas que entregaban a otras naves najahn que se dirigían de vuelta a Mottilan o hacia los combates cerca de Kance.

Solo cuando el anochecer puso fin al turno de Quik, descubrió que sus guanteletes habían sido trasladados de su hamaca a los aposentos del capitán en la popa del barco. La antigua capitana del barco, una mujer acosada y curtida en la batalla, ocupó el lugar de Quik y le transmitió el mensaje con una risa ácida. Encontró la puerta sin cerrar, sin saber qué esperar. El día había sido un torbellino, la esperanza y la sospecha jugando juntas y terminando, de alguna manera, aquí.

Pavarde esperaba dentro, sentada con toda su indumentaria en una pequeña mesa. Una bota de vino de melocotón y dos pequeñas copas de madera aguardaban. La cama de Pavarde se encontraba en el lado de babor del camarote, mientras que una estera de paja se extendía a lo largo de estribor. Sus guanteletes yacían cerca de esta última.

—Para tu protección —dijo Pavarde mientras Quik miraba fijamente—. La tripulación está descubriendo quién eres, y hay más de unos cuantos que han perdido amigos por culpa de Kance o de tus amigos de Vis. No perderé mi arma antes de que pueda ser blandida, así que te quedarás aquí cuando no estés trabajando. —Su tono se volvió cortante—. Y estarás vigilante en cubierta. Una puñalada entre las costillas o un empujón por la borda es algo fácil en un barco como este.

—Mucho problema para mantenerme con vida.

—Valdrá la pena, Quik, al final. —Inclinó la bota y llenó las copas—. Ahora, toma un trago y cuéntame más sobre esa Reina de Kance y sus amigos. Necesito saber si es mejor que sigan vivos o no.

10

EL TESORO DEL VIENTO

Por una vez, Eujo no vio humo elevándose a través de su isla. La sala del trono en el Palacio del Cielo ofrecía vistas hacia el oeste y el sur desde sus enormes ventanales que daban a la ciudad, el cristal limpiado cada mañana por fieles trabajadores. La ventana que Eujo rompió durante su desesperada huida del ataque de Gladdring ya había sido reemplazada, un uso quizás cuestionable de los recursos en tiempos de guerra que ahora daba sus frutos mientras Eujo contemplaba una tierra y un mar plácidos.

—¿Cuánto tiempo? —preguntó Eujo, sin molestarse en darse la vuelta.

El hecho de que no estuviera sentada en el trono mientras mantenía una audiencia podría haber provocado rumores de desaprobación, en los tiempos en que Kance tenía suficiente tiempo y políticos inútiles para difundirlos. Con solo Livier, un puñado de consejeros todos inquebrantables en su lealtad, y el hombre que se dirigía a ella, el Capitán Narro, Eujo pensó que no tenía que preocuparse por las apariencias.

—Los Najahn no han dicho nada, pero muchos de sus barcos están regresando a los puertos —respondió Narro, resplandeciente en su túnica de oficial de Kance azul plateada—. La logística allí llevará días al menos. Posiblemente un mes o más si están dando permiso a los marineros.

—No suenas tan feliz por eso como yo esperaría.

—No sabemos por qué, mi Reina. Los Najahn estaban ganando. Nos estaban agotando. ¿Por qué retirarse ahora?

Cuando su compañera Reina aún vivía, había sido asediada por los consejeros cada mañana. A Eujo la habían dejado fuera de las reuniones importantes, enviándola a ser una figura decorativa. Representar a las coronas de Kance y manejar deberes más ligeros y divertidos. El hecho de que esto mantuviera a Eujo alejada de las verdaderas palancas del poder no era algo que echara de menos, ni algo que le importara.

¿Una ladrona salida del arroyo, con una buena cama y buena comida? ¿A quién le importaba algo más?

Sin embargo, esa misma mañana, como había sido desde que Gladdring murió no hacía más de una semana, Eujo había sido despertada con desayuno e informes, sugerencias y juicios silenciosos de aquellos que entregaban las noticias sobre su inexperiencia, sus elecciones, sus antecedentes.

Una de esas sugerencias había sido mantener en secreto la misión de paz de Svarde. Los soldados que creyeran que la guerra estaba terminando por pagar a los Najahn podrían perder la moral, incluso volverse contra Eujo por orgullo. Mejor, en cambio, enmarcar el final de la guerra, cuando llegara, como Noctia volviendo a sus cabales.

—Usted está en el combate, Narro —dijo Eujo,

midiendo sus palabras—. ¿Cuál cree que es la razón más probable?

El capitán dudó. Eujo se dio la vuelta completamente ahora, se paró entre los dos tronos con la espalda hacia el cristal.

—Hable, capitán —dijo Livier desde un lado de la habitación. Se apoyaba contra el cristal allí, una pose que el asesino siempre parecía asumir, aunque Eujo pensaba que podría matar a alguien de una docena de maneras diferentes—. Su Reina no lo matará por sus opiniones.

Narro asintió, se armó de valor. —Hay dos posibilidades, para mí. O los Najahn están exhaustos, porque han tenido que mover a tantos soldados en los últimos dos meses, y estaban enfrentando una rebelión...

—Poco probable —dijo uno de los consejeros de Eujo, un hombre canoso que siempre, siempre apestaba a pescado viejo—. Ningún ejército que esté teniendo tanto éxito perdería la confianza. Somos la última isla en pie, y apenas.

—De acuerdo —dijo Narro—. Lo que me lleva a otra línea de pensamiento. Sabemos que los Najahn están tratando de reunir y usar más skars. Podemos suponer que han estado entrenando a algunos soldados en su uso. Tal vez esas armas estén listas ahora. Esta es una oportunidad para llevarlas al campo de batalla y reducir sus pérdidas mientras nos empujan a una rendición rápida.

Ahora eso era un pensamiento interesante. Fassle equipando sus barcos con soldados que manejaran skars era una idea peligrosa y astuta. Si Fassle asumía que aplastaría a Kance rápidamente, podría desechar la oferta de paz y apostar por la conquista.

¿Podría Eujo apostar por Svarde, Torny y Bliss llevando a cabo la misión de respaldo?

No sola.

—Plantea un punto interesante —dijo Eujo, alejándose del cristal y acercándose al capitán—. ¿Dice que tenemos unas semanas, tal vez más, antes de que los Najahn puedan devolver estos barcos a la lucha?

—Según mi estimación, sí.

—Entonces tal vez necesitemos tomar su temor y convertirlo en nuestra estrategia —dijo Eujo, tocando su brazalete, dejando que el skar Tamas burbujease.

A su alrededor, las impresiones de sus consejeros, de Livier y Narro se desvanecieron. La curiosidad y el escepticismo dominaban.

Era hora de ver cómo aterrizaba su idea.

—Nosotros también tenemos skars aquí —dijo Eujo—. Capitán Narro, ¿cree que la Marina de Kance tiene suficientes soldados dispuestos a usarlos?

El capitán dejó escapar una leve sonrisa. —Estaríamos encantados de aplastar a los Najahn con cualquier arma.

—Pero, mi Reina —dijo el mismo consejero que olía a pescado—, los skars, como usted misma demuestra, no pueden ser manejados sin entrenamiento. Incluso si podemos traer de vuelta a nuestros marineros más rápido que los Najahn, ¿cómo aprenderán a controlar las piedras sin lastimarse a sí mismos o a la ciudad?

—Simple —dijo Eujo—. Yo les enseñaré. Personalmente.

Llegar a las cámaras más altas del Palacio del Cielo requería más que las escaleras que serpenteaban por el exterior de la torre. Ningún elevador te llevaría a los últimos niveles. Las escaleras en espiral concluían con un único pasillo que se adentraba en el centro de la montaña. Ningún soporte para linternas o antorchas estropeaba sus paredes lisas, interrumpidas solo por prismas para asegurar que la luz del sol o el resplandor de Sichi llegara al final del pasillo. Un único soldado siempre estaba de guardia en la entrada, un puesto honorífico hasta hace poco, cuando Gladdring había guardado los skars aquí arriba.

En aquella mañana cuando Svarde y Ami emboscaron a la antigua Tenet Najahn, Eujo, Torny y Bliss habían subido corriendo estas escaleras bajo capas. El control mental de Gladdring había tenido sus efectos devastadores, y los soldados que las recibieron estaban aturdidos, capaces de blandir sus estocadas pero perdiendo cohesión con un solo golpe. Incluso un golpe fallido o un tropiezo en los escalones rompía el control de Gladdring, y la ligera resistencia se desmoronó.

Sin embargo, cuando habían llegado a este nivel, el hombre estaba muerto y la necesidad de llegar tan lejos había terminado. La siguiente vez, Eujo había visitado con sus Guardianes para llenar las alforjas para la ofrenda de paz, una tarea poco inspiradora. ¿Ahora? ¿Venir a defender su hogar?

Eujo se irguió orgullosa ante la puerta, un portal redondeado grabado con olas arremolinadas que pretendían asemejarse a los vientos constantes de la isla, y asintió a Livier.

—No, mi Reina —respondió Livier—. Usted debe abrir esto.

—¿En serio?

Livier sonrió. Eran los únicos dos que estaban allí, el asesino con una gran alforja a la espalda. Eujo había despedido a Narro y a sus consejeros para difundir las noticias, para reunir a posibles aprendices de skar mientras instaba a la gente de Kance a realizar todas las fortificaciones posibles en los tranquilos días venideros.

Y para encontrar momentos para llorar a los hijos e hijas de la isla perdidos en la guerra.

—Si usted estuviera herida, o si Kance no tuviera Reina, entonces lo haría yo —dijo Livier—. Hasta que llegue ese momento, este lugar le pertenece a usted y solo a usted.

—Como ex ladrona, esas son palabras tentadoras.

—Están destinadas a serlo. —Livier volvió a concentrarse en la puerta—. Aunque cualquier ladrón que lo intentara vería su vida extinguida en un instante.

La razón yacía en los emblemas a lo largo de la puerta, las espinas brillantes injertadas en los vientos grabados. Brillaban como diamantes, pero Eujo sabía que eran skars de Kance. Fragmentados y moldeados en la puerta, su secreto enseñado solo a unos pocos.

La antigua Reina le había dado la llave a Eujo, y algún día Eujo haría lo mismo con sus sucesores.

Se acercó a la puerta, cerró los ojos y colocó sus dedos contra su superficie ondulada. Los skars de Kance allí dentro precipitaron su canción hacia ella, amenazando con abrumarla con su rápido coro. Si los hubiera sorprendido, todo el poder podría haberlos arrojado por el pasillo, sobre la terraza abierta y al aire. Livier insistía en que algunos pobres tontos se habían matado antes de que los grupos menos respetables de Kance aprendieran la lección.

Eujo, sin embargo, captó la canción y dirigió su ritmo hacia la puerta, enviando las corrientes de viento a lo largo de esas curvas. La presión giró las cerraduras construidas en la puerta misma, reteniendo los pernos el tiempo suficiente para que la puerta se abriera hacia adentro, dando paso a una gran cámara de varios pisos de altura. Mientras la puerta se movía, la luz entraba, creando una maravilla que nunca dejaba de quitarle el aliento a Eujo.

Kance amaba los trucos de luz casi tanto como amaba el

viento, y mientras la luz del sol fluía más allá de Eujo, golpeaba barras de vidrio colgantes. Los ecos prismáticos se lanzaban en ángulos precisos, golpeando espejos y calentándolos, expandiendo gases encerrados en su interior que, a su vez, empujaban interruptores. Estos liberaban listones en la parte superior de la cámara, que se deslizaban para revelar claraboyas. Nueva luz se precipitaba, rebotando en aún más espejos para proyectar focos sobre los muchos nichos y la mesa central. Todos esos nichos contenían recuerdos de los antiguos gobernantes de Kance, desde estocadas favoritas hasta libros, joyas y un suave hanoko morado de peluche, elaborado siglos atrás por un artesano de Vis.

Lo que habría costado construir este lugar, el tiempo y los recursos, Eujo no podía imaginarlo. Podía, sin embargo, estar de acuerdo en que el esfuerzo había valido la pena.

Eujo y Livier se dirigieron a la mesa central y los cofres que estaban sobre ella. Las mismas cajas de seguridad de Kance que Gladdring había cargado en Noctia, cada una más ligera ahora después de la ofrenda de paz. Sin embargo, quedaba lo suficiente para añadir una nueva arma a la defensa de Kance. Una elección arriesgada, y una que podría llevar la guerra a un nuevo nivel, pero Kance no necesitaba derrotar a los Najahn.

Svarde, Torny y Bliss lo harían. Tenían que hacerlo.

Sin embargo, ninguna Reina confiaría solo en un plan.

—Livier —dijo Eujo mientras comenzaban a meter los skars en la gran alforja del asesino—, tengo otra petición.

—Hable y yo me encargaré de que se cumpla.

—Sin los demonios, Fassle no tiene mandato. Los Najahn no tienen razón para estar en todas las islas. ¿Está de acuerdo?

—Tiene cierto sentido, mi reina.

—Y los líderes de estas islas, de Rana y Whent, Foti y Tamas, eran independientes hace meses. No puedo imaginar que les guste tener las botas de los Najahn en sus cuellos.

—Otra suposición razonable.

—¿Pueden usted y sus Vientas decirles que es hora de quitarse el yugo de Noctia?

Livier dejó de agarrar piedras y miró fijamente a Eujo, quien respondió con una sonrisa maliciosa.

—¿Quiere cortar el apoyo de Fassle en todo el mundo? —preguntó Livier.

—Quiero que las islas sean como eran. Independientes, no encadenadas a un dictador. —Eujo recogió un skar de Foti, examinando su esmalte rubí—. Y si unas pequeñas rebeliones igualan nuestras probabilidades, tanto mejor.

Livier continuó mirando fijamente, antes de reírse para sí mismo. —Creo que todos hemos estado subestimándola, mi Reina.

—Usted y todos los demás —respondió Eujo—. Envíe el mensaje a sus agentes, Livier. Es hora de que las islas recuperen su libertad.

11

TRATOS AFILADOS

El calor llegó primero, robándole el aliento a Wax y perlando su frente de sudor mucho antes de que cualquier caminante de fuego apareciera a la vista. Él, Sawi, Annalyse y su explorador Whent se habían instalado en el extremo más alejado de un largo y recto tramo para esperar. El explorador había sugerido esconderse, escabullirse de los caminantes de fuego y continuar hacia Kance, pero Wax se había negado.

Estarían marchando de vuelta a Dreamhold, y cuando los caminantes de fuego llegaran y encontraran a sus familias...

—¿Entonces qué vas a hacer exactamente? —preguntó Sawi, de pie detrás de Wax—. ¿Cuál es tu plan con estos demonios? Porque si solo vas a pararte ahí y decir: lo siento, encerré a casi todos los que conocen en un mundo moribundo, no se desquiten conmigo ni con mis amigos, tal vez deberías intentar un enfoque diferente.

—Estoy trabajando en ello —respondió Wax.

—Entonces tal vez deberías seguir trabajando en ello

después de que pasen estos caminantes de fuego, y tengamos más tiempo para que tu genio lo resuelva.

—¿Mi "genio"?

Sawi solo sonrió con suficiencia, pero detrás de esa sonrisa yacía una verdadera preocupación. Sawi lo ocultaba bien, pero el skar Tamas alrededor del cuello de Wax lo captaba. El explorador Whent parecía sumido en el miedo. Solo Annalyse sofocaba el miedo con una curiosidad sombría. A juzgar por sus historias de fogata, la científica y el peligro eran viejos amigos.

—Si me permites sugerir algo —dijo Annalyse mientras el calor seguía aumentando y el suelo temblaba con los pasos que se acercaban—. Tal vez sea violento, pero si he aprendido algo desde que dejé Whent, es que eliminar un problema es mejor que postergarlo. Usa los skars, Wax. Destruye a estos caminantes de fuego. De todas formas, no son de nuestro mundo.

—¿Tú dices eso? ¿La científica? —preguntó Sawi—. Pensé que querrías examinar...

—Lo intenté. En un tiempo, me encantaba. Luego, fui utilizada. Perdí mis instrumentos, me convertí en un peón, y cuando encontré a alguien incluso en todo eso, me lo arrebataron porque no me había esforzado lo suficiente.

—¿Lo suficiente para qué?

—En Vis, después de que escapé de Gladdring, Deshiva me pidió que usara los skars que había tomado para salvar a sus cazadores, para ayudarlos a derrotar a los Najahn. Dudé. Perdieron. Los skars ahora pertenecen a Fassle. —Annalyse miró con puro veneno al suelo de roca, iluminado por las pequeñas linternas Whent en sus cinturas—. No cometas mi error, Wax. Un desastre viene hacia nosotros, y tú puedes detenerlo. Después, podemos unirnos a Kance y hacer lo mismo con los Najahn. El camino está claro.

—¿Estás de acuerdo con ella? —preguntó Wax a Sawi—. ¿Crees que debería destruir a estos demonios?

La Vis frunció el ceño, con todos los rastros de esa sonrisa burlona desaparecidos hace mucho.

—Creo que nuestros antiguos yo se preocupaban más por la vida. Creo que te conozco lo suficientemente bien, Wax, como para decir que te arrepentirías de esto. O al menos, te atormentaría durante mucho tiempo. También sé que estás dispuesto a hacer lo correcto, aunque sea duro para ti.

—Bueno, gracias, pero eso no es una respuesta, Sawi.

La Vis cerró los ojos por un segundo, se recompuso.

—No se lo merecen. No es su culpa que los dioses la hayan liado. Pero tampoco es nuestra, y si estos demonios realmente nos destruirían a nosotros, a nuestros amigos y a todo lo que pudieran porque están enojados, entonces nosotros también tenemos un deber. Tú lo tienes, Wax. Lamento que recaiga sobre ti, de verdad, pero no creo que haya otra manera.

Wax asintió. Era difícil llegar a una conclusión diferente. Los demonios no habían tenido suerte, pero Wax tenía amigos entre esos Whent en Dreamhold. Le habían dado cerveza, le habían cantado canciones, le habían mostrado los mejores juegos de bar de la isla. Wax llevaba cueros confeccionados para él por artesanos Whent, tenía alforjas abastecidas con su comida. Si Wax simplemente dejaba pasar a los caminantes de fuego, ¿cuántos de esos amigos morirían?

Los skars estaban de acuerdo. Foti, Rana y Whent se agitaban mientras Wax hacía señas a Sawi y Annalyse para que retrocedieran cerca del explorador. Intentó elaborar un plan, algo que no derrumbara la caverna sobre ellos. El skar Rana encontró charcos, pequeños ríos ocultos en las rocas cercanas. Podría extraer esa agua, empapar a los caminantes de fuego. Eso podría ser suficiente.

Si eso fallaba, el skar Noctia siempre estaba listo. Wax podría arriesgarse a un ataque más directo.

Tocó el skar Rana, dejando que su gorjeo fluido lo impregnara. Wax se estiró, la fría corriente abandonando sus dedos de manos y pies para aferrar los riachuelos, los arroyos, los canales. Los encontró, uno por uno, y los agarró. Con un tirón suyo, romperían y bañarían el túnel.

Y asesinarían a docenas de demonios que solo buscaban un nuevo hogar.

Una sombra apareció primero, iluminada por llamas distantes. La figura avanzó por el túnel con confianza, aunque ese avance se ralentizó cuando notaron que no estaban solos. La sombra se volvió y silbó algo de vuelta por el túnel, antes de alcanzar su cintura y desenfundar una hoja.

El skar Rana quería ahogarlos. Wax lo empujó hacia atrás, como apartando un dolor de cabeza.

—Mejor digan quiénes son y qué están haciendo aquí —dijo la sombra—. Mis amigos no están lejos, y si no les doy el visto bueno, estos serán sus últimos alientos.

Sawi, detrás de Wax, resopló.

—Por supuesto que es ella. Eso explicaría por qué no estaba en Dreamhold. —La amiga de Wax se adelantó—. ¡Eh, Ami! Dile a tus amigos que se detengan un minuto y ven aquí. Tenemos que hablar.

—¿Sawi? —respondió Ami, incrédula—. ¿Qué estás haciendo aquí? Pensé que los Najahn te habían matado en Vis.

—¿Después de tu entrenamiento? Ningún Najahn podría tocarme.

Ami se rió, avanzando a zancadas, y la pareja se

envolvió en un fuerte abrazo. Wax se sobresaltó al ver la máscara dorada de Ami, los brillantes skars Vis incrustados en ella. Aunque, si la antigua Guardiana había sobrevivido a la mitad de lo que Sawi decía que había sucedido en Noctia, una máscara contaba como salir bien librada. Annalyse siguió a la Vis, el trío tomándose un largo momento para compartir que habían sobrevivido tanto tiempo.

El tipo de cosa que a Wax no le importaría hacer con Torny, Eujo y Bliss algún día. Pronto.

—Este es Wax —dijo Sawi.

—El novio —asintió Ami, y luego clavó un dedo en el pecho de Wax—. ¿En qué estabas pensando al dejar a Sawi? Ella es demasiado buena para ti, y si crees que va a aceptarte de vuelta, estoy aquí para decirte que...

Ante el tono de Ami, el skar Noctia cobró vida, dispuesto a arrebatarle la poca vida que le quedaba a la amenazante Guardiana. La piedra de la muerte silenció al skar Rana, suplicando a Wax que lo liberara, y el Vis no pudo decirle nada a Ami, teniendo que concentrar todo su esfuerzo en suprimir el skar.

—Ami —dijo Sawi mientras Annalyse se reía, sin que nadie notara la concentración de Wax—. Ya lo hemos superado. Eso está en el pasado.

—Entonces tienes suerte —dijo Ami, sin apartar la mirada de Wax ni por un momento—. Estaba a punto de destriparte. —La amenaza se deslizó mientras hablaba, y la Guardiana entrecerró los ojos—. ¿Qué te pasa, Vis? Te ves enfermo.

—No me amenaces —susurró Wax, con el skar Noctia aún rugiendo. Ami estaba tan cerca que no haría falta más que un roce—. Retrocede.

—¿Qué me has dicho? —La mano de Ami fue hacia su espada.

—Ami, por favor —Annalyse se interpuso entre los dos —. Haz lo que te pide.

—¿Por qué debería?

Sawi se unió a Annalyse, y entre las dos separaron a Wax y Ami. Con la Guardiana fuera del alcance de la espada, el skar Noctia se calmó, y Wax dejó escapar un suspiro exhausto.

—Él es la Renovación, Ami —dijo Sawi—. Tiene los skars. Él cerró las puertas.

—¿Este tipo? ¿Este chico? —Ami miró por encima del hombro de Sawi—. Más joven de lo que pensaba. —Levantó la mano de su espada y miró hacia donde estarían esperando sus protegidos—. ¿Qué están haciendo ustedes cuatro aquí, esperando?

Sawi y Annalyse explicaron mientras Wax volvía al skar Rana, encontrando de nuevo esos arroyos y pozas de cuevas. Dada la mirada fulminante de Ami, que solo se intensificaba cuanto más Sawi y Annalyse describían por qué Wax debería ahogar a los caminantes de fuego, estar preparado con el agua era una buena idea.

—Excepto que no vas a hacer eso —dijo Ami, dirigiéndose a Wax—. No vas a lastimar a mis amigos porque cometiste un error. En cambio, vas a arreglarlo.

—¿Arreglarlo? —preguntó Wax.

—Cerraste las puertas. Ábrelas. Fácil.

¿Lo era? Wax no lo sabía. No lo había intentado, aunque sí lo había pensado. Después de charlar con el Rey Muerto, Wax había reflexionado sobre la idea, dándole vueltas cada noche después de que acamparan. Pensó en los peligrosos monstruos parecidos a perros que habían masacrado las aldeas en Vis, los harapientos demonios robaalmas de Tamas que devoraban mentes, la gigantesca criatura burbuja en Rana que casi había ahogado el puesto avanzado...

—Volverán a pasar —dijo Wax—. Los demonios nos invadirán de nuevo, como lo estaban haciendo al final. Sus hogares se están desmoronando y están desesperados. Ya no es un goteo.

—Simple —rebatió Ami—. Solo abre la de Foti. Ninguna otra. Es la única de la que sabemos con seguridad que tiene demonios que valen la pena.

Solo Foti. Una petición más fácil.

Wax se giró, mirando hacia el camino por el que habían venido. Días de viaje para volver a Dreamhold, a las puertas. Impulso perdido. Solo por los caminantes de fuego. No cuando Eujo, cuando Kance, estaba bajo ataque.

—No tengo tiempo —dijo Wax—. No ahora. Tendrás que hacer que esperen, y luego lo intentaré.

—¿Entonces? ¿Después de que tomes las armas contra los Najahn? Probablemente morirás —dijo Ami—. Entonces no tendremos nada. Inaceptable.

—No tienes opción.

Ami se movió como un rayo, desenvainando la espada de su cintura y poniendo la punta en el cuello de Sawi. El Vis siseó una maldición, pero no se movió. —Siempre hay opciones, Wax.

El skar Noctia volvió a rugir, esta vez con un tinte herido, como recordándole a Wax que la piedra tenía razón desde el principio. Wax debería dejarlo ir ahora, acabar con la Guardiana. Eliminar la amenaza.

—Tienes razón, Ami —dijo Wax, con la fuerza corriendo hacia las puntas de sus dedos, exigiendo ser liberada. Annalyse retrocedió, diciéndoles a ambos que se calmaran. Los ojos abiertos de par en par de Sawi y su postura rígida solo inflamaron aún más el skar Noctia—. Siempre hay opciones, y yo he hecho la mía.

12

LA PRIMERA RONDA

La guerra cambiaba las cosas. Torny se tomó muy en serio esa observación obvia mientras los Najahn los conducían desde el muelle a través de sus propios barrios. Lo que una vez había sido un bullicioso hogar para eruditos y soldados ahora se inclinaba fuertemente hacia estos últimos. Reclutas novatos de todas Las Siete Islas abarrotaban las calles, guiados de un lado a otro por comandantes Najahn que probablemente esperaban haber servido sus años sin mucho conflicto, salvo por algún que otro demonio o borracho ocasional.

El humo también se unía a los soldados, ahogando el aire marino de Noctia con sus negras bocanadas. Todas las forjas encendidas y otras nuevas surgiendo. Algunas fabricarían voulges curvadas y espadas, pero Torny vio evidencia de otras cosas nuevas también: tubos pequeños y esculpidos con gatillos y objetos metálicos más grandes y redondeados que yacían en camas de carros enteras.

—¿Qué crees que son esas cosas? —señaló Bliss mientras caminaban, con Najahn delante y detrás.

—Ni idea —respondió Torny con señas—. Podría intentar robar uno de esos pequeños.

—Ni se te ocurra.

Bliss tenía razón, por supuesto. Intentar un robo al azar durante una misión diplomática no era la mejor idea, pero ¿cuándo se había caracterizado Torny por tener las mejores ideas? Aunque, por otro lado, había otras formas de averiguarlo.

—¿Qué es esa cosa? —preguntó Torny a un guardia Najahn que los seguía mientras pasaban junto a otro carro que se dirigía al puerto.

El hombre captó el objetivo de Torny y le sonrió con suficiencia.

—Ya lo descubrirás.

—Es un arma, ¿entonces?

—Una condenadamente buena.

—¿Qué hace?

El Najahn la miró con recelo y luego asintió hacia adelante.

—Tu armada te lo dirá pronto.

—Pero podrías decírmelo ahora.

Torny sintió que Bliss tiraba de su túnica. De todos modos, el guardia ya no le estaba dando más que una mirada fulminante, así que Torny le dedicó una sonrisa y siguió el tirón.

—Lo estaba ablandando —señaló Torny a una Bliss que ponía los ojos en blanco—. Me lo habría contado todo.

—Estás llena de ti misma.

—Alguien tiene que estarlo.

Bliss se rio mientras doblaban hacia otra plaza. La fuente aquí rociaba agua preciosa, un signo vano en la isla escasa de humedad. Los negocios zumbaban bajo más cánticos militares, la mañana dando paso al almuerzo.

Aromas frescos y suculentos se elevaban mientras las cafeterías y los cafés comenzaban sus rutinas de la hora de la comida, todos ellos deliciosos después de los días en el mar. Comer sin balancearse sobre las olas sería un cambio maravilloso, uno que el estómago de Torny no se avergonzaba de expresar.

—Yo también tengo hambre —dijo Bliss—. ¿Crees que Fassle nos ofrecerá comida?

—Probablemente nos mate primero.

—Me gustaría verlo intentarlo.

Torny se rio entre dientes. Los guardias que caminaban con ellas estaban observando las señales con las manos, y Torny notó que mantenían las suyas cerca de sus armas, como si Torny y Bliss pudieran estar planeando saltar sobre los Najahn en medio de mil aliados. Ridículo.

El Círculo, el colectivo dirigente de los Najahn, se encontraba dentro de la torre principal de los Najahn. El edificio se elevaba demasiados pisos como para que Torny pudiera contarlos, con salientes y pasarelas que conducían a otras torres. Todo, desde dormitorios hasta celdas de prisión, se encontraba dentro de las torres Najahn, todo diseñado por ingenieros Whent y Foti para complacer a los Najahn, a Noctia y a su poder.

Así había sido siempre en todas las islas: la mayoría quería seguir adelante, dedicarse a sus pasiones. Si alguien más venía y les garantizaba eso a costa de unas pocas libertades menores, bueno, ¿a quién le importaba realmente?

Noctia y los Najahn se habían convertido en esa protección, y ahora estaban actuando sobre su gradual control de cada pueblo, ciudad y tierra. Todos estaban demasiado acostumbrados a su liderazgo, su fuerza, su ambición.

Torny resopló mientras entraban en la torre, pasando por amplias puertas de madera mantenidas abiertas por aún más guardias. Para ser una bandida, estaba pensando por encima de su posición, por encima de lo que necesitaba preocuparse. Svarde entregaría los términos a Fassle, quien o bien los aceptaría y los tendría de vuelta en el barco hacia Kance al final de la noche, o el señor Najahn los rechazaría, en cuyo caso todos estarían muertos.

Así que Torny dedicó los pasos restantes por un pasillo lleno de gente, hacia una cámara circular con un centro hundido, a clasificar sus comidas y bebidas favoritas, y cuáles probaría de nuevo si a la bandida solo le quedara una última comida por vivir.

Una distracción mucho más agradable.

El Círculo, al menos, cumplía con su nombre. Dentro de la sala, todas las sillas estaban ocupadas. Las linternas brillaban detrás de figuras con túnicas, la mayoría llevando insignias que los identificaban como Tenets o embajadores. Frente a la entrada había cuatro sillas con respaldos más altos que las demás, ocupadas por túnicas con flecos dorados: dos Adeptos, Fassle y Yarvick.

Ver de nuevo al líder de los Dedos Ágiles hizo que Torny trastabillara, algo que Bliss captó y disimuló envolviendo a Torny con un brazo, empujando a la bandida hacia adelante. Con su mano derecha libre, Bliss le dijo a Torny que se mantuviera serena.

—Es fácil para ti decirlo —señaló Torny de vuelta mientras se detenían detrás de Svarde—. El hombre que te desterró de tu hogar y tu familia no está sentado justo ahí.

—Bastante cerca —respondió Bliss con señas mientras Fassle les daba la bienvenida.

—¿De qué estás hablando?

Svarde los presentó a todos, Torny manteniendo la compostura lo suficiente como para hacer una breve reverencia a Fassle al escuchar su nombre. La llamó Guardiana, lo que casi hizo sonrojar a Torny hasta que recordó que eso era exactamente lo que era. Incluso Yarvick le dio un asentimiento a Torny al oír el título.

Más respeto del que el hombre le había mostrado, bueno, nunca.

—Me refiero a Fassle —señaló Bliss cuando las presentaciones terminaron y Svarde había caído en su gruñona exposición de los términos, teniendo cuidado de presentar a Kance como bastante más fuerte de lo que realmente era—. El hombre que convocó la Renovación, que me sacó de Vis, y ahora ha conquistado toda mi isla. No me queda hogar.

—No es exactamente lo mismo, pero lo entiendo.

La elección de Bliss de irse podría haber sido opcional, claro, pero al igual que Torny, no podía volver al mundo que había conocido.

—Svarde —dijo Fassle mientras el bárbaro concluía la oferta, intercambiando los skars por la paz entre Kance y los Najahn—. Creía que ya habíamos cerrado un trato. Tus demonios quemarían Kance hasta que se rindieran, y nosotros les daríamos un hogar en tu isla de fuego. —El embajador de Foti tosió, pero cuando Fassle le lanzó una mirada fulminante, se mantuvo en silencio—. Y ahora estás aquí trabajando para nuestro enemigo. ¿Qué ha cambiado?

—Me cansé de matar. Pensé que podría haber una mejor manera.

Fassle se echó a reír.

—¿Cansado de matar? ¿Tú? Lo dudo mucho. Con esa espada, deberías ser el mejor luchador de este planeta. Podrías haber conquistado Kance tú solo y haber vuelto aquí como un verdadero héroe. Qué oportunidad desperdiciada.

—Afortunadamente, Fassle, me importa un bledo tu opinión.

El hombre casi gruñó:

—Entonces quizás te importe esta: Kance puede olvidarse de su oferta. Tira las piedras al fondo del océano, por lo que a mí respecta. Lo que Gladdring robó ya se está reponiendo. Dentro de poco, la traición de ese hombre será tan inútil como su lealtad.

—Fassle —dijo Yarvick, hablando por primera vez—. Un rechazo apresurado podría ser precisamente eso, apresurado. Una contraoferta podría ser más apropiada. Una que salve vidas, mientras preserva nuestros objetivos.

—Sí —refunfuñó Fassle—, la cabeza de la Reina en una pica serviría muy bien. —Desestimó sus propias palabras con un gesto, probablemente al ver el odio que le lanzaba el trío visitante—. Oh, es una broma. Eso es todo. Si Yarvick quiere discutir, entonces discutiremos. —Hizo un gesto hacia la salida—. Sin ustedes presentes. Vayan, pero no de vuelta a su barco. He preparado habitaciones para ustedes tres. —Fassle frunció el ceño al ferrite—. Svarde, supongo que tu mascota se quedará contigo, ¿no?

—No es mi mascota —dijo el bárbaro—, pero Kivi está bien compartiendo mi habitación.

—Bien. Entonces vayan. Disfruten de la hospitalidad de Noctia. Tendremos nuestra decisión por la mañana. Y les alegrará saber que, una vez que recibimos la noticia de que venían en camino, suspendimos nuestras incursiones. Su isla está en paz. Por ahora. Ruego que sigamos así.

—Ese hombre es un mentiroso hambriento de poder —dijo Torny más tarde, cuando los cuatro se reunieron en una taberna del muelle de la ciudad llamada el *Colmillo de Rata*.

Svarde había sugerido que se escabullieran del barrio Najahn, así que Torny los llevó por suficientes callejones retorcidos hasta llegar aquí abajo. Si algún espía o soldado de la Tercera Mano Najahn los había seguido hasta aquí, bueno, entonces escucharían algunos insultos malhumorados sobre cerveza y no mucho más.

—Eso ya lo sabemos —dijo Svarde, después de dejar caer algunos hilos de Kance a cambio de la ronda. La tabernera, Che-Ri, le dio un abrazo al bárbaro antes de ordenarle que dejara la gran espada fuera. Cuando Svarde negó con la cabeza ante esa orden, Che-Ri lo miró fijamente durante un largo rato antes de volver a su barra, sin insistir en su demanda—. De lo que no estoy seguro es de si decidirá que tiene más sentido aceptar nuestro trato o quemar Kance hasta los cimientos.

—Esa no es la pregunta correcta —dijo Torny—. Tienes que mirar lo que tiene ahora. Seis de las Siete Islas bajo su pulgar. ¿Crees que va a dejar Kance en paz? Ese no es el estilo de Fassle.

—Entonces, ¿por qué viniste a esta misión, si crees que no hay ninguna posibilidad?

—Porque no creo que Fassle esté tomando las grandes decisiones. —Torny dio unas palmaditas al diario, cosido en un bolsillo del pecho de su túnica de Kance—. Yarvick es a quien realmente necesitamos convencer.

—¿Y cómo vamos a hacer eso?

—Déjamelo a mí. —Torny terminó su cerveza y se limpió la boca con la manga—. Hablando de eso, voy a dar un pequeño paseo. Volveré aquí cuando haya terminado, y entonces sabremos si todo está bien o si necesitamos que Deux nos saque de aquí navegando, rápido.

"¿No quieres respaldo?", Bliss hizo señas mientras Torny se ponía de pie.

—¿Para esto? —Torny sonrió, se inclinó y le dio un ligero beso en la mejilla a la Vis—. Es mejor que vaya sola. A los ladrones no les gusta que los forasteros husmeen en sus escondites, ¿sabes?

Lo que Torny no dijo al salir del *Colmillo de Rata*, mientras caminaba hacia el lado sureste de la ciudad, era que, si salían a relucir los cuchillos, no quería que ninguno encontrara el corazón de Bliss.

13
TENSIÓN

Pavarde cumplió su promesa. Durante varios días en el mar, protegió a Quik. Lo mantuvo asignado a tareas apartadas, desde preparar alimentos hasta limpiar bajo cubierta, aunque esto último hacía que Quik subiera más de una vez para vomitar por la borda. La embarcación Najahn no se deslizaba sobre las olas como lo hacían los barcos Kance, y la navegación rápida y accidentada lo mantenía en un estado casi constante de náuseas.

Sin embargo, esa enfermedad le daba a Quik una escapatoria por las noches. Pavarde lo enviaba de vuelta a su camarote, ofreciéndole vino y conversación con la mirada puesta en conexiones más profundas. Con Annalyse no muy lejos de sus pensamientos —una llama reavivada en su breve tiempo juntos en Mottilan—, Quik se encontraba más que repelido por alguien que lo había obligado a golpear a sus compañeros Vis, había amenazado su vida y dejado claro que Quik no sería más que un peón. Así que Quik se encontraba sintiéndose mal a medida que avanzaban las noches, declarando fatiga, un estómago revuelto, un agotamiento deprimente, y retirándose a la estera en su lado.

Para la tercera noche, Quik declaró que los juegos habían terminado. Sobre las mismas miradas fulminantes, en medio de las mismas copas de vino, después de que Pavarde terminara otra historia ingeniosa sobre la masacre de piratas Rana en la costa norte de Foti, Quik interrumpió a la capitana.

—¿Por qué yo, Pavarde? ¿Por qué todo esto, ahora?

El rostro de Pavarde se endureció con la disciplina habitual de un capitán antes de romperse en un profundo suspiro. Asintió hacia la puerta de la cubierta.

—Todos en este barco son Najahn, y todos buscan ascender en los rangos. Igual que yo lo hacía. Al principio, no es tan malo. Estás en esto juntos, tratando de honrar tu isla natal, tu familia y a Noctia al mismo tiempo. Pero a medida que asciendes, las oportunidades disminuyen. Solo unos pocos avanzan, y tus amigos comienzan a verte como competencia —Pavarde volvió a su vino. Quik le permitió tomar ese silencioso trago—. La lealtad, la protección se vuelven difíciles de encontrar. Las necesitaré a donde vamos, y más aún si tengo éxito.

—¿Crees que, después de lo que me has hecho hacer, te ayudaré?

—Ejemplos, y lo siento por ellos. Los ojos están en todas partes, Quik. Lo sabes. No podía ser blanda con un Vis que había herido a Najahn, a menos que pareciera que te había quebrado, que te había tomado para mí.

—Ridículo.

—¿Lo es? —Pavarde resopló—. Ahora estás atado a mí. Si algo me pasa, te quedas solo entre enemigos. Pero si me ayudas, me proteges, usaré mi poder para ayudar a tu hermano. Incluso liberaré Vis, si eso llega a estar a mi alcance.

—No creo que...

—No es una elección, Quik. Es una realidad —le dio una leve sonrisa, torcida por el vino—. En cuanto al camarote, bueno, ¿no puedes culparme por querer un poco de diversión extra, verdad? —Tan rápido como vino, ante el ceño fruncido de Quik, la sonrisa murió—. Sin ánimo de ofender. Los rumores ya están volando entre la tripulación. Estamos juntos, tú y yo, lo quieras o no.

El barco Najahn llegó a Noctia con el honor de Quik intacto y los afectos de Pavarde enfriados. El cambio hizo más fácil concentrarse en el barco que navegaba pasando el puerto frente a ellos, dirigiéndose a los muelles privados Najahn.

—¿Conoces ese? —preguntó Pavarde, de pie junto a Quik y el piloto en el timón del clíper—. Lo veo en tu cara.

—Es un barco Kance —respondió Quik.

—Obviamente. Uno ornamentado —Pavarde dejó escapar la sonrisa—. Dijiste que pasaste algún tiempo con tu hermano y la Reina Kance. ¿Es ese su barco?

Quik no dijo nada, tratando de encontrar una mentira creíble.

—Es importante que seas honesto conmigo —continuó Pavarde—. Si Kance ha enviado un emisario aquí, entonces eso puede cambiar nuestra posición. La información que tengamos y que nuestra competencia no tenga podría ser valiosa.

Durante el vino, Pavarde había detallado los susurros que volaban a lo largo del mando Najahn. Principalmente que aquellos que querían suceder a Fassle deberían hacerse visibles. Habría más de unos pocos oficiales queriendo hacerse cargo del Círculo, y la mayoría se estaban reuniendo en Noctia justo ahora, gracias a un mensaje enviado en secreto, una nota dejada en su almohada de vuelta en Mottilan. La verdadera razón del repentino salto de Pavarde lejos de Vis: Yarvick estaba abriendo la puerta a la gloria, y quien la atravesara se convertiría en leyenda.

El papel de Quik seguía siendo el mismo, hasta donde él sabía. Mantener a Pavarde a salvo, proporcionar información y, si fuera necesario, atraer a la Reina Kance a algún lugar para que pudiera ser capturada en beneficio de Pavarde.

Que no tenía intención de hacer esto último había quedado sin decir.

—El *Filo de la Tormenta* es el barco de Eujo —dijo Quik—. Si está aquí, ella también lo está.

Pavarde asintió. Adoptó un aire pensativo, no dijo nada hasta que el clíper atracó en el abarrotado puerto de Noctia, lleno de buques de guerra y tripulaciones trabajando. Pavarde le dijo a Quik que cogiera sus guanteletes, las túnicas Najahn y nada más.

—Fácil. No tengo nada más —respondió Quik—. Todo lo que poseía estaba de vuelta en Vis, en Kitaye.

—Bien —dijo Pavarde, observándolo desde la puerta del camarote. La capitana había cambiado su túnica dorada de comandante por un atuendo sencillo de soldado, igualando a Quik en el anonimato Najahn—. Entonces tendrás menos que perder.

No perdieron mucho tiempo, comiendo un rápido almuerzo de pescado ligero, lechuga y té en una taberna del muelle antes de proceder en una dirección que Quik no esperaba. No hacia el barrio Najahn, sino a una frágil posada en el lado norte del puerto, una que se encorvaba bajo una imponente torre de apartamentos de piedra. Ambos edificios parecían al borde del colapso, con crecimientos musgosos invadiendo los bloques desportillados. Un humo negro brotaba de la chimenea de la posada, su fuente revelada dentro de la puerta como una enorme chimenea que quemaba más plantas, musgos y estiércol animal que madera fresca.

Decir que *Demion's Rest* no era un lugar maravilloso sería afirmar lo obvio, sin embargo, sus mesas estaban llenas de marineros por la tarde. Algunos sorbían cerveza mientras que otros, los que volvían al mar esa noche, se deleitaban con comida y agua fresca en su lugar. *Demion's Rest* hacía honor a su nombre con imágenes colgadas de la primera Aegis, letreros grabados con algunas de sus frases más famosas exaltando los destinos y fortunas de la isla, y réplicas de skar incrustadas en las mesas. Quik pasó sus manos sobre las pequeñas piedras en la que eligieron, acurrucada en un rincón trasero, y se sintió un poco decepcionado de que ninguna voz balbuciente invadiera su mente.

No le vendría mal un skar de Vis o dos, dado lo que les esperaba.

Pavarde aseguró una habitación con el trueque estándar de los Najahn, una ofrenda de provisiones u otros recursos de las reservas de los Najahn, firmada con la propia firma del capitán.

—¿Eso no revelará que está usted aquí? —preguntó Quik.

—Para cuando ese posadero canjee esa nota, nuestros destinos ya estarán decididos —respondió Pavarde—. La reunión es esta misma noche.

—¿La reunión?

Pavarde había cambiado a café negro, a pesar de la hora. —Espero que estés listo, Quik. Esta noche sabremos si serás carnada o guardaespaldas.

Sin sus soldados, con un revestimiento anónimo, Quik consideró escapar de Pavarde mientras las horas pasaban en *Demion's Rest*. Pavarde no quería irse, aparentemente esperando alguna señal sobre dónde se suponía que sería esta reunión, pero ambos hicieron viajes a los baños del inn que daban directamente al mar, y cada vez que Pavarde iba al mostrador para conseguir comida o otra ronda de té, café o agua, la oportunidad de simplemente salir corriendo por esas puertas se ofrecía.

Quik se quedó. No por lealtad, lástima o algún sentimiento hacia Pavarde en absoluto. Estaba seguro de que, dada la oportunidad, Quik tomaría esos guanteletes y acabaría con el capitán Najahn él mismo. Pero irse, o cometer un horrible asesinato allí mismo en la sala común, no acercaría a Quik a su hermano, ni siquiera a Eujo. La Reina Kance probablemente también sabría dónde estaba Bliss.

Una vez más, Quik tuvo que anteponer el objetivo a largo plazo a las ambiciones inmediatas.

Empezaba a odiar lo a menudo que eso ocurría.

Pavarde se volvió silenciosa a medida que pasaba el tiempo, un silencio que Quik estaba feliz de complacer. Escucharon a los marineros charlando, al músico ocasional tomando un laúd o un violín en el pequeño escenario de la posada. El cazador se estiraba de vez en cuando, pero por lo demás, Quik no tenía más que sus pensamientos para pasar el tiempo.

Hasta que Pavarde terminó su último café, vertido en una taza de cerámica sucia, con un fuerte suspiro. Encontró los ojos de Quik.

—¿Listo?

—Creo —respondió Quik— que podría perder la cabeza si pasamos otra hora en esta posada.

Pavarde se rio, se puso de pie. —Lo siento, llegamos antes de lo que pensaba, y era mejor evitar cualquier mirada.

—No entiendo por qué un capitán Najahn tiene que ser tan secreto.

—Lo entenderás.

Pavarde tenía razón en eso. Salieron de la posada y se dirigieron hacia arriba, subiendo por los adoquines hacia los distritos más ricos de Noctia. Pavarde no parecía muy segura de su destino, no es que a Quik le importara el paseo. Se había convertido en una puesta de sol preciosa, las sombras proyectadas por las agujas se encontraban con linternas doradas y resaltaban las altas torres de la ciudad. Un tipo de grandeza diferente a la de Vis, pero Quik podía apreciar el esfuerzo puesto en el metal retorcido, las estatuas de piedra tallada de la misma manera. Calles con postes de señalización reales, cafés y tiendas con nombres dorados, y el agradable eco de canciones y risas.

Vis tenía sus encantos, pero Noctia no era solo una tierra fría y sombría. Algún día, reflexionó Quik, le encantaría volver aquí con Annalyse, disfrutar de un día sin una hoja en la espalda, una amenaza o una orden sobre su cabeza.

Ese día no era hoy. Cuando llegaron a la mansión erguida, limpia y con tintes plateados que servía como lugar de reunión de Pavarde, Quik dudó cerca de la entrada custodiada. Ningún Najahn estaba fuera de la puerta, sino un soldado privado, uno con cuero liso y una porra grande en su cinturón. Miró a Quik y Pavarde con una mirada impasible, una tan desprovista de preocupación que Quik imaginó que el hombre debía haberla practicado. Nadie podía ser tan estoico, tan poco curioso sobre por qué un obvio Vis -las túnicas Najahn no ocultaban los tatuajes de Quik en su cuello, muñecas y manos- caminaba por las calles de Noctia con ropas Najahn. La expresión del hombre no cambió, sin embargo. Incluso cuando Pavarde se acercó y murmuró algo en su oído. Solo se movió a un lado y dejó pasar a Pavarde. Quik la siguió, y la pareja pasó por una pesada puerta de madera oscura.

Dentro les recibió un vestíbulo, lleno de varios cuerpos todos de pie, mirándose unos a otros con sospecha. Todos llevaban túnicas Najahn sencillas, pero, dado el maldición casi silenciosa de Pavarde, Quik adivinó que todos estaban jugando el mismo juego.

Mientras Quik y Pavarde se abrían paso hacia un rincón de piedra, acurrucados bajo un alegre candelabro encendido, la capitana Najahn le dio a Quik una mirada de pesar.

—Bueno, Vis —murmuró Pavarde—. Guardaespaldas será.

14
SESIONES DE SKAR

Era una hermosa tarde para el caos. Más allá de las habituales ráfagas de Kance, el único clima que importaba probablemente vendría de las piedras dispuestas frente a Eujo. Ocho destellos de diamante, uno para cada uno de los oficiales de pie frente a su Reina. Mostraban todas las expresiones que ella podría haber esperado, desde nerviosismo hasta confianza y simple curiosidad en sus rostros y posturas. Todos llevaban gruesas túnicas con cuero debajo, un atuendo cálido pero una elección segura.

Eujo se encontraba a la cabeza en un patio en la base del Palacio del Cielo, con la aguja extendiéndose hacia arriba detrás de ella. Experimentar a nivel del suelo parecía una mejor opción que jugar con los vientos en lo alto del cielo, a pesar de las advertencias de sus consejeros de que los espías de Najahn tendrían más facilidad para, bueno, espiar desde el suelo.

—Mejor que Fassle vea lo que estamos haciendo y lo tema, a que perdamos una vida por accidentes —les dijo Eujo esa misma mañana antes de enviarlos corriendo.

El patio, rodeado de muros de piedra y destinado a fiestas de jardín, había sido despejado por lo demás. No había guardias patrullando, ni mesas y sillas dispuestas. Nada que pudiera ser arrojado por un skar suelto.

Excepto los propios soldados, al menos.

Narro, al menos, había hecho su trabajo. El capitán estaba al frente de dos cuartetos, habiendo reclutado a otros siete para la primera ronda. Si este entrenamiento salía bien, Kance necesitaría muchos más para completar su armada —Eujo ya había enviado más grupos de búsqueda a la cima del pico donde se formaban los skars de Kance para recolectar más— porque cada barco, si Eujo conseguía su deseo, navegaría con un soldado empuñando un skar.

Kance no sería superada por los Najahn. Ya no más.

—Antes de que recojan la piedra —comenzó Eujo, su mano trazando el brazalete en su muñeca derecha. Todos los skars estaban allí ahora, aunque Eujo no se había ganado a Tamas y Noctia. Formalidades como esas ya no tenían sentido, no en la guerra—. Entiendan que estos son conductos hacia los dioses, o lo que queda de ellos. Escucharán susurros en sus mentes, aunque no tendrán sentido. Sin embargo, sentirán un impulso, un anhelo por lo que el skar desea. Su trabajo es lograr que el skar haga lo que ustedes quieren.

La Reina hizo un gesto hacia las piedras. El viento silbó.

—Tomen uno cada uno. Sosténganlo en su mano —dijo Eujo—. Si lo encuentran demasiado extraño o abrumador, déjenlo en el suelo y la sensación desaparecerá. Los skars necesitan su toque, los necesitan a ustedes.

Los soldados avanzaron juntos, un par de bromas ligeras llenando el silencio. Eujo trató de parecer reconfortante, como se supone que uno debe hacerlo. Narro, continuando demostrando su valía, fue el primero en tomar un skar en su mano. Sostuvo la piedra en alto, mirándola, luego miró más allá del diamante del tamaño de un pulgar y asintió a Eujo. Los demás siguieron el ejemplo de Narro. Ninguno devolvió las piedras al suelo.

—¿Lo oyen? —preguntó Eujo cuando los soldados regresaron a su formación extendida frente a ella.

Asentimientos por todas partes. Algunos diciendo *sí, su alteza*. Una frase a la que Eujo se había estado acostumbrando desde su regreso a Kance. Después de meses con Wax y los otros Guardianes, había perdido la práctica real, pero ahora...

Una Reina salvando a su país, y viéndose como tal.

—Bien —dijo Eujo—. Lo primero que hay que hacer es concentrarse en algo que quieran que el skar haga. En nuestro caso, quiero que envíen una brisa a través de su propio cabello, en la dirección opuesta a la que ya estamos lidiando.

Algunas expresiones confusas le dijeron a Eujo que necesitaba agregar una parte práctica a su examen, así que levantó el brazalete, señalando su propio cabello. Dejó suelto el skar de Kance, su charla inquieta cayendo en la petición de Eujo, un impulso sin nombre de agitar su cabello. El skar obedeció y el cabello de Eujo se agitó contra el viento, como si alguien hubiera agitado un abanico cerca.

El primer vítore vino de Narro, pero no para Eujo. Otra soldado, una capitana de la guardia, había enviado su propio cabello retorciéndose sobre sus hombros. La Reina sonrió, señalando.

—¿Ven? No es tan difícil —dijo Eujo mientras otros caían en concentración.

Una parte de ella quería reírse de todos los rostros

pensativos, de pie en medio de la gran piedra blanca que Kance usaba para hacer sus caminos y patios. Todos se veían tan serios, pero bromear sobre esto, lo que era la siguiente esperanza de su isla para ganar la guerra, no solo sería grosero, sino que...

Otro soldado gritó, deslizándose hacia atrás un paso y cayendo de trasero. Otra, en el lado izquierdo, giró para igualar su propio cabello. Un tercero tosió, la ráfaga yendo directamente a su nariz y boca en lugar de sobre su cabeza.

—¡Está bien! —gritó Eujo mientras los soldados comenzaban a hablar, riéndose unos de otros—. No es fácil todavía, pero lo será dentro de poco.

Solo uno no logró dirigir la ráfaga después de unos minutos, y ese hombre solo negó con la cabeza, declarando que no confiaba en un arma que no podía controlar. Dejando caer el skar de vuelta frente a Eujo, se disculpó y la Reina lo dejó ir. El resto esperó su siguiente lección.

—Ahora —dijo Eujo—, quiero que mezclen una orden con una acción. Ya saben cómo convocar una ráfaga. Intenten saltar y dejar que el skar los atrape. Una caída suave.

De nuevo Eujo demostró, un leve salto atrapado por el skar de Kance y bajado al suelo. Se equilibró sobre la piedra sin doblar las rodillas, como si la hubiera bajado una nube amistosa.

Los soldados lo intentaron de nuevo, los siete saltando, aterrizando, cayendo mientras algunos amortiguamientos salían mal. Eujo recorrió las filas, ofreciendo consejos, aliento, una lección que había aprendido de Deux mientras el capitán entrenaba a sus marineros para enviar el mejor barco de Kance volando a través de los mares. Sus estudiantes se veían emocionados, entusiasmados, asombrados, y...

Eujo giró, el viento empujando a la Reina al aire. El propio skar de Kance de Eujo se elevó, envolviendo a la Reina en un amortiguador de aire. Rebotó una vez en la piedra, rodando hasta detenerse de pie y mirando hacia atrás a sus soldados.

Yacían esparcidos por el patio, retorciéndose y maldiciendo. Un par estaban de rodillas, el resto de espaldas. Peor aún, arriba, uno comenzó a caer de nuevo, gritando con los brazos y las piernas agitándose.

Eujo volvió a invocar el skar de Kance y, esta vez, sintió cómo la piedra absorbía su propia energía. La Reina permitió que bebiera, mientras el skar se elevaba formando un cojín bajo la soldado que caía, dejándola en el suelo sin un rasguño. Jadeando, Eujo alcanzó sus filas, vio sangre de rasguños y arañazos, y contó dos con las muñecas rotas.

Al menos no hubo muertes.

Todavía.

—Un error —dijo Narro una hora más tarde, aún en el patio con Eujo. Tenía un vendaje en la mejilla, pero por lo demás había salido ileso. Los demás habían sido despedidos y los skars devueltos a las cajas de seguridad—. Estos skars no están listos. Los soldados no están listos. Deberíamos buscar otra manera.

—No hay otra. No una que pueda estar lista lo suficientemente rápido —dijo Eujo—. Fassle no dudará en lanzar sus soldados contra nosotros, y ellos han tenido semanas, meses para aprender los skars.

—Entonces haremos lo que podamos, mi Reina. Pero con esto, heriremos a los nuestros tanto como al enemigo.

—Tenemos que ser mejores, Narro. Kance tiene que ser mejor. —Se puso de pie y lo despidió con un gesto—. Ve, almuerza algo y luego llama a todos de vuelta. Continuaremos esta tarde.

—¿Continuar? La mitad de nosotros resultó gravemente herida por eso...

—Conocerás otro skar, Vis. —Eujo dirigió sus ojos gélidos al capitán. Una mirada más cómoda—. Estamos luchando por nuestra isla, Narro. No nos rendiremos, no nos relajaremos y no dejaremos que Noctia gane.

15

ARRIBA Y AFUERA

La Oscuridad de Abajo no era constante. Los dioses habían construido los cimientos del mundo sobre materia deforme, inundada de agua corriente y bolsas de aire. El motor que hacía girar el planeta, manteniendo su suelo caliente, sacudía las islas con terremotos de vez en cuando, desmoronando y remodelando aún más las cuevas bajo la superficie.

Wax encontró esos agujeros ahora, con la hoja de Ami contra su cuello, y dejó que los skars de Whent y Rana diseñaran la fuga.

—Agárrense —dijo Wax.

—¿Qué? —espetó Ami—. Esa no es una respuesta, Wax. Abre las puertas o dime cómo hacerlo.

Esas bolsas y riachuelos formaban un entramado sobre sus cabezas, una cadena que los skars enlazaban hasta la no muy distante superficie. Estaban cerca de Kance, tal vez lo suficiente. Y Wax no había hecho mucho hoy todavía.

Podía sobrevivir a esto. Todos podían sobrevivir a esto.

—Respiren profundo —dijo Wax, ignorando las amenazas de Ami.

Sawi, Annalyse y el explorador Whent parecieron captar su tono, los tres tragando aire. Si Ami lo hizo o no, Wax no podía verlo, y no importaba mucho. La Guardiana o bien lo entendería o quedaría enterrada aquí abajo, un desperdicio pero uno que Wax no podía controlar.

Sin embargo, sí podía controlar los skars, y les dijo, los instó, a que se liberaran.

Una vez sueltas, las piedras canalizaron su poder a través de Wax, lanzando sus energías invisibles hacia arriba en la piedra y las aguas sobre sus cabezas. El techo se sacudió primero, atrayendo todas las miradas hacia arriba. La hoja de Ami vaciló, la Guardiana maldijo cuando cayeron las primeras rocas. El polvo cubrió sus rostros, provocando estornudos. Al mismo tiempo, Wax dirigió la atención del skar Whent hacia el extremo lejano de la cámara, por donde había entrado Ami, donde aún parpadeaba el resplandor distante. Un pequeño empujón, una entrada colapsada.

—Allá vamos —dijo Wax.

Una grieta se expandió en la cueva sobre ellos, abriéndose lo suficiente como para contener sus cuerpos mientras, al mismo tiempo, el skar Rana encontraba agua bajo sus pies. El líquido helado brotó bajo ellos, lanzando a todo el grupo como un géiser hacia la oscuridad. El skar Whent se apresuró a recibir la carga, apartando la piedra mientras se elevaban, todo el grupo, excepto Wax, gritando, maldiciendo y tal vez llorando.

Wax no podía distinguirlo, no podía concentrarse en nada más allá de poner todo su esfuerzo en los skars. Como intentar mantener un pensamiento difícil, un rompecabezas o una historia en su cabeza, Wax se aferró al deseo y lo compartió con los skars, fusionando sus melodías gemelas en un dueto perfecto.

Las piedras divinas cumplieron.

El agua se vertió desde arriba mientras la madriguera ascendente continuaba abriéndose, el último corte uniendo la Oscuridad de Abajo con el océano. El skar Rana atrapó la inundación, apartando el agua alrededor de sus cuerpos y haciéndola girar por debajo, empujándolos hacia el mar. La luz del sol se derramó mientras se elevaban a través de las aguas poco profundas; realmente estaban más cerca de Kance de lo que incluso Wax esperaba. Los peces huyeron despavoridos. La arena se arremolinó mientras el océano buscaba llenar su nuevo agujero.

Wax rompió la superficie con una tos entrecortada, los skars desvaneciéndose mientras los otros emergían a su lado. Al retirarse, los skars dejaron a Wax como un caparazón de plomo, vaciado de energía y con un dolor de cabeza punzante, un estómago rugiente. Cuando el agua dejó de empujarlo hacia arriba, Wax también comenzó a hundirse, una perspectiva preocupante ya que sus piernas y brazos se sentían demasiado muertos para moverse. Se deslizó bajo la superficie, su aliento ya gastado se escapaba en burbujas hacia el azul cristalino.

Hasta que un brazo tiró de Wax de vuelta a la superficie. El brazo se deslizó bajo el cuello de Wax y lo apretó contra un pecho blindado. Una punta afilada volvió a descansar sobre el cuello de Wax, y él rodó los ojos hacia arriba para ver esa careta dorada, la mirada empapada de Ami fija en él. Debajo, Wax sintió sus piernas moviéndose como locas, a un ritmo absurdo que no podía mantener posiblemente.

Sin embargo, no estaban flotando en el lugar. Ami, a pesar de tener un rehén, tenía una dirección en su furioso trabajo, arrastrando a Wax a través de olas suaves hacia una playa de Kance cubierta de escombros. Annalyse y Sawi, sosteniendo juntas a un explorador Whent que se debatía, nadaban tras ellos.

—Siéntete libre de ayudar —gruñó Ami, con las palabras tensas.

—No puedo —dijo Wax, en un débil susurro sobre las olas—. Estoy demasiado cansado.

Ami gruñó, pero no dijo nada más. Siguió pateando. Wax observó el cielo arriba, contando las nubes, amando el azul. No había estado en la Oscuridad de Abajo tanto tiempo, pero pasar días sin el sol, sin un horizonte, distorsionaba la mente, agotaba el alma.

Un Vis no pertenecía al subsuelo.

Sin mover la hoja ni una vez, Ami los pateó lo suficientemente cerca de la playa para que sus pies tocaran el fondo. Continuó arrastrando a Wax con ella, aunque no se molestó en mantenerlo lo suficientemente alto como para esquivar las olas. Golpeaban la cara de Wax cada pocos segundos, dejándolo farfullando, pero la Renovación no podía convencer a su cuerpo de moverse. Apenas de respirar.

Un poco más, y esos skars podrían haberlo matado.

El rugido de Noctia se elevó ante ese pensamiento, un zarcillo que robaba la vida amenazando con atrapar a Ami. El skar podría drenarla, darle a Wax toda la energía que necesitaba. Una idea tentadora, pero Wax se contuvo.

No había hecho todo esto solo para matar a Ami. Ella no era la verdadera enemiga aquí, y Wax pensó que necesitarían todos los amigos que pudieran encontrar, dada la forma en que iban las cosas.

Sawi apartó la espada de la garganta de Wax. Ami la dejó, abandonando el juego de rehenes mientras se reunían en la playa. Ami envainó el arma, se desplomó en la arena y sacudió la cabeza.

—Pensé que había dejado esta maldita isla, pero aquí estoy.

—Porque amenazaste a Wax, por eso —espetó Sawi.

—Él es quien destruyó siete mundos enteros —replicó Ami—. Estoy tratando de ayudar a las personas que lo merecen. Eso significa tomar decisiones difíciles, pero lo haría de nuevo en un instante.

—No tendrás que hacerlo —dijo Annalyse—. Se han ido. Los caminantes de fuego. Esos túneles se habrán inundado. No hay manera de que hayan escapado.

—No —susurró Wax y Sawi puso su odre en los labios de Wax. El agua fresca en su interior, sin embargo, permaneció pura y sabía como los propios manantiales de Vis—. Los sellé.

—¿Qué significa eso? —preguntó Ami—. ¿Darán la vuelta y volverán aquí?

—No si llegamos a la salida primero. La cerramos. Los encerramos bajo tierra, donde no puedan hacer daño a nadie.

—¿Así que mueren en la oscuridad? Vaya destino más amable les estás dando.

—Les estoy dando tiempo —Wax tomó otro trago, sintió que Sawi lo levantaba y lo ponía sobre su hombro—. No puedo abrir las puertas solo, y no voy a abandonar a Eujo —Wax enfrentó la mirada de Ami con una igual de dura—. Si quieres salvar a tus demonios, me ayudarás a salvar a Kance.

16

UN PEQUEÑO ASESINATO

Lo familiar se vistió con un manto diferente. Torny recorría las mismas calles mientras caía la noche, pero los edificios, la gente, el aire tenían un aire extraño. Quizás era el humo aún denso de las fraguas y herrerías que funcionaban hasta bien entrada la noche, tanto en horas como en número, más que la última vez que había estado en Noctia, apenas un par de meses atrás. Esas armas y armaduras también estaban representadas en las calles, con soldados najahn caminando, riendo y patrullando lo suficiente como para igualar a las multitudes habituales de la ciudad. La mayoría llevaba sus túnicas púrpura-negro, pero más de los que Torny recordaba lucían armaduras completas, con sus alabardas a la vista.

Un recordatorio de que la Ciudad Anillada estaba en guerra, pero sin la seriedad fatídica que había presenciado en Kance. La gente aquí trabajaba, entrenaba y se preparaba con el halo de la victoria. Más sonrisas, menos miradas furtivas. Más comida, menos llanto por un hijo o hija que no regresaría.

El juggernaut gozaba de buena salud.

Esa salud provenía de las mismas medidas que en Kance. Mientras Torny dejaba atrás los muelles y su incesante actividad, los distritos más pobres ofrecían quietud. Oscuridad. Las casas abarrotadas, con familias enteras apiñadas en habitaciones para pagar un alquiler más barato, estaban vacías o ocupadas por ancianos que mataban el tiempo con miradas solitarias hacia la calle. En cuanto a dónde habían ido todos esos cuerpos, Torny no necesitaba adivinarlo. Noctia y los najahn querían soldados, exigían mano de obra y no tenían reparos en tomar a los menos afortunados para satisfacer ambas necesidades.

La quietud, al menos, facilitaba el descenso hacia la cueva costera del Dedo Ágil. Pasar por las peores grutas en el camino a menudo envenenaba el buen humor, pero los najahn debían haber despejado las cuevas, ya que sus vacíos rocosos yacían vacíos ahora. Las escaleras también habían recibido atención, con retoques frescos que eliminaban astillas, agujeros y bordes rotos que habían señalado una marca fresca durante años. El mismo esfuerzo no se había aplicado a la playa cubierta de escombros en su base, ahora inundada de basura de guerra arrojada desde los acantilados más ricos de Noctia.

Torny hizo un recuento de sí misma al pie de la escalera, con la arena suave bajo sus zapatos. Había debatido pasar por el antiguo hogar de su familia, una pregunta respondida por lo nada que lograría yendo allí. Probablemente alguna nueva familia vivía allí ahora, si es que aún se mantenía en pie. En su lugar, Torny contó sus cuchillos, dagas y sus ubicaciones en su persona. El diario permanecía en el bolsillo de su pecho. No llevaba alforja, ni provisiones, nada que la calificara como una ciudadana en la ciudad.

Si un najahn cuestionaba su propósito, Torny solo podía decir que iba a visitar a alguien.

No un amigo.

Los vigías de Yarvick habían hecho su trabajo, aunque Torny no había intentado ocultarse. Mientras caminaba entre las rocas inclinadas, sus curvas formando sombras feroces en el crepúsculo, ojos la seguían. Más de un susurro pasó por sus oídos, órdenes cortantes diciendo a este o aquel asesino que se contuviera de su golpe fatal.

Torny era conocida. Torny debía vivir.

Cuando llegó al hogar del Dedo Ágil, la amplia cámara repleta de pequeños fuegos y colchonetas para dormir de los ladrones elegidos de Yarvick, la encontró escasa. Inusual, ya que el atardecer marcaba el mejor momento de preparación de un bandido. Las cuadrillas estarían reuniéndose para los trabajos elegidos de la noche, revisando herramientas, afilando cuchillos. Silencio, en cambio. Incluso los cinco ladrones que se acercaron a Torny por detrás, delante y los lados venían con miradas curiosas, armas envainadas.

—La exiliada regresa —dijo el que se acercaba por delante, un pilluelo sonriente que no podía tener más de quince veranos—. El mensaje de Yarvick llegó hace solo una hora, diciendo que deberíamos estar atentos a usted.

Por supuesto que el señor de los bandidos esperaría que ella viniera. ¿Qué no adivinaba ese hombre?

—Estoy aquí —dijo Torny, haciendo un gesto de mirar alrededor—. ¿Dónde está él?

—Ocupado —respondió el pilluelo—. ¿Lo trajo?

—¿Qué?

Una ligera sonrisa. —Usted sabe qué. Su vida depende de su respuesta.

Esta vez, los bandidos hicieron notar su movimiento. Las manos encontraron las empuñaduras, la respiración se ralentizó. Si había que hacer una muerte, esta tripulación estaba lista.

Torny no lo estaba.

—Tengo lo que él quiere. Pero no lo obtendrá a menos que hable con él. En persona.

El pilluelo la miró fijamente. —¿No nos lo mostrará?

—Se lo mostraré a Yarvick, porque él es quien lo pidió.

A continuación vino una inquisición entrecerrada, una prueba transmitida y, Torny esperaba, aprobada por su silenciosa respuesta. Después del largo momento, el pilluelo resopló. Las manos y la ropa se movieron de nuevo, los cuchillos permanecieron en sus mangas.

—Lo verá si esta noche sale bien, y si usted ayuda —dijo el pilluelo—. ¿Lo hará?

—¿Ayudar con qué?

—Trabajo de cuchillo.

Torny reprimió un escalofrío. Esas dos palabras etiquetaban un trabajo especial. Los Dedos Ágiles eran más ladrones que asesinos —los cuerpos atraían la atención equivocada—, pero de vez en cuando una persona en particular necesitaba desaparecer. Yarvick declararía "trabajo de cuchillo" y seleccionaría asesinos de su tripulación. Si te elegía, negarse no era una opción, a menos que quisieras encontrarte en la lista de objetivos.

La bandida dio la única respuesta que podía.

Esta vez, la Ciudad Anillada desplegó sus caminos secretos ante Torny, y ella los tomó uno tras otro, siguiendo al pilluelo y los otros bandidos. Escalaron tejados, tomaron callejones traseros y se pegaron a las sombras oscuras. Sus pies se deslizaban sobre los adoquines en silencio, con los talones rodando y el paso firme. Torny ya no olía las fraguas, ni sentía el frío primaveral que llegaba con la noche. Estaba de nuevo en el trabajo, escuchando a los soldados najahn y planeando cada próximo paso antes de que terminara el actual. Cruzaron la ciudad hacia el norte mientras Sichi se elevaba, cerca pero no dentro del barrio najahn.

Una mansión apareció como su destino, aunque Torny y su grupo no se acercaron por el frente. En su lugar, subieron un nivel más en la construcción escalonada de la Ciudad Anillada. Dando un rodeo, se aproximaron a la mansión desde un edificio vecino, saltando a su tejado en una serie de volteretas casi silenciosas. Durante todo el trayecto, Torny había ocupado la tercera posición, con dos ladrones delante y dos detrás, un lugar nada accidental que ponía potenciales dagas a su espalda mientras daban otro salto hacia un balcón vacío y oscuro en el tercer piso de la mansión.

—Hasta ahora todo bien —susurró el pordiosero cuando el último ladrón se unió a ellos entre un par de sillas y una mesa con una vela apagada, pero aún humeante—. Los otros ya están aquí. —Los ojos del bandido se desviaron hacia esa vela—. Seguiremos el plan. Cubriremos la entrada principal. Si alguien intenta escapar, asegúrense de que no salga.

Todos asintieron, Torny incluida.

Si Yarvick quería a un par de nobles de Noctia muertos para darle a Torny una oportunidad de paz entre las islas, esa era una línea moral que la bandida podía cruzar.

El pordiosero se dirigió a la puerta del balcón, y todos los ladrones se pegaron a la pared junto a él. Invisibles si alguien estuviera al otro lado de la puerta, pero nadie gritó cuando el pordiosero deslizó la pesada puerta por su riel. Dentro, una cama desordenada —aunque una cama de verdad, nada de colchones de paja aquí— esperaba en una habitación decorada con más arte y muebles finos de los que Torny había visto en mucho tiempo. Ni siquiera el Palacio del Cielo de Eujo estaba tan atiborrado.

Sus dedos le picaban ante todos los objetos fáciles de robar, incluida una caja de joyas que estaba *justo ahí*. El pordiosero no dejó tiempo para deliberar, moviéndose no hacia la puerta cerrada que daba al exterior sino hacia un armario. Sichi ofrecía suficiente luz para proyectar sombras rosadas, iluminando un cuadrado en el techo del armario. Con un gesto, el pordiosero recibió un impulso de los dos ladrones y presionó el cuadrado hacia arriba y a un lado. Desde allí, se ofrecieron manos y se dieron impulsos hasta que el quinteto se sentó en un estrecho ático, uno que rodeaba el centro hueco de la mansión, visible a través de delgadas vigas diseñadas para guiar el humo de las velas y el fuego hacia arriba y afuera. El pordiosero volvió a colocar el cuadrado y guió al grupo alrededor hasta el frente de la mansión, donde estrechas rendijas, al ser apartadas, ofrecían una ventilación hacia el exterior.

Una patada bien colocada podría derribar esa ventilación, ofrecer un rápido deslizamiento hacia el camino de entrada, donde un bandido hábil podría poner una daga justo donde pertenecía.

Satisfecho, el pordiosero señaló las rendijas y su vista hacia abajo. Los bandidos se acomodarían para esperar, observar y actuar si fuera necesario. Torny, tan apretada como el resto, echó un vistazo a la incómoda fiesta de abajo. Personas con vagos atuendos de Najahn y Noctia deambulaban mientras alguien tocaba un piano duro con abandono desafinado. Las bebidas fluían mejor que la conversación entre rivales. Una fiesta a la que nadie esperaba asistir, pero ahí estaban.

Y allí, de alguna manera, de pie junto a un capitán de Najahn que Torny reconoció, estaba Quik. Incluso cuando

Torny se enfocó en el Vis —esos tatuajes lo delataban, a pesar de las túnicas de Najahn—, el piano alcanzó una conclusión torpe y ruidosa, dejando paso a los murmullos silenciosos de una conversación incómoda.

—Esa es la señal —susurró el pordiosero—. Saquen las cuchillas, Dedos.

17
ATAQUE REPENTINO

Nunca aficionado a las cenas de gala ni en los mejores momentos, Quik encontró los primeros instantes de esta reunión de Noctia más insoportables que la celda arenosa en la que había estado atrapado no muy lejos de allí. Ciertamente, la comida y la bebida eran abundantes y fantásticas, y la música, aunque un poco estridente, era mejor que la de los violinistas cada vez más ebrios de la posada, pero Quik no podía evitar la sensación de que nadie quería estar allí.

La propia Pavarde escudriñaba el lugar como un hanoko intentando detectar una amenaza, sus ojos saltando de un lado a otro mientras su mano mantenía un agarre firme en la muñeca de Quik, como si este pudiera desaparecer para siempre entre la multitud. Quik no tenía intención de hacer tal cosa y, si tuviera elección en el asunto, se habría quedado justo allí en el vestíbulo hasta que se justificara una escapada por la puerta principal.

—Se suponía que esto iba a ser una reunión privada —susurró Pavarde—. El mensaje decía que viniera sola, y ahora me alegro mucho de no haberlo hecho.

—¿Una reunión privada con quién?

—Yarvick.

—¿El señor bandido?

Quik no había conocido al legendario ladrón, solo sabía de él a través de Torny y sus repetidas descripciones del hombre como un asesino maquinador, salpicadas de maldiciones. Yarvick también había manipulado a Gladdring, provocando que el Tenet se embarcara en esa loca aventura que los había llevado a ambos a Kance. Donde, hasta donde Quik sabía, Gladdring seguía atrincherado en abierta rebelión contra su antiguo hogar. Si Yarvick conocería el papel de Quik en la fuga de Gladdring, si se lo tendría en cuenta al cazador, Quik no tenía ni idea.

Sin embargo, había riesgos que era mejor no correr.

—El co-comandante de Fassle —susurró Pavarde en respuesta, sin que ninguno de los dos mirara al otro. Quik notó que Pavarde había maniobrado para que sus espaldas quedaran contra la pared del vestíbulo, inclinándose hacia Quik como si estuvieran inmersos en una conversación secreta. Lo cual, supuso Quik, era cierto—. Todo el mundo sabe que el reparto de poder no durará. La pregunta es quién va a matar al otro primero.

—¿Y crees que Fassle va a perder?

Pavarde resopló.

—Yarvick lleva aquí una eternidad. Todos los que se han enfrentado a él y a sus ladrones acaban muertos. Por eso siguen asolando esta ciudad. Nadie quiere exterminarlos, porque todos están asustados.

—¿Tú lo estás?

—Sí. Pensé, esperaba que Yarvick me dejara ocupar el puesto de Fassle, por debajo de él, por supuesto, una vez que Fassle estuviera fuera del camino.

—¿Por qué me cuentas esto?

El agarre de Pavarde se hizo más fuerte.

—Porque, antes de que muramos, quiero que entiendas por qué.

—¿Qué?

Un cambio se apoderó de la capitana najahn, relajando esas líneas de sospecha hasta casi el estupor. Le lanzó a Quik una débil sonrisa, se separó de él y entró en la habitación contigua. Quik, parpadeando, la siguió. Su nuevo hogar tenía todos los lujos que Quik nunca había conocido, desde pinturas doradas hasta muebles de madera pulida y platos rebosantes de frutas y pasteles. Se habían abierto varias botellas de vino, y Pavarde se afanaba en llenar dos copas. Se dio la vuelta, le entregó una a él y chocó las copas.

—Es obvio, ¿no? —dijo Pavarde, sin molestarse ya en mantener la voz baja y atrayendo miradas duras de los demás en la habitación, todos tan apagados y confusos como Quik. El pianista, aporreando las teclas en la esquina, no se dio por enterado—. Nadie había planeado asistir a una fiesta, pero todos fuimos invitados. Todos los que te rodean son líderes najahn. Todos somos candidatos viables si Fassle cayera. —Pavarde hizo girar su copa, nombró a cada uno de los presentes en la habitación, provocando ceños fruncidos, leves sonrojos y una maldición murmurada—. ¿Por qué Yarvick nos reuniría a todos? ¿Traición coordinada? —Pavarde se rio, vaciando la copa de un solo trago—. No, no. Creo que ha terminado con todos nosotros. Fuera el viejo Najahn, bienvenidos los nuevos Dedos Ágiles.

—Menuda teoría, Pavarde —dijo un hombre mayor que estaba sentado en un diván ocre, masticando algún postre con frutos secos—. ¿Por qué molestarse en hacerlo todo de una vez, en un solo lugar? Podría haber envenenado nuestras bebidas o cortado nuestras gargantas aquí y allá como quisiera.

—¿Para demostrar que puede? ¿Para evitar que alguien sospeche? —Pavarde agitó su copa vacía hacia el hombre—. Normalmente estás en el mar, ¿no es así, almirante? Ahora estás separado de tus leales marineros y tus barcos, una presa fácil. Al igual que yo, al igual que todos nosotros.

—Si tienes razón, entonces todos deberíamos irnos.

—Sí, deberíamos —dijo Pavarde, y luego se dirigió de nuevo al vino para servirse otra copa. El hombre mayor se puso de pie—. Pero dudo que alguno de nosotros lo haga.

—Creo que has perdido la cabeza —gruñó el almirante—. Está claro que no hay nada que ganar aquí.

Dio un paso alejándose del diván hacia la puerta principal del vestíbulo. Pavarde regresó dando vueltas, tomó el brazo de Quik y lo arrastró tras el almirante. Cuando salían de la habitación, el pianista llegó a un brusco final de la pieza que estaba tocando, un fuerte martilleo y una parada repentina resonaron por todo el edificio.

Delante, mientras el almirante se dirigía hacia la puerta principal, un hombre cayó desde el segundo piso, aterrizó en cuclillas y le clavó una daga en la espalda al almirante. El almirante emitió un sonido estrangulado, estremeciéndose mientras el asesino retiraba el cuchillo antes de hundirlo por segunda vez. Cuando el almirante golpeó el suelo, ya estaba muerto.

Y Quik llevaba ambos guanteletes puestos. Pavarde arrancó una lámpara de pared, esparciendo chispas mientras el asesino se giraba hacia ellos. El hombre llevaba una máscara negra de tela, que ocultaba todo excepto sus ojos, los cuales se fijaron en los guanteletes y las escasas probabilidades. Mientras los gritos y maldiciones estallaban por toda la casa, el asesino dio un paso atrás y levantó la daga en una posición defensiva cruzada.

—Tenemos que irnos —siseó Pavarde, moviéndose

hacia la puerta. Quik la imitó, poniendo la sólida pared de piedra a sus espaldas—. Esperará a sus amigos.

—Habrá más fuera —murmuró Quik. Un cazador reconocía una trampa.

—Entonces nos abriremos paso entre ellos.

El asesino metió la mano en su capa y sacó un cuchillo arrojadizo. Apuntó mientras Pavarde pasaba por encima del cuerpo del almirante y su charco de sangre. Quik supuso que un ladrón de Noctia no habría luchado antes contra alguien con guanteletes y se lanzó hacia adelante con el pie izquierdo, aparentemente poniéndose justo en la línea de tiro del cuchillo del asesino. El asesino debió de creer en su suerte, lanzando su brazo izquierdo hacia adelante solo para que Quik rebotara con su pie derecho en un paso lateral.

El cuchillo lanzado pasó rozando el hombro derecho de Quik, rebotando en la pared de piedra a su espalda. El cazador completó el acercamiento evasivo de tres pasos con otro paso del pie izquierdo, esta vez acompañando la pisada con un tajo descendente con el guantelete de la misma mano. El asesino, fuera de posición por el lanzamiento del cuchillo, intentó interponer la daga.

El guantelete, más pesado y en movimiento descendente, rasgó el antebrazo del ladrón y arrancó la daga de la mano del hombre con sus púas. Indefenso, el asesino emitió un único jadeo ahogado mientras el golpe de revés de la mano derecha de Quik lo enviaba al más allá de Noctia.

Detrás del cuerpo caído del asesino se extendía la parte trasera de la mansión, y unas siluetas se retorcían en las sombras más allá. El metal chocaba, aunque los gritos iban disminuyendo. Los muebles se hacían añicos, y un olor a quemado llegó flotando, probablemente una lámpara o una vela que había caído sobre algo inflamable.

—¡Vamos, Quik! ¡Ahora! —espetó Pavarde, y Quik se giró para verla salir corriendo por la salida con el candelabro en ristre.

Quik la siguió sigilosamente, despejando el vestíbulo mientras Pavarde llegaba a mitad de camino de la calle, con la pequeña verja ahora cerrada y sin vigilancia. Se oyó un chasquido desde arriba, y Pavarde se echó a la derecha; el virote destinado a ella rebotó en las piedras. Otro bandido rodó frente a Quik, cayendo al suelo y girando a la derecha hacia Pavarde con las dagas desenvainadas.

El cazador inició la persecución mientras Pavarde levantaba su candelabro, pero el intento de rescate de Quik se vio frustrado cuando otro cuerpo aterrizó sobre su espalda, derribándolo al suelo. La barbilla del cazador se raspó contra la piedra, sus hombros y codos golpeando con fuerza. Esperaba sentir una daga, un cuchillo o algo peor en el estómago en cualquier momento.

—Quédate quieto, idiota —siseó una voz sorprendente —. Tú no eres el objetivo.

Torny soltó a Quik y el cazador se liberó. Mil preguntas lo asaltaron, pero podrían hacerse más tarde, después de que Pavarde...

La capitana najahn gruñó, el sonido mezclándose con los choques mientras apartaba los golpes de daga con el candelabro. El trabajo de Pavarde no había sido perfecto — líneas rojas coloreaban sus brazos—, pero mantenía el retroceso, acercándose a la verja y evitando que su potencial asesino asestara el golpe final.

—¡Quik, por favor! —gritó la capitana al ver al cazador ponerse de pie.

—No lo hagas —dijo Torny, desde la espalda de Quik—. No te harán daño si te mantienes al margen.

—El problema, Torny —dijo Quik, viendo cómo

Pavarde desviaba otro golpe. La capitana tenía la espalda casi contra la verja ahora, donde quedaría atrapada—, es que ya he matado a uno.

—No lo sabías. Puedo cubrirte.

Cuando Pavarde chocó contra la verja, su asesino realizó un movimiento hábil, finteando con su derecha para atraer el candelabro. La capitana intentó ganar algo de espacio con una patada, pero el asesino clavó la daga profundamente en la pierna de Pavarde. Ella gritó, puso su brazo derecho sobre la barandilla de la verja, sosteniéndose mientras la daga del asesino se retiraba.

—Esto no está bien —dijo Quik, y comenzó a avanzar.

—Ella no es tu amiga, Quik.

—¡Salvó a Wax!

Torny agarró el hombro de Quik. Lo retuvo.

—Ya está muerta, Quik. Déjalo estar.

El cazador lo vio bastante claro. El último y débil golpe de Pavarde con el candelabro en el hombro del asesino, el asesino presionando dentro del alcance de Pavarde y dándole fin con un limpio y definitivo golpe. La capitana se desplomó, y Quik apartó la mirada antes de que sus ojos pudieran encontrar los suyos.

Las pesadillas ya serían lo bastante malas tal como estaban.

18

REENCUENTRO

El vino sabía mejor cuando su isla no estaba ardiendo, pero Eujo supuso que quizás no lograría terminar ni una sola copa. Le dolía todo el cuerpo, al igual que la cabeza, con los músculos adoloridos y el alma arrastrándose. Había sido un largo día con los elegidos de Narro, abriéndose paso a través de los skars de Kance. Nadie había muerto, aunque varios tenían huesos rotos y otras lesiones graves. Eujo había repartido skars de Vis para la noche, otra lección que podría hacer que la tripulación volviera a salir a la mañana siguiente.

Si Eujo se encontraba lo suficientemente bien como para acompañarlos.

Sorbió el vino en su suite, no muy lejos de la sala del trono en el Palacio del Cielo, con ventanales similares que daban a su cargo en tiempos de guerra. Kance abrazaba la breve paz, con gente bailando en las calles y en el aire, incluso a estas altas horas de la noche, resplandeciendo mientras los planeadores surcaban los cielos ventosos. Esos vuelos nocturnos podían acercarte tanto a Sichi, a las estrellas... algún día Eujo se lo mostraría a Wax, si aún vivía.

Nadie compartía la habitación con ella. Eujo había despedido a los consejeros hacía una hora, después de que su diluvio de informes de daños por toda la isla amenazara con ahogar los pocos buenos sentimientos que le quedaban. Puede que la ciudad estuviera celebrando, pero las incursiones de Noctia en todas partes significaban un duro trabajo, ¿y todo para qué?

Deux ya debería haberlos llevado a Noctia, suponiendo que el *Filo de la Tormenta* no hubiera sido hundido por algún capitán emprendedor de Najah. Narro, convertido en su recurso de confianza por defecto para los informes navales, había mencionado haber visto las banderas moradas persiguiendo el barco de Eujo. Con suerte, Svarde, Bliss y Torny habrían repelido esos ataques.

Ojalá hicieran entrar en razón a Fassle.

Si no, Kance lucharía y seguiría luchando hasta convertirse en una ruina humeante.

—Esto no era lo que yo quería —se dijo Eujo a sí misma, con su copa de vino como buena oyente.

Había un guardia fuera de su habitación, un sirviente que estaría encantado de traerle otra botella si Eujo lo pedía, pero con Livier ocupada gestionando los mensajes a las otras islas, Eujo prefería estar sola. Todos los consejeros habían trabajado primero para la otra reina, la que había intentado usar a la Guardia Real de Kance, una fuerza de élite ahora diezmada gracias a la incursión de la antigua Reina a Noctia y su devastador final, para matar a Eujo. Su confianza en esos viejos charlatanes canosos no llegaba muy lejos, pero la guerra significaba que no había tiempo para cambiar la ayuda de Eujo.

Después, Eujo disfrutaría echándolos a todos torre abajo.

—Ahora esa es una motivación para sobrevivir —dijo la

Reina, riéndose para sí misma—. Fastidiar a los que me querían muerta. Entregar Kance de una manera que nunca pensaron que podría.

Un buen pensamiento para terminar. Eujo despertó el skar de Vis mientras bebía el último sorbo de su vino. Instó a la piedra a que dejara persistir el zumbido de la bebida mientras atacaba sus pequeños cortes, moretones del entrenamiento del día, sus huesos doloridos por lo mismo. Luego, después de que Eujo estuviera profundamente dormida, el skar podría neutralizar el vino también, dándole un despertar refrescante.

Lista, de nuevo, para liderar a Kance contra el mundo.

El golpe que despertó a Eujo vino con la cadencia educada de un sirviente, y fue seguido por un mensaje igualmente cortés: —Kance tiene algunos visitantes inusuales.

Un explorador en planeador, confirmando que los demonios caminantes de fuego habían descendido de vuelta al Oscuro Inferior, trajo noticias diferentes. Un pequeño grupo había sido avistado en las playas del norte la noche anterior, acurrucado alrededor de una hoguera. El piloto del planeador no creía haber sido visto, pero se había acercado lo suficiente en la oscuridad para tener una buena vista. Tres mujeres, dos hombres, portando armas y vistiendo armaduras, aunque la mayor parte de su material estaba esparcido por la playa.

—¿Por qué? —preguntó Eujo, de vuelta ahora en su trono. Una túnica de Kance mantenía a Eujo abrigada en la brillante mañana, junto con café de Vis, algo de lo último en la isla. Un lujo, pero uno que Eujo justificaba como merecido, dado todo el estrés, el riesgo, el peso sobre sus hombros—. ¿Cuál es el punto de desplegar su equipo?

—Mi mejor conjetura —respondió el piloto del

planeador—, es un naufragio. Nadaron hasta la orilla, extendieron su equipo para que se secara durante la noche.

Eujo frunció el ceño. El piloto del planeador mantuvo la cabeza inclinada.

—Déjame entender. ¿Me despertaste temprano para señalar que unos cuantos extraños habían aparecido en la isla? ¿Crees que eso es lo suficientemente importante para mi atención?

El piloto del planeador se enderezó, sonrojado. —Pensé... Podrían ser espías de Najah, mi Reina. Mi comandante me dijo que se lo hiciera saber de inmediato, ya que Livier no está... —El hombre se detuvo, tomó un respiro profundo—. Se ven extraños. Sus cueros no eran de Noctia, pero parecían de Whent por lo que pude ver. Pero dos tenían tatuajes a lo largo de sus hombros, cerca de sus rostros. No había visto ninguno así antes.

—¿Conseguiste todo esto de un solo vuelo?

—Varios, y no solo yo —dijo el piloto del planeador—. Después de que regresé, enviamos otros dos planeadores durante la noche y esta mañana. Todavía están limpiando, así que me ofrecí como voluntario. Lo que estoy diciendo está confirmado.

¿Tatuajes? ¿Cueros de Whent? Eujo miró alrededor de la habitación a las miradas desconcertadas que le devolvían. No recibiría ayuda de ellos.

—¿Qué sugieres? —preguntó Eujo al piloto.

—Otro vistazo, Alteza —respondió el piloto del planeador—. Podemos intentar capturarlos, averiguar qué están haciendo aquí.

—Entonces haz eso, y avísame cuando los tengas. —Eujo se puso de pie, lanzó una mirada fulminante alrededor de la sala—. ¿El resto de ustedes no tiene trabajo que hacer? ¡Tenemos una guerra que ganar!

La banda de Narro afrontó el día con todo el entusiasmo que pudieron reunir. La mayoría aún parecía cansada. Los que tenían huesos rotos se habían excusado, ya que las skars de Vis les robaban tanta energía que ni siquiera podían levantarse de la cama. No obstante, Eujo volvió directamente a la tarea, utilizando de nuevo las skars de Kance para invocar pequeñas ráfagas, realizar saltos asistidos y mantener una brisa lo suficientemente prolongada como para dar a una vela un impulso extra.

Hoy, al menos, nadie se fue con heridas graves.

Eujo les dejó marchar a última hora de la tarde, concediéndoles un día libre completo para mañana. Lo necesitarían, pues la mayoría, a pesar de sus duras carreras militares, se arrastraban. Lo último que Eujo necesitaba era que alguien perdiera el control de las skars, dejando que las piedras se soltaran y...

La Reina se estremeció, recordando la avalancha Whent de Torny. ¿Podría una skar de Kance invocar un tornado o un huracán y arrojar toda su isla al mar? El estremecimiento se convirtió en una sonrisa siniestra. Al menos, si eso ocurriera, ya no tendría que preocuparse por la guerra.

—Con una sonrisa así, espero que estés pensando en mí.

Eujo se dio la vuelta tan rápido que el mundo se volvió borroso por un momento, pero allí mismo, apoyado en una joven que Eujo no conocía, pero cuyos tatuajes decían Vis, estaba Wax. Demacrado, exhausto, pero con los mismos ojos brillantes y sonrisa arrogante. También llevaba un collar familiar alrededor del cuello.

—¿Cómo? —preguntó Eujo, caminando hacia ellos, aturdida—. ¿Cómo estás aquí?

—Resulta que tus planeadores y esos géiseres hacen una combinación formidable. Llegaron esta mañana con las espadas desenvainadas, pero les convencimos de que te conocíamos —dijo Wax, y luego asintió hacia su acompañante cuando Eujo se acercó—. Esta es Sawi, mi, eh, amiga.

El nombre coincidía con un recuerdo, pero antes de que Eujo pudiera desentrañar lo que significaba, Wax se separó de la Vis y rodeó con sus brazos a la Reina, envuelta en sus cueros acolchados, sudorosos y arañados por el trabajo del día, y aunque sus piernas querían doblarse con el peso añadido de Wax, Eujo se mantuvo en pie.

No caería ahora, y Kance tampoco.

El arma más poderosa del mundo había regresado.

19
UNA INVERSIÓN

La aventura tenía su lugar, pero a Wax ciertamente no le molestaba despertar en un colchón mullido, relleno de plumas y cosido por artesanos de Kance. Tampoco le molestaba el sol que brillaba a través de las ventanas, con vistas a una ciudad, un océano, todo un mundo desde una maravillosa perspectiva que había visto ayer desde la barra de un planeador. Sin embargo, lo mejor de todo yacía durmiendo a su lado.

La última vez que había visto a Eujo, ella marchaba para luchar contra los soldados de Najahn en mares turbulentos. Esa noche, Wax había sido capturado, noqueado y forzado a la supervivencia y la servidumbre, solo para obtener las últimas cicatrices que necesitaba de la mismísima ex Aegis.

Cicatrices que había usado para atrapar a cientos, miles, millones de demonios en sus mundos en descomposición.

Wax hizo una mueca. De alguna manera, cerrar las puertas parecía menos un logro cuando no estaba rodeado de los apreciativos guerreros de Jochi que servían cerveza.

La mesa junto a la cama, una pieza con incrustaciones de vidrio, tenía dos collares encima, con sus broches unidos. Uno había pertenecido a Catya, esa ex Aegis, que había quemado lo último de su vida para salvar a algunos soldados de Noctia. Salvó gente, como siempre lo había hecho.

Esos soldados, ahora, probablemente estaban entrenando para invadir Kance. Qué curiosa es la vida.

—¿Te sientes mejor? —preguntó Eujo, un poco soñolienta.

—Mucho.

Wax miró la espalda desnuda de ella, la parte superior de sus hombros. Sin líneas de tinta que contaran sus historias, marcando su lugar en la sociedad de Kance. Casi alienígena, ver algo tan claro y limpio. Si Eujo hubiera sido Vis, sin embargo, habría sido una cazadora. Como Deshiva. Extendió la mano y trazó el signo del cazador en su hombro. Eujo se estremeció, luego se relajó cuando Wax terminó las líneas.

—Eso hace cosquillas.

—Si realmente te estuvieras haciendo esa marca, no lo haría —dijo Wax, con voces quedas. La puerta de las habitaciones de Eujo era gruesa y estaba cerrada, pero el momento exigía tonos suaves—. Dolería, pero sería un buen dolor.

Eujo se dio la vuelta, devolviendo el toque de Wax, trazando sus líneas.

—Como estas.

—Cada una. ¿Sabes algo gracioso?

—¿Es realmente gracioso, Wax, o solo eres tú siendo tú?

—Siempre soy yo, Eujo —Wax sonrió—. En unos meses, al final del verano, obtendré mi rol.

—¿Rol?

—Cazador, recolector, hacedor —dijo Wax—. Hay algunos otros, pero definirá mi lugar en Kitaye. Nuestra sociedad. Los ancianos consideran a todos y lo que han hecho, quiénes son. Te lo asignan.

—Suena rígido —Eujo continuó trazando, recorriendo las marcas familiares de Wax, sus ondulantes marcas que notaban la reputación de Wax como experto en las enredaderas.

—Las líneas son borrosas.

—¿Tienes un símbolo para el Aegis?

—Ni idea.

—¿Qué tal para afortunado?

Wax se rio, vio los labios apretados de Eujo mientras retiraba su mano y mató la risa rápidamente.

—Apenas te conozco, Wax —dijo Eujo—, pero pensar que nunca más vería tu estúpida sonrisa, que nunca te abrazaría de nuevo...

—Lo sé.

—Bien. Porque si alguna vez te vas así de nuevo, las islas podrían no sobrevivirlo.

Esta vez, cuando Wax se rio, Eujo se unió.

Ami no tenía buenos humores. Había estado malhumorada la noche anterior, cuando todos los demás disfrutaban del vino, el pescado fresco y las verduras de primavera con feliz entusiasmo. La mañana no había mejorado su disposición, la Guardiana miraba ceñuda al grupo mientras comían huevos, pasteles esponjosos y lo último del café Vis de Eujo.

—Esto es normal en ella —dijo Annalyse a Eujo—. Su modo predeterminado es estar enojada.

—De acuerdo —añadió Sawi—. No dejes que te afecte.

Wax dejó que la cicatriz Tamas escuchara mientras Sawi hablaba, sintiendo más que un poco de alivio al ver que la piedra seguía confirmando que ni Eujo ni Sawi parecían burbujear de celos, ira o cualquier otra cosa que no fuera cordialidad entre ellas. Aunque Sawi había dejado claro en los túneles que el romance que ella y Wax habían tenido hace solo unos meses había terminado, Wax no estaba seguro de cómo podría reaccionar Eujo.

La Reina, aparentemente, no podía importarle menos.

—Pero tiene una buena razón —dijo Eujo—. Ami hizo una promesa a los caminantes de fuego, y a menos que la haya leído muy mal, no es de las que abandona una promesa a la ligera.

—Maldita sea, así es —dijo Ami—. Merecen un hogar, y definitivamente no merecen estar atrapados en esas cuevas.

—Comen rocas, Ami —Wax intentó aligerar el ambiente—. Probablemente se están atiborrando de todo tipo de deliciosas piedras.

Ese comentario le valió a Wax una mirada fulminante de todos en la mesa, lo que provocó una disculpa murmurada y un regreso a sus huevos. Esos, al menos, no lo juzgaban mientras ensartaba su cremosa bondad con el tenedor.

—Pero incluso si les diéramos un hogar —dijo Eujo, volviendo a los demonios—, no importaría sin el resto, ¿verdad? No hay suficientes caminantes de fuego para, no sé, ¿formar familias?

—Tenían familias. Las tienen, allá —dijo Ami—. No puedo volver con los veinte caminantes de fuego que tengo y decirles: oye, sois los últimos de vuestra especie. Mejor que empiecen a tener bebés.

Sawi resopló.

—Wax intentó reabrir las puertas —dijo Annalyse—. No funcionó.

—No fui lo suficientemente fuerte —intervino Wax—. Supongo que es más fácil cerrarlas que abrirlas.

—Absorber energía siempre es más fácil que crearla.

Dijiste que los skars se mejoran entre sí. Exponencialmente, incluso —Annalyse hablaba como si conociera cada palabra de antemano, casi como un discurso preparado—. Si cada skar tiene su propio suministro, entonces la respuesta es simple. Ya sabes cómo conducir los skars hacia el resultado deseado. Conseguimos más skars para ti, y entonces podrás reabrir los portales.

—Portales que están enterrados bajo una tonelada de cueva derrumbada.

—Usa algunos de esos skars Whent para liberarlos primero —dijo Annalyse—. Incluso podrías hacer eso, tomarte un tiempo para descansar, y luego reabrir los portales.

—Lo haces sonar tan simple —Sawi resopló—. Vamos, Wax. Esto será fácil.

—Tenemos skars —dijo Eujo, pero su tono sugería que no iba a ser un regalo gratuito. La mirada cada vez más profunda de Ami lo confirmaba—. Pero acabáis de llegar. No podéis tomar nuestras mejores armas e iros corriendo de vuelta al Oscuro Inferior. Kance está en una guerra por su supervivencia. *Nosotros* necesitamos esos skars.

Ami suspiró, fuerte, exagerado. —¿Dónde he oído esto antes? Ah, sí. Fassle. Derrota a mi enemigo y te dejaré salvar algunas vidas inocentes. Me alegra ver que no hay diferencia entre vosotros dos.

—No me compares con ese bastardo.

—Entonces no actúes como él.

Eujo contrarrestó eso, afirmando que Ami era quien trabajaba con Fassle en primer lugar, lo que provocó un grito de Sawi, sorprendida de que Ami volviera al mismo bando que había intentado matarlas. Ami, entonces, repitió el sangriento final de Gladdring, y pronto todo el desayuno se convirtió en una historia tras otra. Habían compartido la mayoría de estas alrededor de la hoguera en la playa de Kance, pero aquí, en medio del resplandeciente lujo, la comida, los asistentes, las mismas acusaciones, sorpresas e indignaciones cobraron nueva vida.

Casi como si, cuando no estaban preocupados por su próxima comida o si estaban a punto de matarse entre sí, las cosas pequeñas importaran más.

Wax se encontró desviando su atención de las discusiones hacia Annalyse, quien mantenía la boca mayormente cerrada, su mente obviamente en otra parte. Estaba sentada al otro lado de la gran mesa frente a Wax, y cuando surgió una breve pausa en la conversación cáustica, Wax le preguntó directamente a la científica por sus pensamientos.

—Creo —dijo Annalyse— que podemos resolver los problemas de todos de un solo golpe.

La científica se lanzó hacia adelante desde allí, sus ideas ganando velocidad mientras las desarrollaba, una tras otra.

Ami se rió, una sola carcajada dura, ante el silencio atónito cuando Annalyse terminó. —Bueno, supongo que ahora sabemos por qué Gladdring te arrastró lejos de Whent. Espero que tengas razón, Annalyse, porque si te equivocas, ninguno de nosotros estará aquí para arreglar las cosas.

20
TRAICIÓN A LA LUZ DE LA LUNA

Improvisar.

La primera lección que aprende cualquier ladrón, porque nada sale según lo planeado. Nunca.

Torny tiró de Quik de vuelta hacia la mansión, tratando de alejar su atención de las luces moribundas de la mujer que había estado escoltando. El rostro de la Najahn le parecía familiar, pero en el frenesí oscuro del momento, Torny no podía ubicarla. No es que importara: estaba muerta y las dagas que la habían acabado pronto buscarían sangre fresca.

—¿Qué está pasando? —preguntó Quik de nuevo, con el impacto afilando sus palabras—. ¿Es esto una masacre?

—Una lucha de poder —respondió Torny—. Una de la que tú no formas parte.

Quik no opuso resistencia mientras ella lo guiaba, con la mano en el hombro musculoso del cazador —una sensación extraña para una ladrona cuyos amigos tendían a ser escuálidos— hacia el costado de la mansión y la pendiente descendente endémica de Noctia.

—¿Tú lo eres?

—Por el momento. Te sacaremos de aquí y luego hablaremos.

Los gritos y alaridos desde el interior del edificio se apagaron. Los bandidos de Yarvick hacían el trabajo rápidamente, si bien no tan silenciosamente como los Dedos Ágiles podrían preferir. Por lo que Torny vio, los altos mandos Najahn del interior no eran todos unos idiotas, no todos habían abandonado su manejo de la espada por plumas y vino fino. Aun así, los números y la sorpresa inclinaron la balanza fatalmente.

—Creía que erais ladrones, no asesinos —dijo Quik, apresurándose hacia el muro bajo y su libertad.

—Somos lo que necesitamos ser —espetó Torny—. Quik, esto es lo que tienes que hacer. Salta este muro, dirígete a los muelles. Encuentra el *Filo de la Tormenta*. Deux te subirá a bordo, te mantendrá a salvo hasta que aclaremos todo esto.

—Wax no está aquí, ¿verdad?

Torny empezó a decir que no, empezó a decir que la última vez que vio a Wax, soldados Najahn se llevaban al hermano de Quik. Eso podría provocar más preguntas, llevar la noche en una dirección que la bandida no quería que tomara, al menos no ahora.

—No.

Simple. A Quik no pareció gustarle, pero se calló, midió el muro bajo y su salto por encima.

—De acuerdo, Torny. No tardes demasiado.

Torny le dio un pequeño empujón a Quik, tratando de enviarlo en su camino, solo para que un silbido agudo los hiciera volverse a ambos. Allí de pie, con las dagas desenvainadas, había dos bandidos. El que había invitado a Torny a esta pequeña misión de asesinato y el que había asestado el golpe mortal a la amiga Najahn de Quik.

—No creerás que vas a dejar escapar a este tipo, Torny. Esas no son las reglas —dijo el líder, el zarrapastroso—. Todos los Najahn deben ser destripados.

—Él no es un Najahn —gruñó Torny—. Es un inocente. No tiene nada que ver con todo esto.

—Mira toda esa tinta —dijo el otro asesino—. El hombre es un Vis. Torny probablemente tiene razón.

—No importa. Ahora es un testigo.

—¿Testigo de qué? —preguntó Quik—. ¿Para quién?

Los dos bandidos se miraron entre sí. Quik levantó sus garras, y Torny le dio espacio al hombre. Asintió hacia las armas.

—¿De verdad quieres probarlas? —preguntó Torny—. A Yarvick no le va a importar. Ni siquiera sabe que Quik existe.

Otra mirada compartida. El zarrapastroso bajó sus cuchillos, luego señaló con uno por encima del hombro de Quik, hacia la ciudad más allá.

—Vete entonces. Torny está comprando tu vida con la suya. Si se equivoca en su cálculo, esta vez le cortarán el cuello —el zarrapastroso sonrió—. Ese diario no te comprará otro exilio, Torny. Este es el definitivo.

—Bien —dijo ella—. Quik, vete.

Las razones para escapar se multiplicaban. El humo se enroscaba desde la mansión, escapando por las ventanas. El naranja se encendía en el interior, delatores parpadeos de un fuego destinado a ocultar evidencias. Otros dos asesinos ya estaban arrastrando a la mujer Najahn de vuelta por el camino. La arrojarían dentro, la quemarían con todo lo demás. Sin heridas de cuchillo y mucha negación plausible.

Una especialidad de Yarvick.

El cazador le dirigió a Torny una última mirada interrogante, a lo que ella respondió con un movimiento de cabeza hacia el lejano océano. Quik no insistió, se dio la vuelta y saltó el muro. Desapareció en la noche de luces rojas de Sichi.

—¿Hora de irse? —preguntó Torny al zarrapastroso.

—Más que hora —dijo el bandido—. Los atrapamos a todos, sin tu ayuda.

—Salvé a tu amigo de que ese Vis lo hiciera pedazos —dijo Torny—. Pero si quieres saldar cuentas, hagámoslo en casa.

Dejar un trabajo exitoso siempre conllevaba una feroz euforia. Torny una vez más había hecho trizas las reglas de la sociedad, leyes y normas, y había salido victoriosa. Que esta victoria significara un hogar en llamas y un montón de cadáveres solo manchaba ligeramente el triunfo: todos esos cuerpos pertenecían a líderes Najahn, y Kance, la lealtad actual de Torny, se beneficiaría.

Los ladrones no tomaron la misma ruta danzante de regreso a casa. En su lugar, el grupo se dividió en parejas y tríos, caminando por diferentes calles y manteniendo sus capuchas levantadas y sus cuchillos ocultos. Una retirada tranquila se hizo necesaria cuando los guardias Najahn respondieron al creciente incendio en gran número. Cualquiera que huyera de ese desastre se convertiría en sospechoso.

¿Noctámbulos? Bueno, había muchos de esos.

Torny se emparejó, por orden, con los mismos dos que habían estado fuera de la mansión. Después de la orden, su conversación en desacuerdo, Torny no se sorprendió demasiado al descubrir que se dirigían en la dirección equivocada. Hacia el barrio Najahn en lugar de hacia el hogar de los Dedos Ágiles en la gruta del lado sur.

Subieron por empinadas calles empedradas, evitando los escalones laterales por el ligero derecho a presumir de mantenerse en el medio más duro y liso. Las manos de Torny nunca abandonaron su capa y los cuchillos en su interior. Un buen resultado nunca excluía un asesinato de camino a casa, aunque la mayoría de ellos estaban destinados a reducir el reparto de botín o rematar a un ladrón cuyo tiempo había llegado.

Torny aún tenía algo que ofrecer, así que tenía una idea de adónde la llevaba el pordiosero.

El destino estaba a menos de una cuadra antes de la primera puerta de Najahn. El hecho de que no fueran a intentar alguna treta para pasar a los guardias ofrecía cierto alivio. Que su destino fuera, en cambio, una estrecha tienda de cerámica de piedra no daba mejores respuestas. Un letrero sugería que el lugar producía artículos por encargo a precios elevados. Cuando el pordiosero se acercó a la puerta estrecha, flanqueada por ventanas en caja, cada una exhibiendo un jarrón demasiado ornamentado para ser útil, el ladrón sacó una llave y la agitó en la cerradura.

Un idiota podría hacer preguntas aquí. Torny se mantuvo en silencio.

La luz rosada de Sichi apenas penetraba el interior de la tienda, unas pocas sombras tenues se proyectaban sobre un suelo abarrotado de mostradores. Piezas listas para pintar, para vender, se alineaban en las paredes como sombras. Un único espacio de trabajo ocupaba el centro de la habitación, como si el artesano quisiera que cualquier cliente o alguien que mirara por la ventana viera la belleza mientras se creaba.

—Esperaremos aquí —dijo el pordiosero mientras Torny lo seguía adentro. El otro bandido cerró la puerta tras ellos y se apoyó contra ella.

No habría escape, entonces.

—¿Esperando a quién? —preguntó Torny.

El pordiosero solo sonrió, luego se rio.

—Qué bueno que apareciste esta noche, Torny. Hiciste esta parte mucho más fácil.

—¿Qué parte?

—Sabíamos que volverías a casa, pero si no lo hacías, íbamos a ir a buscarte después de los asesinatos. Habríamos entrado en tu dormitorio, tal vez habríamos tenido que lidiar con tus amigos —la sonrisa del pordiosero solo creció—. Verás, Yarvick te quiere a ti, y solo a ti.

—¿Mataría a mis amigos para hablar conmigo?

—¿Hablar? —el pordiosero se rio de nuevo—. Torny, aquí va a pasar mucho más que hablar. Tienes una oportunidad, según lo veo, de salir de este lugar. Y te va a costar.

—¿Cuánto?

Se oyó un clic desde la parte trasera del edificio, el lado que daba a la pendiente y al océano. El pordiosero se calló, se hizo a un lado, aunque Torny notó que el bandido a su espalda se quedó justo donde estaba.

Yarvick emergió en las tenues sombras luciendo como siempre. Sombrero negro de ala ancha, ropas andrajosas que pertenecían más a un mendigo que a un señor de los bandidos, y un rostro tan blanco que avergonzaba a la nieve. Piel cetrina, piernas y brazos más delgados que los de la propia Torny, el hombre sin embargo caminaba con una arrogancia intocable, una vibra que hacía que Torny sintiera envidia incluso si encontraba a Yarvick un animal repugnante en todos los demás aspectos.

Ese animal le sonreía ahora a Torny, esa boca llena de dientes falsos, especialmente esos ópalos brillantes. Esas cicatrices de Noctia.

—Creo que tienes algo para mí —dijo Yarvick, con una voz áspera, como papel desgarrándose—. Comprará tu vida, Torny. Pero tus amigos costarán mucho más.

21

ESCAPE POR EL CALLEJÓN

Corre hacia los muelles. Un consejo fácil en Noctia, donde todo lo que necesitabas hacer para encontrar el puerto era bajar por la pendiente.

Quik aterrizó al otro lado del muro bajo, con la mansión detrás de él estallando en llamas. El destino de Torny parecía estar ahora fuera de su alcance, así que Quik se concentró en lo que tenía delante, en la casa más pequeña que se alzaba frente a él. A su izquierda corría la avenida principal, con una pequeña valla metálica que separaba a Quik. La casa había estado a oscuras, pero los problemas de la mansión parecían haber encontrado otra audiencia, ya que una linterna se encendió en el piso de arriba.

Era hora de moverse.

El cazador giró a la derecha, con sus túnicas najahnas ondeando. Los guanteletes colgaban pesados en sus muñecas, cosas que probablemente debería quitarse, y lo haría, una vez que hubiera evitado ser descubierto por los nativos de Noctia en pánico. Tal como estaba, plantó las palmas envueltas cubiertas con guanteletes de madera tallada y punta de metal sobre la valla, y saltó.

Las calles empedradas de Noctia eran dignas de admirar durante el día, cuando su tracción permitía que los carros y las personas se movieran arriba y abajo por la empinada isla sin problemas. Por la noche, esas piedras hacían que el aterrizaje fuera pesado y ruidoso, las botas de Quik raspando mientras plantaba los pies y encontraba su dirección.

Las casas se alzaban a ambos lados de la avenida, sus techos puntiagudos inclinándose hacia barriles para aprovechar la escasa lluvia de Noctia. Aquí y allá colgaban faroles, ofreciendo un contraste anaranjado con el acogedor resplandor rosado de Sichi. Esa luz, ahora, dejaba a Quik al descubierto, con los primeros gritos de alarma general elevándose por el vecindario.

Cazar presas en la jungla requería un cierto tipo de sigilo. Quik utilizó poco de esa experiencia aquí, mientras se apresuraba a desatarse los guanteletes antes de que los primeros guardias lo encontraran. Un fuerte empujón venció el lazo que unía el guantelete a su muñeca y antebrazo, dejando caer uno a la calle y, un momento después, el otro. Quik los recogió, miró su túnica buscando un lugar donde ponerlos.

Por supuesto, los najahns no tenían bolsillos enormes para guardar esos guanteletes. En su lugar, Quik deshizo los lazos, los volvió a atar a lo largo de su cinturón, colgando un guantelete a cada lado de su cintura.

Y levantó la mirada para encontrar una voulge desenvainada en su pecho, un curioso guardia najahn mirándolo fijamente. Otros, incluyendo una brigada de bomberos, pasaron corriendo, con cubos de agua goteando mientras avanzaban. Pronto encontrarían los cuerpos, y la noche no sería solo de fuego.

—Cosa extraña para llevar en Noctia —dijo el guardia

mientras Quik se ponía de pie, manteniendo las manos libres—. Llevas ropas najahnas, pero esas no son armas de un najahn.

—Vis —dijo Quik—. Reclutado.

El najahn frunció el ceño.

—¿Ya te traen aquí arriba? —El ceño fruncido se desvaneció en una perplejidad más pura—. No he oído nada sobre una división Vis, ni que ustedes, muchachos, puedan conservar sus armas de la jungla. ¿Quién es tu comandante?

El guardia había cometido un error: había dejado que la voulge se deslizara a un lado mientras hablaba, el filo un poco menos letal de lo que había sido un momento antes. La brigada de bomberos seguía pasando, sin ojos puestos en Quik. Una oportunidad.

Había estado en cautiverio najahn el tiempo suficiente.

El puño desnudo golpeó la barbilla del najahn, desprotegida por un casco usado más por imagen que por verdadera defensa. El hombre cayó, la voulge salió disparada, donde una patada bien colocada la envió deslizándose por las piedras. Quik no ofreció nada más, salió corriendo por las piedras. Maldijo esa huida un momento después, cuando el guardia, aparentemente no perdido para el mundo, lanzó una confusa alarma.

Los ojos que se aventuraban en la noche, curiosos por el fuego, miraron en dirección a Quik, haciendo imposible cualquier regreso a un descenso tranquilo hacia los muelles. En su lugar, giró a la derecha, dejando atrás la calle por otro callejón trasero. Suministros en cajas llenaban este, una curiosidad saciada por la puerta lateral que llevaba el emblema de una tienda de artículos varios.

Quik intentó abrir la puerta, la encontró cerrada.

¿Derribarla?

No, el ruido solo lo atraparía más.

—¡Eh! ¡Tú!

El najahn en la entrada del callejón no era el que Quik había derribado, y no estaba solo. El cazador gruñó y dio un paso a la derecha, rodeando más cajas apiladas. Las piedras aquí no estaban tan bien colocadas como las de la calle, sus hoyos corroídos esparciendo tierra mientras Quik retrocedía hacia la parte trasera de la tienda.

Ninguna escapatoria lo esperaba allí. Solo un muro de contención, sus piedras con mortero proporcionando soporte a la casa en la parte trasera de la tienda. Otra valla de metal negro surgía en la parte superior del muro, duras puntas dando evidencia de que Quik no era, quizás, la primera persona de mala reputación en intentar este camino. A su izquierda, la tienda no ofrecía nada más: una esquina opaca sin asideros, ventanas u opciones. A la derecha, un muro más alto, una voluminosa barricada de piedra que sellaba la tienda del siguiente nivel superior y la casa situada allí.

—Te lo digo —dijo el najahn, acercándose con cautela, la voulge ahora fuera y apuntando hacia adelante—. No hay salida de aquí excepto con nosotros. Ven sin violencia, y aclararemos todo este asunto. Puede que incluso conserves tu cabeza.

—Eso es un trato —murmuró Quik, continuando buscando una salida y sin encontrar ninguna—. ¿Qué tal un trato diferente?

El cazador giró sobre sus talones, metiendo sus manos en esos guanteletes. No tendría tiempo de atar los cordones con fuerza, pero lucharían lo suficientemente bien para lo que necesitaba. Quik los levantó ambos, cruzados frente a él, en lo que el cazador esperaba fuera una exhibición intimidante.

Al menos el najahn dudó. Luego el hombre tocó al otro

detrás de él, y el segundo najahn desenvainó un chakram de su espalda. Sin espacio para esquivar, ese disco afilado como una navaja podría despellejar a Quik.

Esta vez no tenía skars Vis.

Más allá de los dos najahn, más se agolpaban en la calle. Más cubos de agua pasaban apresuradamente, pero el creciente número de guardias significaba que cualquier avance impetuoso no llevaría a Quik muy lejos. Había tomado una mala decisión al meterse aquí, y ahora tendría que vivir con ello.

Afortunadamente, Quik tenía algo con lo que podía negociar. Un regalo de Torny.

—De acuerdo —dijo Quik, mientras el lanzador de chakram se preparaba—. Me rindo, pero deberían saber que yo no inicié ese incendio.

Esta vez el najahn no esperó, abalanzándose hacia delante cuando las garras de Quik tocaron el suelo. El soldado blandió su voulge, golpeando el estómago de Quik con la culata y doblándolo por la mitad. Destellos brillaron ante los ojos de Quik, y gruñó cuando el segundo najahn lo agarró por el cuello y lo empujó hacia delante.

—Por favor, tomen mis guanteletes —jadeó Quik mientras lo empujaban fuera del callejón hacia la calle—. Los necesitaré cuando Fassle me libere.

Los najahn se rieron, pero el que lo sujetaba por el cuello le pidió a otro que recogiera las armas.

—¿Fassle? —dijo el primero, caminando delante de Quik con su voulge listo—. No menciones al Círculo. No tienen tiempo para escoria inútil como tú.

Desafortunadamente, su captor tenía razón. A pesar de sus repetidas protestas de que tenía información valiosa, Quik no fue llevado a los aposentos de Fassle. En su lugar, lo metieron en una torre prisión, encerrado en una celda con una única y estrecha rendija como ventana al exterior. Le quitaron la túnica y lo dejaron con un harapo andrajoso, sin manta y con una estera de paja que apestaba a moho. La torre cantaba, a pesar de la hora tardía, las canciones de los otros prisioneros, llorando por comida, agua o familia.

El cazador no dijo nada, solo se deslizó hacia la ventana, donde el aire fresco que se colaba hacía la celda soportable, y cerró los ojos.

Quizás no esta noche, pero mañana. Fassle o alguien cercano a él escucharía la historia de Quik, y cuando lo hicieran, el cazador saltaría. Pavarti había traído a Quik aquí para ayudarla a ascender. En cambio, aunque no de la manera que ella había planeado, él se aseguraría de la caída de Fassle.

22
EN LA CIMA

Una mañana dedicada a prepararse, una tarde dedicada a escalar. Un día clásico en Kance, y uno que Eujo abrazó mientras el sol se deslizaba por el horizonte. Habían cambiado de agujas alrededor del almuerzo, tomando varios planeadores a través de los cañones de la montaña hasta el centro de Kance. Allí les esperaba la aguja más alta de Kance, una línea gris y blanca que se lanzaba hacia el cielo. Sus acantilados en cascada no estaban estropeados por escaleras. Los visitantes tenían que aprender las líneas de cuerda, dominar los piolets y las botas con clavos. Un viaje destinado a enseñar a cualquier Renovación lo que aquellos primeros conquistadores de Kance tuvieron que aprender.

Wax y Eujo no recibirían esa lección hoy.

Los planeadores eran un atajo que Eujo añadió al plan de Annalyse, a la vez una forma rápida de llegar desde el Palacio del Cielo hasta la aguja central y una oportunidad de aclimatarse, aunque fuera un poco, al modo de transporte que utilizarían en un viaje mucho más largo si las cosas salían bien.

Los planeadores emparejados eran más grandes y toscos. Los dos pasajeros se sujetaban uno al lado del otro, y ambos tenían que coordinar el paso al aire. La compañera de Eujo en el vuelo matutino, Sawi, lo hizo bastante bien, reteniendo las lecciones de su vuelo desde las playas del norte de Kance para hacer que el viaje fuera fácil. Wax, Ami y Annalyse se emparejaron cada uno con otro piloto de planeador de Kance, ambos pasando su vuelo recibiendo una mejor lección sobre cómo mantener los caprichosos voladores nivelados y planeando con el viento.

—¿Solías hacer esto todos los días? —preguntó Sawi mientras cabalgaban las corrientes hacia la aguja central. Las nubes esponjosas y el clima fresco hacían que el viaje fuera agradable. Sus alforjas, llenas de comida y equipo de escalada, descansaban sobre ellos en la red entrelazada. Wax y Annalyse venían detrás, pero solo por unos minutos —. Parece mágico.

—Casi tan mágico como balancearse en las lianas a través de la jungla de Vis —respondió Eujo.

—Al menos aquí arriba hay menos árboles contra los que chocar.

—Una montaña te hará daño de la misma manera.

Sawi se rió.

—Supongo que sí. Afortunadamente, parece que tengo una buena piloto.

—Solíamos usar estos para escapar de los objetivos después de robarles sus cosas. La gente más rica de Kance vive toda en agujas más pequeñas. Es un signo de estatus estar en lo alto.

—¿Te refieres a antes de ser reina? —preguntó Sawi, con el rostro oculto tras una bufanda de vuelo y unas gafas delgadas usadas para cualquier vuelo más largo que un salto rápido.

—Dos años. Ese es el tiempo que compartí los tronos antes de que Fassle convocara la Renovación. Hasta entonces, era como Torny. Encontrábamos objetivos más ricos, estudiábamos sus propiedades, sus granjas, sus fábricas, y nos llevábamos lo que podíamos. En las agujas, si podías agarrar un planeador, tu escape estaba asegurado.

—¿No te verían?

—Incluso si Sichi estaba fuera, seguir a otro planeador de noche es tan difícil como convencer a Wax de que haga algo inteligente.

Otra risa de Vis. Eujo los hizo girar a la izquierda, dando amplio espacio a una aguja más pequeña. Debajo de ellos, la evidencia primaveral se extendía a lo largo del valle. Árboles y arbustos florecían por todas las hendiduras y acantilados. Los pájaros construían nidos, las criaturas emergían y correteaban, sus formas sombreadas como motas que corrían aquí y allá.

—Iba a decir que tienes suerte de tenerlo —dijo Sawi—, pero creo que él es el afortunado.

—Definitivamente —Eujo suavizó la palabra con una sonrisa, aunque Sawi podría no haberla visto—. Nos ayudamos mutuamente. No hay muchos otros que entiendan las cicatrices, o la presión.

—Por eso me sorprende que vengas con nosotros. Pensé que la reina tendría cosas más importantes que hacer que esto.

—¿Salvar el mundo? ¿Llevar la lucha al enemigo de mis islas?

—Sabes a lo que me refiero.

Eujo lo sabía, de hecho. Gobernar una isla no era solo una guerra. Tenía desacuerdos que resolver, prioridades de producción (más barcos, más planeadores, más armas) que establecer, y las muchas personalidades conflictivas entre sus consejeros y líderes de Kance que controlar. Todo entre cosas más mundanas como decidir los menús de la cena y nombrar nuevos barcos.

—Siempre he priorizado. Despiadadamente —dijo Eujo—. Eso es lo que estoy haciendo ahora. Todo lo demás, más allá de detener a Noctia, puede ser manejado por alguien más. No soy un oficial naval ni un comandante militar, no soy un experto en logística ni alguien que pueda dar un gran discurso. Pero conozco las cicatrices y sé cómo luchar. Así que eso es lo que estoy haciendo.

—Ojalá hubiera tenido tu coraje hace unas temporadas.

La aguja central se alzó mientras rodeaban otra curva, Eujo apuntando y atrapando un géiser marcado para dar más elevación a su planeador. Los pilotos de planeadores de Kance pintaban árboles y rocas de un rojo brillante donde emergían los géiseres de aire, y un volador hábil podía mantenerse en el aire alrededor de la isla indefinidamente golpeando esas ráfagas.

Todo lo que Eujo quería hacer, ahora, era aterrizar lo más alto posible en esa aguja central.

—Mi hogar me eligió como recolectora, alguien que recogería frutas y material para construir, cultivar la ciudad —dijo Sawi—. No es un mal papel. No tienes el honor de un cazador, tal vez, pero estás a salvo. Valorada. Pero habría sido aburrido.

La Vis continuó hilando su historia mientras volaban los últimos minutos, Eujo llevándolas a un aterrizaje suave en una terraza de piedra escasa. Los puntos espaciaban la aguja, dando opciones a los planeadores entrantes. Wax y Annalyse, volando con profesionales, llegaron al que estaba por encima de Eujo y Sawi, lo que significaba que las dos mujeres tendrían que subir por estrechas grietas para encontrarse con ellos.

Que Gladdring se hubiera aprovechado de una joven confusa y aburrida no sorprendió a Eujo. El hombre había sido un manipulador nato, pero en este caso, llevar a Sawi más allá de los árboles frutales y la cosecha era un giro afortunado, y así lo dijo Eujo mientras sacaban sus alforjas y se ponían el equipo de escalada.

—Si salimos vivas de esta, estaré de acuerdo contigo —dijo Sawi.

Con las alforjas a la espalda y el planeador plegado esperando su regreso, Eujo y Sawi hicieron precisamente eso. Cada una llevaba un piolet atado a una muñeca y las manos envueltas en guantes resistentes. Aquellas bufandas voladoras se ceñían ahora más estrechamente alrededor de sus cuellos, ese calor era esencial mientras ascendían. No había fuegos aquí arriba, ni madera para hacerlos. Solo trozos de nieve que aún no se habían derretido, sus túnicas Kance plateadas y azules, y determinación.

Los tres pilotos de planeadores se quedaron con las aeronaves, montando pequeñas tiendas para pasar la noche mientras el cuarteto continuaba ascendiendo. Gruesas cuerdas, todas pintadas de un verde brillante para hacerlas visibles, permitían al grupo escalar la dentada aguja. A esta altura, el hielo aún se acumulaba entre las grietas; la aguja distaba mucho de ser una cosa perfectamente lisa, en su lugar estaba marcada por el clima, el tiempo y los embates de aventureros menos experimentados.

—Pensé que no tendría que hacer esto otra vez —dijo Wax, siguiendo a Eujo, con Sawi, Ami y Annalyse cerrando la marcha—. Ya tengo dos skars Kance, ¿sabes?

—No son suficientes para llevarnos allí —respondió Eujo—. Y no voy a tomar los únicos skars que mis soldados pueden usar justo antes de que Noctia ataque de nuevo.

—Entiendo la razón, solo estoy refunfuñando.

Eujo sonrió mientras clavaba el piolet en la siguiente roca; la piedra se agrietó cuando la herramienta con punta de diamante le dio a Eujo suficiente agarre para respirar un minuto. Calculó la distancia hasta el siguiente descanso, el último. Lo alcanzarían justo antes de que la oscuridad se apoderara demasiado del lugar.

—Wax, guarda tus quejas para la cena, porque esta noche va a ser seca.

—¿Qué? Acabo de atravesar el Oscuro Inferior. ¡Necesito buena comida, Eujo! ¡La necesito!

—Lo siento. Es la maldición de la Renovación, me temo.

Eujo se impulsó hasta la siguiente línea, pateando con fuerza con sus botas para anclarlas en el acantilado nevado. El viento azotaba aquí arriba, y su rostro hacía tiempo que había entrado en un entumecimiento ardiente, pero Eujo se encontró deseando aullar de puro deleite a pesar de todo. A esta altura, todo parecía distante. Noctia, Kance, la guerra... Pero no los skars. Estos permanecían, burbujeando en su mente como siempre.

—No te preocupes —dijo Eujo, comenzando a subir por la siguiente línea de cuerda, la última del día—. Pronto tendrás tu oportunidad.

23
NUEVAS SKARS, NUEVAS IDEAS

Después de una comida insípida y una noche acurrucados en sacos de dormir, sin tiendas, mientras el viento azotaba a su alrededor, Wax estaba más que feliz de volver a la escalada. Un día frío y nublado los recibió, con el sol incapaz de aliviar la gris maraña. Los copos se filtraban, convirtiéndose en lluvia no muy lejos abajo. La vista empequeñecía la hermosa vista desde la cima del Gran Santa, con las numerosas agujas de Kance elevándose como dedos de piedra desde el verde y marrón lejano. Una mirada más cercana mostraba estrellas centelleantes anidadas alrededor, atrapando la luz que se filtraba y convirtiéndola en un deslumbrante espectáculo.

—Diamantes del cielo —dijo Eujo mientras sorbían té alrededor de un fuego conjurado por el skar Foti y alimentado por finos arbustos recogidos de cavidades protegidas —. Si quieres ganarte bien la vida en Kance, dedícate a cosechar esas cosas.

—¿Por qué no lo hiciste tú? —preguntó Annalyse.

—Porque ser ladrona era más fácil.

Sawi resopló. Siempre una jugadora de equipo, Sawi.

Estar nervioso por que ellas dos se conocieran tenía que ser uno de los temores más tontos de Wax. Ambas mujeres eran prácticas, inteligentes y decididas. No dejarían que Wax se interpusiera en su amistad o sus objetivos.

Lo cual era un buen recordatorio: afortunadamente, estaban del lado de Wax.

Dos cuerdas más llevaron al cuarteto a un amplio conjunto de escalones de losa sin nada más que una caída muy, muy larga a ambos lados. La entrada, un lugar de piedra escarpada, parecía haber tenido mejor cuidado en el pasado, pero las baldosas agrietadas y los bordes derrumbados decían que ese cuidado había disminuido.

—Los Najahn hicieron lo que tenían que hacer y nada más —dijo Eujo, pateando una roca rebelde. Rebotó sobre el acantilado y se perdió en el abismo. Con suerte, nada esperaba allá abajo—. De vez en cuando contrataban a tontos de Kance para que fueran a recoger los skars, sin arriesgar nunca a sus propios soldados ni aprender a dominar la aguja.

—Suena como en casa —dijo Wax.

—Puedes hacer dos cosas con el poder —añadió Annalyse—. O lo usas para lograr más por ti mismo, o fuerzas a otros a hacer tu trabajo por ti. Los Najahn hacen ambas cosas.

—Por ahora —murmuró Ami—. Su ajuste de cuentas llegará pronto.

En el último escalón, se alzaba una puerta cuadrada de piedra, triplicando la altura de Wax y bordeada por rocas grises apiladas a ambos lados. Los bloques de la puerta estaban desgastados por el viento, suavizados salvo por algunas líneas moteadas aquí y allá, ahuecados por las ráfagas interminables. Eujo los condujo hasta la sombra de la puerta antes de detenerse, mirando fijamente hacia la tormenta de nieve que se arremolinaba más allá. El clima en los escalones no había sido tan cruel.

—Llamamos a esto la Puerta del Dios —dijo Eujo—. Más allá de aquí es donde Kance guarda sus skars. También es donde los Renovados se lastiman o mueren. ¿Listos?

—Con ese preámbulo —dijo Wax—, ¿cómo no podríamos estarlo?

La nieve arremolinada no era una ventisca, sino un constante revoloteo de copos, tanto de nieve como de piedra rota, polvo y cualquier otra cosa que Kance pudiera atrapar dentro del gran cuenco en la cima de la aguja. Wax se cubrió los ojos, protegidos por gafas deslizantes, mientras escudriñaba en la blancura. Los fragmentos se acumulaban en su cabello, sus ropas, sus guantes, formando montículos y obligándolo a sacudirse de vez en cuando, para evitar que su baluarte viviente lo viera enterrado. Los demás estaban en una situación similar, con Annalyse dando un paso atrás hacia la protección de la puerta.

—Esperaré hasta que encuentren el camino —gritó sobre el rugido de los vientos.

Movimiento inteligente.

—Miren de cerca y verán las piedras —gritó Eujo—. Hay un camino entre la mayoría. Estrecho, pero está ahí. Tómense su tiempo, caminen con cuidado y no caigan en los agujeros. Son demasiado profundos para sobrevivir.

—¡Esto es una locura! —dijo Sawi, acurrucándose con los otros dos en el pequeño borde más allá de la puerta—. ¡No hay manera!

—No seas cobarde ahora, Sawi —gruñó Ami, haciendo lo mejor para soportar el constante embate, su máscara dorada como un faro en medio de la ventisca—. No te mantuve con vida para que te rindieras aquí.

Cada prueba de Renovación había parecido ridícula al

principio, un desafío imposible o casi imposible. Sin embargo, si te adaptabas, podías encontrar una manera. Eujo ya había hecho esto, como la Reina le estaba diciendo ahora a Sawi, así que ellos podrían-

El skar de Kance balbuceó, su melodía entrecortada trayendo consigo una fácil recomendación. Su problema radicaba en el viento, y el viento estaba a merced del skar. Como lo estaba, se dio cuenta Wax, el desafío de casi todos los skars. Llega hasta el skar, y su poder te llevará a casa a salvo.

Tal vez podrían hacer trampa.

Eujo se desplazó hacia el extremo del borde, calculando un primer paso, cuando Wax le pidió que se detuviera. Mientras la Reina vacilaba, Wax dejó que el skar de Kance respirara. Se extendió a través de sus manos, pies y cabello para atrapar el viento arremolinado y silenciar su estruendo. La nieve y el polvo se detuvieron, como si alguien hubiera congelado los copos en el tiempo, antes de que cayeran al suelo. Los escombros se despejaron, el cuenco reveló sus sencillos secretos: simples líneas que conectaban las pequeñas agujas rocosas al azar, pero que se abrían paso poco a poco hacia el centro del cuenco.

—¿Ven? —dijo Wax, mientras el skar de Kance seguía cantando en su mente—. Fácil.

—Brillante —murmuró Annalyse, acercándose a Wax —. Pero, ¿cuánto tiempo pueden tú y el skar mantener esto?

—Mejor no averigüémoslo, ¿de acuerdo?

Los skars de Kance crecían en un árbol de diamantes que sobresalía del centro del cuenco. Eujo lo declaró el ojo de Kance, el árbol mismo era la última lágrima del dios congelada al caer. Los skars colgaban de las ramas como pequeños frutos, suficientes para llenar varias bolsitas. El cuarteto recogió los skars, los metió dentro y, justo cuando

Wax empezaba a arrastrarse, trotaron de vuelta por los caminos hacia la Puerta del Dios.

Liberar al skar de Kance de su misión llevó el cuerpo de Wax a una semi-vida, y extendió la mano, encontrando el hombro de Eujo para apoyarse. Sawi sacó algo de fruta seca de su bolsa, se la entregó a Wax, y, junto con algo de agua fresca de la montaña, el Renovado recuperó suficiente energía para bajar los escalones, las cuerdas, hasta su improvisado campamento de la noche anterior. Tomaron un largo almuerzo, con Annalyse repasando la siguiente etapa del plan.

—¿Crees que realmente es posible, incluso con los skars? —preguntó Sawi—. Quiero decir, seguí adelante con esto porque no tengo otras ideas, pero aun así.

—¿Qué opinan? —preguntó Annalyse a Wax y Eujo—. Ustedes son los que conocen las piedras. ¿Pueden hacer esto?

—Si no creyera que podemos —dijo Eujo—, no estaríamos aquí.

—Miren —añadió Ami—, he visto a las piedras hacer cosas increíbles. Darle un pequeño impulso a esos planeadores tiene que estar entre lo menos impresionante. Sin embargo, lo que me pregunto es, ¿cómo vamos a sobrevivir? ¿Comida, agua, alguna tormenta?

—Eso —dijo Wax— va a ser lo complicado. Pero a ti te gustan las probabilidades imposibles, ¿no? ¿No estás emocionada por intentarlo?

—Estoy emocionada por clavar una hoja en las tripas de Fassle y conseguir que mis caminantes de fuego recuperen su hogar. Si eso significa atarme a una de tus cometas durante un par de días, entonces estoy dentro.

—Bien —declaró Eujo—. Entonces descansen un poco.

Lo mejor que podamos. Mañana regresamos y nos preparamos.

—Para la cosa más absurda e imposible que Las Siete Islas hayan visto jamás —dijo Sawi.

—Para algo que Fassle y Yarvick nunca esperarán —concluyó Wax.

Los skars, al menos, encontraron esto muy emocionante.

24
LA TAREA DE UN LADRÓN

Confrontar a su padre, al menos al adoptivo, siempre parecía mejor en la teoría que en la realidad. Torny, desde que puso sus manos en el diario allá en aquella finca en Whent —¿cuánto tiempo parecía haber pasado desde entonces?— había imaginado este encuentro aproximadamente un millón de veces. Los había imaginado en un acantilado, en la gruta de los ladrones, en el caparazón abandonado donde la verdadera familia de Torny había vivido en sus primeros días. Nunca en una tienda de cerámica cerrada, pero ¿cuántas veces los sueños se desarrollan como uno espera?

Sin embargo, ahí estaba la mano de Yarvick, extendida en su pálida gloria fantasmal, teñida de rosa por la luz filtrada de Sichi. La piel del hombre no se veía flácida por la edad, no había cambiado ni un ápice desde el día en que Torny lo conoció, cuando había robado un mango del carro de un comerciante de Vis. Una ladrona entrenada desde ese momento, ascendida a bandida mientras aprendía a usar el cuchillo, a quitar una vida con él. Todo bajo la instrucción de Yarvick.

Le debía al menos eso.

Torny sacó el diario del bolsillo de su pecho, debajo de sus ropas de cuero, y colocó el libro, arrugado en los bordes y con alguna que otra mancha nueva de sus largas aventuras por las islas, en la mano de Yarvick. Él no movió su premio al principio, solo lo miró por un largo momento, y luego volvió a mirar a Torny.

—¿Es de él? —preguntó Yarvick, su voz ronca haciéndose más débil—. ¿Estás segura?

—Léelo —respondió Torny.

—Podrías haberlo escrito tú.

Una pregunta peligrosa. Yarvick no le había prohibido leer el diario, pero tampoco le había dicho que lo hiciera. Si ella hubiera... Torny se detuvo. Pensar demasiado con el señor de los bandidos era una forma rápida de morir o de perder la cabeza persiguiendo sombras. La confianza era una mejor aliada aquí.

—Léelo.

Yarvick asintió, retiró el libro. Abrió la portada. Los otros dos ladrones, el desarrapado que había interceptado a Torny a su llegada a la gruta de Yarvick y el que había apuñalado al capitán Najahn, Pavarde, se acercaron a Torny. Su movimiento levantó el polvo restante en la tienda, una nube rosa arremolinándose en el aire muerto mientras Yarvick hojeaba el principio del diario. Durante largos segundos nadie dijo nada, los únicos sonidos eran el pasar de páginas de Yarvick y los ruidos amortiguados de la noche en la Ciudad Amurallada.

Con suerte, Quik habría escapado. Torny no lo había dejado en una buena situación, pero si el Vis hubiera venido aquí con ella, la vida de Quik probablemente se habría perdido, o utilizado para algo aún peor que la guardia de Pavarde.

—¿Sabes lo que es —dijo Yarvick en el silencio, sin levantar la mirada de las páginas— amar a alguien y saber que te odian a cambio?

—Tú.

Yarvick levantó los ojos del libro. —¿Yo?

—No eres tan tonto, Yarvick. Me diste un propósito, me enseñaste la mayor parte de lo que sabía. Tu aprobación lo era todo, y luego me desechaste.

—No te deseché. Fallaste.

—La gente falla, Yarvick. Eso no significa que no puedas darles otra oportunidad.

—Y así lo hice, cuando demostraste que eras digna de una.

El señor de los bandidos volvió al diario, pasó otra página antes de cerrarlo. Lo deslizó dentro del bolsillo de su propio abrigo. El hombre siempre había evitado las túnicas y no había empezado a usarlas ahora, a pesar de su posición Najahn. Una camisa, un abrigo, pantalones gastados y un sombrero ancho, todos con marcas de trabajo duro.

—He vivido más que una docena de vidas, y sin embargo me siento más atraído por la corta que hay en estas páginas que por mis propios recuerdos —reflexionó el señor de los bandidos, y luego asintió hacia Torny—. A menos que hayas mejorado tus habilidades de falsificación, creo que esto es exactamente lo que pedí. Tienes mi gratitud.

Introspección terminada, Torny se encogió de hombros. —Él no estaba feliz de perderlo.

—Estoy seguro de que no, pero yo estoy más feliz de tenerlo. —Yarvick hizo un gesto a los dos ladrones detrás de Torny—. Pueden irse ahora. Preparen la siguiente parte. Bien hecho esta noche.

Ambos bandidos hicieron una pequeña reverencia antes

de salir por la puerta. Sin preocupaciones por dejar a Yarvick solo con Torny. Sabían que él era el más letal en la habitación, y que Torny también lo sabía.

—Ven conmigo, Torny —dijo Yarvick, dirigiéndose hacia la parte trasera de la tienda—. Me gustaría discutir un poco más nuestra relación.

—No lo llames así.

—¿Qué?

—Una relación.

Yarvick sonrió, una mueca enfermiza y ligera. —Si eso es lo que deseas.

Tomando una linterna apagada de un estante cercano, Yarvick presionó su mano contra el cristal. Una chispa apareció de la nada, encendiendo la mecha y prendiendo la lámpara. Imposible, a menos que Yarvick hubiera añadido más skars a su arsenal. Torny no preguntó. Yarvick podría haber entrado con la linterna encendida. Que no lo hubiera hecho significaba que quería que Torny entendiera que estaba aún más superada de lo que creía.

El señor de los bandidos guio a Torny más allá de suministros apilados, pinturas y listas de clientes, hasta que encontró una pequeña escalera que subía. Subir los sólidos escalones llevó a un ático abarrotado, medio lleno de lo que parecían obras terminadas. Cosas aún por vender o esperando que su dueño tomara posesión. Yarvick no dijo una palabra durante el camino, mantuvo su espalda hacia Torny todo el tiempo.

Casi invitándola a intentar una puñalada, pero Torny ni una vez dejó que sus manos se desviaran hacia las empuñaduras de sus dagas. No había venido aquí para suicidarse.

El ático tenía otra escalera plegable, una que Yarvick alcanzó con un pequeño salto poco digno. Con un tirón, la escalera bajó y abrió una pequeña escotilla en el techo. Él subió primero, y Torny lo siguió. Los techos empinados de Noctia habrían hecho difícil una vista como esta en casi cualquier lugar, pero el alfarero había puesto delgadas tablas con tachuelas fuera de la puerta, dos a cada lado. Una para los pies, otra para sentarse. Yarvick tomó la izquierda, Torny la derecha.

La Ciudad Anillada se extendía debajo de ellos, con faroles encendidos y bulliciosa. Torny buscó la mansión de la que acababan de salir, encontrándola por los restos humeantes de un incendio apagado. Una respuesta rápida y sin propagación. La eficiencia de Noctia y los Najahn en su máxima expresión.

—Este hombre me debe un favor —dijo Yarvick—, pero me niego a aceptar cualquier pago. En su lugar, puedo venir aquí cualquier noche que lo solicite. Es una relación que funciona para ambos.

—¿Qué hizo usted para que quedara en deuda con usted?

—Un rival intentó socavar el mercado de mi amigo. Me aseguré de que esos esfuerzos fracasaran.

—¿Lo mató mientras dormía, o algo así?

Yarvick, con los brazos cruzados, se rio entre dientes. —No. Le di al rival una mejor ubicación en el lado sur de la ciudad. La alfarería allí es más para usos reales que para decoración, pero su negocio prospera y Noctia se beneficia de ello.

—Es usted todo un héroe, Yarvick.

—Soy lo que esta ciudad, esta isla, necesita, Torny. No estoy corrompido por la brevedad de la vida ni por la necesidad de tesoros. Busco elevar a quienes lo merecen y ayudar a quienes lo necesitan.

—Cortando gargantas y robando a los ricos.

—No eres nada mala en ninguna de esas cosas.

—No dije que lo fuera. Solo que no estoy segura de estar de acuerdo en que sus métodos sean todos nobles.

—Sí, y estoy seguro de que muchos dirán que mis intenciones no excusan mis tácticas, o alguna tontería similar. Pero no te traje aquí arriba para litigar mi vida. —Yarvick barrió la vista con la mano—. Entiendo que tienes un nuevo maestro.

Yarvick claramente ya lo sabía, así que Torny le contó sobre Eujo, sobre Wax, la misión de paz a Fassle. Durante todo el relato, Yarvick asentía aquí y allá, por lo demás se mantuvo en silencio hasta que ella terminó.

—Entonces, te pediría un favor —dijo Yarvick—. Cuando Fassle esté fuera del camino, aceptaré la oferta de paz de Kance. Retiraremos las fuerzas Najahn de todas las islas. Serán disueltas.

—¿Disueltas?

—Estamos cambiando el mundo. Es mejor comenzar de cero que mantener la podredumbre alrededor. Eliminamos gran parte de ella esta noche. Lideraré Noctia bajo una nueva bandera. Las otras islas harán lo que deseen.

Torny entrecerró los ojos. —¿Lo que deseen? Eso no es propio de usted.

—Todos pueden cambiar, Torny. Incluso aquellos tan viejos como yo.

—De acuerdo, pero aún no me ha dicho cuál es el favor.

—Cuando llegue el momento, no espero que los Najahn se rindan en silencio, incluso si Fassle es removido. Tu amigo, el que, como yo, evade la muerte... Toma los skars. Guárdalos hasta que la revolución esté completa. Esas piedras son lo único que podría arruinarnos. —Yarvick le dirigió a Torny una mirada suave, casi amorosa, si el hombre fuera capaz de tal cosa.

—¿Harás esto? ¿Por mí? ¿Por las islas?

25
INTERROGATORIO

En algún momento, Quik debió de haberse quedado dormido, porque ahora una mujer envuelta en una túnica najahn estaba sentada frente a él. Lo observaba, con una tablilla de cera en las manos y un lápiz de carboncillo listo. A pesar de estar en una celda —la puerta con barrotes detrás de ella estaba cerrada— con un hombre del tamaño de Quik, quien acababa de golpear a un guardia antes de ser capturado, sus hombros caídos y su suave sonrisa sugerían que el miedo estaba lejos. Quik notó su piel sana, clara y sin arrugas, un tipo que habría caracterizado a una mujer más joven, pero su postura y mirada aguda hablaban de experiencia adquirida.

De todos modos, Quik pensó que era mayor de lo que parecía, lo que la situaba como alguien adinerada o en una posición lo suficientemente poderosa como para permitirse alimentos saludables, cremas y cuidados. Todo esto se combinaba para poner a Quik en un estado de alerta confusa. Había estado esperando al verdugo, no a un interrogador.

—Has tenido todo un viaje, Quik —dijo la mujer, su acento afilado y cortante la marcaba como nativa de Rana, si no por lealtad—. Un cazador Vis, un recluta najahn, antes de desaparecer con un traidor solo para aparecer aquí de nuevo. Un asesino, un experimento y el hermano de la Renovación Vis. ¿Lo he entendido bien hasta ahora?

—Bastante cerca.

—Bien. Siempre me gusta ver que mis fuentes dan resultado.

—¿Quiénes son esas?

—Cualquiera que necesite una rebanada extra de pan para sobrevivir el día —La mujer se acomodó de nuevo en su sonrisa mientras hablaba, sin descansar nunca en otra expresión—. Mi nombre es Kavasa y, después de algunos accidentes afortunados, soy la nueva Tercera Mano Teniente.

—¿La sustituta de Masayo?

—La siguiente en una línea continua. Los sustitutos implican más de lo mismo. Yo soy diferente, por eso estoy aquí para ofrecerte una oportunidad.

—¿Una oportunidad de qué?

—Preguntas, Quik. Tú me das respuestas, y yo te daré lo mismo a cambio. Un intercambio justo, y uno que creo que encontrarás útil.

—No me importa lo que pienses —dijo Quik, cruzando los brazos—. Estoy atrapado en una celda najahn. ¿De qué me va a servir la información?

—Cuando todo lo que tienes son tus pensamientos, ¿no querrías que fueran más felices?

Quik frunció el ceño, pero la irritación se desvaneció tan rápido como apareció. ¿Cuál era el punto? Si intentaba saltar sobre ella, Kavasa probablemente lo destriparía y lo dejaría desangrándose en el suelo de la celda. Incluso si Quik lograba pasar a través de ella, la puerta estaba cerrada, y Kavasa probablemente no tenía una llave. Además, Quik sí tenía preguntas.

Si Kavasa podía responderlas, bueno, eso podría ser realmente útil.

—¿Dónde está mi hermano? —preguntó Quik primero.

—Lamento decir que no estamos seguros —respondió Kavasa, una admisión audaz. Si hubiera querido manipular a Quik, podría haber dicho que se retorcía en una celda arriba, listo para ser asesinado si el cazador no cooperaba —. Lo último que supe es que había descendido por la Herida con los skars de la Égida después de que ella muriera, cuando ocurrieron los terremotos.

—¿Entró en la Oscuridad de Abajo?

—Y no ha salido, hasta donde sabemos —Kavasa levantó un solo dedo de la mano con el lápiz de carboncillo —. Ahora, los Whent tienen un asentamiento creciente en la base de la Herida. Han dicho que Wax realizó un milagro allí abajo. Selló a los demonios. Un logro asombroso.

¿Qué? Sawi no había mencionado eso en Vis, pero entonces, tal vez Wax aún no había llegado. Sawi había descrito las puertas y la obsesión de Ami con ellas. ¿Había logrado Wax...? Quik suspiró, sonrió. Su hermano de alguna manera había logrado lo que cada Égida había fallado en hacer.

—Tienes razón en estar orgulloso de él —dijo Kavasa —. Ojalá supiéramos dónde está, para poder darle la celebración que se merece.

Quik resopló. —Si eso fuera cierto, Fassle no estaría pisoteando las islas con sus capas púrpuras.

Kavasa no dijo nada a eso, solo mantuvo su sonrisa

mientras anotaba algo en la tablilla. Quik observó, esperó hasta que ella levantó la vista, inclinó la cabeza hacia su derecha.

—¿Mi turno? —preguntó Kavasa.

—Tú estás haciendo las reglas.

—Así es. Cuéntame primero por qué te atraparon. Había una mansión cercana que fue incendiada. Se encontraron muchos cuerpos. ¿Estuviste involucrado en eso?

—No. No directamente —dijo Quik—. Yo no inicié el fuego, y seguro que no maté a nadie.

—Pero estabas allí.

No era una pregunta, sino una confirmación.

—Pavarde me llevó. Quería protección.

Kavasa presionó para obtener más información y Quik se la dio. Describió el ataque a la mansión, los asesinos del Dedo Ágil.

—¿Dedos Ágiles? —preguntó Kasava—. ¿Estás seguro?

—Conocía a uno —respondió Quik—. Pavarde pensó que podría ser una trampa. Despejar el camino para tomar el control.

—Yarvick siempre está tramando algo —La mirada de Kasava se volvió distante mientras escribía en la tablilla. Se enfocó de nuevo con un chasquido, una sonrisa delgada—. Cuéntame más sobre Pavarde, sobre tu historia.

Los temores del capitán najahn, sus esperanzas, su paso desde Vis hasta Noctia. Kavasa escribía en la tablilla aquí y allá, sin decir una sola palabra. Para un cazador que no estaba acostumbrado a hablar mucho, las sombrías circunstancias provocaron un diluvio. Habló con rabia sobre la devastación de Mottilan, las palizas forzadas de Pavarde a los Vis, antes de remontarse más atrás a la traición de Gladdring y su escape de la isla.

—¿Dejó morir a la Reina? —preguntó Kasava.

—Gladdring siempre estaba buscando el siguiente riesgo —respondió Quik—. Odié eso, dejarla, más que cualquier otra cosa.

—¿Incluso más que Mottilan?

—La guerra es una cosa, incluso como cazador lo sé. Pero ¿dejar a alguien para que se ahogue allí fuera?

—Bueno, eso es algo de lo que no tienes que preocuparte —dijo Kasava—. Tengo la intención de ser justa contigo, en agradecimiento por tu cooperación. —Deslizó la tableta dentro de sus túnicas—. Creo que tengo lo que necesito. —Por primera vez, su sonrisa se transformó en una línea triste—. Desafortunadamente, has cometido numerosos crímenes, Quik. Luchaste contra los Najahn. Mataste a nuestros soldados. Y, creo, lo volverías a hacer si te dejáramos en libertad. Todo esto significa que tu vida, según la ley de Noctia, está perdida.

Nuevamente Quik consideró el impulso creciente, el asalto frenético, y nuevamente lo descartó. A estas alturas, después de estar sentado tanto tiempo, sus piernas estaban medio dormidas de todos modos. Sería más probable que tropezara y cayera contra la pared de la celda que lograr un ataque convincente contra Kasava.

—¿Entonces me vas a matar ahora? —preguntó Quik.

—Si lo deseas —respondió Kasava—. Pero preferiría que eligieras. Hay tres métodos que te recomendaré, y puedes elegir uno.

—¿Por qué no un cuchillo en mi cuello?

—Porque somos civilizados, y algún pobre guardia tendría que limpiar tu celda. —Kasava arrugó la nariz—. Seguramente eres consciente de lo desordenado que es cuando se quita una vida, ¿no?

Cuando Quik simplemente la miró boquiabierto,

preguntándose cómo podía hablar de la muerte como si fuera agua derramada, la Tenet continuó.

—¿Podemos envenenar una bebida para ti? Lo haremos al azar, para que no lo sepas. Un poco de agonía mientras la sustancia hace efecto, pero una muerte sin sangre al final. —Kasava levantó dos dedos—. O podemos arrojarte al mar. Con cadenas pesadas, por supuesto, para asegurar el resultado. Ahogarse, según tengo entendido, es bastante terrible, pero unos pocos tragos podrían acabar con todo rápidamente. —Un tercer dedo se unió a sus hermanos—. Por último, una ejecución tradicional. Ahorcamiento, con público. No debería sorprenderte que Fassle prefiera esta opción, para dar ejemplo. Puedo anularla, por ti.

¿Cómo morir?

En Vis, la muerte de un cazador debía llegar de una de dos maneras: si aún tenías la fuerza, lo mejor era adentrarse en la jungla en tu crepúsculo, solo en busca de una última presa. Que nunca regresaras era aceptado, esperado, admirado. La otra, si la enfermedad o las heridas cobraban su precio, era beber una mezcla particular que te haría dormir para no despertar jamás. Tomabas esos últimos sorbos rodeado de familia y amigos.

Si Quik no podía tener ninguna de esas, entonces se mantendría firme por su isla. Una muestra de independencia, de valor.

—Dame la soga —dijo Quik.

Kasava asintió, ocultando bien cualquier sorpresa por la elección del cazador.

—Tal como están las cosas, no eres el único prisionero que espera el fin de su vida —dijo Kasava, poniéndose de pie—. Mañana por la mañana encontrarás tu fin, Quik. Espero que sea uno pacífico.

La Tenet empujó la puerta de la celda —no estaba

cerrada después de todo, un detalle que hizo que Quik se estremeciera— antes de salir y cerrarla tras ella. Kasava no miró atrás al cazador mientras se alejaba, y sin su conversación, el canto desesperado de la prisión, sus gritos y alborotos, conquistaron el silencio.

26

PREPARATIVOS PARA EL VUELO

El capitán no quería la responsabilidad. Eujo nunca había visto tal mezcla de miedo y disgusto como cuando depositó la carga sobre los capaces hombros de Narro. Él agitó las manos por la sala del trono vacía, salvo por Livier que observaba cerca de la entrada, y se quejó de los nombres que no conocía, las políticas que no entendía, el poder que tendría que ejercer.

—¿Y crees que yo sí? —dijo Eujo, deteniendo la manía en pleno apogeo—. Cuando la Reina puso la corona en mi cabeza, yo era mucho más joven que tú, con una vida dedicada a robar comida de las casas más adineradas. Sin embargo, aquí sigo.

—Lo hiciste tan bien que la antigua Reina intentó matarte.

—Tenía otras razones. Equivocadas, pero razones —Eujo sonrió—. No te preocupes, Narro. Alguien intentará matarte también. Muchos alguien.

—Aún mejor —el capitán miró entre los tronos, como si pudiera intentar un salto por las ventanas. Algo mejor intentado con un skar de Kance a tu disposición que sin él —. ¿Por qué yo, cuando hay oficiales con más experiencia? Cuando tiene, según mi último recuento, mil asesores aquí dispuestos a tomar las riendas?

—Por dos razones —dijo Eujo—. Primero, porque te conozco y confío en ti más que en los almirantes mayores. Ellos trabajaron para mi predecesora. Tú trabajas para mí. Segundo, porque no quieres esto.

—¿Eso es algo bueno?

—Algo muy bueno, porque lo devolverás cuando regrese.

Narro entrecerró los ojos hacia ella. —Ni siquiera me has dicho adónde vas.

—No necesitas saberlo. Especialmente si los Najahn resultan ser más capaces que tú, un resultado que espero no ocurra.

Narro, sintiendo su inminente derrota, abandonó la defensa. Se desplomó antes de que su entrenada columna se encontrara a sí misma y se enderezó, haciendo una reverencia.

—Como desee, mi Reina. ¿Cuándo comenzará la operación?

—Mañana —dijo Eujo—. Te unirás a mí para el discurso matutino, cuando cederé el poder a ti. Entonces, Kance será tuyo.

—Hasta su regreso.

Eujo asintió, despidiendo al capitán. Cuando se hubo marchado, lanzando solo dos miradas atrás en busca de una broma, una broma, una resolución de que todo había sido un malentendido, Livier reemplazó a Narro ante el trono de Eujo.

—Los mensajes han sido entregados —declaró Livier

—. Ninguno ha sido rechazado. Mis amigos reúnen que las otras islas están sintiendo la presión Najahn y no les está gustando.

—Bien. Si esto no funciona, quizás Kance no esté sola.

—¿Exactamente qué estás planeando, Eujo?

—Eso depende, Livier —dijo Eujo, sus ojos helados fijándose en el asesino—. ¿Estás dispuesto a venir?

El asesino, verde por los bordes, miró fijamente el borde de la terraza en un silencio resuelto. Su planeador había sido empacado, preparado. Repuestos para casi todo colgaban en bultos alrededor de las enormes alas. Destinados para entregas de correo en toda la isla y envíos urgentes, los grandes transportadores eran una construcción tan robusta como Kance sabía hacer, y Eujo iba a probarlos mucho más allá de sus límites.

Alrededor de su nivel del Palacio del Cielo, cerca de su cima absoluta, había otras dos terrazas dominadas de la misma manera que esta: dos aviadores nerviosos, un enorme planeador y una colección de skars de Kance, entre otros suministros. Eujo había revisado la lista, las alforjas empacadas atadas a las delgadas membranas de madera y metal del planeador. Foti proporcionó ese último detalle, una técnica más nueva que había convertido esos planeadores de frágiles voladores a robustas naves con utilidad infinita. Esos herreros chupadores de lava prometían resultados asombrosos.

Si no cumplían, Eujo y Livier estarían muy, muy muertos.

—¿Diciendo tus últimas oraciones? —preguntó Eujo al asesino, poniéndose las gafas y el gorro de vuelo. Ambos llevaban las túnicas más gruesas que Kance ofrecía con camisetas y camisolas debajo, y la Reina se sentía como una roca voluminosa en lugar de una persona, pero mejor eso que congelarse—. ¿Está escuchando Kance?

—Eso espero —dijo Livier, continuando mirando hacia la luz temprana de la mañana—. Por todo el trabajo que he hecho, Eujo, pensé que dejaría de encontrar nuevas formas de morir.

—No vamos a morir, Livier. No en esta cosa.

—Nunca ha volado tan lejos. Nadie lo ha hecho. Jamás.

La gente lo había intentado, por supuesto. Temerarios y tontos ilusos en busca de fama. Los planeadores no iban lejos sobre el mar abierto, donde vientos extraños y tormentas desviarían a cualquier piloto ordinario de su curso. Los inventores de Kance estaban jugando con motores accionados por manivela para tratar de dar al aviador algo de control, pero esos introducían más problemas y eran demasiado nuevos para probarlos aquí.

Además.

—Nadie lo ha hecho como lo vamos a hacer nosotros —dijo Eujo—. Vamos, ya casi es hora.

—No podemos llegar tarde a esto, ¿verdad?

—Si quieres morir, volar solo es la manera de hacerlo.

Eso empujó a Livier en la dirección correcta y pronto el asesino se unió a Eujo para engancharse al planeador. Normalmente, con un planeador de este tamaño, los asistentes ayudarían a llevarlo al borde y empujarlo. Eujo no quería que ninguna palabra extra se filtrara a los espías Najahn, así que estaban solos en su terraza, esperando.

Hasta que cierto grito resonó en el aire.

—Esa es la señal —dijo Eujo, tomando un profundo respiro. Su cuerpo hormigueaba con la misma emoción que había sentido al realizar un trabajo, al dar su primer paso en el interior de un skar en las profundidades de las islas. Esto era aventura, pura y simple—. ¿Lista?

—Siempre, mi Reina.

—Tan formal, Livier —dijo Eujo, dejando que el skar de Kance tomara su primera carrera—. En este vuelo, en esta misión, llámame por mi nombre.

—¿Eujo?

El skar kance agitó el viento, tomó el mando de Eujo y empujó la ráfaga contra las alas del planeador. Las lonas plateadas, cosidas como velas kance en su perfección prismática y reluciente, recibieron el empuje y se hincharon. El planeador crujió y comenzó a avanzar lentamente. Eujo y Livier caminaron con él, con sus pechos apoyados en las vigas de soporte.

—Así es. Desde el día en que nací.

—Vaya día debió haber sido ese —murmuró Livier mientras se acercaban al borde, paso a paso. El skar kance continuaba con su suave empuje. Eujo no podía dejar que absorbiera demasiada energía al principio, tenía que mantenerlo bajo control—. ¿Crees que tus padres sabían que estaban dando a luz a una reina?

—No lo sé. Nunca los conocí.

—Lamento oír eso. Las islas no siempre son un lugar feliz.

Eujo resopló, sintió que el planeador tomaba el primer impulso al borde. Comenzaron a caer hacia adelante.

—¿Tus padres esperaban un asesino?

—Por supuesto —dijo Livier, su tono elevándose mientras caían de la terraza, el skar kance desvaneciéndose cuando los dos pilotos kance tiraron de sus cuerdas guía, nivelando el planeador desde su picada. Se orientaron hacia el oeste, en dirección a otras dos formas similares. Sombras corriendo hacia el sol—. Ellos también eran Vientas, Eujo. Mantener a los kance a salvo es el negocio familiar.

—Bueno, me alegro de que estés aquí, Livier —dijo

Eujo, mientras el viento, el aire cortante, los llevaba mientras levantaban las piernas y enganchaban los pies sobre los tablones traseros. Se acomodaron en la posición que mantendrían hasta que llegaran o murieran—. Kance te necesita ahora, más que nunca.

27
CIELO

La científica pilotaba, Wax bromeaba. Una buena dinámica reforzada por la confianza de Wax con el skar de Kance, que dejaba cantar de vez en cuando para mantener el planeador surcando el cielo azul despejado. En pocos minutos, la pareja, seguida por Ami y Sawi, y luego por Eujo y Livier, dejó atrás la costa de Kance y se adentró en el mar abierto. La vasta extensión de azul profundo rodeada por un horizonte limpio debería haber provocado en Wax, acostumbrado a vistas obstruidas por árboles de la jungla, algún tipo de crisis nerviosa.

—Eso es lo que hemos visto —continuó Annalyse—, con los trabajadores de Whent sacados de las montañas y puestos en barcos. Es una reacción negativa al espacio abierto.

—¿Muchos Vis en esos estudios tuyos?

—Los habría si alguna vez vinieras al norte.

—He estado en Whent, Annalyse. Es tan divertido como este planeador.

A pesar de la broma, hasta ahora Wax disfrutaba de la disposición. Sus manos y muñecas descansaban sobre empuñaduras acolchadas, con la robusta barra debajo de ellas atravesando el ancho del planeador. Las alforjas anidaban arriba, debajo del ala prismática de Kance. Los odres de agua yacían entre Wax y Annalyse, colocados lo suficientemente cerca para que el Vis pudiera inclinarse cuando quisiera tomar un sorbo. Otras comodidades de vuelo eran menos glamurosas, como los paños ajustados a la cintura para levantarse cuando surgiera la necesidad o la pasta de frutas y verduras en el lado izquierdo de Wax, bebible a través de una pajita de caña si Wax tenía hambre.

Esas pequeñas molestias apenas valían la pena para quejarse, dado que el vuelo debería reducir el tiempo para llegar a Noctia de varios días a, bueno, uno solo. Los barcos de Najahn tampoco patrullarían los cielos, y el clima de finales de primavera significaba aire fresco pero no gélido para volar. En su tercera vez en un planeador, Wax había encontrado un buen vuelo.

Y todo ese espacio abierto no molestaba a Wax en lo más mínimo.

—Fuiste a Whent en pleno invierno —dijo Annalyse—. Es como decir que Vis es sofocante en verano.

La científica tenía el cabello y la cara envueltos detrás de unas gafas y bajo una gorra. Llevaba túnicas más gruesas que Wax, quien prefería sentir el aire en su piel, aunque fuera lo suficientemente frío como para erizar la piel. Un brazalete en la muñeca izquierda de Annalyse sostenía varios skars de Kance en línea, diseño propio de la científica. Uno que había terminado en Vis, de todos los lugares, para Deshiva, después de haberlo comenzado en Noctia para Gladdring.

Una de las muchas digresiones en las que Annalyse caería, si se le daba la oportunidad.

Durante los últimos dos días desde que conoció a la

científica, Wax la había encontrado callada entre grupos, observando y esperando para intervenir hasta que encontraba algo que añadir. Sin embargo, a solas, su voz salía a flote, y la científica parloteaba sin cesar sobre esto y aquello. Para alguien con menos curiosidad, Wax podía ver que sería molesto. Para él, Annalyse ahogaba el constante ruido de los skars.

—Entonces tendrás que mostrarnos los alrededores en un mejor momento —dijo Wax—. Lo haremos un gran viaje. Todos nosotros.

Annalyse sabría a quiénes se refería Wax, y su silencio, la mirada hacia el horizonte brumoso, lo confirmó. Le había contado a Wax sobre Quik, su conexión de fuego repentino, y cómo seguía siendo cortada por terribles casualidades. Con las probabilidades situando el lugar actual de Quik en algún lugar bajo la tierra en la conquistada Mottilan, mencionar a su hermano siempre desanimaba a Annalyse.

—Sabes que está vivo, ¿verdad? —continuó Wax—. No hay manera de que Quik dejara que algún Najahn lo matara.

—Mataron a muchos de tus Vis —respondió Annalyse, sin encontrarse con los ojos de Wax. Con las gafas protegiendo sus rostros, una mirada compartida probablemente no habría ayudado de todos modos—. Tus cazadores son valientes, Wax, pero están acostumbrados a luchar contra animales. No contra un ejército.

Lo cual explicaría por qué Vis había caído tan rápido. Por qué Wax estaba sentado en este planeador, volando hacia Noctia. Él tenía sus motivaciones, pero ¿Annalyse?

—Quik te dijo que fueras a Vis para protegerte, ¿verdad? —preguntó Wax.

—Nuestras opciones eran limitadas.

—De acuerdo, pero fuiste. Te quedaste. ¿Podrías haber tomado otro barco a Foti, y de allí volver a Whent?

—Porque me di cuenta de que solo hacer la investigación ya no era suficiente. Había jugado con dispositivos prácticos en Whent, hecho estas armas ingeniosas, herramientas, solo para que los skars las hicieran volar todas. —Annalyse negó con la cabeza—. ¿Por qué usar un dispositivo para escupir fuego cuando puedes hacerlo con un pensamiento? Peor aún, ¿por qué ayudar a alguien a empuñar ese tipo de poder?

—Me estás ayudando. A nosotros.

—Porque no eres Fassle ni Gladdring. —Annalyse se movió, ahora mirando a Wax a través de esas lentes de cristal asentadas en marcos de madera, envueltas con una cinta alrededor de sus orejas—. Estás tratando de ayudar a las islas. Si eso cambia, también dejaré de ayudarte.

—Supongo que es una razón más para evitar volverme malvado.

Una risa, luego un ceño fruncido. —Ten cuidado con esa palabra, Wax. Gladdring pensaba que estaba salvando las islas, y apostaría a que lo creyó hasta el final. Fassle también podría. Las etiquetas grandiosas confunden las cosas. Elimina la emoción, mira los datos.

—Como un científico. Supongo que no debería sorprenderme.

—Somos los mejores, Wax.

Los planeadores continuaron durante la mañana, silenciosos y constantes en su progreso. Se guiaban por el sol, utilizando su posición en el oeste y el norte como guía hacia Noctia. Annalyse se encargaba de esa tarea, inclinando de vez en cuando la nariz del planeador para reajustar su posición. Wax se sumergía en el skar de Kance, enviaba una ráfaga hacia arriba, y luego se reorientaban.

—Diría que es un buen ritmo —dijo Annalyse después

de la última corrección—, pero es difícil saber qué tan rápido vamos. El océano no es una medida estática.

—Los barcos sí lo son, sin embargo.

Las embarcaciones habían ido disminuyendo a medida que dejaban Kance cada vez más atrás, pero a partir de esas primeras huellas, Annalyse había estimado su velocidad como casi diez veces más rápida que la de los barcos de vela. Más que suficiente para hacer el viaje a Noctia en un día, pero cuándo exactamente llegarían ese día era la verdadera pregunta.

Nadie quería volar de noche, cuando las nubes o los Sichi volando bajo podrían significar pasar de largo sobre Noctia por completo.

—Eso era antes, esto es ahora —dijo la científica—. No nos está tirando un buey, sino empujando el viento. No es fiable.

—Por eso tenemos los skars.

Annalyse echó la cabeza hacia atrás y Wax miró por encima del hombro a los planeadores que les seguían. Hasta ahora, todos se habían mantenido cerca, a más o menos la misma altitud. Cuando Wax usaba el skar Kance para dar un impulso a su planeador, los otros lo notaban y hacían lo mismo.

—¿Estás preocupada? —dijo Wax—. ¿Por qué? Llevo temporadas jugando con skars, al igual que Eujo. Tú misma enseñaste a Ami y Sawi. Somos los mejores de Las Siete Islas en esto.

—Espero que tengas razón.

En las islas, las rutas de navegación seguían la dirección general del viento. Desde Foti, se podía navegar fácilmente hacia el este bordeando la costa sur de Noctia. Volver con rapidez significaba seguir las líneas de Vis en dirección opuesta, corriendo hacia el norte una vez alcanzado el objetivo. Annalyse había explicado todo esto mientras detallaba los riesgos, ya que estaban intentando cruzar los vientos de oeste a este en su ruta directa hacia Noctia.

Cuándo golpearían esos vientos, o si lo harían, era una incógnita. Durante horas, la brisa permaneció tranquila, y los skars Kance se usaban para empujar los planeadores hacia arriba según fuera necesario, para rozar su impulso hacia adelante. Cuando el sol se hundió a media tarde, ahora en su lado este, el aire comenzó a cambiar. El planeador se sacudió, y Annalyse los inclinó más hacia el norte, atrapando el viento cambiante en su ala y usándolo como una vela para impulsarlos hacia adelante, aunque no tan recto como antes.

—Allá vamos —murmuró la científica, apenas audible sobre el viento.

—Listo —respondió Wax, y los skars Kance cantaban —. Simplemente mantenlos apuntando en la dirección correcta, y estaremos bien.

Una buena idea, una esperanzadora. Un sueño que se hizo añicos no tres respiraciones después, cuando la maldición de Ami llegó a través del aire. Wax y Annalyse se giraron, vieron el planeador del medio volcándose, precipitándose hacia el mar embravecido.

28

JUSTICIA ERRANTE

Tras el regreso de Torny, permanecieron en silencio durante una hora, comunicándose por señas. Bliss insistió en ello, negándose a dejar que Torny se durmiera hasta que hubiera explicado lo sucedido a satisfacción de la Vis. Bliss quería ir directamente al *Storm's Edge* para buscar a Quik, y Torny no pudo convencerla de lo contrario, razón por la cual terminaron en el muelle, mirando fijamente el oscuro barco mientras el amanecer se acercaba. El vigía designado por Deux los observaba desde la proa, declarando con tono sombrío que Quik no había llegado allí.

—¿Dónde más podría estar? —gesticuló Bliss, mirando hacia la Ciudad Anillada como si, entornando los ojos con suficiente fuerza, pudiera hacer aparecer a su hermano.

—Podría estar en cualquier parte, Bliss —dijo Torny—. Pero si tuviera que adivinar, diría que no logró escapar de la mansión.

Bliss se tensó.

—¿Muerto?

—Quién sabe. Quik es un luchador. Tal vez usó sus

garras contra el guardia equivocado —Al ver que Bliss palidecía, sus hermosas manos apretándose alrededor de su bastón, Torny reconsideró sus palabras. Lo último que quería esa noche era que Bliss se lanzara a una guerra en solitario—. Mira, a los Najahn les gustan sus ceremonias, ¿de acuerdo? Fassle quiere que sus oponentes, y sus amigos, sepan cuándo ha capturado a un enemigo. Si Quik no está aquí, probablemente esté en una celda Najahn, o siendo interrogado sobre quién inició las matanzas.

—¿No los llevará eso hasta ti?

—¿A mí? —Torny se rio y empujó suavemente a Bliss de vuelta por el muelle. Si no se demoraban, la bandida aún podría dormir una hora o dos. La energía de toda la acción se estaba agotando, y Torny no quería enfrentar el día tan exhausta—. Yarvick orquestó todo esto. Si Quik está en el complejo Najahn, puedes apostar a que Yarvick está controlando quién lo interroga. Evitará que Quik se meta en demasiados problemas.

—¿Por qué?

—¿Por qué qué?

—¿Por qué a Yarvick le importaría Quik?

—No le importaría, pero... —Torny se detuvo, maldiciendo en voz baja. Yarvick estaría tan dispuesto a cortar la garganta de Quik como Fassle a colgar al cazador. Ninguno de los dos necesitaba a Quik vivo—. Está bien, cambio de opinión. Tu hermano probablemente esté en problemas.

—Entonces tenemos que encontrarlo.

Tiempo atrás, en los páramos devastados por la lava de Foti, Quik había hecho todo lo posible por separar a Torny y Bliss. La Vis había querido que echaran a Torny, que Pavarde y su tripulación Najahn la ejecutaran. Esa brecha nunca se había curado realmente, aunque Rana había servido para parchelarla. Ahora Quik estaba recibiendo el trato que había deseado para Torny, ¿y se suponía que a la bandida debía importarle? ¿Se suponía que debía arrojarse junto con Bliss al peligro, solo por el hermano de Bliss?

Su hermano.

Torny escupió otra maldición. Una mejor.

A Svarde no le gustaba cómo una fuga de prisión afectaría su acuerdo de paz. El bárbaro, arrancado de su interminable mirada por la ventana de su habitación, bajó refunfuñando al comedor de la posada. El hombre pálido y cubierto de cicatrices se veía tan horriblemente fuera de lugar vistiendo una túnica ligera y cargando su enorme espada que Torny se habría burlado de él si Bliss no estuviera sofocando toda alegría con sus terribles ceños fruncidos y cejas arrugadas.

—No te estoy preguntando si podemos hacerlo —gesticuló Bliss mientras se sentaban alrededor de una mesa baja, el posadero lo suficientemente amable como para servirles unas gachas de arroz y un café aguado. Algunos otros madrugadores, trabajadores del muelle por su aspecto, llenaban el espacio—. Voy a subir allí ahora, y voy a encontrarlo.

Kivi, acurrucada bajo la mesa a sus pies, resopló.

—¿Cómo? —Svarde hizo eco de la pregunta del ferrite, haciendo que Torny se preguntara si había aprendido a interpretar las palabras de Kivi después de la última semana en compañía del lagarto de roca—. El barrio Najahn no es pequeño, y no les gustará que andes deambulando por todas partes.

—Preguntaré —Bliss asintió hacia Svarde—. Quiero decir, tú preguntarás.

Eso le valió una ceja levantada y débil. El poco cabello que le quedaba a Svarde era quebradizo, cada golpe o brisa errante hacía que un poco más se perdiera en el viento, sin volver a crecer jamás. La que una vez fuera una gran barba del bárbaro se había ahuecado, creando una inquietante adición al aspecto aterrador de Svarde.

—¿Les preguntaré dónde han escondido a un cazador Vis? Me dirán que me tire al océano.

—Tendrás que asustarlos. Con esa espada.

—Svarde —interrumpió Torny—, creo que podemos simplificar esto. Tú y yo sabemos dónde están las torres de la prisión Najahn. Entramos, nos dirigimos hacia allá, vemos si podemos conseguir que Bliss tenga la oportunidad de ver a su hermano. Tal vez no esté allí, tal vez Quik se perdió, o se emborrachó demasiado, o abordó el barco equivocado. Pero si está en una celda, lo sacaremos.

—Y traeremos a todos los Najahn sobre nosotros.

—No —dijo Torny, llegando a una idea que había evitado porque, bueno, uno no se endeudaba con Yarvick a menos que no hubiera otra opción—. Una vez que sepamos dónde está, haré que Yarvick lo libere.

—Eso —dijo Svarde, señalando a Torny con un dedo— es la primera idea inteligente que he escuchado en todo el día. Deja que el ladrón libere a tu hermano.

Con eso, Svarde, que no tenía gachas para comer, se apartó de la mesa. Bliss, que apenas había tocado su comida, imitó el movimiento, dejando a Torny mirando su propio cuenco, aún con bastante dentro. Svarde o no lo notó o no le importó, y se marchó pisando fuerte hacia la salida, así que Torny hizo lo único que podía: se tragó unos cuantos bocados, los bajó con su propio café y el de Bliss.

Asqueroso, pero no había logrado dormir, y el día prometía un dolor de cabeza tras otro.

Las calles estaban tensas. Los Najahn patrullaban con fuerza, parecía que cada dos personas vestía una túnica púrpura y portaba una voulge. Las ediciones con ribetes

dorados, normalmente reservadas para las patrullas marítimas, también hacían acto de presencia: Fassle había
llamado a las reservas. Aparentemente, cualquiera que no
zarpara a la guerra tenía la tarea de mirar con recelo a los
transeúntes.

Torny ignoró todo aquello, ya que sus años entre la
clase criminal le habían enseñado a hacer caso omiso de
cada ceño fruncido, cada mueca de juicio. La mitad de los
payasos de Najahn que intentaban parecer tan aterradores
aquí eran simplemente rufianes locales, reclutados a la
fuerza por las exigencias de Fassle y prometidas recompen-
sas. Los cuchillos de Torny podrían hacer un trabajo rápido
si alguno actuaba según sus expresiones, pero ninguno lo
hizo.

Noctia estaba tensa después de los asesinatos de
anoche, pero no había explotado. Todavía.

Svarde compró su entrada al barrio Najahn con la
audiencia prometida por Fassle. Tuvieron que esperar a que
les asignaran un guía, un miserable lacayo demasiado
ansioso por hablar del pasado papel de Svarde como Guardián. El hombre no comenzó con un paseo a las cámaras de
reunión del Círculo, sino que los condujo directamente a
una multitud creciente en la primera plaza.

Torny habría preguntado al guía exactamente a dónde
iban, pero no fue necesario: la horca se alzaba imponente
sobre las cabezas frente a ella, la madera pintada de negro,
con cinco sogas colgando en línea, atraía las miradas lo
suficiente.

—¿Una ejecución? —signó Bliss mientras la multitud
los apretujaba, aunque Svarde y Kivi se encontraron con
espacio para respirar, cortesía de la espada del bárbaro—.
¿Noctia aún hace esto?

—Es un espectáculo, ¿recuerdas? Fassle quiere que sus

enemigos sepan que esto podría pasarles a ellos —dijo Torny, cruzando los brazos—. Una mierda macabra.

Una campana marcó la hora y, con ella, la multitud se movió. Torny se puso de puntillas, vio una fila que venía por la derecha. Cinco figuras encapuchadas, con las muñecas atadas con cuerdas. Las voces de los Najahn se alzaron, burlas mezcladas con invectivas airadas y amargas. Un odio que Torny se dio cuenta provenía de la idea de que estos cinco debían haber cometido los asesinatos de anoche.

La emboscada de Yarvick había matado a algunos de los líderes más queridos de los Najahn. No era sorprendente que los chivos expiatorios elegidos recibieran el trato de traidores.

Cuatro de los prisioneros, divididos por igual entre mujeres y hombres, vestidos con prendas de lino sencillas, caminaban como habitantes regulares de Noctia. Chivos expiatorios arrojados a la muerte por Yarvick, o quizás Fassle aumentando sentencias menores a pena capital. Por lo que Torny sabía, por lo que creía, los Dedos Ágiles habían escapado anoche sin pérdidas.

Aunque, por otro lado, matar a alguien en venganza por el crimen de otro era un recurso probado y verdadero de los Najahn.

El quinto, sin embargo, le cortó la respiración a Torny. La ropa delgada no tenía mangas, no hacía nada para ocultar los tatuajes que recorrían los musculosos brazos de Quik. Cuando Torny sintió la mano de Bliss agarrar su muñeca, supo que Bliss también los había visto.

Y ninguna hermana dejaría que su hermano fuera ahorcado. Especialmente no Bliss.

—Luchamos —signó Bliss, lo suficientemente claro para que Svarde también lo viera, y aunque el bárbaro no era un experto en las señales manuales de Bliss, su expresión lo dejaba bastante claro.

—Supongo que Kance no obtendrá su paz, entonces —murmuró Svarde.

—¿Qué es eso? —preguntó su guía.

—Amigo mío —dijo Svarde, poniendo su mano libre sobre el hombro del hombrecillo—, te sugiero que te vayas. Esta plaza está a punto de convertirse en un lugar muy malo para estar.

29
UNA EJECUCIÓN EN LA HORCA

Los najahn no le dieron desayuno a Quik. Nada más que agua, servida con un comentario sobre el desperdicio de recursos en los muertos. El cazador no había dormido, solo se había rotado entre la paja delgada y el suelo durante toda la noche. Había esperado otra visita, tal vez incluso de Fassle, que viniera a regodearse o a presionar por más información, pero nadie llegó. Los gritos, las risas, el golpeteo de los guardias jugando a las cartas al final del bloque de celdas eran los únicos sonidos que le hacían compañía.

Un hombre podría enloquecer si lo dejaran así por mucho tiempo, así que cuando vinieron a ponerle la capucha a Quik, a cambiarlo a un camisón de lino limpio, Quik aceptó sus atenciones sin comentarios, con alivio. Menos agradables fueron las cuerdas atadas alrededor de sus manos y empujadas en su boca. Otro juego alrededor de sus pies, forzándolo a arrastrarlos. Sin correr, sin últimas palabras, sin oportunidad de gritar algún himno de martirio.

Quik moriría en silencio, quieto y en la oscuridad.

Sus pies, descalzos, y sus oídos le dieron al cazador alguna idea de dónde estaba. La piedra de la torre dio paso a los adoquines de la calle. Los lamentos de los prisioneros se transformaron en la curiosidad de una multitud, con algunas burlas mezcladas, aunque la hora temprana protegía de los más violentos del grupo. Los najahn que lo guiaban y varios otros afirmaban que su ejecución matutina era una bendición, que las cosas tendían a empeorar a medida que avanzaba el día.

—Morir con cerveza rancia y tomates podridos encima es lo peor que puede pasar —señaló un guardia, imbuido de un suministro interminable de jovialidad, mientras se acercaban a una plaza, revelada por el creciente clamor vocal.

Quik consideró las palabras del hombre, preguntándose qué vida encantada había llevado el najahn para poner el pináculo de la miseria con un poco de humedad y algunas manchas de vegetales. El Vis había visto un pueblo destrozado por los demonios, gente pobre despedazada en sus hogares, en las calles. Había presenciado el puesto avanzado de Rana, el rocío de ácido del demonio burbuja derritiendo la piel. Una ejecución en la horca podría no ser agradable, pero sería rápida y definitiva.

En cuanto a muertes en las islas, esta estaba lejos de ser la peor.

El cazador, sin embargo, se negó a dejar que sus últimos pensamientos fueran tan mórbidos. En su lugar, mientras el guía los llevaba por los escalones hacia la plataforma del patíbulo —la madera lijada tan suavemente, los escalones nivelados, tanto cuidado puesto en un asunto tan sombrío —, Quik evocó mejores recuerdos.

Como cuando su padre, antes de que el amor por la comida le arrebatara la habilidad, le enseñó a Quik cómo columpiarse en una liana. Un día fresco, trepando el árbol, caminando por una rama. Gruesos helechos cubrían el suelo, plantados y cultivados para dar a los jóvenes Vis un lugar seguro para practicar. Colgaban gruesas lianas, y el padre de Quik agarró una, la acercó a Quik, le mostró al joven cazador dónde agarrarla y cómo soltarla. Ese mismo día, Quik también había recibido su primera cuerda Vis, con el gancho en el extremo.

Un día feliz, seguido de muchos más.

—Aquí tenemos a un traidor —resonó la voz del guía, devolviendo a Quik al presente. Aunque Quik no podía ver al hombre, debía estar parado a no más de un paso de distancia—. Una vez recluta najahn, este hombre puso a su isla por encima de todos nosotros. Asesinó a un Precepto, masacró a nuestros valientes soldados en emboscadas cobardes. La muerte es lo mínimo que este merece, pero como ha suplicado clemencia y pedido perdón, demostraremos que los najahn pueden ser benevolentes. Muerte, pero no tortura, ni inanición ni azotes. El Círculo exige que paguemos por nuestros crímenes, pero no son monstruos.

Durante el discurso del hombre, el ruido de la multitud subía y bajaba. Cuando terminó, el hombre pasó al siguiente. Quik contó cinco víctimas, ocupando él mismo el tercer lugar entre ellas. Los crímenes de los otros no fueron especificados. Como Quik, fueron declarados traidores, ladrones y asesinos. Sus sentencias se declararon misericordiosas a la luz de sus graves ofensas.

Lo que los compañeros prisioneros de Quik sentían sobre sus destinos era desconocido. Las cuerdas que amordazaban sus bocas estaban lo suficientemente apretadas como para ahogar el habla, lo suficientemente sueltas como para permitir que Quik respirara, aunque su saliva había empapado la espiral y el goteo de vuelta a su boca hacía que el cazador tosiera. No era una manera digna de enfrentar sus últimos momentos.

Pero entonces, Quik no quería enfrentar sus momentos finales. Ni ahora, ni nunca. El mismo miedo que lo había agarrado en el acantilado sobre Mottilan volvió corriendo, un agarre frío en sus entrañas, sus pulmones. A pesar de la mordaza, Quik intentó gritar, un gemido sin palabras muriendo contra el rugido anticipatorio de la multitud. El cazador frotó sus muñecas contra las cuerdas, intentó apretar sus manos a través de ellas, pero los najahn hacían bien su trabajo: cortes y llagas fueron todo lo que Quik ganó por sus esfuerzos.

El najahn caminó frente a Quik, recorriendo el patíbulo, mientras otro soldado venía por detrás, atando las sogas en su lugar. Cuando Quik escuchó pasos delante, se lanzó, un frenético cabezazo encontró una mano tranquila empujándolo de vuelta a su lugar. La multitud rugió. Intentó lo contrario cuando el otro najahn vino a poner la soga alrededor de su cuello, encontrando una mano fuerte atrapando a Quik de nuevo, manteniéndolo quieto.

—Muere con algo de honor, habitante de la jungla — siseó el najahn.

¿Qué importaba el honor ahora?

La soga raspó el cuello de Quik, seca y apretada. El cazador no tenía duda de que aguantaría, y luchó más fuerte, sin ganar nada por ello. Jadeó, respirando rápido. Quik todavía tenía demasiado que hacer, demasiadas promesas sin cumplir.

Le había dicho a Wax que atraparía al najahn detrás de su hermano, ¿y cuán mal había fallado Quik en eso? ¿Morir con ese legado?

Un clic, un tirón cuando el Najahn tiró de la palanca. El patíbulo se sacudió, las trampillas bajo sus pies se abrieron.

Quik intentó separar las piernas, agarrarse a los lados, pero no encontró más que aire. El nudo de la soga presionó contra su cuello mientras su peso descendía. El pánico lo atenazó. Aparecieron manchas en su visión. Intentó vomitar, pero el contenido se le quedó atascado en la garganta.

El cazador luchó, y fracasó.

Y golpeó el patíbulo, rebotando en la madera y cayendo sobre las piedras de abajo. El nudo se aflojó, Quik arcadeó, jadeando dentro de la oscura capucha. Gritos y alaridos resonaban a su alrededor, el suelo temblaba con el correr de pies en todas direcciones. Los detalles se filtraban, pero Quik los ignoró, aferrándose solo a un hecho mientras su corazón latía desbocado y su cuerpo temblaba.

No estaba muerto. No estaba muerto.

¿Cómo?

La pregunta y su conmoción atravesaron el gélido velo del pánico, arrastrando a Quik al momento presente. No es que pudiera hacer mucho al respecto, con la capucha aún cubriéndole el rostro y las manos y pies atados. ¿Habían orquestado Fassle o Yarvick todo esto como una estratagema para quebrar el espíritu de Quik? ¿Estaba la Tercera Mano detrás de esto? ¿O acaso la cuerda que lo sostenía se había deshilachado, un accidente que, tan pronto como retiraran a los prisioneros muertos, lo devolvería al patíbulo?

Excepto por la multitud. Esos no eran gritos de júbilo depredador y cruel. Miedo. Dolor. Huida. Quik también había escuchado esos sonidos en Mottilan. Pero cómo-

Algo cortó la cuerda que ataba las manos de Quik, sus pies en dos movimientos. El cazador habría movido ambos, pero las extremidades estaban entumecidas por la falta de sensibilidad. Luego vino la capucha, arrancada para revelar un rostro que Quik no había visto en mucho, mucho tiempo.

—Hola, hermano —gesticuló Bliss, usando un cuchillo simple para cortar la asquerosa mordaza de Quik, mientras su mano libre seguía haciendo señas—. Parecía que necesitabas algo de ayuda.

Quik soltó una risa entrecortada, casi un llanto. De alguna manera, ella lo había encontrado. De alguna manera, al igual que él había rescatado a Bliss después de su cacería en Vis, ella había hecho lo mismo por él. Quería decírselo, comenzó a pronunciar las palabras mientras Bliss arrojaba las cuerdas lejos.

Antes de que pudiera decir una sola, un virote de ballesta se clavó en el hombro de Bliss, haciéndola girar y caer al suelo.

30
BESANDO EL MAR

El skar se soltó. Eujo sintió el cambio en el aire, el viento natural aumentando mientras la tarde caía sobre el océano abierto. Corrigió el rumbo, tirando del planeador para apuntar más hacia el norte, dejando que el viento los empujara.

Ami y Sawi, los pilotos de planeador más inexpertos, no hicieron el ajuste. Volaban delante de Eujo y Livier, colocados detrás de Wax y Annalyse. El viento cambiante los empujó hacia abajo, y Ami reaccionó como Eujo lo habría hecho años atrás: entró en pánico, llamó al skar de Kance y dejó que la piedra divina intentara salvarlos. Ráfagas turbulentas, aire empujando en direcciones salvajes, soplos lo suficientemente fuertes como para obligar a Eujo y Livier, este último añadiendo sus maldiciones murmuradas a los gritos de Ami, a torcer su planeador fuera de curso. La Reina viró hacia el este, alejándose de Noctia y a favor del viento natural para escapar de las ráfagas antinaturales.

—Están cayendo —dijo Livier, el tono frío y calculador del asesino no ayudaba en nada a la situación.

Eujo se retorció para mirar por encima de su hombro

izquierdo y vio el planeador de Ami atrapado en una espiral, su estructura retorcida por los vientos en combate. Se hundirían en el mar en unos momentos, y con sus brazos y piernas metidos en el planeador, serían succionados justo después. Muerte segura, incluso con los skars de Vis de Ami.

—Entonces nosotros también —espetó Eujo, empujando su planeador en un picado de persecución.

El océano se extendía ante ellos, las olas sin fin. Sin la urgencia, Eujo podría haberse perdido en esa masa azul ondulante hasta estrellarse directamente contra ella. Los gritos de ayuda de Ami mantenían ese impulso a raya.

Tirando de las cuerdas de dirección, Eujo metió la punta derecha del planeador, girando su nave de vuelta hacia el oeste y directamente hacia el viento. Con la nariz del planeador aún inclinada hacia abajo, la brisa los empujó aún más, acelerando el descenso y permitiéndoles acercarse a la caída azarosa que tenían delante. Ami y Sawi aún se retorcían en el torbellino provocado por su skar de Kance, la piedra parecía pensar que salvar a la pareja significaba lanzar fuertes ráfagas en todas direcciones. Su planeador se tambaleaba y giraba, se sacudía y se estremecía.

En otra situación menos desesperada, Eujo habría encontrado la escena graciosa.

Wax, Renovación y supuesto salvador de las islas, estaba intentando dar la vuelta, una forma cada vez más pequeña muy por encima y demasiado distante para ayudar. No es que Eujo lo necesitara.

—Manténnos en ángulo hacia ellos —dijo Eujo—. No dejes que esa piedra nos aleje.

—Lo dices como si fuera fácil.

—Lo será.

Eujo se sumergió en su propio skar de Kance, encontró la cadencia entrecortada de la piedra del viento y la instó a salir. No para crear viento, sino para contenerlo. La piedra pulsó, una sensación de cosquilleo se extendió desde sus manos, pies y cuerpo para envolver el espacio alrededor del planeador y enviar el aire hinchándose hacia el ala del planeador. A medida que se acercaban a la pareja en apuros que giraba, Eujo ordenó al skar que expandiera su influencia, todo mientras gritaba a Ami que contuviera la suya.

La Guardiana, si algo era, era receptiva, las ráfagas murieron cuando Eujo dio la orden. El skar de Kance de la Reina reemplazó al salvaje de Ami, empujando ambos planeadores hacia adelante con una brisa suave. Una táctica que podría haber funcionado para llevarlos, apenas, a Noctia si Ami y Sawi aún tuvieran un planeador en buen estado. ¿Con uno dañado?

—¡Seguimos cayendo! —el grito de Ami llegó claro mientras Eujo y Livier se deslizaban sobre los otros dos—. ¡Ya no funciona!

El porqué era obvio: una barra transversal partida y cuerdas guía azotando. Ami y Sawi tenían ambos sus manos agarradas a la red de carga del planeador en lugar del dañado centro. El planeador se estabilizó lo justo para darles una oportunidad de aterrizar sin huesos rotos ni cráneos destrozados.

—Los atraparemos —dijo Eujo, no lo suficientemente alto para que Ami la oyera, pero Livier seguro que sí, a juzgar por su asombrada respuesta.

—No puedes arriesgarte por estos dos, por muy importantes que sean —dijo Livier mientras Eujo volvía a sumergirse en el skar de Kance, dándole a la piedra una nueva idea—. Eres la última Reina de Kance. Si mueres, nuestra isla no tiene a nadie. No puedes...

—Puedo y lo haré, Livier. Ahora cállate y ayuda.

La piedra del viento saltó ante el impulso de Eujo, abandonando su suave planeo por un duro lanzamiento hacia arriba desde abajo. El planeador de Eujo se estremeció mientras el de Ami y Sawi saltaba hacia el cielo. Un ascenso feo, pero uno que acercó el planeador dañado lo suficiente al de Eujo para que la Reina soltara la barra central.

—¿Qué estás haciendo? —preguntó Livier.

—Simplemente manténnos en línea recta y reza para que Noctia no esté demasiado lejos.

Encogiéndose, Eujo se deslizó bajo la barra, manteniendo sus pies en los cierres detrás de ella. El skar de Kance cantó, Eujo sintiendo los primeros lametazos mientras la piedra comenzaba a tomar la energía de la Reina para complementar la suya propia.

Un problema para más tarde. Si sobrevivían.

Inclinándose, Eujo extendió ambas manos, todo mientras empujaba al skar de Kance a dar un poco más de esfuerzo, un impulso mayor. El skar respondió, bebiendo profundamente, y Eujo sintió que sus piernas se debilitaban, sus ojos se nublaban, pero el planeador de Ami se elevó más, salió disparado lo suficientemente adelante como para llevar las manos extendidas de la Reina detrás del ala dañada de la máquina. La cola del planeador y su oportunidad esperaban, una que Eujo atrapó con un doble agarre.

Los dos planeadores, empujados por el skar de Kance, estaban unidos mientras Eujo pudiera mantener el agarre. El espacio más pequeño existía entre sus alas, el azul plateado era casi todo lo que Eujo podía ver ahora. Permanecer boca abajo, con el skar de Kance agotando sus fuerzas, no era una posición sostenible, y Eujo lo hizo saber llamando primero a Ami, luego a Sawi.

Abajo, demasiado cerca, las olas continuaban su viaje interminable.

La Vis hizo el esfuerzo de volver, desatándose en medio

del viento y poniendo mano tras mano, pie tras pie a lo largo del esqueleto fracturado de su planeador. La red de carga resultó ser la salvación de Sawi, manteniendo unida la estructura del planeador y dándole puntos de agarre para girarse y acercarse a la precaria posición de Eujo.

—¡Cuerdas! —dijo Eujo, su voz ya débil y acercándose a un susurro ronco—. ¡Átanos juntos!

—¿Qué cuerdas? —preguntó Sawi, luego respondió a su propia pregunta.

La Vis, colgando de la red de carga, alcanzó la vaina atada a la misma. Con un tirón, Sawi liberó la hoja Whent. Lo que había sido una escalada difícil con las cuatro extremidades se volvió casi imposible con solo tres, mientras intentaba evitar apuñalarse con la espada desenvainada.

Sin embargo, si no podían atar los planeadores juntos, Ami y Sawi morirían cuando el skar Kance fallara. Eso tenía que ser motivación suficiente.

La Vis deslizó su mano a lo largo de la hoja, agarrándola de nuevo cerca de la punta, solo para lanzar el arma hacia adelante como un dardo torpe. Eujo, con la sangre retumbando en su cabeza, casi ahogando el sonido del skar Kance, no vio dónde fue a parar, pero observó primero una, luego dos cuerdas de dirección volando de vuelta hacia Sawi. La Vis las atrapó ambas con una sola mano, luego enredó sus pies en la red de carga azul, estirándose de vuelta hacia Eujo.

Sawi lanzó el extremo de la primera cuerda a la Reina, quien la atrapó y la pasó hacia Livier. El asesino tuvo el instinto suficiente para tomar el extremo ofrecido y atarlo alrededor del fuselaje central de su planeador, la viga que corría de adelante hacia atrás manteniendo todo unido. Eujo, continuando inclinándose hacia adelante, mantuvo su agarre en la cola del planeador de Sawi y Ami mientras la

Vis, retorciéndose, ataba la segunda cuerda a la primera y probaba el nudo.

—Déjalo —dijo Sawi sobre el viento—. Aguantará.

—¿Estás segura?

—Por supuesto que lo estoy. Si no lo estuviera, nunca te dejaría ir.

Eujo ahogó una risa, dejó que sus manos se relajaran e intentó enderezarse. La cuerda se estiró, se tensó. El planeador de Sawi y Ami habría oscilado por debajo, pero Eujo le dijo al skar Kance que empujara con fuerza. El viento rugió, su planeador se niveló y el par siguió avanzando. Una mano agarró la espalda de Eujo y tiró, trayendo a la Reina de vuelta a la barra central de su planeador, donde Eujo encontró su agarre.

—Comienzo a darme cuenta —dijo Livier, mientras Eujo luchaba por mantenerse despierta— de lo equivocada que estaba nuestra antigua Reina. Sois un crédito para nuestra isla, alteza, y me siento honrado de volar con vos.

Eujo habría respondido, pero el skar se había llevado su voz, estaba llevándose todo lo demás, y cuando se deslizó en la oscuridad, el viento de la piedra murió con ella.

31
EL CAMINO DEL CRÁTER

A pesar de su rapidez, el viaje aéreo no estaba convenciendo a Wax. Él y Annalyse intentaron girar y descender su planeador para ayudar de alguna manera con el lío que Eujo, Sawi y los demás estaban enfrentando. Ese simple movimiento puso su planeador en el lado malo del viento, sacudiendo su estructura y convirtiendo su tranquilo viaje en repentinos tirones y caídas mientras la pareja tiraba de las cuerdas guía, extraía energía de los skars de Kance y, en general, entraba en pánico.

—Afortunadamente, no necesitan nuestra ayuda —dijo Annalyse una vez que habían enderezado el planeador de nuevo sobre el océano azul zafiro, dirigiéndose hacia el oeste rumbo a Noctia—. Porque no estoy segura de que hubiéramos sido de mucha utilidad.

—Al menos no nos estrellamos —respondió Wax, observando cómo los planeadores destrozados y atados encontraban su equilibrio—. Están muy bajos.

—Son planeadores, Wax. No se elevarán sin un géiser o los skars.

—Tienen eso. Los skars, quiero decir.

—¿Cuánto de sí mismos tuvieron que dar? Por lo que he visto, los skars se agotan rápidamente cuando se usan en exceso. Eujo y Ami, tal vez Sawi también, podrían estar exhaustos ahora mismo. Livier no es hábil con los skars. Necesitan un lugar para aterrizar.

—¿Quieres que use el skar de Whent y cree uno?

Annalyse miró a Wax con curiosidad.

—¿Podrías? ¿Algo tan grande?

Ante la idea, el skar de Whent cobró vida. La gema tenía un tono profundo, pero mientras Wax imaginaba una roca sobresaliendo del mar, el skar no descartó la idea ni se encogió. Posible... pero probablemente no una solución real.

Especialmente cuando un mejor objetivo se perfilaba en el horizonte.

Noctia apareció primero como una mancha gris gradual contra el cielo azul, una línea sinuosa. El tono se hizo más profundo a medida que se acercaban, la definición en los lados rocosos y empinados de la isla revelaba la tierra áspera dejada por la Diosa de la Muerte. Aquí, sin embargo, Noctia les concedería vida. Al menos un poco.

—No superarán esos acantilados —dijo Annalyse mientras los planeadores se deslizaban, el par acoplado descendiendo lentamente hacia el agua—. Si es que duran tanto.

—¿Crees que tenemos la altura suficiente?

Annalyse confirmó que la trayectoria de su planeador era buena para superar los empinados acantilados en el borde del océano, sus bastiones escarpados amigos de los escombros y los arbustos ralos. Las olas lamían suavemente la costa este de Noctia, su espuma dispersa formaba una línea brumosa cerca de la superficie. Gaviotas y otras aves marinas alzaron el vuelo cuando los planeadores se acercaron, algunas girando para echar un vistazo más de cerca, viendo si había algo que atrapar de las redes de carga.

No es que Wax prestara mucha atención. En cambio, sus propios ojos se nublaron mientras alcanzaba el skar de Kance, invocaba su canto y lo enviaba hacia los planeadores atados. Una suave elevación, hinchando las dos alas. Los planeadores se elevaron más alto, poniéndolos en curso para superar los acantilados.

—Buen trabajo —dijo Annalyse, tirando de las cuerdas guía para llevar su propio planeador hacia la costa—. Te das cuenta de que este es el lado equivocado, ¿verdad? Si aterrizamos aquí, será una larga caminata hasta la Ciudad Anillada.

—No creo que tengamos opción.

—No la tenemos, a menos que los dejemos atrás.

Wax se rió, con su atención dividida entre el skar de Kance y la conversación.

—¿Tú y yo, Annalyse? ¿Precipitándonos solos en el hogar de Fassle?

—Con tus skars, podría ser suficiente.

—No viajé por todas las islas reuniendo estas cosas solo para hacer explotar a la gente.

—Puede que tengas que hacerlo.

Wax no respondió a eso, por más razón que tuviera Annalyse. Los skars eran armas, y Wax ya los había usado de esa manera, pero cada vez se sentía un poco como si estuviera traicionando a Pan. Una vida dedicada a tratar de salvar el mundo no debería ser honrada con su destrucción.

Bueno, no tenía que enfrentarse a ese dilema ahora. En cambio, Wax instó al skar de Kance a ir más allá, sintió que la piedra comenzaba a drenar su energía para elevar aún más los planeadores acoplados. La costa de Noctia se acercaba rápidamente, el sonido del viento se fusionaba con el estruendo de las olas y el canto de los pájaros. El sol estaba detrás de ellos, iluminando la tierra rocosa de Noctia con una luz clara.

Las mejores condiciones de aterrizaje que Wax podía desear.

—Vamos a elevarnos en cinco —murmuró Annalyse.

Cruzaron el acantilado. Los dos planeadores de abajo coronaron el espacio con demasiado poco margen, pero cuando Wax no vio que la nave explotara ni que los cuerpos salieran volando, soltó un suspiro que no sabía que estaba conteniendo. Un último empujón, entonces, y el skar de Kance arremolinó el aire frente a los planeadores en un impulso ascendente, enviando a las dos naves a una breve parada en el aire, matando su velocidad y depositándolas en un montón enmarañado entre las piedras y los arbustos quebradizos.

—¡Allá vamos! —gritó Annalyse justo cuando Wax soltó el skar de Kance, sus brazos pesados y sus piernas doloridas.

Su planeador se elevó más alto, perdiendo velocidad en un acercamiento tambaleante a las rocas inclinadas de Noctia. Wax se estiró, desabrochó las abrazaderas que sujetaban sus muslos. Ambos pilotos balancearon sus cuerpos hacia abajo, comenzaron a pedalear con sus piernas mientras el planeador se acercaba al suelo. La primera pisada envió temblores, al igual que la segunda, roca y piedra crujiendo bajo el peso de su planeador, los suministros que descansaban arriba haciendo más daño que bien a sus huesos cansados y músculos entumecidos.

El frente del planeador no encontró amigo en la pendiente ascendente, chocando contra las rocas, doblándose con un crujido y un chasquido mientras su impulso restante se agotaba. Las barras se doblaron, la hermosa ala planeadora de Kance se rasgó mientras su estructura se deformaba. Pero su impulso se agotó, los pasos de Wax seguían golpeando, y la pareja se quedó quieta frente a su aeronave arruinada, los suministros revueltos pero intactos.

—No fue el más bonito —dijo Annalyse, desenganchándose—, pero creo que, dadas las circunstancias, no estuvo mal.

—Annalyse —respondió Wax—, acabamos de volar hasta Noctia en un día. Eso es increíble. —Se liberó de las cuerdas y dio un traspié bajando por la pendiente—. ¿Podrías liberar los suministros? Voy a ver si necesitan ayuda.

—Tú eres el que tiene los skars —le replicó Annalyse—. Ve a salvar vidas, héroe.

La etiqueta de héroe no parecía muy apropiada mientras Wax se tambaleaba hacia los restos del planeador. Después de depender tanto del skar de Kance, sentía como si hubiera pasado varios días viajando por la jungla de Vis, con los músculos ardiendo, la garganta seca y un dolor de cabeza que probablemente no desaparecería pronto. Todos problemas menores, sin embargo, comparados con el lugar al que se dirigía.

No se oían gritos ni pedidos de ayuda desde el lugar del accidente, pero Wax pasó cada paso tambaleante imaginando pesadillas. Tal vez los marcos de los planeadores habían atravesado a Eujo y Sawi. O la carga, esas armas, se habían soltado con el impacto y habían aplastado a Ami. Livier podría haber aterrizado mal sobre sus piernas, el asesino quedando lisiado en la costa, lejos de cualquier ayuda.

Claro, tenían algunos skars de Vis, y las piedras podían sacar a casi cualquiera de una lesión, pero las heridas graves llevaban días, tiempo que no tenían. Por otro lado, si estaban demasiado malheridos, el reloj podría no importar: los seis habían volado hasta aquí porque los seis eran necesarios para dar al plan una oportunidad.

El par de planeadores se inclinaba hacia Wax, sus grandes alas bloqueando la vista del océano y todo lo demás más allá. Giró a la izquierda, llamando a Eujo y Sawi mientras lo hacía, solo para rodear las alas y detenerse en seco.

Allí, sin preocupación, trabajaban Ami y Livier. La pareja estaba sacando los suministros, organizando las alforjas, mientras Sawi se sentaba con Eujo, sosteniendo la cabeza de la Reina contra su hombro y acercando la boquilla de un odre de agua a la boca de Eujo. Aparte de algunos rasguños, nadie había sufrido siquiera un hueso roto. Eujo estaba exhausta, y Sawi, que había tomado un turno con un skar de Kance en la aproximación final, no estaba mucho mejor, pero no estaban *muertas*.

—No es gran cosa —dijo Ami, captando la mirada atónita de Wax—. Somos profesionales, Wax. Esto fue fácil.

Sawi se rio mientras Wax se sentaba, aturdido, en la piedra. —Esto de la Guardiana que no dejó de maldecir durante todo el camino.

—Es catártico. —Ami se colgó una tercera alforja al hombro, antes de detenerse, mirando al cansado trío—. Sabes, se está haciendo tarde. No hay pueblos cerca. Creo que deberíamos acampar aquí por la noche. Hacer algunos planes sobre cómo cruzaremos esta maldita isla.

—Apoyo la idea —dijo Livier, volviéndose para arrancar las alas del planeador—. Aunque Noctia tenga pocos recursos locales, estas velas arderán bien. Espero, Wax, que te quede suficiente para usar un skar de Foti.

Wax no tenía, pero Annalyse sí, y de todas las piedras, la

científica dijo que estaba más familiarizada con las que lanzaban fuego. Su intento les dio una hoguera rugiente que chamuscó las cejas de Wax antes de menguar a una llama amistosa que usaron para hervir algo de agua y calentar sus manos mientras la fresca noche de Noctia se instalaba. Eujo se durmió rápidamente y Sawi la siguió poco después, dejando a los otros cuatro —Wax alejó las exigencias del sueño con un té fuerte cortesía del conocimiento herbal de la científica— para mezclar y combinar nuevas ideas.

Ami votó por un empuje directo, arriba y a través del cráter. Pasando la Herida. Además de ser la ruta más corta, Ami pensó que podrían enviar un mensaje a Jochi usando la red de cuerdas que abarcaba la longitud de la Herida. Hacer que el Whent enviara ayuda, o al menos se preparara para la reapertura de las puertas.

—Estoy segura de que estará encantado de saber que los demonios están regresando —dijo Annalyse.

—No sabemos eso —dijo Wax—. Todo esto es una esperanza, no una certeza.

—Al menos consigamos la puerta de Foti —Ami trabajaba con una piedra de afilar, devolviendo el brillo a las hojas del grupo, cada una de sus palabras puntuada por el deslizamiento de la piedra sobre el metal—. Esa es la que realmente importa.

—Para ti —replicó Annalyse—. Yo las quiero todas. Quién sabe qué podría haber detrás de esas puertas. Podría haber demonios como los caminantes de fuego en los otros mundos, inteligentes que realmente podrían ayudarnos, pero que aún no han tropezado con su puerta.

—Se nos acaba el tiempo, entonces. Por lo que he visto, los dioses no hicieron un buen trabajo preparando sus lugares para que duraran.

—Razón de más para explorarlos mientras aún podamos. No tendremos otra oportunidad.

Wax negó con la cabeza. —Se están adelantando. Los skars y Fassle primero. Luego veremos lo de los demonios.

Rodear la costa, ya sea por el sur o el norte, marcaban las otras opciones. Ambas tomarían tiempo, facilitarían que Noctia los atrapara. Esa realidad hizo fácil sumarse a la sugerencia de Ami, y para cuando Livier, por lo demás silencioso, anunció que haría guardia, el grupo había decidido.

Un empuje hacia adelante, directo al corazón de Fassle.

32
EL FIN DE LA EJECUCIÓN

Sin sangre, rápido y propicio para discursos. Esas eran las razones que los Najahn daban para los ahorcamientos. Hasta ahora, según contaba Torny, la supuesta ejecución de Quik cumplía una de tres, con el verdugo aprovechando su tiempo para despotricar sobre crímenes, traición y demás, cometidos por el quinteto que esperaba en la horca.

Sin embargo, cuando Svarde rugió y blandió la hoja negra, los otros dos objetivos fracasaron estrepitosamente.

La estrategia relámpago del trío se puso en marcha cuando Torny se lanzó hacia adelante, repartiendo codazos, deslizándose bajo brazos y entre cuerpos hasta llegar al escenario de madera. El verdugo, un hombre flácido flanqueado en sus tareas por dos Najahn con armadura completa y los cascos cerrados para evitar que los vengadores adivinaran sus identidades, tiró de la palanca de la horca. Sonaron chirridos, golpes, un chasquido y las víctimas cayeron.

Torny saltó. Alcanzó la horca con los brazos por encima del borde, las dagas desenvainadas planas contra la madera. Balanceó su pierna izquierda por encima, rodó sobre la superficie. Vio una espada Najahn de hierro negro arremetiendo contra ella y levantó sus dagas para bloquearla. Las dos se cruzaron, atrapando la espada entre sus filos y la sostuvieron el tiempo suficiente para que Torny viera la mirada de pizarra del guardia con armadura mientras se inclinaba en su golpe.

Tan pesado, tan concentrado.

Tan fácil de torcer.

La bandida dejó caer su hombro izquierdo contra la horca, empujó con el derecho y deslizó la espada ofensiva hacia la escasa empuñadura de su daga izquierda. El guardia, con toda esa armadura aumentando su peso en cantidades que Torny no quería adivinar, cayó con el golpe, perdiendo el equilibrio mientras Torny lo empujaba hacia su izquierda. La espada rozó la túnica Kance de Torny al pasar y se clavó en la madera, el guardia rodando sobre ella y cayendo de la horca.

Torny no se quedó a ver el aterrizaje, en su lugar giró a su derecha y lanzó un tajo con la daga, el tiempo invisible corriendo en su cabeza. El cuchillo cortó la cuerda que esperaba allí, justo sobre la cabeza hinchada y asfixiada de Quik, y envió al cazador tambaleándose hacia abajo.

—¡Es todo tuyo, Bliss! —gritó Torny, antes de dar un paso adelante y cortar la siguiente cuerda en la fila.

Salvar vidas, crear caos. Todo en un buen día de trabajo.

El movimiento le dio a Torny un momento fugaz para examinar la escena, y en qué calamidad se había convertido la plaza. La multitud, en su mayoría Najahn saboreando sus bebidas matutinas y aperitivos antes de dirigirse a trabajos más importantes, huía en todas direcciones. Algunos se organizaban, enfrentándose a Svarde en una danza que ya se estaba volviendo sangrienta. Las tiendas y edificios

Najahn alrededor de la plaza servían alternativamente como refugio o escupían guardias reclutados que se lanzaban a una pelea que no entendían. El verdugo y su segundo soldado habían huido de la plataforma, perdiéndose entre la multitud.

Tanto para la dedicación al deber.

Los Najahn no eran todos desaciertos, sin embargo, y Torny escuchó los primeros gritos pidiendo arqueros, para cerrar las salidas. Estaban en territorio enemigo, y quedarse quietos en esta plaza significaría su muerte. Torny cortó otra cuerda, luego la siguió hacia abajo, cayendo debajo de la horca y volviéndose para ver a Quik, liberado por Bliss, de pie.

Vio a Bliss recibir un virote de ballesta en el hombro, el impacto haciéndola girar.

El golpe le robó el aliento a Torny. Se lo arrancó en un pánico mortal. Por todos los roces con la muerte contra los que habían jugado, los desastres provocados por los skar a los ferrites Foti, los asesinos Kance y los soldados Najahn, este golpeó clara y duramente.

Un segundo siguió. Golpeó la espalda de Quik mientras el cazador se envolvía alrededor de su hermana. El virote se enterró profundamente, pero si Quik lo sintió, no lo demostró.

—¡Por aquí! —gritó Torny, el enfoque de la pelea drenando el pánico antes de que pudiera apoderarse de ella —. ¡Tenemos que irnos!

Por encima de su llamada, los desafíos de Svarde continuaban, el bárbaro ganándose su nombre, su leyenda. ¿Podría el hombre realmente enfrentarse a todos los que vinieran, quedarse allí durante horas, días, y luchar contra cada uno de los Najahn? Algo que a Torny le hubiera gustado ver en cualquier otro momento, menos en este.

Quik y Bliss —aún de pie, aunque la sangre corría por ambos— se arrastraron hacia Torny, la bandida mirando desde debajo de la horca hacia una formación Najahn apresurada que tomaba forma en la salida noroeste de la plaza, precisamente la que necesitaban usar. Cinco Najahn se establecieron, cargando ballestas, incluido el tirador. Las multitudes que huían continuaban presionando a su alrededor, la razón, Torny supuso, por la que todos no habían sido acribillados aún.

Esos corredores se despejarían pronto.

—Síganme —dijo Torny.

No se molestó en preguntar si tenían la fuerza. No había otra opción. Quedarse aquí era morir.

La bandida salió corriendo, tratando de zigzaguear con sus dagas desenvainadas. La multitud se disipaba, los Najahn levantaron sus ballestas. Aún demasiado lejos, los adoquines resbaladizos por el café y el té derramados. El sol claro, sin viento. Torny no tenía cobertura, ni oportunidad.

Sin embargo, tenía una amiga.

Kivi, demostrando una vez más que la ferrite no era tonta, había escuchado su estrategia y encontrado su lugar en ella. Se abalanzó por el borde de la plaza hacia la formación Najahn. La ferrite no era enorme, pero derribó a un ballestero contra el siguiente antes de saltar sobre el capitán y derribarlo al suelo. La vista de sus compañeros siendo asaltados por un lagarto de roca extranjero, comprensiblemente, atrajo la atención de los dos restantes.

Y le dio a Torny la oportunidad de acortar la distancia.

Mientras Kivi arañaba al capitán, Torny lanzó su daga principal contra el ballestero. No eran sus cuchillos arrojadizos, no estaban equilibrados para la tarea, pero las dagas eran largas, afiladas, y el lanzamiento de Torny cortó las túnicas najahn, clavando el arma en la pierna del tirador. El hombre gritó, intentó alcanzar la daga, mientras su compañero, el último najahn intacto, se dio cuenta de la mayor amenaza y volvió a apuntar su ballesta hacia Torny.

Demasiado tarde.

Sin armadura, la daga de la bandida encontró fácil alojamiento en el pecho del najahn, el impulso de Torny derribando al hombre. Retiró la daga mientras él caía, los bordes cortando hueso antes de tomar un rápido aliento, solo para hundirse en el hombre al que Torny ya había herido con su arma arrojadiza.

Esta puñalada fue recta, limpia, y puso fin a las preocupaciones del najahn.

Kivi, que había golpeado al capitán hasta dejarlo inconsciente, se volvió hacia los otros dos najahn, que se estaban recuperando después de la primera carga del ferrite. Frente a una muerte sangrienta, el par hizo lo correcto, soltando sus ballestas y huyendo. Kivi resopló ante el giro, lanzó una mirada a Torny, antes de escabullirse hacia la plaza, pasando junto a Quik y Bliss que se acercaban.

¿Hacia dónde? Torny casi llamó al ferrite de vuelta antes de ver el destino de Kivi: las filas de más najahn que cargaban, estos con voulges y ballestas preparadas. Que Kivi no sobreviviría a un encuentro de uno contra doce parecía obvio, pero el lagarto cargó de todos modos.

Torny haría que el sacrificio valiera la pena.

—¡Más rápido! —gritó Torny, como si eso fuera a marcar alguna diferencia, pero se sintió bien gritar.

Recuperó su daga arrojada mientras Quik y Bliss pasaban apresuradamente, el trío cortando hacia el lado derecho de la calle, donde los aleros, bancos y los detritos de la vida en el barrio najahn les daban algo de cobertura. La bandida envainó sus cuchillos, tratando de poner una expresión de pánico mientras huían. Detrás, los gritos de Svarde continuaban.

Adelante solo había adoquines y banderas púrpura y negras ondeando.

La torre del Precepto Comercial. Yarvick le había dado a Torny las direcciones cuando entregó su orden, y el trío se dirigió herido hacia allí. La bandida arrancó el virote de la espalda de Quik, mientras el cazador hacía lo mismo con el que estaba en el hombro de Bliss. El sangrado no era bonito, estaba por todas partes, pero llevar virotes najahn solo atraería más problemas.

Una herida sangrienta podría haber venido de cualquier parte.

Bliss se había puesto pálida, no intentaba hacer señas, y se apoyaba cada vez más en Quik hasta que el cazador la levantó, a pesar del virote ensangrentado aún en su propia espalda. Pasaron junto a guardias najahn que corrían hacia la plaza, la huida del trío desde allí sirviendo como una especie de disfraz. Algunos gritaron que deberían dirigirse al hospital najahn, buscar ayuda para las heridas, a lo que Torny declaró que habían sido causadas por asesinos de Kance. Que el trío no haría tal cosa era obvio.

A donde se dirigían habría Vis skars, y esas pequeñas piedras harían más que cualquier médico najahn.

La torre del Precepto se alzaba imponente, su piedra labrada elevándose hasta una aguja najahn, con canalones de lluvia que descendían hasta debajo de la superficie hacia los vastos depósitos bajo la ciudad. Torny divisó la puerta principal de madera, sus escalones vacíos. Dado un ataque, tenía cierto sentido dejar una torre como esta sin defensa.

A menos que supieras lo que había dentro.

Torny los guió por los delgados escalones de piedra gris, empujó la puerta para abrirla. Nadie defendía el pasillo alfombrado, retratos y linternas parpadeantes decoraban las paredes. Casi acogedor, si preferías el poder sombrío. Las voces subían y bajaban, rebotando en las paredes, más por curiosidad que por caos.

De nuevo, si crees que eres invencible, entonces nada debería asustarte.

Para el final del día, Torny pensó que Fassle se desengañaría de esa noción.

Detrás de ella, Quik y su hermana seguían, el cazador en silencio salvo por gruñidos de dolor y respiraciones forzadas. Después de lo que probablemente había sido una noche terrible en una prisión najahn, reunir la energía para cargar a Bliss todos estos bloques con un virote en la espalda debía haber requerido algo-

En otro momento, Torny. Concéntrate.

La bandida avanzó a grandes zancadas, manteniendo sus dagas envainadas. Podían desfilar bajo la inocencia por un tiempo más. Pasó habitaciones vacías, algunas con puertas abiertas y otras cerradas. Nadie los acosó, e incluso la escalera central estaba desprovista de defensa, aunque Torny escuchó conversaciones que venían de muy arriba. ¿Una retirada planificada, tal vez? ¿Forzar a cualquier atacante a escalar la torre para encontrar rehenes o víctimas?

—Abajo —dijo Quik—. Ahí es donde está, si vas a donde creo que vas.

—¿Lo sabes?

—Puedo adivinarlo. —El cazador asintió hacia las escaleras—. Es una buena elección. Podemos usarlos.

Torny no se molestó en intercambiar más palabras. El flujo rojo decía suficiente. Descendió, vio a dos guardias najahn con túnicas y voulges desenvainadas frente a una sola puerta. Dos sillas y una mesa, una con una jarra de agua y algún juego extraño, sugerían que los guardias normalmente no tenían esas miradas feroces, esas armas afiladas y desenvainadas. No lanzaron un desafío, sin embargo. No dijeron nada hasta que Torny, Quik y Bliss llegaron a su nivel.

A esas alturas, Torny pensó que algo había cambiado.

—Nos dijeron que podrían venir —dijo un guardia, con voz grave y directa. Transmitiendo una orden, nada más—. Deben dejar las armas aquí y seguirnos. —Cuando Torny solo lo miró fijamente, el guardia levantó su mirada canosa más allá de ella—. Obtendrán sus skars si obedecen. Morirán si no lo hacen.

—No me convertiré en prisionero de nuevo —dijo Quik justo cuando Torny estaba a punto de anunciar lo contrario —. Malditas sean tus amenazas.

Torny cambió a una maldición, retrocediendo y desenvainando sus dagas mientras Quik dejaba a Bliss en los escalones. El cazador, con sangre goteando al suelo alrededor de sus pies, miró fijamente a los dos najahn. Los guardias dudaron por un largo segundo, quizás dándole al grupo una oportunidad de cambiar de opinión, luego apuntaron sus voulges.

—Buena elección —dijo el mismo guardia—. Esperaba que hoy no fuera tan aburrido.

33
A TRAVÉS DE LAS ROCAS

La mordedura del virote dejó un agujero sangrante. Quik sintió cómo su propia vida goteaba por su espalda, empapando su camisa, chorreando en el escalón de piedra a sus pies. A su lado, apoyada contra la pared, Bliss tenía un aspecto aún peor. Su túnica Kance llevaba manchas rojas a lo largo del brazo, bajando por su costado izquierdo, creando un mosaico con la plata y el azul que podría haber sido hermoso en cualquier otra circunstancia.

Tal como estaba, Quik apartó el dolor como había hecho tantas veces antes y levantó los puños desnudos. Los dos guardias najahn frente a ellos, protegiendo un pasillo familiar, prepararon sus alabardas. Habían pedido prisioneros, pero Quik ya había permitido que eso sucediera una vez en estas escaleras. Había permitido que las cuerdas ataran sus manos más veces de las que podría haber creído en el último año.

Nunca más.

Ese miedo a la muerte que atormentaba su alma retrocedió ante la convicción, y Quik respiró con facilidad.

Mostró los dientes como un hanoko enfrentándose a una presa fresca.

Torny, a su derecha, desenvainó sus dagas entre maldiciones frescas.

Que se asustara.

Quik avanzó primero, impulsándose en el escalón para saltar hacia la pareja de najahn. Flanqueados por dos faroles sobre los hombros de los najahn, el pasillo detrás de ellos era la única salida de un rellano circular ocupado por una pequeña mesa y dos sillas, los najahn no tenían mucho espacio para moverse. Quik tampoco, lo que debería haber puesto la ventaja en contra del Vis desarmado.

Pero Quik no era solo un luchador. Era un cazador.

El salto no llevó a Quik directamente hacia las alabardas levantadas, sino hacia su izquierda, hacia la pared de piedra apilada. Los najahn giraron sus alabardas para seguirlo, un movimiento fácil, y uno que Quik contrarrestó plantando su pie izquierdo en esa pared de piedra, impulsándose con fuerza hacia la derecha. Un rápido clavado cortó el impulso hacia adelante del cazador y dejó a los najahn apuñalando el aire vacío.

Quik rodó por el suelo, pasando frente a los dos najahn y terminando cerca de la mesa. Ambos guardias fallaron sus embestidas y se lanzaron a perseguir a sus enemigos. El que se había dirigido a Quik se orientó hacia Torny, mientras que el otro avanzó sobre Quik, con la alabarda ya extendida para un golpe en la espalda herida del cazador.

El cazador agarró las patas de una silla y balanceó el mueble hacia atrás a través de su cuerpo, golpeando la alabarda mientras esta se abalanzaba. La lanza curva se dobló hacia la izquierda de Quik, el cazador continuando su balanceo, apartando la alabarda. Quik avanzó, empujando el mango de la alabarda contra el najahn, la fuerza del cazador superando con creces la del guardia. El najahn retrocedió un paso, gruñendo, antes de bajar su mano derecha hacia la hoja envainada en su cintura, la otra agarrando la alabarda mientras Quik la empujaba contra su cuello.

Un destripamiento fácil. Así que Quik cambió la jugada, levantó la silla en lugar de empujarla hacia adelante, el borde de madera estrellándose contra la barbilla del najahn. Los ojos del hombre se cruzaron con el crujido, la hoja medio desenvainada olvidada mientras el najahn tropezaba hacia atrás, su espalda ahora contra la pared curva.

A la izquierda de Quik, Torny bailaba, esas dagas incapaces de acercarse al alcance del najahn, pero tampoco había muerto todavía. Dándole tiempo a Quik, que era todo lo que necesitaba.

El cazador soltó la silla, la alabarda del najahn bajando mientras el guardia la balanceaba de vuelta hacia Quik. El cazador levantó la pierna y pisó el mango de la lanza, arrancándola de las manos del najahn. Mascullando una maldición, el guardia volvió a alcanzar esa hoja, la desenvainó mientras Quik se acercaba. El cazador agarró, atrapó la mano izquierda del guardia que desenvainaba, la espada sin liberar y ahora clavada en la pared como su portador.

El najahn golpeó a Quik con su otra mano, enguantada pero débil. Un golpe en el hombro de Quik que hizo reír al cazador. Quik devolvió el golpe primero al cuello desprotegido del najahn, pelando su mano en el casco del najahn pero golpeando por encima de la túnica, robándole el aliento y los nervios. Quik siguió el golpe con un segundo, el najahn gorgoteando y quedando flácido en su agarre. Su espada resonó en el suelo cerca de las escaleras, a los pies de Bliss, aunque su hermana no parecía capaz de usarla.

El cazador arrojó al hombre lejos.

Y gritó. Un fuego ardiente recorrió su costado. Quik miró a su izquierda, vio la alabarda retrocediendo de su tajo. El najahn invirtió su agarre, comenzó un movimiento de retorno. Detrás de él, tirada contra las piedras en su propio charco sangriento, estaba Torny, aparentemente derrotada en esa danza de dagas.

Quik retrocedió, alejándose del najahn y evadiendo un segundo tajo. El najahn no avanzó tan rápido, en su lugar se preparó, los ojos oscuros sombreados por el casco. De pie en el centro del rellano, el guardia podía alcanzar a Quik casi en cualquier parte con la alabarda, salvo si Quik se daba la vuelta y corría por el pasillo.

Pero eso significaría abandonar a Bliss. Dejar morir a Torny.

No era una elección que Quik pudiera hacer.

En cambio, el cazador deslizó su pie izquierdo bajo la alabarda caída del najahn muerto. La pateó hacia arriba, la atrapó con ambas manos. El costado y la espalda de Quik continuaban sangrando, ardiendo, pero el Vis encontró su postura de todas formas.

—Valiente, luchar contra un najahn con su propia arma —dijo el guardia, aunque sus palabras ya no contenían superioridad. Solo precaución, respeto—. Tus amigos están muertos, Vis. Pronto, tú también lo estarás.

La afirmación fracturó la concentración de Quik, dirigió su mirada hacia la derecha, donde Bliss seguía apoyada contra la pared. Sin embargo, no había caído, aún no. Sus ojos también estaban abiertos, y vidriosos con la muerte. Detrás del najahn, Torny luchaba por contener su estómago herido.

Una estocada rápida y fuerte hacia el pecho de Quik, una que el cazador desvió hacia otro corte curvo contra su hombro izquierdo. El najahn retiró la alabarda en un tajo descendente, uno que Quik apartó, precipitándose hacia adelante para cerrar la distancia.

Justo como lo había hecho con el amigo del najahn.

Este no era tan estúpido. El najahn esquivó el ataque, apoyándose en su voulge mientras retrocedía, evitando que Quik se acercara. En un instante, Quik ocupó el centro mientras el najahn se situaba cerca de la mesa, con Torny a la derecha de Quik y Bliss a su espalda. El najahn continuó moviéndose, rodeando a Quik mientras acuchillaba, embistiendo con rápidos cortes. Quik intentó defenderse, pero no era un experto en voulges y sus reacciones, el bloqueo con el mango, llegaban tarde una y otra vez.

Los peores cortes fallaron, pero más tajos se sumaron a los regueros de sangre de Quik. Una muerte lenta, segura para el najahn. El guardia continuó alrededor de la habitación, pasando el pasillo, cerca de las escaleras. Quik desvió otra estocada y luego, gruñendo, arrojó su voulge al najahn. La lanza rebotó en la túnica del hombre, golpeando la pared detrás y cayendo al suelo. Sin armas, hecho un desastre sangriento, Quik retrocedió hasta el lado de la mesa, sosteniéndola a su espalda con ambas manos.

—¿Te rindes? —dijo el najahn, dando un paso adelante, manteniendo el voulge listo—. ¿O aceptas tu destino?

—Mi destino está con mi familia.

El najahn lo miró fijamente, se encogió de hombros ligeramente y jadeó cuando una espada emergió a través de su pecho. El hombre se desplomó hacia adelante, golpeando el suelo de piedra con un estrépito demasiado fuerte para ignorar. Detrás de él, empapada de nuevo, estaba Bliss, respirando con dificultad y luego vomitando sobre el cadáver del najahn caído.

Quik no corrió a su lado, sino al de Torny. Se agachó

sobre la bandida y evaluó sus heridas, o más bien, su herida. Una profunda puñalada en el estómago, oscura y, Quik adivinó, probablemente fatal.

—Oh, ya basta —croó Torny, escupiendo saliva roja con las palabras—. Estaré bien. Solo necesito un minuto.

—Necesitas más que un minuto —dijo Quik, deslizando sus brazos bajo la bandida—. Necesitas skars. Ahora.

—Bueno, qué suerte la mía. He oído que hay algunos muy cerca.

Quik no respondió, simplemente se movió. Corrió sobre los cuerpos de los najahn hacia el pasillo, Bliss lo siguió. Ninguno tenía la energía ni la necesidad de hacerse señas. Ambos entendían lo que estaba en juego, el tiempo que se agotaba. El Vis derribó la primera puerta a la derecha, la que recordaba, con la que tenía pesadillas.

Al abrirse, la puerta reveló la escalera abierta a lo largo de la pared izquierda, con celdas que bordeaban su descenso. Unas que podrían haber albergado prisioneros, demonios o algo peor para probar skars y que ahora estaban vacías. Las linternas brillaban intensamente entre cada una, manteniéndose frescas y parpadeantes, proporcionando un indicio esperanzador de que Fassle no había movido los skars de su almacén elegido.

Esa esperanza recibió otro golpe cuando Quik comenzó a bajar las escaleras, su mirada volviéndose hacia el centro de la habitación. Cuando Ami y Annalyse dirigían el lugar, habían dividido los skars entre vitrinas alrededor de la habitación, cada una cerrada y protegida. Un banco de trabajo central servía para construir nuevas armas, crear experimentos.

Todo eso permanecía. Incluso los skars en sus brillantes piedras parecían estar donde solían estar, reabastecidos después del robo de Gladdring por los esfuerzos de los najahn para extraerlos de todas las islas. El banco de trabajo, esa losa de piedra, también estaba listo.

Lo que cambió fue el experimento en cuestión y quienes lo dirigían.

—No —murmuró Torny, su cabeza balanceándose contra el brazo de Quik mientras descendían los escalones —. No lo creo.

Atado al banco de trabajo, con brazos y piernas amarrados, yacía el señor bandido en persona. Yarvick, sin su sombrero, sin sus muchos trucos. Más pálido que un fantasma. Dos guardias najahn estaban cerca, uno entregando lo que parecían alicates, esas herramientas foti, a una sombra de la Tercera Mano. Detrás de ese asesino, cerca de un conjunto de escaleras familiares que descendían, estaba un hombre que Quik sí reconoció, uno que adoptó un ceño fruncido al notar a los intrusos.

Fassle no era el único espectador, aunque su túnica tenía los parches más dorados. Las correas alrededor de sus hombros sugerían una armadura debajo, y un collar en su cuello brillaba con skars. Junto a él había un rostro familiar, Kavasa, quien había interrogado a Quik la noche anterior. Con ellos había varios guardias najahn más, junto con un par de acechadores envueltos que Quik reconoció de su breve paso por el servicio de Masayo.

En resumen, estaban superados en número y, cuando Fassle hizo un gesto a los guardias y a los asesinos de la Tercera Mano para que se encargaran de Quik, Torny y Bliss, muy, muy muertos.

34
GRANDES ILUSIONES

Dormir sobre rocas, sin sacos de dormir —los planeadores no podían soportar el peso— significaba que Eujo se despertó con el Vis skar alrededor de su muñeca ya cantando su canción. Le dolía la espalda y tenía la mente nublada. El cielo del amanecer había encontrado nubes en alguna parte, su rápido paso sobre sus cabezas prometía un día lleno de clima cambiante. Su nariz ofrecía un mejor comienzo, captando el fuego de maleza ardiendo y el desayuno cocinándose.

La comida en sí, verduras secas y ligeras, pescado Kance ahumado, encajaba bien por encima de la comida habitual de campamento. Definitivamente por encima de lo que Eujo había comido durante sus correrías por Whent y Tamas. Los cuatro comieron, usando cuchillos destinados tanto para apuñalar como para comer, mientras Wax, que había tomado la primera guardia, dormía hasta que el sol se elevó por encima del horizonte. Ami y Annalyse desarmaron los planeadores y esparcieron sus restos por los acantilados hacia el mar, ocultando su llegada de cualquier patrulla Najahn errante.

Que ninguna los hubiera encontrado aún sugería de nuevo que los Najahn tenían graves defectos o una confianza excesiva y salvaje. ¿Realmente Fassle no pensaba que ninguna isla, mucho menos Kance, intentaría una incursión? ¿Un ataque sorpresa?

O tal vez a Fassle simplemente no le importaba, creía que ninguna isla podría penetrar la Ciudad Anillada incluso si aterrizaban en Noctia. En ese aspecto, Fassle aún tenía razón.

—Levántate, Vis —dijo Ami, regresando al campamento. Eujo observó cómo la Guardiana le daba un suave empujón con el pie a Wax—. El día se está desperdiciando y tenemos una larga caminata por delante.

Eujo suavizó el despertar aturdido de Wax con una roca plana cubierta de comida.

—Come bien, Renovación. Podría ser la última buena comida que tengamos por un tiempo.

Tres alforjas cada uno, más sus armas, pesaban sus pasos. Eujo y Wax iban en el medio mientras Ami lideraba y Annalyse y Sawi cerraban la marcha, una línea formada por necesidad mientras su camino serpenteaba por el acantilado del cráter de Noctia. Livier los seguía a una distancia mayor, una táctica que el asesino declaró que le ayudaría a disuadir a cualquier perseguidor. Más allá de la maleza, las rocas grises y negras se asomaban y se inclinaban, formando senderos poco profundos y sinuosos alrededor y por encima. Usaron manos y pies para escalar, con Wax y Eujo recurriendo al skar de Whent si el camino llegaba a un acantilado sin salida. Más de un pequeño deslizamiento de tierra se deslizó por el acantilado de Noctia, marcando una perturbación lo suficientemente clara para cualquiera que estuviera observando.

—No sabrán por qué —dijo Ami después del primero,

mientras la nube de polvo se disipaba—. Nadie sospecha de los skars, lo que significa que no sospecharán de nosotros. Seguimos adelante.

Eujo no estaba muy segura de cómo Ami se había hecho cargo de la misión, pero en las horas transcurridas desde que aterrizaron en Noctia, la ex Guardiana había estado dando órdenes y nadie se molestaba en protestar. ¿Tal vez porque Ami ofrecía claridad, un camino fácil de seguir, cuando todos tenían otros problemas en mente?

—¿O porque es realmente buena en esto? —ofreció Wax cuando Eujo se lo señaló, el par bien detrás del ascenso liderado por Ami. La Guardiana exigía la distancia, en caso de que un asidero mal colocado requiriera una retirada o desprendiera una roca—. Ella recorrió todas las islas con el Aegis, ¿no? Va a saber cómo llevarnos allí.

Se abrieron paso sobre una gran roca, cada uno ofreciendo manos y ayuda al otro por turnos. Las botas de escalada de Kance que habían usado en los planeadores dieron sus frutos aquí, los picos clavados en las suelas funcionando para agarrarse a la piedra. No se podía decir lo mismo de sus túnicas de Kance, que, aunque más delgadas que las versiones de invierno, ya estaban ganando agujeros por los raspones entre las rocas ásperas. Pero si unas pocas ropas desgastadas eran el peor de sus problemas, Eujo estaría bastante encantada.

—¿Y luego se hará a un lado cuando sea nuestro turno? Wax se rió.

—¿Nuestro turno? ¿Te refieres a cuando obtengamos los skars? Creo que Ami podría abandonarnos para entonces, ir tras Fassle.

—¿Lo que nos deja con Sawi y Annalyse? —Eujo miró hacia atrás al dúo que los seguía, manteniendo la misma distancia que Ami al frente.

—Escuchaste las historias de Sawi. Saben pelear —Wax, encima de Eujo en la cima de la roca, se giró y ofreció un brazo para ayudarla. La Reina aceptó y, con un gruñido, Wax la levantó—. Además, te tendré a ti también.

Los ojos de Eujo brillaron.

—Pensé que te ayudaría con los skars.

Wax guardó silencio y ambos observaron a Ami, un poco más arriba, mientras ella escogía un camino estrecho hacia arriba entre dos acantilados negros que sobresalían. El musgo se aferraba a las caras inferiores sombreadas, y el liquen amarillo pálido añadía un aroma a moho al aire árido de Noctia. El océano, no muy distante, se extendía en todas las demás direcciones mientras la isla terminaba en sus empinados acantilados.

—Cuando cerré las puertas, tuve que poner los skars en concierto entre sí. Sincronizar sus esfuerzos —dijo Wax—. No sé cómo hacer eso con otra cosa.

—Cooperación, Wax. De eso estás hablando. Lo hacemos todo el tiempo.

—Esto sería diferente. Como pensar lo mismo, pero en ritmo.

Eujo quería recurrir a sus propios skars en ese momento, probar la teoría de Wax y demostrar que ella podía hacer lo mismo, pero convocar un montón de fuerzas elementales mientras estaba parada en lo alto de una roca mató la idea. Nada de aplastarse a sí misma y a sus amigos para demostrar algo.

—Entonces muéstrame —dijo Eujo—. Cuando lleguemos a un lugar más seguro, muéstrame cómo hacerlo. No podemos arriesgar todo esto en una sola persona. Incluso si esa persona es bastante genial.

Wax rio de nuevo, moviéndose para seguir a Ami mientras la Guardiana gritaba que había encontrado el siguiente punto de descanso, uno de esos acantilados que era un buen objetivo para almorzar.

—Pensé que el objetivo principal de todo esto era destruir a Fassle —dijo Wax mientras comenzaban a subir, con piedrecillas y tierra metiéndose bajo las uñas de Eujo.

—Quizás para Kance. Pero si no encontramos una manera de salvar a esos demonios, creo que Ami podría matarnos a todos.

—Es extraño, ¿no?, que tengamos que salvar a los demonios —reflexionó Wax, deslizando su pie para agarrar el siguiente punto de apoyo. Eujo cerró los ojos cuando el polvo cayó sobre su rostro, luchando contra un estornudo—. Los dioses eran tan poderosos, pero ¿no pudieron hacer que sus mundos duraran?

—¿Alguna vez pensaste que por eso vinieron aquí? ¿Se dieron cuenta de que algo no estaba bien en sus hogares?

—¿Algo que no podían arreglar?

—Tal vez no —dijo Eujo—. Con el nuestro, se unieron para crearlo. Por lo que Ami ha dicho sobre los otros mundos, de donde vienen los demonios, están rotos de diferentes maneras. No están completos.

—¿Crees que nuestro mundo está, qué, completo?

—¿No lo está?

Wax resbaló, se agarró y maldijo. Se estaban acercando a los acantilados divididos de Ami, la sombra era bienvenida contra un sol que se calentaba cada minuto.

—Estamos luchando entre nosotros —dijo Wax—. Las islas, e incluso entre las islas. Son demasiado pequeñas, pero el océano se extiende y se extiende, más allá de donde nadie ha ido jamás. ¿No es eso raro?

—¿Un poco?

—Digo, tal vez los dioses pretendían hacer más.

—¿Y no lo hicieron porque Vis y Noctia tuvieron una

pelea, y todos murieron? —Eujo resopló—. Vaya revelación que estás teniendo, Wax.

—Los skars me están diciendo todo.

—¿Qué, en serio?

—Bromeaba.

Una vez más, Wax alcanzó el acantilado, se dio la vuelta y se acostó sobre su pecho para ofrecerle su mano a Eujo. La Reina la tomó y subió el resto del camino. Ami ya había dispuesto algunas provisiones de su bolsa, más pescado y zanahorias. Al estilo de Kance.

—¿De qué están hablando ustedes dos? —dijo la guardiana ardiente mientras se unían a ella.

—De la creación del universo, de cómo los dioses son un montón de idiotas —respondió Wax.

—Obviamente —dijo Ami—. Pero ahora nos toca arreglar sus errores.

—¿Por qué crees que son solo las islas y un montón de agua? —preguntó Eujo a Ami.

Ami mordió una zanahoria, masticando la gruesa naranja. La masticó, sus ojos se volvieron distantes, indicando que la respuesta vendría una vez que Ami la hubiera elaborado correctamente. Ese momento llegó cuando Eujo ya estaba bien entrada en sus propios bocados, la Guardiana se inclinó como si estuviera a punto de revelar un secreto.

—Porque —comenzó Ami, mirando a los ojos de Wax y Eujo por turnos—, los dioses la cagaron, y ahora nos toca arreglarlo. Vas a usar esas piedras, Wax. O Eujo. La verdad no me importa, pero las van a usar para hacer lo que los dioses no pudieron. Van a transformar más que las islas. Van a rehacer el mundo.

35
LA GUARDIA

La trascendental proclamación de Ami se desvaneció en la familiar monotonía de las comidas y la marcha, la tarde arrastrándose hacia el anochecer con más agarres, piedras pateadas y mayor altitud. Escalar los árboles Sana, con sus agarraderas espinosas y ramas gruesas, era mucho más fácil que el ascenso sigiloso a través de grietas estrechas y sobre bordes afilados. La piedra de Noctia ocultaba bien sus secretos, especialmente cuando el sol se deslizaba hacia el lado opuesto del cráter, bañándolos en sombras.

El túnel tallado en la montaña de la Ciudad Anillada ahorraba tanto tiempo en el trayecto, un valor que Wax no comprendió hasta que, empapado en sudor a pesar del frío, con las manos y los pies librándose de las ampollas solo gracias al skar de Vis, encontró la dentada cima bien fuera de su alcance. Una vez más, Ami encontró un acantilado amigable para acurrucarse, tirando de raíces y arbustos para reunir material para una fogata mientras Wax y Eujo la alcanzaban.

—¿Cuánto más? —preguntó Wax a la Guardiana mientras Eujo se inclinaba sobre el combustible reunido. La Reina recurrió a su skar de Foti, dejando que encendiera los restos recolectados—. Otro día de esto y podría rendirme.

—No lo sé —dijo Ami—. Nunca hice este viaje yo misma, porque es una tontería. —Al ver la mirada confusa de Wax, continuó—. Cualquiera que quiera ir a la Ciudad Anillada debería simplemente navegar hasta allí, en lugar de caminar por el cráter.

Por supuesto, como estaban invadiendo, declarados enemigos de Noctia, ese tipo de entrada no funcionaba del todo.

Sawi y Annalyse los alcanzaron cuando Wax y Eujo bebían agua, hurgando en las provisiones que ya empezaban a verse escasas. La recolectora de Vis frunció el ceño ante el fuego, que ardía con vigor, y preguntó si eso no los delataría.

—En el interior del cráter, te concedo ese punto —dijo Ami, la Guardiana frotándose las piernas, con los pies colgando sobre el borde del acantilado—. Nadie vive en este lado de la isla, por razones obvias, así que no hay nadie espiándonos.

Wax estuvo de acuerdo con la evaluación de Ami. Con los tonos anaranjados del atardecer persistiendo en lo alto, el océano que se extendía hacia el este adquirió un tono sombrío. La distancia que habían recorrido, toda esa maldita piedra, se fundía en una masa gris-negra. Una brisa lánguida se levantó y murió con la misma rapidez. Ni pájaros ni animales rompían el extraño silencio.

La diosa de la Muerte no se hacía precisamente un hogar para sí misma.

—¿Livier sigue viniendo? —preguntó Eujo a la pareja que llegó después.

—Se fue quedando cada vez más atrás —dijo Annalyse,

ya garabateando en otro bloc de notas. Había pedido los raros dispositivos y Eujo los había entregado, sacándolos de los almacenes reales de Kance, y ahora la científica siempre parecía estar escribiendo con sus lápices de carbón—. Quería preguntarle por qué, pero cuando lo llamé una vez, no respondió.

Eujo se volvió hacia el borde del acantilado y Wax se unió a ella, ambos mirando hacia la penumbra. No vieron nada más que sombras. Ningún asesino.

—Si cae la noche, le va a costar mucho subir hasta aquí —observó Wax.

—Livier estará bien —respondió Eujo—. Nos persiguió a través de todo.

—No exactamente. —Wax sonrió—. Lo perdimos en Whent, ¿recuerdas?

Habían sido buenos días, en el Borde de Harrow, en el extremo noreste de Whent. Después de su escape del puesto avanzado de Najahn. Horas frías en la carreta de bueyes traqueteando hacia el este, turnándose en las riendas, aprendiendo a mantener a los animales bajo control mientras descubrían, también, que había algo entre él y Eujo. Manos encontrando manos bajo las mantas a lo largo de la ondulante tundra congelada...

—Ahí —dijo Eujo, señalando hacia abajo del acantilado. Plata de Kance, inmóvil, abajo—. Es él, pero no se está moviendo.

La Reina gritó el nombre de Livier, pero la túnica no se movió, cualquier cuerpo debajo oculto en las sombras. Wax hizo eco de la llamada, los otros tres dejando el fuego para unirse a su mirada.

—¿Crees que se cayó? —preguntó Sawi cuando la forma continuó sin moverse.

—Livier no se caería —dijo Eujo—. Algo anda mal.

Algo mal significaría un descenso para rescatar al hombre, una idea arriesgada en la oscuridad, pero una para la que Wax se encontró ofreciéndose voluntario en el silencio. Sawi lo secundó, afirmando que ella y Wax eran los mejores escaladores del grupo después de todos sus años en Vis.

—El resto de nosotros mantendremos la guardia —declaró Ami, sin cuestionar la evaluación de Sawi—. Si Livier está herido, lo que sea que lo causó podría seguir ahí fuera.

Bajar era, al menos, más fácil que subir. La pendiente empinada seguía siendo una pendiente, lo que significaba que Wax podía detenerse cuando erraba una marca, cuando un pie resbalaba o su palma no podía mantener bien el agarre. Esto último ocurrió más veces de las que le gustaba admitir, provocando más de una broma de Sawi, al principio burlona y luego curiosa, preocupada.

—Agotado —dijo Wax cuando se acercaban a donde debía haber estado la túnica de Livier, juntándose ambos en una roca—. Tú recoges tus rasguños y cortes, se curan de la vieja manera natural. Los míos desaparecen rápido porque el skar de Vis no deja de trabajar.

Sawi, cuyo rostro no era más que una silueta mientras el crepúsculo se convertía en el azul profundo de la noche, se rió entre dientes.

—¿Estás diciendo que estar sano te está matando?

—Eso parece.

—Entonces déjame liderar.

Sawi hizo precisamente eso, adelantándose a Wax. Susurró el nombre de Livier, sin recibir respuesta. Wax miró hacia arriba, vio tres cabezas mirando hacia abajo, el fuego iluminando las sombras en naranja. No es que sus amigos fueran de mucha utilidad allá arriba, pero saber que podían dar la alarma era... ¿Reconfortante?

—Wax —dijo Sawi, y el de Vis vio que sostenía la túnica de Kance, sin Livier dentro—. No está aquí. Pero mira. Está ensangrentada.

Wax vio una mancha más abajo en la túnica, cerca de la cintura, aunque parecía negra sin mucha luz. Aun así, lo suficientemente grande como para sugerir una puñalada.

—Bueno, eso no es bueno. —Wax echó un vistazo a las piedras oscuras amontonadas a lo largo de los acantilados que los rodeaban. Infinitos recovecos, grietas, lugares para esconderse—. Tampoco creo que debamos seguir gritando su nombre.

—¿Entonces qué? ¿No eres tú el cazador?

—¿Yo? Soy más joven que tú. Nunca di ese salto.

Claro, con otro año más, Wax habría intentado entrar en las filas de los cazadores. Tenía el don para viajar por los árboles, pero ¿rastrear presas? No era exactamente algo que hubiera aprendido a hacer. No necesitaba esas habilidades para agarrar la siguiente liana y ver adónde lo llevaba.

—No hay mejor momento que ahora —dijo Sawi, dejando caer la túnica sobre la roca—. Es eso o volvemos a subir y esperamos que Livier aparezca.

—Yo voto por esa opción.

—¿En serio, Wax?

—En serio, Sawi. Lo que sea que se llevó a Livier, si está muerto, podría seguir por aquí. Además, vamos a lastimarnos si andamos a tientas en la oscuridad. No quiero sonar frío, pero lo que vinimos a hacer es más importante.

—¿Cuándo te volviste tan insensible, Wax?

Wax se cruzó de brazos y se apoyó contra la roca.

—No lo sé, Sawi. Tal vez cuando vi morir a Pan. Cuando la gente seguía intentando usarme. Cuando me repetían que una vida no importa frente a los demonios, las islas, todo esto —cambió su tono y su objetivo—. ¿Por qué abandonaste a Quik, Sawi? ¿Por qué lo dejaste en Mottilan?

—Porque no teníamos ninguna posibilidad. Los Najahn estaban por todas partes.

—¿Ves? Duele cuando las probabilidades están en tu contra, ¿no?

—Eso es cruel, Wax.

—Solo estoy siendo justo.

Si Sawi tenía una réplica más contundente, no llegó a expresarla. Una figura se alzó detrás de ella, como si las mismas sombras se condensaran en un hombre. Uno con la mano levantada, un cuchillo que reflejaba la luz de las estrellas mientras se dirigía hacia el hombro de Sawi.

—¡Tírate al suelo! —gritó Wax, y la Vis lo hizo, sus viejos instintos aún agudos.

El cuchillo pasó por el espacio donde Sawi había estado, mientras la recolectora rodaba con fuerza contra la roca. Wax no esperó, la desesperación, la ira y el miedo en ese momento hicieron que el skar de Noctia despertara de golpe. Wax lo permitió, y el relámpago oscuro surgió de su mano para golpear la sombra, empujando al hombre hacia atrás y sobre el borde. Escuchó el golpe demasiado pronto después, un recordatorio de que los acantilados aquí no prometían una caída mortal.

Junto con ese conocimiento, con los pasos que dio hacia Sawi, llegó el hambre de Noctia y sus beneficios. El agotamiento de Wax se desvaneció cuando ese relámpago negro le devolvió lo que le había robado. Un poco del trago de la muerte, y Wax se sintió renovado, listo.

Y menos mal, porque más de esas sombras se alzaron y cayeron, creando un bosque de cuchillos, todos apuntando hacia él.

36
DESTRIPADA

A pesar del dolor agonizante que le provocaba el golpe de voulge en el estómago, Torny encontró cierto placer en ser cargada por Quik. El hermano de Bliss tenía fuerza de sobra, y Torny no había sido alzada así desde... posiblemente nunca. Mantenía las manos presionadas contra la herida en su vientre, esperando que solo fuera sangre lo que se filtraba entre sus dedos y nada más importante. El dolor se mantenía en un nivel terrible constante, pero podía apartarlo, mantenerlo a raya.

Especialmente cuando irrumpieron en la cámara de los skars y Torny tuvo su primera visión real de la traición que se exhibía.

La Tercera Mano tenía a Yarvick cautivo, con Fassle, guardias y una mujer vestida con las túnicas de Tenet cerniéndose sobre el señor bandido. El mismo hombre que, no hacía ni doce horas, le había estado contando a Torny sobre su plan de toma de poder en un tejado de Najahn. Ahora yacía en un estrado de piedra, con manos y piernas atadas a las esquinas, pareciendo menos un dios en ciernes y más un pobre experimento.

Un mal resultado para Torny y sus amigos, ya que la supervivencia de Yarvick iba a comprar sus vidas y la paz para Kance.

La orden de Fassle de matarlos, mientras Quik permanecía de pie en la escalera de piedra junto a las linternas parpadeantes, agudizó el enfoque de Torny, que pasó de Yarvick a los skars esparcidos en sus respectivas vitrinas abajo.

—Lánzame —dijo Torny mientras Bliss, herida en el hombro, pasaba apretujada con un voulge robado. La mujer de Vis blandió el arma hacia el trío de la Tercera Mano que se acercaba, ralentizando su avance con cuchillos desenvainados.

—¿Lanzarte? —respondió Quik, retrocediendo mientras Fassle instaba a sus fuerzas a avanzar, con el líder de Najahn sonando casi aburrido—. ¿Lanzarte adónde?

—Sobre los skars de Whent —dijo Torny, recostándose en los brazos de Quik. Sentarse significaba una agonía cortante a través de su abdomen, insoportable por más de un minuto—. Las piedras doradas.

La bandida pensó que Quik podría dudar de su petición, que podría intentar alguna otra solución menos descabellada, pero el cazador no era de los que debaten. Justo cuando la cabeza de Torny volvía al brazo izquierdo de Quik y su relativa comodidad, Torny se vio impulsada hacia arriba y por el aire, aunque no dio vueltas. Fue inteligente por parte de Quik mantener su herida alejada del impacto.

No es que Torny no gritara.

Las miradas se dirigieron hacia ella, incluida la de Yarvick, atrapado en el estrado. La eternidad pareció pasar mientras se deslizaba por el aire, con los brazos y las piernas extendidos mientras caía. Su estómago acababa de empezar a subir por la garganta de Torny cuando impactó, su trasero y piernas rompiendo el cristal enmarcado que contenía los skars. Nuevos cortes se arrastraron a lo largo de los pantalones bajo su túnica de Kance mientras Torny aterrizaba entre los skars, cayendo su podio por el impacto y esparciendo las piedras doradas por el suelo.

Como una niña agarrando juguetes, Torny ignoró la indignidad y los nuevos dolores para arrebatar los skars. Fassle gritó a los guardias que la atraparan, una orden distraída por el propio salto de Quik. El cazador de Vis no siguió exactamente la trayectoria de Torny, sino que cayó sobre un guardia de Najahn que se había girado para obedecer la nueva orden de Fassle. En las escaleras, Bliss intentó un tajo hacia adelante, un golpe lastimero con su hombro herido, pero el movimiento mantuvo la atención de la Tercera Mano.

Y Torny no supo más.

Los skars de Whent la inundaron, lavándola en su zumbido en cascada. Sostenía cuatro o cinco en sus manos, apretó las piedras contra su pecho mientras estas se extendían y encontraban toda la piedra e intentaban doblarla a su voluntad. A la suya propia.

Aniquílalo, decían los skars. Demoler la torre y enterrar a los enemigos de Torny. O agrietar los bloques bajo sus pies y sellar la piedra sobre ellos, encerrando a los tontos en la roca para siempre. Esas ideas se fusionaron con demasiadas otras, los skars compitiendo entre sí por su atención.

Torny no se la dio a ninguno salvo al señor bandido en el estrado, el que siempre había estado allí desde que Torny vivía y desde mucho antes. Arriesgarse a meter el pie de Fassle en una roca no los salvaría, y enterrar a todos vivos bajo los escombros era el tipo de jugada para la que Torny aún no estaba preparada.

En cambio, liberó a Yarvick.

Dos bloques pequeños y lisos cayeron del techo de la habitación, precipitándose con bordes afilados y aterrizando justo sobre las cuerdas que ataban las manos y los pies de Yarvick. Las cuerdas se rompieron cuando el primer guardia de Najahn alcanzó a Torny, el hombre echando hacia atrás su voulge para una estocada fácil.

Yarvick agarró el mango del arma, la advertencia de Fassle fue silenciada por la líder de la Tercera Mano, quien agarró a su comandante y lo arrastró hacia las escaleras descendentes a la derecha de Torny. El tirón de Yarvick hizo girar al de Najahn, permitiendo al señor bandido alcanzar la hoja de la cintura del Najahn y destriparlo con ella. Mientras el Najahn retrocedía tambaleándose, Torny sintió la euforia de los skars, una sonrisa iluminó sus propios labios.

—No dejes que escapen —siseó Yarvick, haciendo girar el voulge en su mano derecha hacia atrás, cortando al guardia que forcejeaba con Quik. El corte aturdió al Najahn, permitiendo a Quik agarrar el cráneo del soldado y estrellarlo contra la pared cercana—. ¡Fassle no puede escapar de nuevo!

Los skars de Whent escucharon la llamada de Torny mientras Fassle y la líder de la Tercera Mano bajaban por las escaleras. Se extendieron, buscando destrozar los escalones, enterrar a la pareja en escombros, pero cuando las primeras piedras comenzaron a desprenderse, los skars vacilaron. Sus voces, en la cabeza de Torny, perdieron el ritmo, tartamudeando en confusión.

La propia Torny no lo entendió, trató de devolver los skars a la acción con su voluntad, solo para encontrar que su propia voz flaqueaba. Su garganta estaba húmeda con sangre cálida, coincidiendo con el charco en el que se dio cuenta, ahora, que estaba sentada. Fragmentos de vidrio y aquellas piedras doradas se empapaban junto a su arruinada túnica de Kance, el primer golpe en su vientre lejos de ser remediado, cobrando su peaje final.

Bueno. Ya la había liado. Se suponía que una bandida no debía meterse en peleas como estas.

Yarvick, maldiciendo, rodó fuera del estrado. Le lanzó a Torny una mirada de desaprobación, su pálido rostro grisáceo no le hacía ningún favor, sin añadir recuerdos agradables con su abrasadora decepción. Al siguiente segundo, Yarvick desapareció por las mismas escaleras, persiguiendo a Fassle.

El tipo de lealtad que realmente debería esperar de él.

Más sorprendente fueron las tres figuras que pasaron corriendo tras Yarvick, una de ellas con una leve herida en un brazo. La Tercera Mano persiguiendo a su presa, sus propios líderes.

—Déjenlos ir —la voz de Quik haciendo eco—. Torny está gravemente herida.

Tanta preocupación del cazador de Vis. Quik siempre había tratado a Torny con una especie de desdén asqueado, así que ¿no era esto agradable?

Sin embargo, no fue el rostro de Quik el que apareció primero, cuando Torny se dio cuenta de que se había desplomado, su cabeza yaciendo en su propio charco que se extendía. Los skars habían dejado de hablar, un misterio resuelto cuando Torny sintió nuevas piedras presionadas en sus manos, susurros diferentes y urgentes tomando el control. Dedos destellaron ante sus ojos, símbolos familiares, rutinas.

"Skars de Vis. Tienes que quedarte con nosotros, Torny. Quédate".

¿Quedarse? Torny quería reír, pero su garganta se ahogó en su lugar, un rocío húmedo. Aun así, la bandida no iba a ninguna parte. No podía, realmente, en estas condiciones.

—Aquí —dijo Quik, presionando un manojo desgarrado de túnica Najahn contra la herida en el vientre de Torny—. Sujeta esto para intentar frenar el sangrado. Dale tiempo a los skars para que trabajen.

Bliss debió de hacer alguna seña que Torny no pudo ver, porque Quik respondió que no se quedaría. Ni aquí, ni ahora.

—Yarvick fue tras Fassle. Allá abajo —dijo Quik con un gruñido—. Uno de ellos va a sobrevivir, pero no estará en buenas condiciones. Es nuestra mejor oportunidad para detenerlos. —La cabeza de Quik entró en su campo de visión, el semblante del cazador una mezcla de ira y tristeza —. Torny, vive. Ayuda a mi hermana y huye.

Con eso, el cazador desapareció por las escaleras tras los otros, dejando a Torny para morir con la única que alguna vez había amado. Había algo poético en eso, ¿no?

37
LOS SEÑORES EN GUERRA

No por primera vez, y esperaba que fuera la última, Quik intentó dejar de lado lo horrible por un acto de venganza. Descendió las escaleras, adoptando la apariencia de cazador con cada paso. Había considerado agarrar los skars de Vis en su camino de salida, deseando enviar su rápida curación a la herida del virote en su espalda y a los cortes de voulge a lo largo de su costado y piernas, pero dejó las piedras atrás: los skars robarían su energía para cerrar las heridas, y Quik necesitaba cada pizca.

Su presa, Fassle y Yarvick, se encontraba en algún lugar abajo, en una gruta que Quik conocía demasiado bien. Las escaleras en espiral, forjadas con metal estriado, temblaban con sus pasos, sujetas a la roca hueca por gruesos pernos. Que las escaleras no se sacudieran más significaba que el Najahn y el perseguidor Yarvick ya habían dejado atrás los escalones.

Quik no se movió más rápido.

La gruta no tenía salidas fáciles salvo esta, un diseño

deliberado para mantener en secreto las pruebas de skar y confinar a los demonios que utilizaba. Escapar significaba nadar, y Quik no podía imaginar a Fassle o Yarvick lanzándose a las frías aguas para una huida chapucera, especialmente cuando la victoria aquí significaba el gobierno exclusivo de la fuerza militar más poderosa de las islas.

¿Y qué pasaría cuando ambos monstruos murieran aquí, esta noche?

Pavarde había ofrecido una idea sobre eso, en aquellas noches en las olas turbulentas pasadas en conversación cuando se dio cuenta de que su control sobre Quik no se extendía a los placeres físicos. Había reflexionado sobre la línea de sucesión, los Tenentes y Adeptos que lucharían por tomar el control cuando Fassle muriera. Que el Najahn se fragmentaría según las lealtades a sus comandantes locales parecía probable, que las islas se dividirían en sus individualidades era casi una certeza.

Que Vis recuperaría su libertad, prácticamente garantizado.

Quik esbozó una sonrisa feroz contra el dolor mientras se acercaba al fondo de las escaleras, colocando sus pasos con medido peso para mantener el silencio. Deshiva, que había escapado de la conquista de Mottilan a bordo de una nave de Vis y se dirigió a Kance, regresaría al frente de los cazadores, se reuniría con los Lira y expulsaría a los Najahn al mar.

El sueño se desvaneció cuando Quik alcanzó el fondo arenoso y los dos cuerpos que yacían allí. Destripados y con los cuellos rajados, sus voulges y espadas esparcidas. El rápido trabajo de Yarvick. Quik no había oído ni un sonido.

A su alrededor y por encima, la noche sumía la gruta en la oscuridad. Las antorchas que se mantenían mientras había estado prisionero aquí con los experimentos de Annalyse y Ami habían sido abandonadas, con la única luz proveniente del rosa de Sichi, lo poco que se filtraba hasta aquí. El chapoteo de las olas y el bullicio distante de la Ciudad Anillada se mezclaban con el sabor salado en la lengua de Quik, o tal vez era sangre que se filtraba, una herida más profunda de lo que Quik quería creer.

De cualquier manera, manteniéndose agachado, Quik avanzó sobre la arena. Se inclinó y recogió un voulge. El cazador tenía poca experiencia con espadas, pero un voulge podía manejarlo, incluso si era más pesado e invitaba a trucos con su punta curvada que Quik no podía emplear.

Pero un voulge podía apuñalar desde las sombras tan bien como cualquier otra arma.

Las cavernas tenían varias direcciones, y una inclinación mordaz atrajo a Quik hacia la derecha, hacia la jaula en la que había estado atrapado durante días. Una oportunidad para burlarse de esa prisión desde fuera, o romper aún más sus barrotes. Quik podría haberse aventurado en esa dirección de no ser por una risa despectiva, el tono de Fassle, que venía del túnel occidental. El que conducía al mar y al mismo muelle del que Quik y Annalyse habían saltado hace tanto tiempo para esquivar el ataque de limpieza de Fassle contra la operación de Gladdring.

Aferrándose a las paredes, notando que las trampas para matar demonios construidas en las cuevas habían sido desarmadas —si Fassle hubiera usado una para atrapar a Yarvick, Quik se habría visto obligado a admirar al líder del Círculo—, Quik se deslizó hasta el final de la cueva. Más allá, en la pequeña playa vacía, esperaba un enfrentamiento. Fassle estaba de pie con Kasava, la líder de la Tercera Mano, de espaldas al muelle y las olas más allá.

Yarvick, aún más desaliñado de lo habitual, los enfrentaba con una sola hoja húmeda. La sangre goteaba de su punta.

—Habría pensado —decía Fassle mientras Quik se acercaba— que tenías un plan mejor que el caos, Yarvick. Que todo esto estaba al servicio de algo más que la destrucción.

—Difícilmente destrucción. Un reinicio. Una oportunidad para que la gente, libre de demonios, decida lo que quiere para sí misma.

—¿Mientras tú te cierneS sobre ellos como un dios iracundo?

—Como los dioses se ciernen sobre nosotros, incluso en la muerte —el ronco susurro de Yarvick se deslizó como las olas—. Yo mantendría los límites, aseguraría que no surgiera ningún gran poder. Ayudaría a los necesitados —apuntó la hoja hacia Fassle—. Tu búsqueda de poder ha ido demasiado lejos. Tú gobernarías, yo guiaría.

—Yo mantendría viva a Noctia —replicó Fassle, su mano izquierda moviéndose hacia la líder de la Tercera Mano, quien sacó dos rompedores de espadas gemelos de su espalda, sus puntas divididas en bordes curvos destinados a agarrar y cortar hojas—. Sin los demonios, nuestra isla tiene pocos recursos. La piedra calcinada no vale mucho. Las otras islas nos darán la espalda, nos dejarán pudrirnos. Antes de Demion, Noctia era un desperdicio, y a eso, sin mí, volverá.

Quik no podía ver la cara de Yarvick, pero vio al hombre levantar su mano izquierda, señalando una boca que ya no tenía ciertos dientes. —Déjame adivinar, ¿tú te mantendrías en el poder para siempre?

—Al igual que tú —respondió Fassle—. Ahora, la noche avanza, y preferiría mucho recuperar mis skars. Si no aceptas el exilio, entonces estaré encantado de poner fin a tu vida demasiado larga. Elige, Yarvick.

La decisión del señor bandido llegó sin palabras, el hombre soltando un áspero gruñido y lanzándose hacia adelante. La arena se dispersó con su empuje, Yarvick dando un paso, dos, antes de que la mano levantada de Fassle lanzara un chorro de fuego. Brillante amarillo y naranja, suficiente para hacer que Quik se estremeciera, envolvió a Yarvick, derribándolo al suelo. Mientras Yarvick caía hacia atrás, el brazo derecho del hombre se agitó hacia adelante, la espada girando solo para ser apartada por Kasava.

El fuego de Fassle encontró yesca en la capa raída de Yarvick, el líder bandido buscando apagarlo con una voltereta hacia adelante en una pequeña duna. Kasava se apresuró a aprovechar la oportunidad, un largo cuchillo destellando, listo para atravesar las entrañas de Yarvick mientras se ponía de pie, sacudiéndose cenizas y arena. El señor bandido ni se molestó en desviar el golpe, recibió la puñalada en el pecho y se rio, agarró a Kasava por el cuello y la arrojó a la arena más blanda donde la marea más lejana lamía su cuerpo.

—Solo quedamos tú y yo, Fassle —dijo Yarvick, sacando el cuchillo de Kasava de su pecho. Ninguna gota de sangre caía de la hoja, que brillaba rosada bajo la luz de Sichi—. Dos bastardos hambrientos de poder luchando por el futuro de nuestras islas.

—La diferencia —replicó Fassle, mientras retrocedía al borde del muelle— es que yo quiero lo mejor para Noctia. Tú quieres lo mejor para ti.

—Cuestión de opiniones.

Yarvick se lanzó hacia adelante, la arena volando, el

largo cuchillo en alto. Quik se mantuvo en las sombras del lado izquierdo lo mejor que pudo, agachado bajo los acantilados rocosos mientras el señor inmortal cargaba, un acercamiento sutil ganando sigilo por el imposible espectáculo que se desarrollaba ante él. Fassle respondió al golpe con otro skar, una ráfaga repentina atrapando el pie de Yarvick y haciéndolo girar por el aire. Se estrelló contra la arena mientras Fassle se agachaba, con las manos sobre sus rodillas cubiertas por la túnica.

El agotamiento no garantizaba la victoria. Yarvick se levantó, sacudiéndose la arena. Apuntó con el cuchillo mientras Fassle extendía una mano. Una ola a la derecha de Yarvick se elevó, su amplia extensión concentrándose en un solo empuje para golpear al bandido, empujándolo hacia arriba y más allá para aterrizar no lejos de Quik, hecho un ovillo y mojado en el barro.

Las piernas y brazos del hombre parecían doblados en ángulos terribles, revelando la fuerza de la ola. Sin embargo, Yarvick aún se retorcía, rodó y se levantó, una ruina tambaleante.

—Te quedarás sin fuerzas pronto —Yarvick se estremeció al hablar—. Tus skars se agotarán mucho antes que los míos, y entonces tus entrañas decorarán esta playa, Fassle. Lo juro.

Fassle, sin embargo, no parecía intimidado. A pesar de su propia respiración agitada y sus pasos vacilantes, el hombre avanzó hacia Yarvick. Levantó una mano, nuevamente, y Yarvick encontró su andar entrecortado detenido. La arena fangosa a los pies de Yarvick se había endurecido rápidamente alrededor de sus tobillos. El señor bandido levantó el largo cuchillo, ajustando el agarre para lanzarlo.

—Verás, Yarvick. He tenido que adaptarme, cada día, para sobrevivir entre los Najahn —gruñó Fassle, continuando su acercamiento—. He tenido que aprovechar cada ventaja, elegir batallas, perder algunas para ganar otras. Esa es una lección que tú nunca has tenido que aprender.

El bandido arrojó la daga, un lanzamiento débil con su hombro destrozado, el codo en un ángulo extraño. El cuchillo voló de todos modos, lo suficientemente cerca de Fassle, quien miró fijamente la hoja, deteniéndola con una mirada sudorosa, un viento fuerte que agitó el cabello de Quik. El cuchillo regresó volando, clavándose en el hombro de Yarvick.

Y aunque Quik no podía ver el rostro de Yarvick, notó cómo se le tensaba la columna. El escalofrío que recorrió su cuerpo maltratado cuando el shock se instaló, la comprensión de que, a pesar de todo su poder, de todos sus largos, largos años, Yarvick estaba superado.

La revelación no lo agobió por mucho tiempo. Fassle, a menos de un paso de Yarvick, extendió ambas manos, y llamas azul-verdosas envolvieron al señor bandido. Con los pies sellados, sus huesos rotos, esta vez no hubo forma de rodar. No hubo evasión.

Solo aniquilación.

Yarvick se desplomó en la arena mientras el fuego disminuía, parpadeando. Fassle vaciló sobre la arena, observando, mientras Kasava se tambaleaba a su lado. Ambos exhaustos, distraídos.

—Una vez más —susurró Fassle—. Hasta que sea solo cenizas, no creeré que está muerto.

Quik cuadró los hombros, plantó su pie derecho, mientras el fuego volvía a brotar de la mano de Fassle sobre Yarvick. El cazador lanzó la voulge, estirando el hombro, ignorando las punzadas a través de su piel ensangrentada. El proyectil voló certeramente, golpeando a Fassle en el pecho.

El fuego desapareció de inmediato, Fassle tambaleándose hacia atrás, resbalando en la arena mojada y derrumbándose. Kasava miró fijamente la voulge en el pecho de su comandante, pintada de rosa bajo la luz de Sichi, como si hubiera aparecido por arte de magia. Yarvick humeaba entre las dunas.

—Tú —dijo Kasava cuando Quik emergió de la cueva. El cazador se inclinó, recogió una roca con su mano derecha —. Por supuesto, tenías que ser tú.

Kasava desenvainó sus espadas rompe-espadas gemelas de sus fundas traseras mientras caminaba hacia él. Quik redujo la velocidad, se detuvo. La distancia era esencial para sobrevivir.

—No he venido por ti —dijo Quik, levantando la roca, aunque eso no detuvo su avance—. Fassle y Yarvick son veneno para las islas. Lo sabes.

—Sé que un hombre le dio a mi familia y a mí todo lo que tenemos hoy —respondió la mujer, aunque se detuvo cerca del cuerpo parpadeante de Yarvick. Sin quitar los ojos de Quik, giró la espada rompe-espadas en su mano derecha y la clavó en el cadáver de Yarvick. Un final merecido—. Sé que me estás quitando eso. La seguridad de mi hija, el cuidado de mis padres, el campeón más feroz de la Ciudad Anillada yace en la tierra detrás de mí. No puedo dejar que eso quede sin respuesta.

—Él atacó mis islas. Mató a mis amigos.

—Y salvó a los míos.

Quik asintió mientras ella retiraba la espada rompe-espadas y la apuntaba hacia él. —¿Entonces no hay otra salida?

—Los Najahn sabrán quién vengó a su líder —respondió Kasava—. La muerte se acerca, Quik. Mejor estar preparado.

El cazador lo estaba, pero no ahora, no esta noche. Quik pateó la arena con el pie, levantando una nube en la cara de la mujer. Giró con la patada, clavó los talones en la tierra y corrió.

De vuelta a las escaleras, la torre, los skars y, con suerte, algo de ayuda.

38
ASESINOS DE SOMBRAS

Los asesinos atacaron y Eujo no pudo hacer un carajo al respecto. Observó, junto con Ami y Annalyse, cómo Wax y Sawi fueron rodeados. El par se retiró a una estrecha grieta y los asesinos los siguieron, sus oscuras túnicas desviando la luz de Sichi, haciéndolos parecer manchas borrosas en la noche. Tanto Wax como Sawi tenían espadas, pero ninguno de los dos, según la estimación de Eujo, valía mucho como maestro de la espada.

Parecía seguro que encontrarían una muerte rápida, y Eujo se giró hacia el descenso, lista para correr...

—No —espetó Ami, agarrando la mano de Eujo—. Nunca llegarás a tiempo.

—Entonces saltaré. El skar Kance puede atraparme.

—¿Flotar en el aire sin cobertura? Te encontrarás con cuchillos en la garganta —Ami, silueteada por el pequeño fuego, brillaba. La ira, la decepción y la fría experiencia se reflejaban en sus ojos entrecerrados y fruncía el ceño—. O Wax usa los skars para sacarlos con vida, o no lo hace. Eso depende de él. Lo que necesitamos hacer es prepararnos para cuando vengan por nosotros.

—O no —murmuró Annalyse, aún mirando por el borde.

Annalyse siguió sus crípticas palabras con más, y sus emocionadas descripciones se convirtieron en acción real cuando Eujo volvió al borde del acantilado y su vista hacia abajo. Otra sombra se había unido a las demás, solo que en lugar de un círculo que se cerraba, esta causaba estragos. La figura se movía y corría velozmente, lanzaba dardos brillantes y los seguía con una delgada hoja empujada. Los asesinos giraron, poniéndose repentinamente a la defensiva, formando una línea de cuatro personas contra el bloque de la grieta. A la izquierda de Eujo, ocultos de la vista, Wax y Sawi estarían haciendo su última resistencia. A la derecha, a lo largo de un camino que terminaba en una roca afilada y la túnica plateada de Livier, se encontraba la nueva figura y los otros dos.

—Parece que Livier no está muerto —dijo Ami, poniendo en palabras su sospecha común.

—Todavía —respondió Annalyse mientras los dos asesinos se dirigían hacia el Kance Vientas.

Uno cargó directamente, chocando su espada contra Livier y obligando al Kance a bloquear. El otro saltó por la montaña, rodeando para un golpe en picada hacia el hombro izquierdo de Livier. El asesino, con la hoja en alto, saltó para dar el golpe descendente, y voló lejos, muy lejos, lanzado sobre el acantilado hacia la gran noche más allá.

—¿Qué fue eso? —preguntó Annalyse.

Ami cruzó su mirada con Eujo, notando la respiración agitada de la Reina. El skar Kance había reaccionado rápidamente a su petición, pero la distancia, la fuerza para empujar al asesino lo suficientemente lejos para asegurar un final fatal... Eujo se tomó un minuto para recuperarse, observando cómo Livier golpeaba, fingía y terminaba con su oponente. En el lado opuesto, Wax y Sawi hicieron lo más inteligente, manteniendo a sus potenciales asesinos a una distancia estática, ya fuera mediante amenazas con espadas o ráfagas de skars. De cualquier manera, las dos sombras evaluaron sus escasas probabilidades y huyeron, bajando apresuradamente por la ladera de la montaña.

Con suerte, caerían y se romperían las piernas.

O los cráneos.

Livier emergió el último alrededor del fuego del acantilado, vistiendo una vez más su túnica ensangrentada. Favorecía su lado derecho, una herida causada por un cuchillo arrojadizo bien colocado. Se había deshecho de la túnica en la oscuridad, había huido de vuelta montaña abajo y fingido un colapso.

—La Tercera Mano siempre ha sido demasiado confiada —dijo Livier, sosteniendo el skar Vis de Eujo mientras los cinco se sentaban alrededor del fuego, su descanso nocturno arruinado—. Asumen la muerte cuando no deberían, por eso demasiados enemigos de Fassle siguen vivos.

—A mí me parecieron bastante mortíferos —dijo Wax, apoyándose en el hombro de Eujo, con los ojos entrecerrados. Sawi lo había ayudado a subir. Los skars que había estado usando para soplar vendavales, mover la tierra y, finalmente, infundir miedo en los corazones de los asesinos, habían dejado a Wax exhausto—. Unos segundos más y habríamos estado acabados.

—Yo nos daría cuatro segundos —dijo Sawi—. Teníamos espadas.

Livier se rio secamente mientras miraba el fuego. —No te esperaban. Su premio, casi solo en la oscuridad. Esa sorpresa les costó.

—Pero dos escaparon —dijo Ami—. Apuesto a que vienen más —la guardiana volvió su mirada hacia Kance, el cielo iluminado por Sichi—. Los Najahn tienen espías. Puede que nos hayan visto preparando los planeadores. Enviaron un equipo para emboscarnos —volvió a mirar al grupo, lanzando una mirada alrededor—. Fassle sabe que estamos aquí. Se van a preparar. Necesitamos recuperar la iniciativa.

Livier asintió. —Tenemos que seguir adelante. Esta noche, mañana. Descansos breves, y luego continuar.

—Si hacemos eso, llegaremos sin fuerzas —dijo Annalyse—. Nos barrerán.

—Svarde está allí. Nos mantendrá a salvo —replicó Ami —. El hombre no puede morir, no duerme.

—También tengo contactos en la ciudad, leales a Kance —añadió Livier—. Si podemos llegar a la ciudad sin ser vistos, Fassle no nos encontrará hasta que estemos listos.

—Así que es el viaje, entonces —dijo Eujo—. Tenemos que cruzar el cráter, y rápido.

—Algo difícil por la noche. No todos somos escaladores experimentados, y cualquier luz de antorcha nos delata.

Eujo asintió. La verdad empujó una idea con la que había estado jugando, desde que la escalada se había vuelto más empinada, más ardua. Cuando Ami señaló cuánto más rápido hacía el viaje el túnel Noctia en el lado lejano del cráter.

—Tengo una respuesta —dijo Eujo, volviéndose hacia Wax—. Necesito tus skars Whent.

—¿Por qué?

—Si Noctia sabe que estamos aquí, entonces podemos recurrir a algo mejor que la sorpresa —Eujo tomó las dos piedras doradas que Wax le entregó—. Miedo.

Se paró, una hora más tarde, en otro acantilado más

pequeño a varias presas de mano arriba de su campamento elegido. Ami esperaba detrás de Eujo, lista para agarrar a la Reina si esta terrible idea iba demasiado lejos en la dirección equivocada. Que la Guardiana no mostrase preocupación, no hubiera puesto en duda el plan de Eujo, le dio a la Reina un poco de confianza.

Que los skars Whent burbujearan con entusiasmo le dio aún más.

Eujo dio la orden a las piedras. Les dijo que hicieran lo que Torny había hecho en Whent, mover la tierra y desgarrarla. Torny no había sabido lo que pedía, se había rendido a los impulsos salvajes de los skars, pero Eujo controló su emoción desenfrenada, enfocándola en la roca frente a ella. Ordenó a los skars que excavaran, que cavaran a través del cráter hasta el otro lado.

Ahora venía la parte difícil. Los skars arremetieron contra las rocas, rompiendo y esparciendo piedras por el aire o a los pies de Eujo. Detrás de ella, Ami maldijo. Eujo cerró los ojos, concentrándose en los skars y su canción, el ritmo que Wax había dicho que era el secreto para unificar las piedras divinas. Las rocas de Whent emitían un patrón, sí, golpes profundos y staccato entrelazados con rápidos crujidos cada vez que un skar se lanzaba contra la pared del cráter.

Como moldeando arcilla, Eujo ordenó a un skar que ralentizara su excavación, solo para liberar el esfuerzo al mismo tiempo que el segundo skar arremetía contra la piedra. Juntos, el esfuerzo empujó hacia arriba toda una sección, tallando una entrada similar a una cueva en la ladera de la montaña y comprimiendo el borde firmemente, pulverizando roca, arcilla y escombros en un arco sólido.

Eujo alcanzó el tercer skar a continuación, conteniéndolo hasta que los otros dos, aún sincronizados, corrieron hacia su siguiente pedazo. La Reina liberó el skar contenido, le dijo que fuera, y mientras sus rodillas se doblaban, la tierra rugió ante ella. El túnel se adentró más profundamente en la oscuridad, los skars de Whent nuevamente plastificando los escombros movidos en un techo, un suelo y paredes alisados.

—Llévame adentro —dijo Eujo, con la voz quebrada, pero Ami la escuchó lo suficientemente bien—. Tenemos que seguir adelante ahora.

La Guardiana no hizo preguntas. Levantó a Eujo cuando las piernas de la Reina se entumecieron, mientras sus hombros temblaban por el esfuerzo. Los skars de Whent se agitaban una y otra vez, cada vez cavando más profundo a través del cráter en largos tramos. Un túnel, crudo y puro, pero un túnel al fin y al cabo.

Cuando Ami anunció que podía ver las flores de lelune, cuando Eujo sintió una brisa contra su rostro, y los skars de Whent, aún hambrientos de más, encontraron su objetivo difuso, solo entonces la Reina aceptó sus músculos rotos, su alma exhausta, y se desvaneció de nuevo en la inconsciencia.

39
PUERTAS ABIERTAS

Wax durmió. Durante el resto de aquella atormentada noche y hasta bien entrado el día siguiente, y Eujo durmió aún más, acostada en el túnel que había hecho con los skars Whent. Los otros cuatro se turnaron para vigilar ambos extremos, pero la Tercera Mano no intentó más ataques. Desde el cráter, ninguna fuerza Najahn marchó para recibirlos.

Era como si el deseo de causar muerte hubiera desaparecido. Un giro extraño, pero uno que Wax agradeció mientras observaba el sol descender sobre el vasto cráter. Otra noche clara se acercaba, fresca y fácil para caminar con la luz de Sichi. El centro de la Herida, un lugar donde Wax casi había muerto no hace mucho tiempo, estaba a un corto paseo de distancia.

A pesar de los terremotos, la nueva construcción ya eclipsaba la Herida misma. El trono de piedra del Aegis, durante tanto tiempo una prisión visceral, había desaparecido. Reemplazado por carros y cajas apiladas, con escribanos anotando tratos y entregas. La ciudad Whent de Jochi en las profundidades ya estaba excavando antes de que los demonios fueran sellados, y en los días desde que Wax había detenido ese flujo monstruoso, el comercio se había desatado.

Wax no necesitaba acercarse para ver todo esto, para sentirlo. Los sonidos eran suficientes: el martilleo, la perforación, los gritos y los interminables chirridos de las poleas que enviaban ascensores de cuerda arriba y abajo por el largo eje. A todas horas, sin cesar. Suficiente para llevar a Ami a maldecir y a Sawi a murmurar sobre los sonidos más agradables de la jungla en casa.

—Estaba justo ahí —dijo Wax, compartiendo la suave salida del túnel con Sawi, masticando el último pescado seco traído de Kance. Habían estado deshaciéndose de las bolsas vacías durante el ascenso, un rastro ahora también marcado por cuerpos de la Tercera Mano—. ¿Ves ese parche? ¿Sin las flores? Todo obra mía.

—Pensé que había sido esa capitana Rana.

—Oh, ella desencadenó todos los terremotos. Activó esos explosivos Whent. Pero yo, yo provoqué ese deslizamiento de tierra para que bajáramos. Salvé a Catya —Wax esbozó una triste sonrisa—. Luego, como ella es el Aegis, salvó a todos los demás.

—Entonces tuviste que superarla.

—Ella me enseñó cómo. Apuesto a que, si hubiera tenido la oportunidad, Catya podría haberlo hecho. Cualquiera de ellos podría haberlo hecho.

—Pero no lo hicieron —Sawi tamborileó con los dedos sobre la roca. Detrás de ellos, los otros estaban empacando sus bolsas. Livier no dejaba que nadie despertara a Eujo, no hasta el último momento—. Ahora vamos a revertir todo eso, según dices. Tomar lo que los dioses no terminaron y hacerlo a nuestra manera.

Wax asintió.

—Si hay una lección que he aprendido de todo esto, Sawi, es que nadie realmente sabe una mierda. Encuentras lo que quieres y luchas duro por ello, y ayudas a tus amigos a hacer lo mismo, porque ¿qué más hay? Los dioses seguro que no lo sabían.

—Y tú quieres traer de vuelta a los demonios.

—No quiero todas esas vidas en mi conciencia. Con la de Pan es suficiente —Wax la miró—. ¿Qué quieres tú? ¿Aquí, de todo esto?

Sawi no respondió durante un largo suspiro, ambos mirando sobre las flores cerradas, casi negras.

—Antes de Gladdring, antes de esta Renovación, creo que habría sido feliz con una vida Vis —dijo Sawi—. Escalando los árboles, recogiendo la fruta. Bailando, riendo, contigo, Bliss y todos los demás. ¿Ahora? No creo que eso sea suficiente. Quiero dejar mi propia huella.

—¿Con esa espada?

Sawi se rio.

—No. Dioses, no. He visto suficiente sangre, y apuesto a que habrá más. Pero aunque Gladdring fue horrible, también me enseñó mucho sobre cómo hacer que la gente apoye lo que es correcto. Vis ha sido un pensamiento secundario entre las islas durante mucho tiempo, Wax. Quiero cambiar eso. Kitaye debería ser una joya, no una parada entre Kance y Foti.

—Espero que tengas esa oportunidad.

Ami se acercó, se paró junto a la pareja.

—Y yo espero que bajemos esta sección empinada antes del anochecer. ¿Listos?

Con el pescado agotado, el odre de agua rellenado con un pequeño impulso del skar Rana, Wax combinó un estómago lleno con músculos doloridos, una cabeza llena de skars cantarines y el alma empapada de alguien lejos de sus hábitos preferidos. No era la manera ideal de marchar hacia territorio enemigo, pero Wax no podía quejarse.

Eujo se veía mucho peor.

La Reina de Kance, incluso después de dormir casi un día entero, se apoyaba en Livier mientras el asesino la llevaba a la salida del túnel. Bolsas descoloridas colgaban bajo sus ojos, y aunque la túnica de Kance cubría su piel, Wax vio cabellos grises frescos mezclados entre los rizos de Eujo. Arrugas extrañas, también, persistían a lo largo de su rostro, como si hubiera envejecido años durante la noche.

Los skars cobraban su precio.

—¿Sientes algo más? —preguntó Annalyse, igualando el paso tambaleante de la Reina, garabateando sin parar—. Todo es importante.

—¿Por qué? —dijo Eujo, su voz tan débil como Wax nunca la había oído. Como la de Catya, antes de la caída—. ¿Qué importa?

—La tasa de deterioro. Lo que acabas de hacer, este túnel... Construirlo con herramientas llevaría meses, posiblemente un año o más. Si podemos averiguar cuánto peaje cobra, si esa tensión es permanente, podría revolucionar las islas.

—No parece una revolución que yo quisiera.

Wax se movió entre las dos. Le dio a Annalyse una mirada que decía que tal vez la investigación podría esperar. La científica pareció captar la indirecta, aunque la forma en que mordía el extremo de su lápiz de carbón decía que quedaban muchas preguntas sin responder.

Annalyse tampoco pudo preguntarles durante la marcha, con Ami nuevamente tomando la delantera y la columna extendiéndose. Livier volvió a su lugar al final, con Eujo y Wax justo delante. Sawi y Annalyse se mantuvieron cerca de Ami esta vez, todos abriéndose paso por la pendiente relativamente suave, roca negra cubierta de flores en ciernes.

Todo esto, los restos de un dios apuñalando a otro.

Las manos se mantuvieron cerca de las espadas mientras la oscuridad se profundizaba y Sichi convertía el cráter en una belleza púrpura-rosa. Las antorchas y linternas manchaban esa imagen en el centro de la Herida, al igual que el continuo ruido de actividad. No hubo emboscada, ni de la Tercera Mano ni de los Najahn. En cambio, el grupo llegó al centro de la Herida mucho antes de la medianoche y continuó directamente, los comerciantes y Najahn que trabajaban allí les lanzaron miradas pero no levantaron una voulge en ataque, defensa o siquiera una pregunta.

—Es porque saben quiénes somos —dijo Livier, su columna agrupándose mientras pasaban junto a cajas, barriles y mercancías en movimiento—. Algo ha cambiado desde anoche, y la señal se extendió rápido.

—No estoy segura de si eso es bueno o no —respondió Ami, la Guardiana adoptando un ceño permanente mientras comenzaban a caminar hacia el túnel que llevaba a la Ciudad Amurallada—. Una buena pelea es mucho más fácil de entender.

—Dado nuestro estado, una buena pelea es lo último que queremos.

—Tú quizás.

—¿Crees que Svarde podría haber cerrado el trato? —preguntó Wax a Eujo, quien había pasado la mayor parte de la marcha en una neblina—. ¿Justo a tiempo para nosotros?

—O eso o ha ocurrido algún otro milagro —balbuceó Eujo, apoyándose más en Wax ahora.

Habían planeado ir directamente a los skars, irrumpiendo en territorio Najahn por la fuerza si era necesario, llegando a las piedras y manteniéndose firmes hasta que

Wax pudiera rehacer el mundo. Una vez que los caminantes de fuego fueran liberados, someter a los Najahn con su fuerza ardiente sería bastante fácil, o eso decía Ami. Pero, dado lo pesadas que tenía las piernas y el estado agotado de Eujo, Wax optó por el plan de respaldo.

La casa segura más cercana de Livier estaba a una buena caminata, pasando el barrio Najahn y adentrándose en la ciudad, un tramo peligroso salvo por un extraño cambio. Los Najahn que custodiaban la torre al final del túnel ni siquiera preguntaron quiénes eran, simplemente hicieron un gesto para que el grupo continuara. Sin embargo, mientras comenzaban su lento descenso por el sendero del acantilado occidental, Wax juró ver a un corredor muy por delante de su grupo, corriendo hacia las fortificaciones Najahn abajo.

—Estarán esperando ahora —dijo Ami—. Dejándonos entrar completamente, atrapados.

—Estás siendo paranoica —respondió Sawi—. Estos son los Najahn. Fassle. Podrían habernos acribillado con flechas tan pronto como nos acercamos a esa torre de guardia. Él no es Gladdring. No juega estos juegos.

—Quiere poder a toda costa. Si nos está dejando llegar tan lejos, es porque cree que de alguna manera le beneficia.

—Tal vez sea así —dijo Wax—. Tal vez todos podamos unirnos en esto.

Esa esperanza vaciló, sin embargo, mientras caminaban a través del arco abierto que conducía al barrio Najahn. El resplandor rojo de Sichi salpicaba la piedra, las linternas y las túnicas púrpuras. Los cuarteles, herrerías y tiendas a lo largo de las calles empedradas estaban cerrados, sus frentes custodiados por soldados en espera, mirando fijamente.

Ami le hizo una pregunta a uno, recibiendo solo una brusca respuesta para que continuaran adelante. Cada otro soldado al que preguntó repitió lo mismo. Una vigilia silenciosa, una que caminaron hasta que los seis entraron en la plaza central del barrio Najahn, la más grande. Annalyse jadeó primero, y la maldición de Ami siguió rápidamente. La sangre yacía salpicada en gruesos charcos a través de las piedras. El aire apestaba a muerte, aunque los cuerpos habían sido retirados. Una horca rota se encontraba en el centro de la plaza, varios de los lazos cortados, las cuerdas retorciéndose en la brisa fría.

De pie sobre esa horca, con las manos entrelazadas y los ojos brillantes, estaba Fassle. Estaba solo, y su rostro estrecho y afilado no expresaba nada de muerte, ira o terror. Tristeza, en cambio. Una mirada diferente a la maquinadora que Wax recordaba, y una que se volvió aún más extraña cuando Fassle se sentó, balanceando sus piernas en el borde de la horca como un niño. Les hizo un gesto para que se acercaran, y con un ejército a su alrededor, ¿qué más podían hacer Wax y los demás?

—Bienvenidos —dijo Fassle, su voz débil. La mano del hombre se deslizó hacia su pecho, descansando allí por un momento como si estuviera recomponiéndose—. Por favor, después de tanta muerte, después de tanta destrucción, ¿podemos tener paz?

40
UNA PRISIÓN POR LA PAZ

Quik reapareció como un fantasma sucio, con sangre y tierra cubriendo los pocos restos de su uniforme de prisionero. Los tatuajes Vis parecían brillar bajo la luz de la cámara de skars, o tal vez era un efecto de la menguante voluntad de Torny. Se desplomó contra una pared mientras Bliss la atendía, envolviendo sus heridas con trozos de tela mientras la propia Vis aún sangraba por el primer disparo de ballesta. Los skars Vis también se arrastraban locamente por la mente de Torny, añadiendo su canción trepidante mientras agotaban primero su poder y luego alcanzaban el suyo propio.

Bliss, sin embargo, había resuelto ese enigma en particular. La Vis había recogido los skars Vis en un montón, cambiándolos a medida que agotaban su poder acumulado antes de que pudieran cavar en los últimos restos de Torny. Cada cambio silenciaba una voz y añadía una nueva, un pequeño impulso al final de la vida.

—Maldita sea, eres ingeniosa, ¿sabes? —murmuró Torny mientras Bliss cambiaba otro puñado de skars.

«Obviamente», respondió Bliss con señas.

Un sonido retumbante llegó desde las escaleras y Quik se tambaleó, apoyando una mano en el estrado mientras dejaba caer los skars Whent de la otra. Las piedras doradas rebotaron, una de ellas quedando sobre la piedra aplastada que bloqueaba las escaleras de subida, las mismas que Quik acababa de tomar.

—Eso debería comprarnos algo de tiempo —dijo Quik, tomando varios skars Vis más del montón de Bliss y aferrándolos con fuerza—. Yarvick y Fassle están muertos.

El hombre suspiró mientras el poder lo bañaba, y Torny casi se rio ante la visión, porque no podía creer sus palabras. Quik debió ver su expresión, porque continuó, describiendo el cuerpo carbonizado de Yarvick y su golpe de voulge en el pecho de Fassle.

—No estabas allí —dijo Torny cuando Quik terminó su descripción, mientras Bliss ayudaba a la bandida a ponerse de pie con piernas temblorosas— cuando Ami contó cómo había matado finalmente a Gladdring. Cabeza separada de los hombros. Nada más está garantizado.

—Si me hubiera quedado para eso, yo también estaría muerto. Kasava aún vive.

«Entonces es hora de irnos», señaló Bliss. «De vuelta al *Storm's Edge*».

—¿Crees que podemos llegar tan lejos? —dijo Torny mientras se tambaleaban hacia las escaleras—. Me encanta tu optimismo, Bliss.

«Svarde despejará el camino».

La idea de que el viejo bárbaro todavía estuviera luchando ahí fuera parecía ridícula. Incluso si esa espada negra y sus skars Noctia permitían a Svarde recibir algunos golpes fuertes y mantenerse en pie, había todo un ejército

Najahn aquí. Lo destrozarían a golpes, literalmente lo enterrarían en saetas de ballesta.

Torny se sentía peor por Kivi, ya que el ferrite probablemente se quedaría con Svarde hasta el final.

Sin embargo, exhausta, al borde de la muerte, Torny no podía discutir con Bliss ni con nadie más. Mantener sus pies en movimiento por esas escaleras de piedra, hacia el pasillo y hasta la entrada de la torre era todo en lo que Torny podía concentrarse. Bliss y Quik tampoco hacían mucho más, aunque este último murmuró una oración a Vis.

Como si ese dios pudiera, o quisiera, hacer algo por ellos.

Una calamidad silenció a los Najahn, o al menos a aquellos que no tenían un voulge para blandir. La torre del Principio Comercial permanecía en casi silencio, salvo por las puertas que se cerraban de golpe y los cerrojos que se echaban. ¿Tenían los de púrpura y negro un plan para la invasión? ¿Se suponía que cada erudito debía encerrarse en la habitación más cercana y esperar el rescate?

La absurda noción de que alguien invadiera Noctia fue reemplazada por la respuesta más obvia mientras el trío arrastraba sus pies ensangrentados por la alfombra hacia la puerta principal. Buscar refugio cuando el desastre golpeaba habría sido un plan contra los demonios, esos terrores que podían irrumpir en la Ciudad Anillada en un mal día.

Irónico, quizás, que los Najahn se hubieran visto obligados a esto después de que Wax hubiera sometido a esos monstruos. Torny sonrió. Su pequeño grupo, causando tanto pánico como algún monstruo gigante.

«¿Listos?», señaló Bliss en la puerta. Solo ella llevaba un arma, una espada Noctia robada a un guardia caído en la sala de skars, como si la corta hoja fuera suficiente para abrirse paso hacia afuera.

—Vamos —gruñó Quik.

Poniendo su hombro sano en el empujón, Bliss apartó la puerta y dejó entrar la luz del mediodía. En lugar de una calle desierta, o una apilada con cadáveres cortados por Svarde, soldados rasos Najahn llenaban el espacio frente a ellos. Ballestas levantadas y apuntando. De pie en medio de ellos, a una distancia prudente de los hombros más cercanos, con su espada aferrada con ambas manos, el carmesí empapando sus hombros, estaba Svarde. A sus pies, magullado y arañado, pero con los ojos brillantes, estaba sentado Kivi.

—No pude hacerlo —retumbó Svarde cuando la puerta se abrió—. Iban a matar a Kivi, y no podía permitirlo.

Bliss se congeló, y Torny sintió a Quik tensarse detrás de ella. El Vis podría haber sacado algunos skars, podría tener alguna idea estúpida en mente, y Torny puso fin a eso dando un paso adelante. Le dolía la cabeza. El último lote de skars Vis de Bliss se había agotado y ahora se alimentaba de Torny a su propio costo.

Pero la bandida podía darle un giro a esto. Una última vez.

—Lo intentamos —anunció Torny a los Najahn—, pero llegamos demasiado tarde. Yarvick mató a Fassle. Sabíamos que lo intentaría, y lo destruimos por ello. Lo siento.

Un ruido, una risa ahogada, húmeda y áspera, hizo que Torny se diera la vuelta. Quik y Bliss también lo hicieron, los tres encontrando a Fassle, tan delgado por su propia fuerza vital como cualquiera de ellos, apoyándose en Kasava. El hombre parecía estar a un suspiro de la muerte, pero esos ojos duros estaban claros, y su voz aún más cuando ordenó que los capturaran a todos.

—No estoy muerto, Svarde —continuó Fassle, mientras los guardias Najahn corrían y agarraban a Bliss, Quik y Torny—. He aprendido que tratar de mataros a todos es más costoso de lo que vale. La maldita Reina Kance ha volado a esta isla, y si quiere paz, si quiere poner fin a todo este derramamiento de sangre, se la daré.

Fassle cerró los ojos por un largo segundo. Los abrió con un lento asentimiento para sí mismo.

—Limpiadlos. Que no mueran más almas hoy. Nuestra ciudad y nuestro pueblo han sufrido bastante.

Torny parpadeó, con los brazos sujetos firmemente por sus nuevos captores Najahn. Que Fassle viviera no era una sorpresa —el hombre siempre parecía sobrevivir—, pero ¿paz? ¿Sin represalias?

Eso no tenía ningún sentido, y ninguna respuesta se abrió paso en la mente cansada de Torny mientras los najahn los conducían a otra torre, a otra celda.

La bandida se quedó dormida antes de tocar la cama.

41
EL NUEVO CAMINO

Que eran prisioneros no era una ilusión, que a Quik y los demás se les proporcionara comida, agua y atención de los médicos najahn era igualmente real. Fassle había despejado un piso en la torre designada, la misma en la que Quik se había alojado durante su estancia inicial en Najahn, y cada uno de los cuatro, junto con Kivi, recibió una habitación. Torny eligió quedarse con Bliss, y por lo demás puso fin a cualquier idea de un plan de fuga al cerrar su puerta.

Svarde no le ofreció a Quik más que un asentimiento con ojos apagados antes de retirarse a su propia habitación con Kivi a cuestas. Lo que pensaba el bárbaro seguía siendo difícil de discernir, pero el casi silencio del hombre desde su rendición ante Fassle decía bastante.

Paz con Kance. Aparentemente el verdadero objetivo de la hermana de Quik, y uno logrado con una sangrienta sorpresa. Lo que eso significaba para Vis y las tropas najahn que ocupaban el hogar de Quik seguía siendo desconocido, una pregunta que Quik podría ofrecer después de un largo descanso, una buena comida y tratar de aceptar que su voulge lanzada no había acabado permanentemente con Fassle.

Dado que el propio Quik había sobrevivido a una puñalada gracias a los skars de Vis, el cazador no debería haberse sorprendido de ver a Fassle de pie allí, pero había sido un lanzamiento duro. Un lanzamiento mortal. La broma de Torny sobre las decapitaciones como único camino seguro hacia la victoria no era graciosa: acercarse lo suficiente a alguien como Fassle para decapitarlo sería casi imposible.

Lo que significaba que los más peligrosos y poderosos de las islas eran también casi invencibles.

Esos inquietantes pensamientos se desarrollaron entre sueños intranquilos hasta que un golpe temprano en la mañana despertó a Quik de su duro catre. Un cambio de ropa limpia, su piel tensa por los vendajes, y una manta de lana de Rana que picaba sumaban todas las posesiones de Quik —Fassle había exigido, y recibido, todos sus skars robados, y los guanteletes de Quik habían desaparecido desde la fiesta mortal de Pavarde— pero el cazador se levantó al oír el golpe sintiéndose mejor de lo que se había sentido desde Mottilan.

Prisionero, sí, pero sin una hoja sostenida contra su cuello.

La pequeña ventana sobre su colchoneta sugería un amanecer nublado y sombrío, un futuro desafiado cuando Quik abrió la puerta para ver a alguien a quien había abrazado demasiado brevemente esperando allí. Alguien que podría haber muerto huyendo de Mottilan, entre los demonios y las traicioneras cavernas en el Oscuro Abajo, quien—

—Genuina sorpresa —murmuró Annalyse, una sonrisa borrando los rasgos de agotamiento en su rostro—. Eso es suficiente maravilla contigo.

—¿Cómo? —preguntó Quik, tragando las palabras,

retrocediendo para darle espacio a Annalyse para que se deslizara dentro.

Llevaba el equipo de una aventurera, aunque Quik notó las vainas vacías en su cintura. Sin artilugios ni hojas ocultas para sacar. No un rescate en medio de la guerra, entonces, sino una unión en las celdas. Un extraño alivio vino con la realización. Quik no tendría que arrastrar su cuerpo maltrecho a otra pelea. Podría, en cambio, hacer preguntas.

Annalyse también dio respuestas, todo mientras se quitaba los accesorios, las gruesas botas, los cueros en capas destinados a mantenerla a salvo de espadas y riesgos de deslizamiento por igual. Agua fresca y simples pasteles llegaron en una pequeña cesta, que ambos devoraron mientras Annalyse intercambiaba las responsabilidades de contar historias con Quik.

Después, cuando Quik pensó primero en salir e ir en busca de su hermano, Annalyse lo detuvo. Dijo que Wax y Eujo probablemente estaban dormidos, que no despertarían por un tiempo. Todos necesitaban descansar. Lo que vendría después podía esperar.

Y cuando Annalyse volvió sus ojos cansados hacia el catre, sugiriendo que volvieran a sus escasas cubiertas y compartieran, solo por un momento, el uno al otro, Quik estuvo feliz de alejar de su mente a Fassle, los skars y el destino de su isla.

Fassle les dio dos días. Dijo que tardaría tanto en controlar a sus Tenets, en recuperar las calles de la lucha anterior. Los Dedos Ágiles de Yarvick estaban siendo cazados por toda la Ciudad Anillada, una tarea brutal que Fassle dirigía personalmente. Cuando Quik y Annalyse salieron de su habitación esa tarde, vestidos con túnicas najahn púrpuras frescas, encontraron a Wax y Eujo aún dormidos. Ami, Svarde, Torny, Bliss y Sawi se habían aventurado con una escolta najahn de vuelta al *Borde de la Tormenta* para recuperar los skars y cumplir con la parte del trato de Kance.

Livier se negó a alejarse de la puerta de Eujo, el hombre parecía dormir de pie, con los ojos abiertos.

Lo que dejó a Quik y Annalyse solos para deambular, excepto que Annalyse tenía un objetivo muy específico. Como si el descanso de la mañana no solo le hubiera devuelto la energía sino también su sentido de sí misma, Annalyse fue directamente a la torre del Tenet de Comercio. Su escolta najahn, dos soldados y un erudito de ojos penetrantes, no la cuestionaron, incluso cuando Annalyse declaró que quería entrar a ver los skars.

—Fassle está de acuerdo con eso, siempre y cuando no toquen ni se lleven las piedras —respondió el erudito—. Añadió que sus cosas han sido dejadas intactas.

—Hombre inteligente —dijo Annalyse, y ante la mirada confusa de Quik, se rió—. Usa uno de mis dispositivos de manera incorrecta y podrías terminar muerto. Gladdring lo sabía. Tal vez se lo dijo a Fassle.

Volver a la cámara de los skars hizo que Quik se estremeciera. Las manchas de sangre habían sido limpiadas de la torre principal, pero descender las escaleras hacia el pasillo custodiado significaba presenciar las piedras manchadas. Gotas de un carmesí profundo. El estado de ánimo animado de Annalyse se apagó cuando las marcas se volvieron demasiado obvias para ignorarlas.

—¿Tuya? —preguntó ella.

—Algo.

La científica mantuvo su ceño fruncido pero no dijo nada más, salvo para extender la mano y tomar la de Quik. Apretó con fuerza. Un gesto extraño —en Vis se preferían los agarres de muñecas y los abrazos estrechos entre compañeros, pero Quik lo aceptaría— que se desvaneció cuando llegaron a la sala circular central del skar. Annalyse ignoró las piedras relucientes de vuelta en sus cajas cerradas, la que había sido destrozada por la caída del cuerpo de Torny ya reemplazada, y se dirigió a un cofre poco llamativo en la parte trasera derecha de la sala. Estaba situado bajo estantes de herramientas y cerca de un banco de trabajo, donde, según explicó Annalyse, excavaba ranuras para sostener skars en armas, armaduras y otros objetos para probar sus habilidades.

Al abrir el cofre, Annalyse rebuscó mientras Quik, frotándose los brazos, observaba los skars. Sin la presencia de la muerte y la prisa de la batalla, las piedras brillaban bajo una luz diferente. Hermosas, pero también ordinarias. Como cualquier otra gema o metal brillante.

—Aquí está —dijo Annalyse, sacando un tubo curvo con incrustaciones a lo largo del cañón y una boquilla en un extremo—. Este iba a ser el próximo proyecto. —Lo miró fijamente por un largo momento, luego echó un vistazo al erudito que observaba y a los dos guardias—. ¿Les importa si me lo quedo?

—¿Qué es eso? —preguntó el erudito—. No podemos dejar que te lleves ningún arma.

Annalyse apuntó el objeto hacia el techo de la sala y apretó un gatillo que hacía clic cerca de su mano. No pasó nada.

—Es inútil sin los skars —dijo Annalyse—. ¿Ven? Es solo mi favorito del montón.

El erudito se encogió de hombros.

—Quédatelo, entonces, pero le diré a Fassle lo que te has llevado.

—Estoy segura de que no le importará.

Annalyse se volvió hacia las escaleras que descendían, unas que habían sido enterradas y reabiertas con el trabajo del skar Whent.

—¿Podemos visitar la playa?

Quik parpadeó. ¿La playa? ¿La gruta? Le había contado a Annalyse lo que había sucedido allí abajo. ¿Quería ver el cuerpo de Yarvick?

El erudito y los guardias, que o bien no lo sabían o no les importaba, no pusieron objeciones. Todos deambularon hacia abajo, con Annalyse liderando el camino hacia sus antiguos campos de pruebas. El sol de la tarde y el aire salado impregnaban las cuevas, haciendo que toda la excursión se sintiera mucho más relajada de lo que Quik pensó que sería.

Tal vez esto era solo un paseo para ver el océano.

Sus vigilantes se mantuvieron a una buena distancia detrás de Annalyse y Quik, continuando dándoles espacio a la pareja. Fassle parecía estar en una misión para reconstruir la buena voluntad, aunque ni Annalyse ni Quik sospechaban que ese seguiría siendo el caso. Quik había escuchado a Fassle declarar a Yarvick la debilitada posición de Noctia, dejando claros los riesgos que los Najahn correrían al dejar libres a las otras islas.

Que Fassle cambiara de opinión después de un encuentro cercano a la muerte parecía demasiado conveniente.

Annalyse se acercó a la playa marcada donde había tenido lugar la batalla con pasos vacilantes. Quik interpretó sus lentos pasos al principio como la marca de alguien sorprendido por la devastación del skar, los parches vidriosos de arena quemada, las rocas destrozadas, las manchas de sangre aún no lavadas por las olas.

Como con la mayoría de sus primeras impresiones, esto fue un error.

—Quédate cerca —dijo Annalyse, con voz susurrante. El dispositivo tubular que había tomado del cofre descansaba en un bolsillo de su túnica, golpeando contra el muslo de Quik mientras se acercaba—. Voy a caerme en un minuto.

—¿Qué?

—Cuando lo haga, inclínate para ayudarme a levantarme y dame cobertura.

Una versión anterior y más joven de Quik podría haber seguido haciendo preguntas. Esta sabía que debía mantener la boca cerrada y hacer lo que Annalyse pedía. La caída llegó de repente, un descenso sobre una rodilla en la arena. Annalyse añadió una maldición, y Quik miró hacia abajo, tratando de fingir preocupación.

Y vio justo donde había caído Annalyse.

Un hoyo ennegrecido yacía a sus pies, huesos chamuscados medio cubiertos de arena. Las pocas cenizas que aún no habían sido arrastradas por la brisa se estremecieron. Las moscas se alejaron zumbando ante el movimiento repentino, pero los insectos más lentos no lograron escapar, en su lugar continuaron masticando un cadáver que Fassle había olvidado o dejado atrás.

El cráneo de Yarvick, quemado casi por completo, yacía cerca de los pies de Quik. Los granos de arena enterraban al señor bandido, pero Annalyse metió su mano derecha en la boca abierta del cráneo, escarbando. Escarbando en busca de algo que Quik entendió cuando su mano salió con varios dientes viejos y una piedra negra.

—No todos —susurró Annalyse, deslizando el skar en su bolsillo—. Se llevaron sus dientes delanteros, pero no vieron los de atrás.

—¿Cómo lo sabías?

—Gladdring me lo dijo. Yarvick vivió a través de estos skars. Seis implantados a medida que se le caían los dientes. Tenía esperanzas.

Antes de que Quik pudiera hacer otra pregunta, unos pasos que se acercaban los silenciaron a ambos. El erudito, preguntando ahora si necesitaban ayuda.

—No —dijo Annalyse, poniéndose de pie y lanzando una sonrisa temblorosa al erudito—. Simplemente no esperaba esto.

El erudito, mirando el cuerpo de Yarvick, frunció el ceño.

—Todos los traidores deberían ser alimento para los insectos y nada más. —El hombre se animó, miró de nuevo hacia el barrio Najahn sobre ellos, extendiéndose sobre los acantilados rocosos—. Hablando de comida, se acerca la hora de la cena, y a Fassle le gustaría que todos compartieran su mesa esta noche.

42

CENA EN EL FIN DEL MUNDO

Cómo despiertas en los brazos de un hombre al que estás empezando a amar —sí, amar, Eujo ya no se mentiría a sí misma sobre eso— mientras estás en la casa de tu mayor enemigo?

Eujo sopesaba esa pregunta en la borrosa noche, acostada apretujada con un Wax aún dormido en la pequeña habitación que les había concedido el siempre generoso y maquinador Fassle. Cuando Ami y Wax aceptaron la oferta del hombre, con Fassle sentado allí en la horca, Eujo apenas podía caminar. Crear el túnel la había agotado durante casi dos días y su punzante dolor de cabeza significaba que el sufrimiento aún no había terminado.

Normalmente, el skar de Vis en su brazalete habría ahuyentado esa irritación, pero su ausencia marcaba la segunda razón por la que Eujo yacía en el catre mirando al techo con hirviente confusión. Sus skars habían desaparecido. Los de Wax también. Despojados y guardados en una caja cerrada, según afirmaba Fassle, un precio para mantener la paz. Cuando Eujo y Wax abordaran su barco y regresaran a Kance, podrían recuperar los skars.

Lo que no se había dicho, lo que Eujo planeaba hacer, era tomar las malditas piedras cuando tuviera la oportunidad. Wax necesitaría las suyas si quería salvar a los demonios, y el resto de los skars de Noctia además.

¿Aceptaría el alto el fuego de Fassle ese tipo de giro?

Eujo no apostaba por ello.

Su ensoñación no duró mucho más, con un golpe en la puerta, una rendija que dejó entrar túnicas frescas en la habitación junto con agua y galletas. El Najahn que entregaba los bienes les dio quince minutos para prepararse antes de que comenzara la cena de Fassle.

—¿Fassle puede pedir, pero yo no puedo negarme? —gritó Eujo en respuesta, pero su voz no estaba a la altura de la tarea, flaqueando sin obtener respuesta.

—¿De qué estás hablando? —preguntó Wax, moviéndose, despertando.

Eujo tomó su delgada almohada y le dio un ligero golpe al Vis.

—Levántate, Wax. Tienes que hacer gala de tu labia.

El Barrio Najahn no parecía amable con la Reina de Kance, con ojos suspicaces observando a Eujo y su grupo mientras, todos vestidos con túnicas Najahn de color púrpura oscuro, caminaban por los adoquines detrás de un guía y varios guardias. Solo Svarde aún portaba su espada, una concesión permitida al atar las manos del hombre a la espada con un agarre que forzaba la punta del arma hacia abajo. La espada también había sido embotada, con una vaina atada alrededor de su reluciente filo negro. Todos los demás caminaban con las manos libres, sus estados de ánimo una mezcla de curiosidad y, Eujo casi se rio, esperanza.

Sawi y Ami llevaban bolsas llenas de los skars devueltos de Kance, un regalo para Fassle que le molestaba a Eujo. Se había enterado del desesperado ataque a las cámaras de skars, del trato de Torny con Yarvick que había salido tan terriblemente mal como para dejar muerto al señor bandido. Mucho más allá de lo que Eujo había querido que hicieran sus improvisados diplomáticos, pero tal vez esa era una lección de gobierno: no envíes a un bárbaro, un bandido y un cazador de Vis a hacer un trato.

—No pongas esa cara tan agria, mi Reina —dijo Livier, el asesino manteniéndose más cerca de su lado que Wax—. Hoy estamos salvando vidas. Siempre es una razón para sonreír.

—Viniendo de ti, Livier, me cuesta tomármelo en serio.

—Oh, siempre creí que mi trabajo salvaba muchas más vidas de las que quitaba.

Eujo se rio, un sonido que se elevó por encima de los murmullos del resto del grupo.

—Algún día tendrás que enseñarme cómo llegaste a esa perspectiva. Podría usarla ahora mismo.

—Sería mi absoluto placer.

Fuera cual fuera su reputación, las escoltas Najahn mantuvieron a Eujo y sus amigos a salvo. El sangriento recorrido de Svarde por el barrio dos días antes debía haber dejado a muchos deseando una venganza más dura por amigos o compañeros, pero ni un alma intentó un asesinato o una confrontación. Eujo podría haber merecido lo mismo, ya que sabía que muchos soldados Najahn ahora yacían pudriéndose en el fondo del océano después de luchar con barcos de Kance. Sin embargo, caminaron, sin ser molestados, directamente hacia la torre central del Círculo. Los eruditos que esperaban aceptaron las bolsas de skars, desapareciendo con las piedras sin decir otra palabra.

Nadie protestó, porque ¿qué podían hacer?

Su camino no los llevó a las cámaras de audiencia del

Círculo, sino que subieron un solo tramo de escaleras en espiral cubiertas con una alfombra color borgoña hasta un gran comedor. La mesa de madera de cerezo en el centro de la sala era redonda, con lugares dispuestos para Eujo y sus compañeros, así como para Fassle, el líder de la Tercera Mano y varios otros Principios. Guardias Najahn se apostaban cerca de las puertas, y un hueco en el techo puntiagudo de la sala sugería un arquero espiando con una ballesta cargada.

Fassle ya estaba sentado, al igual que sus invitados Najahn, y el hombre ni siquiera se molestó en ponerse de pie cuando Eujo y los demás entraron. Hizo un gesto hacia las sillas, indicándoles que por favor eligieran sus propios asientos. Vino Tamas y agua fresca de Rana estaban disponibles y se sirvieron rápidamente en copas de piedra en sus asientos, sin que nadie tuviera que pedir, pudiendo elegir lo que querían.

Eujo observó a Wax acomodarse en su silla, sentarse erguido y tomar el primer sorbo de vino de la manera correcta. Ella le había enseñado bien, y el Vis lo recordaba. Una pequeña victoria en este extraño día.

—La comida llegará a su debido tiempo —dijo Fassle cuando todos se hubieron acomodado—. Antes de que lo haga, preferiría que nos ocupáramos de los detalles. —Se volvió hacia Eujo, que estaba sentada entre Wax y Livier—. Acepto el trato que propones. Los skars han sido devueltos, y Kance será dejada a su propio gobierno. Después de la cena de esta noche, enviaré la orden y nuestra armada se retirará.

—¿Y Vis? —preguntó Wax en el espacio—. ¿Qué hay de nuestra isla?

—El tratado es con Kance —respondió Fassle—. Pero preferiría que los problemáticos Lira de Vis renuncien a su interminable acoso. ¿Puedes convencerlos de que dejen a un lado sus lanzas?

—Nunca… —comenzó Wax, pero Eujo lo interrumpió.

Fassle había abierto una oportunidad y ella no podía dejar que Wax la echara a perder.

—Podemos —dijo Eujo—. Pero necesitamos un favor, y tú tienes que cumplir una promesa.

Bliss hacía señas furiosamente a su hermano, pero Eujo lo ignoró. Vis y su ocupación podrían renegociarse más tarde. Los skars y los demonios eran lo primero, por razones que iban más allá de esos monstruos y su necesidad de hogares.

Fassle le cedió la palabra a Eujo, retirándose a su vino y esperando a que ella continuara.

—Le dijiste a Ami y a Svarde que le concederías un hogar a los caminantes de fuego —comenzó Eujo—, pero puede que no sean los únicos demonios entre los mundos que los dioses dejaron atrás que necesiten un lugar para vivir, un rescate de un desastre que no fue obra suya.

Las palabras se alinearon con el tono practicado de una Reina, medido y avanzando de un punto al siguiente. Eujo relató, en términos más rápidos, cómo Wax cerró las puertas, cómo los caminantes de fuego señalaron una innovación que no podía perderse, y cómo condenar a tantas criaturas a la muerte era cruel e irresponsable. Con sus amigos observando, Eujo apilaba los bloques racionales tan alto que, cuando llegó el momento de hacer la petición, todo el peso se desplomó sobre Fassle y sus Tenets y Adeptos.

—Todo lo que necesitamos es una oportunidad, con los skars que has reunido, para traer a los demonios a un hogar propio —dijo Eujo, ramificándose hacia el plan que habían discutido alrededor de las fogatas en Noctia y con vino en

Kance—. Wax puede darles una nueva isla, una aparte de las nuestras. Lo suficientemente grande para mantener contenidos a aquellos demonios que no pueden razonar, y para aquellos que pueden, espacio para hacer un hogar.

—¿Comandaría el poder de un dios? —preguntó uno de los Tenets—. ¿Y si comete un error? Nadie ha hecho esto antes. Podría enterrar Noctia, o cualquier isla.

—No sucederá —contrarrestó Wax—. Yo controlo los skars, no al revés.

—Arrogancia —afirmó un Adepto—. Esto es ridículo. Arriesgar todo por el bien de algunos demonios.

Los argumentos estallaron en réplicas y contrarréplicas, principalmente entre Wax y los lugartenientes de Fassle. El propio Fassle se mantuvo en silencio, escuchando con una leve sonrisa y cruzando la mirada con Eujo, como diciendo, esto es con lo que nosotros los gobernantes debemos lidiar. En esto, al menos, Eujo tenía que estar de acuerdo con el líder de Najahn. A los consejeros les encantaba escucharse hablar, necesitaban hacer argumentos incluso especiosos solo para hacer oír sus voces.

Y la única manera de terminarlo era—

El golpe cortó las palabras, y el chirrido de la silla sobre la piedra atrajo las miradas de la mesa como una sola hacia Ami, ahora de pie sobre ellos. Su máscara dorada brillaba cálida a la luz de la linterna, pero su ceño fruncido no prometía nada tan cómodo.

—Eujo hizo una petición. Yo haré una promesa —dijo Ami—. O le dan a Wax una oportunidad con esos skars, o pasaré cada minuto de mi larga, larga vida reuniendo demonios, luchadores y cada arma que pueda reunir y lanzándola contra sus túnicas púrpuras. No tendrán paz. Perderán a sus seres queridos cada día, igual que yo. —Ami dirigió su mirada fulminante a Fassle—. Haremos esto mañana.

Una demostración de poder, y una que Eujo habría esperado que Fassle convirtiera en una discusión a gritos, un enfrentamiento de voluntades allí mismo alrededor de la mesa. En su lugar, Fassle agitó su copa de vino, se encogió de hombros y accedió.

—Como gustes, Ami. Wax —dijo Fassle—, espero con ansias ver tu milagro. Por el bien de todos nosotros, espero que funcione como pretendes.

43
PLANES CAMBIADOS

Si se lo preguntaran, Wax estaría encantado de exponer las numerosas diferencias entre la cocina real de Kance y la de Noctia. La isla del viento prefería sus alimentos más cercanos a los de Vis, con frutas y panes ligeros. Abundantes verduras de hoja verde y carnes finas. Noctia tomaba prestado más de Whent y Foti, con comidas más contundentes repletas de salsas espesas, vinos y pastas en capas. La mesa de Fassle no era diferente, y Wax se tomó su tiempo para disfrutar de los glotones filetes de salmón y los fideos con queso mientras Eujo y Fassle negociaban sus posiciones y acordaban sus fronteras marítimas.

El Vis no era el único desinteresado en la conversación. Los diversos lugartenientes de Fassle parecían absortos, varios anotando en tablillas de cera cada pequeña línea acordada por el par, pero, aparte de Livier, todos los demás que Wax conocía en la mesa susurraban a los oídos vecinos o picoteaban su comida. Estar sentado junto a Eujo ponía a Wax en una posición terrible, queriendo fingir algo de atención por el bien de Eujo, pero vamos, ¿realmente se suponía que debía preocuparse por los derechos comerciales de Kance y Noctia?

Bliss le dio una salida. Su hermana, a varios asientos de distancia, captó la mirada de Wax y le lanzó una sutil señal preguntando si necesitaba ayuda. Eso provocó que la pareja iniciara un intercambio, todo llevado a cabo entre bocados, a través de educados asentimientos, y durante el resto de la comida.

Una vez más, Wax se vio obligado a reconocer en quién se había convertido su hermana en los meses desde que comenzó su aventura. Había esquivado la muerte tantas veces como Wax, pero seguía lanzándose de vuelta a ella, incluso sin la presión fatídica de algo como la Renovación. Insistía en que nunca creyó que Wax hubiera muerto, y que habría ido tras él, pero Bliss no sabía navegar, y mucho menos tenía un barco propio para perseguir a los Noctia que se habían llevado a Wax del *Filo de la Tormenta* no hace mucho tiempo.

Wax no guardaba ningún rencor. Eujo había sobrevivido, Kance había luchado hasta llegar a un punto muerto, y él había aprendido a usar las cicatrices de la propia Égida. No era un mal trato.

El Vis continuó contando su historia del cierre de la puerta a Bliss cuando regresaron, con una escolta Najahn, a su torre. Fassle había declarado, por fin, terminada la cena, y señaló también que, después del desayuno del día siguiente, a Wax se le permitiría intentar su técnica destructora del mundo con las cicatrices. Hasta entonces, se les animaba a tener una noche tranquila.

Todos encerrados dentro de su torre, por supuesto.

Su piso, como la mayoría, tenía un vestíbulo circular de desembarco, con las escaleras subiendo y, en el lado opuesto, continuando hacia el siguiente nivel. Dos mesas y suficientes sillas robustas de madera para albergar a la mayoría del grupo ocupaban el espacio iluminado por linternas, junto con retratos de Najahn que Wax ni conocía ni le interesaba conocer.

Wax y Bliss ocupaban una de esas mesas cuando Ami y Svarde —la espada negra sobre el hombro izquierdo del bárbaro— regresaron de la entrada de la torre cargando un barril de cerveza entre los dos. Kivi les seguía, resoplando con evidente emoción.

—¿Ella bebe cerveza? —preguntó Wax mientras la pareja colocaba el barril entre las mesas.

Ami desapareció de nuevo escaleras abajo para recoger jarras mientras Svarde tomaba asiento, clavando la espada en las piedras a sus pies.

—Kivi puede nadar en lava —respondió Svarde—. La cerveza no es nada para ella.

«¿Pero no pensé que ya no bebías?», signó Bliss, con el ceño fruncido.

—Ellos no lo saben.

Wax frunció el ceño.

—¿Quiénes? ¿Los Najahn?

Las jarras tintinearon mientras Ami subía las escaleras. Svarde le guiñó un ojo a Wax con picardía, un gesto aterrador viniendo de alguien que llevaba tantas heridas de batalla como el bárbaro. De todas las sorpresas, volver a ver a Svarde había sido lo que más había desconcertado a Wax. El ermitaño musculoso de la jungla había sido reemplazado por una roca gris ceniza que insistía en que hace mucho tiempo habría muerto de no ser por la espada que llevaba. Svarde ya no refunfuñaba sobre la Égida o los sueños de aventura, sino que se sentaba en silencio y vigilante. Nada de cerveza, y si Wax recordaba bien, el hombre tampoco había tocado la comida en la cena.

Eujo prometió contarle más tarde lo que había sucedido, y Wax se aseguraría de que cumpliera su palabra.

La Reina emergió con los demás, ocupando los asientos en las mesas mientras Ami llenaba las jarras. Le entregó una a cada uno, excepto a Svarde y a Wax. Cuando el Vis miró las otras jarras, tratando de insinuar lo obvio, Ami negó con la cabeza.

—Un brindis —anunció la guardiana—. ¡Por la Reina de Kance, por terminar una guerra! —Levantó su jarra—. Y, por supuesto, ¡por Quik por comenzarla!

El cazador Vis se sonrojó, murmurando que había sido Gladdring quien había cometido las fechorías, no él, pero los demás solo se rieron. Annalyse, de pie junto a Quik con una mano en el hombro del cazador sentado, no hizo ni lo uno ni lo otro. Tampoco tomó más que un sorbo de su jarra. Mientras Sawi, que se había acercado a la mesa de Wax, y Bliss se burlaban de Quik con señas, la científica permaneció seria.

¿Qué estaba pasando?

Wax intentó captar la mirada de Eujo, pero la Reina estaba absorta, bebiendo su propia cerveza con Livier. El asesino estaba repasando algún detalle de la cena, bebiendo ligeramente. Aun así, Wax comenzó a separar a los que tenían interés en el juego de Ami, reduciéndolo a los dos viejos Guardianes y Annalyse. Todos los demás se lanzaron a las bebidas, con la promesa de una noche de descanso sin una espada en la espalda o algo peor.

Svarde se movió a un lado, dando espacio a Ami para que se pusiera de pie, y luego se inclinó cerca del oído de Wax.

—No estás bebiendo, Wax, porque esta noche tendrás

tu oportunidad con las cicatrices. Ni se te ocurra hacer algo estúpido como reaccionar. Fassle probablemente tiene ojos y oídos sobre nosotros ahora mismo.

En su lugar, Wax frunció el ceño y negó con la cabeza.

—No me siento mal. Dame una cerveza, Ami.

La Guardiana se apartó y entrecerró los ojos, pero cuando Wax repitió la petición, comprendió. Quizás pensaban que Wax, sin una cicatriz de Vis, era un borracho fácil, pero él podía fingir beber con los mejores. Y si Fassle estaba vigilando esta fiesta improvisada, que Wax no bebiera sería una señal clara de que algo andaba mal.

Ami le dio una jarra de la bebida dorada, hizo un gesto hacia Svarde, y Wax acercó su silla al bárbaro de pizarra.

—Fassle nunca es alguien en quien confiar —murmuró Svarde mientras Ami comenzaba otra historia ruidosa y animada, esta vez sobre el fin de Gladdring y su propio papel glorioso en ello—. Quik nos informó que Fassle piensa que los Najahn deben conquistar el mundo ahora, mientras está débil, antes de que las islas se den cuenta de que no necesitan sus voulgues sin los demonios.

—¿Pero yo estaría devolviendo los demonios?

—Incluso si cree que tendrás éxito, Fassle tiene un orden mundial que conoce ahora, uno que él gobierna. ¿Por qué arriesgarlo?

—Entonces crees que él... —Wax se interrumpió, bebió otro sorbo, forzó una sonrisa en su rostro mientras Ami detallaba cómo Svarde había despachado al único soldado de Gladdring— ¿me matará?

—Al menos estará preparado para hacerlo. Así que nos iremos esta noche.

—¿Como, ahora? ¿Cómo?

Svarde dejó que una sonrisa se extendiera por sus fríos

labios azules, la piel agrietada dividida por demasiados cortes pequeños que nunca sanarían.

—Los ferritas son criaturas hambrientas, Wax. Llamaré a tu puerta más tarde. Estate listo. —Svarde puso una mano en el hombro del Vis—. Ami hizo una promesa a esos caminantes del fuego, y si hay algo que sé sobre ella, es que cumple su maldita palabra.

44
ESCAPADAS IMPROVISADAS

Con la lucha, la recuperación, los reencuentros y las exigencias de la cena, la primera confrontación de Torny con la nueva realidad llegó con la cerveza que Ami le entregó. El sabor maltoso de la bebida abrió una puerta a noches similares en Noctia, en las cuevas de los Dedos Ágiles cerca del mar del sur, donde en horas más cercanas al amanecer que a la oscuridad, los ladrones se escabullían de vuelta y alardeaban de sus botines sobre bebidas. Otra noche aún con vida y con logros que exhibir.

Aquellos habían sido los mejores tiempos, y a menudo con Yarvick observando, pálido y distante a pesar de estar alrededor de las mismas pocas fogatas que el resto. Aun así, el señor bandido, siempre presente y sin envejecer, se sentía como una manta de seguridad. Los Najahn no vendrían tras ellos mientras Yarvick estuviera cerca, decían los rumores.

Fassle y los demás estaban demasiado asustados.

Sin embargo, sin Yarvick, los Dedos Ágiles estaban condenados.

Fassle lo había dicho así en la cena, durante un descanso en su ir y venir diplomático. Hablando principalmente con Livier y Ami, Fassle había relatado la caída de Yarvick. Que el señor bandido hubiera sido responsable de masacrar a tantos oficiales Najahn era obvio, que Yarvick aún aceptara una convocatoria al día siguiente y llegara paseando, confiado y sereno, era demasiado para soportar.

Los soldados Najahn y los asesinos de la Tercera Mano habían estado listos, pero lo que Yarvick realmente subestimó, según Fassle, fueron las mismas skars que el hombre usaba para mantenerse con vida. Fassle usó las piedras para sellar los pies de Yarvick al suelo, para aturdir su mente. Atarle las manos y llevarlo a la cámara de skars para un trabajo dental de robo de piedras había sido el siguiente paso, uno tan bruscamente interrumpido por Torny, Quik y Bliss.

La muerte final de Yarvick llegó de manera similar, subestimando la capacidad de una skar Foti para convertir casi cualquier cosa en cenizas.

—Sabía cómo contrarrestar cada arma, excepto las más antiguas de las islas —había dicho Fassle, riendo con su carcajada seca—. Le sacamos los dientes después, por supuesto, y mi Tercera Mano está dando un merecido fin a los Dedos Ágiles mientras comemos. Noctia, por fin, se librará de esos ladrones.

Eujo había interrumpido entonces con algo sobre los mercaderes de Kance recuperando parte de su mercancía robada, y la conversación volvió a su núcleo, dejando a Torny con el estómago retorcido hasta ese mismo momento.

Mantén la cámara de skars, y yo me encargaré de Fassle.

Eso es lo que Yarvick había dicho, lo que Torny había estado tratando de hacer después de salvar a Quik de una muerte prematura, y ella había... tenido éxito, pero sin Yarvick. No hubo emboscada de los Dedos Ágiles, ni levantamiento. Ahora todos morirían o huirían, y ella se quedaría aquí, una ladrona que había escapado de la red.

¿El hijo de Yarvick en Whent lo sabría alguna vez realmente?

—Estás perdida esta noche —señaló Bliss, acercándose desde la mesa con su hermano, el asiento del Vis ahora ocupado por Ami. Esos dos, y Svarde, tenían las cabezas hundidas en conversación sobre sus jarras, pero Torny no podía animarse a intentar escuchar a escondidas—. ¿Tampoco hablaste mucho en la cena?

—Solo estaba pensando —dijo Torny, girando su jarra lentamente, solo por hacer algo con sus manos.

—¿Sobre qué?

—Nunca has perdido a un padre, ¿verdad?

Bliss negó con la cabeza.

—He perdido a tres ahora, y ninguno de ellos ha sido perfecto, pero eran míos.

—¿Estás triste?

—No estoy segura todavía. —Le lanzó una media sonrisa a Bliss—. Yarvick no era un héroe, pero acogió a muchas de las personas más necesitadas de esta isla, les dio una oportunidad cuando nadie más lo hizo. No creo que Fassle vaya a dar un paso adelante. —Torny volvió a remover su jarra—. Mucha gente está muriendo esta noche, Bliss. Gente que conocía. Gente con la que compartí un trabajo hace solo un par de noches. Eso va a crear un vacío.

Torny no había planeado el discurso, pero fluyó de todos modos, un camino abriéndose mientras Torny encontraba lo que necesitaba decir.

—Voy a pedirle a Fassle que me deje ocupar el lugar de Yarvick. —Ante la mirada de Bliss, la sonrisa de Torny se ensanchó—. No como ladrona, obviamente. Me refiero a cuidar de todos los que la ciudad está dejando atrás. Tratar de darles un camino a seguir. Como lo que tú y tus hermanos hicieron por mí, allá en Foti.

—¿Qué significa eso exactamente?

Decidida con una idea, Torny la desarrolló, las ideas llegando mientras comenzaba a responder la pregunta de Bliss, un intercambio que atravesó una jarra de cerveza y entró en la segunda antes de que una sombra cayera sobre su mesa.

Ami, ya no llevaba la amplia sonrisa de vencedora ni la alegría de celebración.

—La última —dijo Ami mientras Torny guardaba silencio y Bliss dejaba de hacer señas con las manos—. Tengo un trabajo para ti, y necesita hacerse ahora.

Su torre prisión tenía cerca de una docena de pisos y Fassle había colocado al grupo de Kance en el medio. Dos puertas cerraban las escaleras, ascendentes y descendentes, abriéndose aquí y allá cuando los guardias y mensajeros Najahn necesitaban entregar comida, agua u otros suministros al piso elegido. Mientras Ami terminaba la improvisada fiesta, entregando mensajes susurrados a las diversas personas por turnos, el círculo central se despejó.

Excepto por Torny, quien había hecho un desvío rápido a su habitación compartida con Bliss para cambiarse a una túnica Najahn más cálida, una con suficientes bolsillos. Lo que Ami había pedido no sería fácil, y Torny podría haberlo rechazado de plano, excepto que había visto la mirada de Wax, y la decisión ya tomada por ese tonto.

Torny no había podido salvar a Yarvick, un hombre al que no le debía nada, pero sin duda lo haría mejor por Wax.

Así que se paró frente a la puerta que conducía hacia arriba, examinando la cerradura y el picaporte. Un trabajo sencillo y rígido, que las herramientas habituales de Torny, ahora en el *Filo de la Tormenta*, podrían abrir sin mucho esfuerzo. Como carecía de ellas, Torny tendría que recurrir a métodos más rudimentarios.

El barril de cerveza que Ami había requisado venía con aros metálicos en la parte superior e inferior, y Svarde había usado su hoja negra para hacer un corte sutil y liberar un pequeño trozo. Ese trozo descansaba en las manos de Torny, que había envuelto con pedazos de tela rasgada para evitar que el corte irregular la lastimara. Torny lo metió en la cerradura, cubriendo el ojo de la cerradura con su cuerpo, y comenzó a manipularlo.

Un giro aquí, un empujón allá, y Torny rompió pedazos, moldeando su improvisada ganzúa en una llave lo suficientemente buena. Una cerradura mejor fabricada podría haber resistido sus esfuerzos brutales, pero los Najahn trataban sus torres más lujosas como en cualquier otro lugar: lo suficientemente buenas para detener a un transeúnte y poco más. Torny sintió el temblor cuando el aro enganchó el pestillo simple, y presionó su extremo, sacando la cerradura de su lugar con un clic.

La bandida retrocedió y abrió la puerta de par en par. El siguiente nivel estaba tenuemente iluminado, con algunas linternas encendidas que daban pistas sobre su estado: demasiado oscuro para prisioneros comunes, demasiado derrochador para un nivel vacío. Torny asintió a la nada. Primer paso, hecho. Ahora venía el más peligroso segundo paso. Se deslizó por la puerta, cerrándola tras de sí, dejando la cerradura sin girar.

Moviendo sus pies descalzos, Torny llegó al centro del siguiente nivel, encontrándolo muy similar al suyo, salvo por algunos detalles reveladores. Las mesas tenían platos y vasos, con algunas migajas de una cena devorada hacía tiempo y dejada para limpiar más tarde, pero demasiado reciente para atraer moscas o echarse a perder. También había varias alforjas apoyadas contra la pared.

Ami había sugerido que Fassle pondría espías sobre ellos, y el lugar más conveniente para vigilar a un grupo como el suyo sería desde arriba. Ni una sola alma había descendido de la torre durante la fiesta con cerveza, lo que significaba que cualquier oyente aún estaría aquí arriba.

Y Torny los encontraría.

Cada nivel tenía un anillo que rodeaba el centro, con un único pasillo que conducía a las celdas. Una manera fácil de prevenir puñaladas por la espalda en caso de un escape, y una que facilitaba el trabajo de Torny. Caminó silenciosamente por las piedras, esperando que Wax, Sawi y Eujo estuvieran cumpliendo con su parte del trato.

Una pelea de amantes, un cebo jugoso para cualquiera.

La voz de Wax se filtraba a través de los delgados suelos cuando Torny llegó al anillo exterior, viniendo desde su izquierda. Cambiando la ganzúa a su mano derecha, Torny se dirigió a la primera celda. Esta estaría conectada directamente con la de Wax abajo por las letrinas comunes que corrían por la torre y eventualmente salían al mar. Una oportunidad conveniente para escuchar si alguien quería arriesgarse a que su espionaje fuera arruinado por una sorpresa desagradable.

Los espías de Fassle, los tres, aparentemente asumieron que el riesgo de que un prisionero más arriba en la torre usara el mismo conducto valía la pena para captar el drama. Torny, al escuchar las frenéticas excusas de Wax a Eujo sobre cómo nunca amaría a nadie como a ella de nuevo, tuvo que estar de acuerdo con los espías. El Vis, entrenado por Tamas, estaba dando un buen espectáculo, y los tres tacaños espías de la Tercera Mano que Torny vio estaban pegados a las palabras.

Retrocediendo hacia el anillo, Torny alcanzó sobre su cabeza y levantó la linterna colgante de su gancho. La luz anaranjada bailó sobre las piedras, provocando un ruido confuso desde la celda. Los espías se estarían girando al unísono ahora, preguntándose.

Bien.

Girando alrededor de la esquina, Torny lanzó la linterna y su aceite ardiente contra el trío de espías, los tres con sus caras curiosas justo en su línea de tiro. El globo ardiente golpeó al primero, esparciendo chispas abrasadoras sobre los otros dos. El vidrio siguió, y en medio de sus maldiciones y gritos, Torny los persiguió.

La ganzúa no era un arma ideal, pero el metal afilado y roto servía perfectamente contra objetivos confundidos. Torny evitó al primer espía, el devastado por el impacto inicial de la linterna, apuntando su empuje inicial al de la izquierda, que había logrado sacar una daga mientras se frotaba la cara quemada.

Esa daga no tuvo oportunidad de atacar, Torny encontrando el brazo descendente con una estocada directa con su ganzúa. El bandido recibió la ganzúa con fuerza, Torny sintió un rocío cálido, y no se molestó en intentar sacar la ganzúa. En su lugar, alcanzó la mano con la daga del espía, agarrando la muñeca del hombre muerto y balanceándola a través de su estómago. La daga rozó su propia túnica antes de hundirse en el espía del medio, el que más se tambaleaba por el impacto de la linterna.

La daga de la Tercera Mano se hundió profundamente, dejando a Torny frente a un solo enemigo, uno con dos dagas desenvainadas y sangrando, pero claramente viniendo hacia ella. El hombre delgado se movió, cortando la escapatoria de Torny de la celda de vuelta al pasillo circular.

No exactamente como Torny lo había planeado.

—Estaba decepcionado —gruñó el espía— cuando no fui elegido para cortar algunos cuellos de Dedos Ágiles. Parece que conseguiré mi deseo después de todo.

Detrás del espía, una nueva sombra se cernía, dando a Torny una ardiente esperanza, y desconcertó al Najahn con una sonrisa dentuda.

—Tal vez quieras pedir otro.

45
EL ARMA DE DIOS

El cazador observó a Torny desaparecer escaleras arriba. Enviar al bandido solo contra quién sabe cuántos espías parecía arriesgado, pero dado su número y las posibilidades de que cualquier error en una misión sigilosa pudiera hacer que los espías dieran una alarma prematura, bueno, Quik no discutió.

Un tinte de culpa le recordó sus primeros encuentros con Torny, sus constantes discusiones sobre lo que estaba bien, mal y quién necesitaba cuchillos en la espalda. El bandido nunca sería la persona favorita de Quik —cualquiera que fuera tan despreocupado con el robo como medio de supervivencia tenía un límite en su aprobación—, pero Torny le había salvado la vida en Noctia y se había ganado su confianza.

También lo había hecho la persona que bajaba las escaleras ahora, dirigiéndose al nivel inferior de la torre. Annalyse, vestida con túnicas najahn como todos ellos, golpeó con fuerza la puerta que daba hacia abajo. Mientras llamaba, Quik se colocó en el centro del piso, posicionándose detrás de Annalyse. Se apartó de la vista cuando la puerta se abrió y un guardia najahn curioso le preguntó a Annalyse qué necesitaba tan tarde en la noche.

—Traidores —dijo Annalyse—. Están planeando traicionar a Fassle.

Para hacer que un najahn se apresure, dile que Fassle está bajo amenaza. Los guardias, los dos encargados de vigilar el nivel inferior y servir como ayudantes, mensajeros y cuidadores del grupo de Kance, le pidieron más detalles a Annalyse, siguiéndola escaleras arriba.

Y dirigiendo su atención en la dirección equivocada.

Ninguno de los guardias llevaba una alabarda, ambos portaban toscas espadas de hierro en sus caderas. Equipo de retaguardia para soldados que se suponía no verían combate. Se habían quitado los cascos y la mayor parte de su armadura también. El aliento les apestaba a cerveza. La noche después de un tratado firmado debería ser tranquila, y su falta de vigilancia les costaría caro. Quik bajó de un salto, aterrizando en las escaleras y obligando a ambos guardias a girar torpemente.

El cazador tenía dos puños, y cada uno encontró un rostro. Annalyse hizo su parte, golpeando al guardia de la izquierda con el extraño dispositivo, estrellando la culata de su mango en la cabeza del hombre tambaleante. Eso le dejó a Quik un seguimiento abierto con el otro, el hombre tosiendo, con la espalda presionada contra la escalera mientras alcanzaba su espada. Quik atrapó la muñeca que desenvainaba con su mano derecha, puso la izquierda en la garganta del guardia y apretó. Los ojos del guardia se pusieron en blanco, se estremeció.

—No lo mates —dijo Annalyse con firmeza—. No merecen morir.

—Trabajan para Fassle —replicó Quik, mientras el guardia caía inerte.

—Ambos también lo hicimos una vez. Por favor.

Quik miró a Annalyse, confirmando que su mirada era genuina. Soltó al guardia, ahora inconsciente como su compañero.

—Los najahn asesinaron a Vis —murmuró Quik, despojando a los guardias de sus espadas. Le entregó una a Annalyse, quien la sostuvo con poca confianza, pero la sostuvo de todos modos—. No merecen piedad.

—Pero se la daremos de todos modos —respondió Annalyse—, porque podemos ser mejores.

—Palabras extrañas de una científica. ¿No se supone que debes centrarte en los datos, no en las emociones?

—Para mis experimentos, sí. Esto no es uno.

Quik podría haber continuado bromeando, pero el tiempo para la conversación había sido con la cerveza. Los efectos persistentes de la bebida pesaban ligeramente sobre los hombros de Quik —había bebido una sola jarra, solamente— mientras el cazador se volvía hacia las escaleras y descendía al nivel inferior. Aperitivos tardíos —nueces, frutas— y un simple juego yacían sobre la mesa abandonada. Si las celdas aquí estaban ocupadas, Quik no oía nada.

La puerta hacia abajo estaba cerrada con llave.

—Sigue adelante —dijo Quik, sin mirar atrás para ver si Annalyse lo seguía.

Sus pasos eran lo suficientemente ruidosos, la Whent no estaba acostumbrada a escabullirse. Un niño en Vis aprendía a mantener sus pies ligeros casi tan pronto como podía caminar. Si Quik y Annalyse tuvieran alguno propio, él les enseñaría...

Quik interrumpió el pensamiento, ocultando una sonrisa al mirar directamente la puerta. Comenzó a probar las llaves, preguntándose por sus propias suposiciones. Solo porque habían compartido algunos momentos, habían sido unidos por el conflicto y, por mucho que Quik lo odiara, los planes de Gladdring, no significaba que pudieran encontrar la felicidad juntos en las copas de los árboles.

Pero tampoco significaba que no pudieran.

La puerta se abrió con un suave chirrido. Las mismas linternas que en cada piso brillaban. Un guardia gritó una burla, preguntando si alguien llamado Falg había decidido que quería esa segunda cerveza después de todo. La risa burlona murió rápidamente cuando Quik entró a la vista.

—¿Qué estás haciendo aquí? —preguntó uno del trío najahn, el mismo que había hablado primero. Un hombre mayor, con cartas grasientas en las manos. Detrás y a su lado se sentaban otros dos, igualmente perplejos. Manchas de cerveza salpicaban la mesa, junto con notas de bienes para apostar—. ¿No es pasada tu hora de dormir?

—No la mía —dijo Quik, avanzando desde los escalones hacia la mesa—. La tuya, sin embargo.

—¿Qué?

Quik le golpeó en la sien, derribándolo. Los otros dos reaccionaron rápido, apartándose de la mesa de una patada. El más cercano tropezó al ponerse de pie, su destreza embotada por la cerveza lo traicionó haciéndolo caer. Quik le dio una patada rápida y el hombre se unió a su amigo.

El tercero corrió hacia el pasillo y las ventanas más allá. Una alarma gritada desde allí despertaría a medio barrio, condenando la fuga antes de que pudiera comenzar.

Un destello negro, lo opuesto al relámpago, partió la visión de Quik. El hombre que huía cayó, encogiéndose dentro de su túnica. Quik se acercó al najahn caído. Levantó el cuello de la túnica para confirmar lo que ya podía ver.

El guardia estaba más que muerto. Se había marchitado, su piel pasando rápidamente de un saludable marrón a un gris muerto, incluso más pálido que Svarde. El cabello yacía alrededor en mechones, pareciendo haber saltado del cuerpo del hombre en un instante. Las entrañas del hombre se habían vaciado, ensuciando las túnicas y haciendo que Quik soltara la tela y mirara hacia Annalyse.

La científica respiraba como si hubiera salido a correr. Su rostro estaba sonrojado, sus ojos abiertos y alertas. Se mantenía firme en los escalones, mirando el dispositivo en sus manos.

—¿Qué fue eso? —preguntó Quik, volviendo al primer guardia y quitándole las llaves. Las dejó sobre las piedras para aquellos que les seguirían. Las armas de Najahn ya estaban colgadas en un estante, listas por si alguien tenía tiempo de alcanzarlas—. Está más que muerto, Annalyse.

—No sabía qué pasaría —murmuró Annalyse, más para sí misma que para Quik—. No estaba segura de que funcionaría, pero iba a dar la alarma. Tenía que hacerlo.

Quik se acercó y puso una mano sobre Annalyse. Ella se estremeció ante su contacto.

—Está bien —intentó Quik—. Sabíamos que habría más muertes. Salvar las islas y a esos demonios tendrá un costo.

—Lo sé, lo sé. No es eso. —Annalyse levantó sus ojos húmedos del dispositivo hacia Quik—. Quik, me gustó. Se sintió tan bien. Todos mis dolores, mi agotamiento, todo es perfecto. —Tragó saliva—. No sé qué he creado, Quik, pero quiero que me prometas algo. Si algo me pasa, si esto no sale bien, que destruirás este dispositivo. Que lo harás pedazos.

—¿Por qué?

—Porque si la persona equivocada lo encuentra, muchos van a morir.

46
RUINA SUSURRADA

A mi expuso lo que estaba en juego entre cerveza y susurros, una conversación tras otra, afirmando que Fassle sin duda traicionaría al grupo al día siguiente. Con Svarde y Sawi respaldando la afirmación, nadie discutió mucho. Solo Livier y Eujo, que eran los que más tenían que perder con el reciente tratado de paz de Kance, murmuraron algo sobre la cautela, pero incluso el asesino estuvo de acuerdo en que Fassle siempre actuaba en su propio interés, al principio, al final y en todo momento.

Lo que llevó a una planificación improvisada. El grupo se movía entre sillas y las dos mesas como en algún tipo de ritual, intercambiando compañeros e ideas. Ami interrumpía la mezcla de vez en cuando con una risa estruendosa, recordando a la gente que intercalaran algo de conversación casual entre su traición a la persona más poderosa de las islas.

Wax no estaba seguro de quién sugirió primero el juego de los amantes desgarrados, que él, Sawi y Eujo deberían montar un espectáculo verbal para los espías que Fassle casi con certeza tenía observando o escuchando en la torre.

El Vis, sin embargo, quería objetar. Encontrar casi cualquier otra forma de distraer. Sawi y Eujo, sin embargo, con sonrisas locas, impulsaron el plan hasta su culminación.

Así que Wax había seguido el juego, se había metido en la celda de Sawi para esperarla, solo para que Eujo entrara primero y exigiera saber qué hacía Wax allí, solo. Sawi, por supuesto, se unió después de otro minuto de excusas frenéticas improvisadas, atrayendo la gélida sospecha de Eujo. La Reina había tomado más de su actuación de Tamas de lo que Wax se había dado cuenta, o había algo de verdad en la forma en que cuestionaba tanto a Sawi como a Wax, cómo indagaba si alguna vez se habían amado, y sugería que a Wax nunca se le debería permitir volver a Vis.

Cuando el crujido del cristal resonó por el conducto del inodoro, Wax dio el primer suspiro de alivio, desplomándose en la cama de Sawi mientras las dos mujeres estallaban en una suave risa.

—Eres buena en esto —dijo Sawi a Eujo, quien hizo una señal rápida hacia el pasillo.

—Una Reina tiene un millón de caras —dijo Eujo, y luego sonrió a Wax con una mirada que le atravesó el corazón—. Incluyendo algunas que guarda para ocasiones especiales. —Sawi ahogó una risa mientras Eujo fijaba la mirada en Wax, luego negó con la cabeza muy ligeramente—. Por supuesto, esas hay que ganárselas.

—¿Cómo?

Eujo se enderezó de un salto, toda profesional de nuevo.

—Salvando a esos demonios, Wax. Obviamente.

—Obviamente —murmuró el Vis mientras más ruidos, desagradables, bajaban por el conducto—. Espero que Torny esté bien allá arriba.

Bliss estaría corriendo en ayuda de Torny ahora, mientras Quik y Annalyse abrían el descenso. Una orden estricta de dar oportunidades para negaciones en caso de que los Najahn respondieran más rápido de lo esperado. Esas excusas ya serían difíciles de pasar, sin embargo. La actuación había comenzado, y Wax se encontraría moldeando los skars esta noche.

¿Estaba a la altura, después de una cena pesada, vino y algo de cerveza?

Una pregunta que consideraría en el camino. Ami y Svarde aparecieron fuera de la puerta de la celda, haciendo señas a Wax para que se moviera. Sawi, Eujo y Livier se encargarían de la limpieza, asegurándose de que cualquier sobrante permaneciera atado o encerrado mientras Bliss y Torny concluían su barrido de espías. Su quinteto se uniría al de Wax en la torre de skars, potencialmente actuando como refuerzos sorpresa si los Najahn jugaban un juego más inteligente de lo que habían hecho hasta ahora.

En general, no estaba mal para una invención improvisada, especialmente cuando Wax vio los cuerpos, inconscientes, en las escaleras y en el nivel inferior. Quik y Annalyse ya habían continuado, su trabajo resonando en golpes amortiguados y gritos ocasionales desde los niveles inferiores.

—No son malos —dijo Ami, tercera en la fila, con Kivi a la cabeza y Wax en la retaguardia—. Mejor de lo que hubiera esperado.

—Quik es un cazador —respondió Wax—. La presa es presa.

—No es tanto él como la científica. Annalyse siempre se alejaba de los demonios cuando estábamos aquí.

Svarde miró hacia atrás mientras descendían al segundo nivel, acercándose ahora a la entrada.

—La guerra cambia a todos, Ami.

—Si quiero filosofía, se la pediré a alguien que aún esté vivo, Svarde.

El bárbaro solo se rió, bajó para encontrar más guardias incapacitados. Al menos, eso es lo que Wax pensó hasta que Svarde les susurró a ambos que se detuvieran. Kivi, al frente, empujó a un lado uno de los cuerpos caídos con su garra delantera. La figura rodó, revelando una piel marchita y huesos, como si al hombre le hubieran drenado las entrañas.

—¿Qué le pasó? —preguntó Wax, el trío agrupándose en el rellano bajo la luz de la linterna. Abajo, los ya familiares sonidos de sorpresa se elevaban mientras Quik y Annalyse continuaban su silenciosa destrucción—. Ese no es el trabajo de mi hermano.

—Tengo una idea —dijo Ami y Svarde asintió—. Tal vez esa guerra en Vis realmente la cambió.

Ami tuvo la oportunidad de preguntarle directamente a Annalyse en el siguiente nivel, ya que Quik y la científica esperaban a que el trío los alcanzara. Los últimos guardias habían sido neutralizados, excepto cualquiera que estuviera esperando fuera de la única salida de la torre. El propio Quik tenía los nudillos ensangrentados pero por lo demás estaba ileso. Annalyse parecía casi radiante, zumbando de energía y hablando rápido, soltando los desagradables detalles de su dispositivo y el skar de Noctia incrustado en su interior.

Resuelto el misterio, Wax se llevó la mano a la garganta, donde solía estar el collar y sus skars. Había usado las piedras negras abajo para drenar la vida de un demonio y había sentido lo mismo que Annalyse abrazaba ahora, conocía la emoción y lo adictiva que podía ser. Aun así, convocar un skar de Noctia a la acción requería esfuerzo, requería pensamiento. Annalyse había capturado ese mismo poder de absorción de almas en un simple apretón de gatillo.

—Ya lo sé —dijo Annalyse al ver la expresión de Wax, mientras Quik comenzaba a deslizarse hacia la puerta principal. Un pasillo alfombrado, con paredes cubiertas de retratos, como tantas otras en Noctia, amortiguaba sus pasos—. No está bien. Lo destruiré cuando hayamos terminado. Lo prometo.

Kivi y Svarde se colocaron detrás de Quik, los tres sin hacer más ruido que la brisa nocturna de Noctia en el exterior. Svarde ni siquiera necesitaba respirar, una revelación que hizo estremecerse a Wax. Noctia era una isla extraña, y sus skar igual de peculiares.

Aceptaría la oferta de Eujo de volver a Kance después de esto, ya que al menos las torres ventosas tenían sentido.

—Podría ser útil, sin embargo —murmuró Ami—. Si Wax aquí trae de vuelta a los demonios, podrían haber algunos que se pudieran eliminar con algo como esto.

Annalyse se animó ante la sugerencia.

—Definitivamente. Y este es pequeño, yo podría...

—Basta —dijo Wax, poniendo una mano sobre el dispositivo que Annalyse sostenía cerca de su cintura—. No está bien. No lo uses. A menos que no haya otra opción.

—Por supuesto, Wax.

Pero ese destello aún brillaba en sus ojos, un sueño hecho realidad.

Quik abrió la puerta principal, atrayendo la atención de un guardia soñoliento. El cazador agarró al hombre, lo arrastró dentro mientras Svarde cerraba la puerta de nuevo. No tuvieron que dejar inconsciente a este, el hombre cooperó sin protestar, dejando que le ataran los brazos y le amordazaran. Svarde lo dejó caer de nuevo en la mesa del nivel más bajo del rellano.

Que Torny, Bliss, Sawi, Eujo y Livier aún no los hubieran alcanzado era un poco preocupante, pero Ami insistió en que no podían esperar. En algún momento habría un cambio de turno, o un mensajero que entregara un bocadillo de medianoche, y se descubriría su entrada. La velocidad, ahora, lo era todo.

Quik tomó la delantera de nuevo, abriendo suavemente la puerta de la torre hacia una de las raras noches lluviosas de Noctia. La temporada de lluvias de la isla se acercaba rápidamente, y esta vista previa temprana humedecía las calles y empañaba el aire, convirtiendo las torres de piedra ascendentes del Barrio Najahn y sus faroles en una belleza resbaladiza y borrosa.

—Qué suerte —murmuró Ami, manteniéndose cerca de Wax mientras Quik y Kivi daban los primeros pasos en la calle—. La lluvia mantendrá a la gente dentro. Menos ojos preguntándose qué estamos haciendo.

Esa predicción se cumplió mientras el grupo serpenteaba en fila hacia la torre, espaciándose lo suficiente para evitar que los pocos ojos curiosos se preguntaran por qué un grupo grande deambulaba por las calles. Ami se mantuvo cerca de Wax, y Kivi desapareció por callejones traseros, trepando por las paredes y pegándose a las sombras.

Una anticipación familiar surgió, la misma tensión encantadora que Wax sentía al rastrear un hanoko o prepararse para saltar al aire abierto de la jungla. No había pasado mucho tiempo, pero echaba de menos a los skar y su constante charla, sus estallidos musicales cuando algo capturaba su interés. Una mente vacía era aburrida, silenciosa y temerosa.

Wax simplemente no había sabido cuán aburrido, cuán silencioso era, hasta que encontró las piedras.

La torre skar no ofrecía defensa en el frente, ni un solo guardia en las escaleras. La mayoría de las torres no tenían vigilancia, especialmente las que albergaban criminales, así que la fácil entrada de Quik no fue sorprendente. El cazador se deslizó dentro de la puerta mientras Wax y Ami daban la vuelta a la manzana detrás de él, observando cómo Svarde le seguía, con la gran espada lo mejor oculta posible bajo las túnicas Najahn. Después de que el bárbaro desapareciera dentro, Kivi apareció de la nada para escabullirse tras él, Ami y Wax hicieron su lento camino cerca de la torre, girando para subir los escalones.

—Tú primero —susurró Ami.

Wax alcanzó la manija, tiró, y escuchó la pelea antes de verla.

Quik, Svarde y Kivi se mantenían firmes en medio del pasillo, enfrentando voulges y ballestas Najahn apuntadas hacia ellos. El capitán Najahn exigió su rendición, solo para que Svarde arrojara su túnica a un lado y apuntara la hoja hacia los soldados.

—Nunca más —gruñó el guerrero Foti, y el hombre muerto se lanzó en una carga salvaje, con la hoja negra liderando el camino.

<h1 style="text-align:center">47</h1>

EL PANTANO MORTAL

Espadas, cuchillos y frascos escondidos dominaban el botín tomado de los guardias Najahn abatidos. Sawi, Eujo y Livier iban detrás del primer grupo, arrastrando y arrojando a los Najahn supervivientes en las celdas. Una idea ideada por el asesino, quien argumentó que cuanto más se pudiera evitar la alarma, mejor. Después de encerrar a los guardias, continuarían hacia la torre del Precepto de Comercio, ayudarían a Wax a salvar las islas y luego huirían por los mares hacia el *Borde de la Tormenta*, donde comenzaría la siguiente batalla.

—Fassle cancelará el tratado —dijo Livier mientras empujaban al último guardia que protestaba en la lujosa celda; esta torre de prisioneros tenía suficientes comodidades como para avergonzar a la propia torre de Kance—. Reanudará la guerra contra Kance, mi reina. Tendremos que estar preparados.

Los tres se quedaron cerca del pasillo de salida, esperando a que Bliss y Torny los alcanzaran. Wax y los demás se habían marchado hace unos minutos en la noche lluviosa, y Eujo estaba ansiosa por seguirlos, pero las palabras de Livier exigían una respuesta.

—Si pensabas que iba a cumplir ese tratado, entonces necesitas estar más cerca de los políticos —dijo Eujo—. Todo lo que negoció allí fue para los otros Preceptos en la sala.

—¿Otros Preceptos?

—El hombre estaba ilustrando lo que más quería de Kance. Lo que planea tomar. —Eujo hizo un movimiento con la espada, la hoja plana pesada y tosca en comparación con la finura de un estoque—. Recuerda, ya envió a los caminantes de fuego tras nosotros una vez. Fassle intentará hacer lo mismo de nuevo, una vez que pueda afirmar que les dio a los demonios su nuevo hogar.

—Pero él no lo está haciendo. Es Wax —dijo Sawi, imitando los movimientos de Eujo con su propia espada.

Era algo extraño estar practicando esgrima en lo profundo de la noche mientras estaban en medio de una misión secreta, pero bueno, era mejor saber cómo funcionaría tu arma antes de usarla contra un enemigo.

—Si crees que Fassle va a dejar que Wax viva o se lleve algún crédito por esto, entonces tampoco has estado prestando atención —respondió Eujo. No añadió que, según lo que Wax había estado sugiriendo, el Vis podría no sobrevivir en absoluto.

Ese era un pensamiento al que no le dedicó tiempo. En su lugar, volvió a cosas mejores y más seguras.

—Fassle ya ha ganado en los últimos días. Yarvick mató a todos sus principales rivales por el poder dentro de los Najahn, y ahora ese ladrón también está muerto. Si logra eliminarnos, forzar a Kance a rendirse, mientras también consigue que los caminantes de fuego estén de su lado y trae de vuelta a los demonios como una amenaza... —Eujo quería reír, pero decir todo esto en voz alta la hacía sentir más que un poco enferma—. Los Najahn tendrán más poder que nunca, y él estará solo en la cima.

—Lo dices como si le hubieras leído la mente —dijo Sawi—. Puede que no sea tan malvado.

—Es malvado desde tu punto de vista —reflexionó Livier, asintiendo hacia Eujo—. Fassle lo ve de manera diferente. Las islas caóticas necesitan una mano fuerte para enderezarlas, independientemente de si Wax trae de vuelta a los demonios o no. Mi reina, la he subestimado.

—Ya era hora de que te dieras cuenta.

Los tres se volvieron al oír pasos en las escaleras; Torny y Bliss llegaban, la ladrona sangrando por un corte en el muslo, pero no de gravedad. Ambas tenían sus propias dagas saqueadas de los espías de arriba, y Torny compartió los detalles mientras se dirigían a la salida de la torre, deslizándose por la puerta hacia las calles húmedas y silenciosas.

Ese silencio no duró mucho. El estruendo de metal contra metal, de virotes de ballesta fallidos golpeando la piedra, hizo que Eujo y los demás aceleraran el paso. La Reina de Kance sospechaba de las calles vacías. Que hubieran salido de la torre sin ser notados tenía algo de sentido, pero ¿esto? ¿Una batalla en el Barrio Najahn?

¿Cómo era posible que nadie hubiera dado la alarma?

—Alto —siseó Livier cuando se acercaron a la torre del Precepto de Comercio, con la puerta abierta de par en par pero los escalones vacíos. El ruido de la pelea continuaba en el interior—. Hay una entrada separada.

—Tiene razón —dijo Sawi—. Por aquí.

Girando a la izquierda por una avenida más ancha, que se retorcía hacia los distantes muelles privados de los Najahn, Sawi guió a los demás lejos de los sonidos hacia una puerta lateral, única y delgada. Y, al primer intento, cerrada.

—Nunca hay descanso —murmuró Torny mientras se apartaban para dejar pasar a la ladrona. Bliss se mantuvo cerca, aplicando tela rasgada contra la cintura de la bandida donde la herida había sangrado—. Esta cerradura es más grande que las otras, y no tengo mis herramientas. Necesitaremos fuerza bruta.

Sin esperar, Torny tomó su propia espada robada, retrocedió un paso de la puerta y luego clavó la punta en la cerradura. La empujó con fuerza y dio una patada seca al mango de la espada. El metal chirrió, se dobló, y apareció una grieta en la puerta de madera. Bliss apartó a Torny suavemente y tomó su turno.

Eujo sabía que Bliss tenía habilidades. El Vis también tenía fuerza.

La espada se hizo añicos, rompiendo la cerradura y dejando un agujero en la madera, con el sello roto colgando en el aire. Livier empujó la puerta, revelando un pasillo desierto, con alfombra roja e iluminado por linternas.

—No es elegante, pero servirá —dijo Torny mientras el asesino se adelantaba y los demás lo seguían.

Eujo se colocó en el medio del grupo, corriendo con la espada desenvainada hacia los crujidos, choques y maldiciones que resonaban en las paredes. El centro de la torre llegó rápido, y con él, una imagen de combate encarnizado, aunque cambiando rápidamente.

A la derecha de Eujo, al otro lado del gran descanso central, un escuadrón completo de Najahn con reservas mantenía un baluarte contra Svarde. El bárbaro parecía luchar solo, recibiendo saetas y estocadas mientras blandía esa gran espada negra. Los Najahn debían haber aprendido, porque la primera fila de combate empuñaba escudos de piedra Whent con sus alabardas, sosteniendo los baluartes en alto para detener los golpes de Svarde. De Wax, Quik y los demás, Eujo no podía distinguir nada, no veía más allá de esa línea.

Cuánto más castigo podría soportar Svarde era una pregunta sin una respuesta clara, una que Eujo no quería ver resuelta hoy, esta noche, ahora.

Livier lideró la carga contra la retaguardia Najahn, corriendo en un asalto berserker más allá de la escalera que descendía a la cámara skar. Cinco ballesteros se giraron al oír el ruido, sus dos líderes con túnicas de flecos dorados girándose con ellos. El hecho de que esos giros no incluyeran el rápido desenvaine de las espadas en sus cinturones significó que los dos líderes murieron primero, con Livier asestando un amplio corte a través de sus cuellos. Su caída habría dejado a Livier expuesto a una andanada a ciegas si Bliss y Sawi, siguiéndolo de cerca, no hubieran pasado corriendo con sus propias espadas Najahn al frente.

Los ballesteros soltaron sus armas y se prepararon para el combate cuerpo a cuerpo, desenvainando sus propias espadas para responder a la carga. Eujo y Torny se acercaron, seguidas por Livier, en una refriega pareja. El enemigo de Eujo, una mujer que parecía incluso más joven que la propia Eujo, respondió a la primera estocada recta de la Reina con un contraataque ascendente estándar, lo suficientemente bien ejecutado como para exponer a Eujo, quien estaba acostumbrada al peso más ligero y rápido redireccionamiento de un estoque.

Tal como estaba, la pobre alma intentó golpear a Eujo, un golpe que se hundió en las ropas de Eujo. Eujo giró el agarre de su espada, dejó que cayera más allá del bloqueo de la Najahn y clavó el pomo directamente en el rostro demasiado joven de la Najahn. La Najahn trastabilló hacia atrás mientras Eujo recuperaba su postura, y dudó.

Tan joven. Atrapada en una pelea más allá de su experiencia, ¿merecía morir la Najahn?

—¡A tu izquierda! —el grito de Sawi hizo que Eujo se girara en esa dirección, interceptando una estocada lateral del Najahn de Sawi, incluso cuando el espadachín pateó las rodillas de Sawi y la derribó.

Mientras Sawi se recuperaba, el Najahn presionó a Eujo con otra rápida estocada, lanzando el corte hacia el rostro de Eujo y forzando a la Reina a una frenética palmada, perdiendo algunos cabellos pero nada peor. Sawi se lanzó de nuevo, robando la atención del Najahn y permitiendo que Eujo recuperara su equilibrio. Su corazón retumbaba, sus oídos resonaban con los choques de los bloqueos y los golpes más suaves cuando los ataques encontraban hogares carnosos. Gritos y maldiciones se entremezclaban.

Justo como la noche de la incursión Najahn en el *Storm's Edge*, la noche en que Eujo pensó que había perdido a Wax, y casi pierde su propia vida.

Eujo retrocedió mientras su propia Najahn, con el ojo hinchándose, encontraba una postura inestable. Alrededor de la soldado, el caos envolvía el nivel central. Con sus arqueros emboscados, el asalto indomable de Svarde contra la línea escudada encontró mejores resultados, ayudado por repentinos cortes negros, cada uno de los cuales se clavaba en un Najahn en los flancos. Los soldados se estremecían, cayendo al suelo sin hacer ruido. El bárbaro aprovechó, golpeando con fuerza en el extremo izquierdo y aplastando al soldado sin protección contra su compañero.

Svarde recibió otra alabarda en el pecho como precio, pero el rostro muerto y fijo del bárbaro no reaccionó. Eujo sí lo hizo, apuntando sobre el hombro de su enemiga con su propia espada.

—Huye, Najahn —llamó Eujo—. Esta batalla ha terminado.

Como si levantara un velo, la Najahn giró rápidamente la mirada, vio la devastación de su escuadrón, y se volvió para dar un paso hacia Eujo y el pasillo detrás de ella, con puro terror guiando su huida.

La Najahn logró dar un paso más antes de que Livier la abatiera por la espalda, un corte que hizo caer a la Najahn al suelo a los pies de Eujo. La Reina se quedó mirando, un hielo familiar tomando forma en sus entrañas, sus brazos, su mente. El mismo que adoptaría durante una aparición real, una misión que salía mal. Eujo sería resiliente, porque no tenía otra opción, y otros dependían de ella.

Esta Najahn había muerto porque Ami quería los skars esta noche. Esta Najahn había muerto por sus decisiones.

Wax haría mejor en que toda esta sangre valiera la pena.

48

LA OFERTA DE UNA DAGA

La carga salvaje nunca le había hecho gracia a Torny, y ver a Livier, un hombre que hasta hace poco había intentado asesinarlos a todos, liderar esta contra los ballesteros de Najahn no cambió ese hecho. Sawi y Eujo se unieron al asalto, aunque podrían haber esperado, porque Livier mataba sin piedad.

Torny sabía poco sobre los Vientas y su entrenamiento, pero cuando Livier inició su ataque lanzando su hoja robada en un único tiro en bucle para empalar al arquero de la izquierda, esquivó un golpe torpe y frenético del siguiente y retiró su hoja arrojada solo para barrer con ella al tonto atacante, Torny dedujo que el grupo de asesinos sabía lo que hacía.

—Vamos —dijo Torny a Bliss—. Tenemos mejores lugares donde estar.

La Vis le lanzó una mirada curiosa a Torny, quizás debido a la herida aún punzante y ardiente de Torny, pero la siguió cuando esta se dirigió a las escaleras. Claro, la batalla rugía detrás de ellas, pero ese resultado ya estaba decidido.

Los Najahn luchaban por ganar tiempo, esperando refuerzos. Cortarles el paso era más importante.

Volver al rellano donde Torny casi había encontrado su fin, un rellano que aún mostraba recuerdos de la lucha en la mesa y sillas dispersas, y la sangre salpicada en las paredes, hizo que la bandida se estremeciera. No era exactamente lo mismo que volver a la cueva de Yarvick, pero aun así.

Si hubiera habido otro guardia Najahn allí, Torny no estaba segura de que hubiera podido acercarse a la voulge. Afortunadamente, no necesitó tomar esa decisión, ya que el rellano y el pasillo más allá estaban vacíos.

—Fassle debe haber puesto toda su fe en el escuadrón de arriba —dijo Torny cuando ella y Bliss llegaron a la puerta de la cámara de skars—. Aunque, más de doce Najahn, además de todos los guardias en nuestra torre... El pobre hombre probablemente pensó que estaba siendo paranoico.

"No es la primera vez que comete un error".

La broma gesticulada de Bliss podría haber provocado una sonrisa si la propensión de Fassle a las trampas no se hubiera hecho tan evidente en los últimos días. Torny abrió la puerta de la cámara de skars esperando encontrar al líder Najahn y sus lamebotas, sonriendo y listos para lanzarse a algún discurso sobre lo obvio que era el grupo de Wax. Luego habría un zumbido, una explosión de llamas, o una daga clavada en el corazón de Torny y ese sería el fin.

Pero todo lo que encontraron fueron unas pocas linternas de baja iluminación, la cámara vacía. Asomarse por la escalera descendente mostró los skars apilados en sus cajas, la losa central despejada. Abundaban las sombras, claro, pero ninguna empuñaba dientes ni venía girando hacia la pareja con la muerte en mente.

—Vaya —fue todo lo que dijo Torny mientras captaba el

débil aire salado que subía desde el agujero desmoronado que descendía hacia el mar—. Pensé que tendría más.

"Entonces aprovechemos".

Bliss tenía razón en eso. Torny bajó las escaleras como un rayo, apretando los dientes ante el dolor diciéndose a sí misma que en segundos desaparecería. Eso no era mentira: la bandida rompió la caja de skars Vis con la empuñadura de su hoja y recogió un par de piedras turquesas. De inmediato, el balbuceo Vis se agitó en su mente, y la puñalada comenzó a disiparse, al igual que los dolores persistentes de la casi mortal estocada de voulge que había recibido justo encima de esta maldita habitación.

Torny se hizo una promesa mientras localizaba los otros skars que quería: después de esta noche, nunca volvería a esta torre.

"¿Skars Whent?", gesticuló Bliss, usando sus manos para recoger más piedras Vis.

—Solo otra de mis brillantes ideas.

Torny no añadió nada más, porque Bliss confiaba en ella. Y ese era el mejor sentimiento en todas las islas.

La batalla había terminado cuando Torny y Bliss regresaron al rellano central. La mayoría de los Najahn estaban muertos o gravemente heridos, y el resto se habían rendido y estaban atados por Ami y Sawi. Tres Najahn tenían el aspecto marchito y devastado entregado por el extraño dispositivo de Annalyse, que ella había disparado aquí y allá cuando salían de las habitaciones laterales en el pasillo de entrada de la torre. Más allá de lesiones menores, nadie en su grupo estaba especialmente herido, así que Bliss entregó los skars a aquellos Najahn que podrían sobrevivir.

"No somos malvados", gesticuló la Vis a Livier, señales interpretadas por Wax, quien por lo demás miraba las escaleras como si fueran los últimos pasos que daría en su vida.

Torny, al menos, le daría tiempo para darlos. Los skars Whent se habían unido con sus golpes más pesados al balbuceo Vis en su mente, y mientras la idea de Torny tomaba forma, mientras les decía a los demás que se reunieran más cerca del centro de la torre, las cuatro piedras Whent que sostenía en su mano se emocionaron. Torny las sintió extenderse, vertiendo su esencia a través de sus dedos y hacia la torre, sintiendo el mortero, las pilas estables, y dónde esas pilas podían romperse sin derrumbar todo el edificio.

—¿Listos? —Torny no tanto preguntó como respiró, los skars atrayéndola a su ejercicio, como si estuviera parada en un acantilado alto a punto de saltar.

—Solo no nos mates —dijo Eujo—. Nada de avalanchas.

Torny sonrió y liberó los skars.

Las piedras, como animales liberados de sus jaulas, estallaron. La torre del Precepto Comercial se estremeció, un temblor que subió por los pies, piernas y columna de Torny. El primer derrumbe ocurrió frente a ella, alrededor de la entrada principal de la torre. La abertura arqueada se plegó hacia adentro, la piedra angular cayó primero y el resto se derrumbó en un montón de madera y piedra rotas. Un brillo húmedo se mostraba a través de las brechas en la parte superior y los lados, ninguna lo suficientemente grande como para que un soldado pudiera pasar.

Los skars Whent no se detuvieron a evaluar sus esfuerzos, sino que giraron a Torny hacia la derecha, en dirección al pasillo más pequeño y la puerta lateral. La torre volvió a temblar. La piedra en la base de la puerta se combó, como si alguien la hubiera recogido con una pala y la hubiera lanzado hacia arriba. Los bloques se estrellaron contra la puerta rota y se apilaron unos sobre otros, los skars Whent masajeando los trozos separados hasta que se fundieron en una barrera fea e impermeable. Donde antes había un pasillo, ahora yacían mortero y tierra aplanada.

—Una más —susurró Torny, con el corazón acelerado. Los skars aún no habían extraído mucho de ella, pero mientras Torny miraba hacia arriba, sintió que las piedras bebían de su pozo.

La escalera ascendente, serpenteante, conducía a otros niveles que podrían albergar refuerzos. Incluso un valiente erudito que encontrara una daga podría causar sorpresa o ayudar a Fassle a cambiar las cosas. Cortar todo acceso, excepto uno.

Sus skars no destrozaron la escalera —por un lado, hacer llover escombros sobre Wax y los demás no era una gran idea—, pero, aunque requirió más esfuerzo, los skars esculpieron los escalones para que coincidieran con la visión de Torny. Lo que habían sido peldaños planos se convirtieron en superficies tachonadas de pequeñas y afiladas púas. Otros se retorcieron, inclinándose hacia el centro y garantizando que un paso en falso enviaría al pobre desgraciado a un doloroso final abajo.

—Estoy impresionado —dijo Livier mientras los skars continuaban alcanzando la parte superior de la torre, deformando los escalones a medida que avanzaban—. Una idea diabólica. —Livier, de pie frente a Torny ahora, estudió a la bandida—. Pensé que eras una simple ladrona, pero quizás podrías considerar unirte a los Vientas cuando esto termine.

Los skars Whent se desvanecieron, devolviendo a Torny al presente, el murmullo de los skars disminuyendo lo suficiente para que captara la pregunta de Livier. Bliss estaba de pie detrás del asesino, frunciendo el ceño a la espalda de Livier. Aun así, ¿ser invitada a un grupo como ese?

¿Una familia, de nuevo, después del fin de Yarvick?

Torny encontró la mirada de Bliss mientras Livier repetía la oferta, comenzando a enumerar los beneficios. Sin embargo, en la mirada de Bliss, Torny vio algo muy diferente. Noches rebosantes de vino de melocotón y música, días corriendo por una hermosa selva, un alma en paz.

—Tal vez la próxima vez, Livier —dijo Torny, y luego asintió más allá del hombre, hacia donde Wax y los demás ya habían descendido—. Además, el mundo probablemente se acabará en la próxima hora, así que no nos hagamos ilusiones.

49
DEFENDER LA TORRE

Las ballestas estaban ascendiendo rápidamente a la cima de la lista de armas menos favoritas de Quik. Había recibido un virote en la espalda, una herida que, a pesar de dos días de minuciosa atención con Vis skar, seguía punzando con cada movimiento, y ahora se encontraba bajo una lluvia de los mismos mientras se acurrucaba en una habitación lateral no muy adentrada en la torre. Kivi había conseguido esa simple cobertura, con la ferrita destrozando la puerta cerrada mientras Svarde atraía la atención. Cuando Quik y Annalyse se escabulleron entre las devastadoras rondas, el único lugar seguro yacía en un simple espacio destinado, según suponía Quik, a charlas sobre tipos de cambio de grano y el volumen de importaciones de cerveza de Tamas.

La indomable defensa de Svarde consistía en plantarse en el centro del pasillo y avanzar pesadamente, un paso asaltado a la vez. Aunque el bárbaro insistía en que seguía sintiendo dolor, Svarde no lo demostraba. Quik, con Annalyse detrás de él, se asomó por la puerta y observó cómo virote tras virote perforaba la piel pizarra y lampiña del hombre. Svarde se sacudía cada andanada, recogiendo y arrojando los virotes a un lado mientras mantenía su marcha, bramando alguna canción foti.

—Es invencible —murmuró Quik.

—No puede morir mientras sostenga la espada —respondió Annalyse—. Eso no es lo mismo. Ahora muévete.

Annalyse intercambió lugares con Quik y comenzó a disparar, enviando relámpagos negros de Noctia desde su dispositivo, pasando junto a Svarde hacia los Najahn. Quik esperaba que los hombres murieran, pero los disparos mortales no eran inmutables. Chispeaban contra los escudos Najahn, desvaneciéndose en la nada y obligando a Annalyse a corregir su puntería.

Una tarea que se volvió más fácil cuando Svarde chocó contra la línea Najahn, su espada negra y su cuerpo destrozado atrayendo la atención, volviendo la línea Najahn hacia adentro y dando a Annalyse objetivos más grandes. Luego, también, llegaron los gritos sorprendidos desde atrás, las salpicaduras de sangre y el rápido colapso.

Después, con los Najahn atados y tirados alrededor de la sala central, aislados gracias al trabajo de Torny con los skars Whent, Quik agradeció a Svarde. Extendió la mano para estrechar la mano libre de espada del hombre, solo para encontrarla rota, con los dedos extendidos o faltantes. La túnica Najahn del bárbaro colgaba en jirones, con la piel y el hueso debajo igualmente desollados. Bordes morados profundos se formaban a lo largo de las heridas, burbujeando en un sombrío renacimiento.

—No se siente mejor de lo que parece —dijo Svarde, reaccionando a la expresión enferma de Quik—. Al menos esta vez no perdí un ojo.

—¿Lo has perdido antes?

Svarde esbozó una sonrisa de dientes rotos y labio

partido. —Lo único que no he perdido es la mano que sostiene esta espada. —La sonrisa murió tan rápido como apareció—. No puedo esperar el día en que pueda soltarla.

El bárbaro cojeó pasando junto a Quik, uniéndose a los demás que se dirigían abajo a la cámara de los skars. Quik no lo siguió, y su vacilación hizo que Annalyse también se detuviera.

El cazador se retorció ante la pregunta no formulada de la científica, observando el nivel central y sus pasillos. Sin formas fáciles de entrar, espacios estrechos. A falta de plantar a Svarde en la puerta de la cámara de los skars, este sería el mejor lugar para mantener su posición.

—Podemos retrasarlos, al menos —concluyó Quik dirigiéndose a Annalyse—. No sé cuánto tiempo necesitará mi hermano para hacer algo que nunca se ha hecho antes.

—Torny derrumbó las puertas —dijo Annalyse—. Ningún equipo Najahn las despejará en horas.

—Fassle también tiene skars, y los Najahn han estado entrenando más. —Quik dejó caer la fachada muy ligeramente—. Y, Annalyse, no quiero estar en esa habitación. No esta vez.

Los gemidos y maldiciones de los cautivos restaron gravedad a las palabras, pero la admisión de Quik, tanto para sí mismo como para Annalyse, caló hondo de todos modos.

—No entiendo.

—Soy un cazador, Annalyse. Yo *actúo*. En esa habitación, con todos esos skars, solo estaré mirando mientras Wax hace algo milagroso o muere. Ambos hemos visto lo que esas piedras pueden hacer, lo que pueden tomar, y no voy a ver que le suceda a Wax. —Un sonido, un fuerte crujido, resonó desde la puerta principal de la torre. El primer golpe de un martillo, un pico contra la piedra. Quik encontró una sonrisa—. ¿Ves? Ya están aquí. ¿Me ayudarás?

—¿Me estás pidiendo que me pierda el evento más grande que las islas hayan visto jamás? —Annalyse comenzó a negar con la cabeza cuando sonó un segundo crujido, seguido de guijarros frescos cayendo sobre los adoquines—. Movimiento audaz, Quik.

Un cazador tenía que leer señales, encontrar pistas, y en el tono mordaz de Annalyse, la ligera curvatura en el lado izquierdo de sus labios, Quik vio algo que nunca antes había visto, y sintió una emoción que ninguna liana de la jungla, ninguna bestia rastreada le había dado jamás. Puso una mano en la espalda de Annalyse, la atrajo hacia sí mientras otro crujido resonaba por la torre. Ella se lo permitió, con una risita diminuta.

Solo un beso al final del mundo.

Las ballestas eran la perdición de Quik, y el cazador ni siquiera sabía cómo usarlas. La breve estancia de Quik entre los Najahn le había dado habilidades rudimentarias con la voulge, el chakram y las espadas de uso común entre los de púrpura y negro, pero las ballestas Whent estaban reservadas para soldados más experimentados. Como resultado, no tenía respuesta para el agujero que se astillaba en la pared de roca.

Annalyse sí la tenía.

A pesar de las continuas dudas de Quik sobre el dispositivo mortal, era innegablemente efectivo. Annalyse esperó hasta que los golpes derribaron suficientes piedras para tener un tiro claro al Najahn del otro lado. Sin embargo, la científica no disparó de inmediato. En su lugar, con ella y Quik de pie en el lado opuesto del pasillo entre linternas parpadeantes y voces crecientes de los Najahn, la científica le ofreció el dispositivo.

—¿Por qué? —dijo Quik, sin tomar la herramienta.

—Porque necesitas entender —dijo Annalyse—, y porque veo cuánto sigues sufriendo.

—No necesito...

Otro crujido, las rocas se movieron. Un vítore ronco se elevó de los soldados que aún se estaban despertando; la noche cerrada era un momento duro para levantarse y luchar.

—Yo sí —dijo Annalyse—. Necesito que lo tomes, aunque sea por un momento.

Le mostró cómo usarlo, una lección de segundos acompañada por el repiqueteo irregular del skar Noctia en la mente de Quik. Lejos del agradable burbujeo del Vis o los susurros frenéticos de un skar Kance, Noctia cargaba, exigiendo acción.

Quik podía darle eso.

Se agachó y caminó a lo largo de la parte trasera de los escombros, las piedras unidas en ángulos extraños o fundidas por el trabajo aleatorio de Torny. Los refuerzos Najahn habían calculado que un lado era más delgado que el otro y habían abierto casi la mitad. Quik había esperado skars, pero hasta ahora, no había señales de las piedras mágicas.

Al menos, no por parte de los Najahn.

El cazador se encorvó, levantando el dispositivo y apuntando al soldado Najahn que blandía el pico Foti. El soldado, con su túnica reemplazada por cueros empapados, no notó a Quik hasta que el cazador apretó el gatillo. El skar Noctia saltó, el rayo negro destelló, y el portador del pico se estremeció a mitad del balanceo. Se sacudió dos veces y se desplomó, el pico repiqueteando sobre su cuerpo. Detrás de él, las filas Najahn quedaron en silencio, atónitas.

¿Y Quik?

El cazador era un hombre nuevo. El dolor del hombro desapareció. El agotamiento persistente de un largo día y poco sueño se esfumó. Casi tan bueno como encontrarse con los labios de Annalyse hace unos momentos. Tan agradable como un montón de vino de melocotón Vis, música y una brillante noche tropical.

Annalyse lo apartó de un tirón cuando un virote de ballesta atravesó la abertura, rebotando en la pared cerca de la cabeza de Quik. El cazador se apoyó en Annalyse por un largo momento mientras la emoción se desvanecía, aunque el dolor de su hombro no regresó, ni tampoco su agotamiento. En cambio, Quik estaba listo para luchar, para correr, para resistir todo lo que los Najahn pudieran enviar.

—¿Ves a lo que me refiero? —preguntó Annalyse—. Es increíble.

—No lo entendía —respondió Quik—. Pero tienes razón.

Antes de que Quik pudiera profundizar en la sensación, en lo que algo así podría significar para la guerra, para la caza a través de las islas, la torre tembló. Un nuevo ruido provenía del otro pasillo, haciéndose eco hacia ellos. Quik y Annalyse interrumpieron su conversación y corrieron de vuelta al centro, frenando en seco al ver a nuevos soldados Najahn trepando por una abertura lisa en la barrera derrumbada de Torny.

Liderándolos, con la cabeza en alto y luciendo un collar con skars, estaba Kasava. Cuando Quik levantó el dispositivo, Kasava chasqueó los dedos, captando la mirada de Quik y deteniendo el avance Najahn.

El cazador dudó. Tenía distancia, tiempo de sobra para disparar. Detrás de él, Annalyse se dirigía hacia las escaleras que bajaban. Una retirada combativa le daría más tiempo a

Wax, pero si los Najahn querían hablar primero, bueno, esos eran minutos gratis para gastar.

—Quik —dijo Kasava—. Tengo suerte de que estés aquí, porque, de todos ellos, tú podrías ser razonable. —La mujer podía ver a los cautivos detrás de Quik, los cuerpos también—. Lamento ver que Fassle tenía razón. Sospechaba que todos ustedes intentarían algo esta noche.

—Sospechaba —replicó Quik—, ¿o se lo dijo el skar Tamas?

—¿Importa acaso? —Kasava sacudió la cabeza—. Lo que importa, Quik, es que entiendas por qué nunca íbamos a dejar que tu hermano usara los skars.

Una admisión obvia, dado el escuadrón Najahn apostado, y las palabras hicieron que Quik volviera a poner su dedo contra el gatillo.

—Los demonios se han ido —continuó ella—. Aparte de Kance, y Fassle habría honrado ese tratado, podríamos tener paz entre las islas.

Annalyse empezó a hablar, una protesta contra las criaturas dejadas a morir, pero Kasava la interrumpió con una negativa tajante. —No es nuestra culpa que los dioses dejaran morir sus viejos mundos. Tu hermano arriesga este. ¿Tomaría los skars y levantaría una isla completamente nueva de la nada? ¿Permitiría que los demonios se derramaran en este mundo? ¿Y eso en el mejor de los casos?

Kasava dio otro paso adelante. Un chasquido resonó por el primer pasillo, el escuadrón allí reanudando su avance más mundano. —¿Qué pasa si falla, Quik? ¿Qué pasa si los skars lo superan? ¿Se colapsaría Noctia, enterrando no solo la Ciudad Anillada sino a cada Whent en el Oscuro Inferior? ¿Podrían los demonios aparecer en otros lugares, derramándose sobre Vis y Kance, matando con loca libertad?

—Eso no sucederá —dijo Quik.

—¿No? ¿De dónde viene tu confianza? El mismo Wax admitió que no podía reabrir las puertas sin más poder. Nunca se ha hecho antes, ni por Demion, ni por ningún otro Aegis. —Kasava dio otro paso. Solo tres zancadas los separaban ahora, aunque su escolta no se había acercado con ella—. Va a destruir nuestro mundo, Quik. Tu familia, la mía, todos podrían morir.

Quik lanzó una mirada hacia Annalyse, la promesa contenida en su reencuentro, una promesa hecha en un mundo que Quik creía conocer. Uno al borde de desvanecerse.

—Esto no tiene por qué suceder —susurró Kasava, sus palabras silenciosas pero haciendo vibrar cada nervio de Quik—. Ayúdame a ayudar a tu hermano, Quik, y podremos salvar las islas juntos.

50
CANCIÓN DE SKAR

La Reina de Kance colocó dos puñados de skars de su propia isla sobre la losa. Sus voces ligeras desaparecieron cuando Eujo las soltó, y los diamantes se asentaron en pequeños montones cerca de cúmulos similares de topacios, esmeraldas, zafiros y ópalos. Bliss, Wax y Sawi se unieron a Eujo para agarrar las piedras y llevarlas al único lugar de la cámara donde Wax pudiera, en un instante, coger más. El Vis no estaba seguro, pero pensó que podría necesitar todos los skars que pudiera encontrar.

Los otros miembros del grupo asumieron diferentes tareas. Torny, adolorida y exhausta después de su trabajo con las piedras Whent, aferraba varios skars Vis y se sentó a un lado, observando con ojos entrecerrados. Svarde y Kivi, el leal lagarto de roca, habían desaparecido escaleras abajo hacia las cuevas arenosas. Se asegurarían de que no hubiera asesinos esperando y mantendrían la gruta despejada para la huida que seguiría.

Deux estaría esperando. El capitán de Kance había enviado un mensajero después de varios días de silencio, uno que se había quedado atónito al encontrar a su reina esperándole. Eujo había dictado que esta noche se daría una señal, una que Deux entendería si la veía. Si Wax de alguna manera podía levantar un continente y abrir las puertas de los demonios en completo silencio, entonces Eujo simplemente agarraría un skar Foti y lanzaría una llamarada.

El *Storm's Edge* navegaría en su rescate, y al amanecer, todo el grupo estaría de camino de vuelta a Kance.

Si eso ocurría, si salvar a los demonios y romper el dominio de Najahn sobre las islas era tan fácil, entonces Eujo se consideraría la mujer más afortunada del mundo.

Ami y Livier se apostaron en las escaleras que conducían de vuelta al nivel inferior de la torre. Con Quik y Annalyse ocupándose de la defensa exterior, esos dos mantendrían la última línea de defensa. Nadie esperaba que su ataque permaneciera en secreto por mucho tiempo, y el escuadrón de Fassle que esperaba demostraba que el Círculo lo tenía previsto, lo cual-

—¿Lista? —le preguntó Wax, y Eujo se dio cuenta de que ya había siete montones brillantes sobre la losa. Bliss se había retirado al lado de Torny, mientras que Sawi sostenía una voulge de Najahn y se encontraba cerca de las escaleras que bajaban, ya fuera para escuchar si Svarde necesitaba ayuda o para situarse cerca de una salida rápida—. ¿Eujo?

—Repásalo conmigo otra vez, rápido —respondió Eujo.

—De acuerdo. —Wax asintió, más para sí mismo, que era por lo que Eujo había hecho la pregunta. Intentar algo nuevo en la historia de las islas, con todas estas piedras, podría traer el desastre sin un enfoque real—. Primero, voy a intentar abrir las puertas de los demonios. Yo las cerré, así que tengo una idea de cómo al menos afectarlas de nuevo. —Wax tamborileó con los dedos sobre la losa gris—. Luego, una vez hecho eso, usaré los skars Whent para desgarrar el océano al oeste de Foti y crear una nueva isla.

—Lo haces sonar tan fácil —se rio Torny, con voz débil.

—Con todos estos skars, espero que lo sea —respondió Wax—. Pero esas son las partes más sencillas. Si todo eso funciona, entonces llegamos a la parte realmente loca. Voy a intentar mover las puertas. Por lo que puedo decir, son solo skars unidos de alguna manera, así que si puedo empujarlos a través del océano con estos skars Rana de aquí, entonces puedo empujar las puertas justo al lado de la nueva isla. Entonces los demonios estarán mayormente contenidos, y podremos salir corriendo de aquí.

Wax miró de nuevo a Eujo. —Cuando termine, sin embargo, puede que tengas que cargarme.

Esa fanfarronería ocultaba la realidad, donde la supervivencia de Wax parecía improbable. Pero por eso habían apilado tantos skars en la losa. Cada uno tenía un poco de poder propio, y si Wax podía seguir intercambiando entre los skars —Eujo y los demás irían apilando más skars de las reservas de la habitación a medida que Wax los agotara—, podría tener la oportunidad de mantener su propia energía intacta.

Como planes, tenía agujeros por todas partes, llenos de esperanza y conjeturas.

Como planes, Eujo no tenía uno mejor.

Podía, sin embargo, dar un fuerte apretón a la mano de Wax, un suave beso en su mejilla, y una última mirada que prometía toda una vida si el Vis lograba salir de esta.

—Lista —dijo la Reina de Kance.

Wax comenzó con siete. Un conjunto estándar de Aegis frente a él, recogido en ambas manos. Los ojos del Vis se cerraron y Eujo esperó a que algo comenzara, hasta que la torre se estremeció. Un ligero temblor, y uno que hizo que Bliss hiciera una pregunta por señas.

—No —gruñó Ami, arriba en las escaleras—. Eso no es Wax. Los Najahn están entrando.

—Entonces aguantaremos aquí —respondió Livier, subiendo hacia la puerta de madera, cerrándola y echando el cerrojo.

—¡Eh! —llamó Sawi desde cerca de la losa—. ¡Quik y Annalyse siguen ahí fuera!

—Y espero que luchen hasta el final.

—¿Luchar hasta el final? Necesitarán huir, y pueden huir aquí —dijo Sawi mientras se alejaba de las escaleras que bajaban, apuntando con la voulge hacia Livier—. Abre esa puerta.

Wax, por su parte, permanecía inmóvil sin un temblor, sin una gota de sudor. Eujo no sentía nada, ni una brisa, un temblor, ni un roce en su mente de un skar Tamas. Wax estaría buscando ahora, alcanzando a través de la Oscuridad de Abajo para encontrar esas puertas y abrirlas de golpe, a una distancia mucho mayor que cuando las cerró la primera vez.

¿Posible?

Quién sabía, pero Eujo no podía hacer nada al respecto. Podía, sin embargo, evitar que sus amigos pelearan.

—Abre la puerta, Livier —dijo Eujo, con un tono férreo—. Estamos aquí para salvar vidas.

—Es un riesgo, mi Reina.

—Es una orden, Livier.

El asesino se inclinó, deslizó el cerrojo a un lado y abrió la puerta. Sawi le lanzó una mirada de agradecimiento a Eujo, solo para encontrarse empujada a un lado cuando Bliss, también sosteniendo una voulge Najahn —lo suficientemente parecida a un bastón, o eso señaló la hermana de Wax—, subió corriendo pasando junto a ella. Ami dejó pasar a la joven, al igual que Livier, y Bliss desapareció de la cámara hacia arriba, donde los sonidos de crujidos continuaban con un ritmo constante.

—¿Adónde va? —preguntó Ami.

—Para ayudar a su hermano —respondió Sawi, antes de continuar subiendo tras Bliss—. Los Vis no se abandonan entre sí.

Ami y Livier no siguieron a las dos mujeres; en su lugar, el asesino se colocó donde pudiera vigilar el pasillo. Si tuviera que cerrar la puerta con llave, no les compraría mucho tiempo, pero con suerte no necesitarían tanto.

—¿Verdad, Wax? —murmuró Eujo, volviéndose hacia el Vis—. Levantar una nueva isla debe ser muy rápido y fácil.

Wax se estremeció. Hubiera escuchado a Eujo o no, el Vis negó con la cabeza lentamente, antes de volverse hacia ella. Los ojos del Vis se abrieron, un destello, y en ellos Eujo no vio las pupilas del Vis, su brillante alegría, sino colores arremolinados y cambiantes. Rojo sangre, azul océano, las líneas irregulares de un relámpago amarillo. Un escalofrío recorrió a Eujo y pronunció el nombre del Vis, acercándose. Alcanzó el brazo de Wax mientras esos ojos sin vista la observaban.

Y el Vis agarró la mano de Eujo, las skars en la palma de Wax aplastándose contra la piel de Eujo. Wax presionó hacia abajo, pegando la mano derecha de ella contra la losa, aunque Eujo apenas sintió la presión.

Porque había dejado muy atrás la cámara de skars.

Beber suficiente cerveza, comer el hongo adecuado o fumar la planta correcta podía transportarte. Eujo había experimentado bastante de eso —más durante sus días de ladrona que bajo el lente real—, pero nada se comparaba con el barrido que cambiaba el mundo enviando a Eujo en un torbellino con el toque de Wax. Mientras la cámara de piedra se difuminaba, Eujo escuchó voces de skar resonar en su mente.

No, no eran voces. Era música.

Wax había mencionado la sinfonía, pero Eujo nunca había escuchado la orquestación antes. Ahora llegaba clara y acompasada, con las skars Rana y Kance volando por las notas más altas en una melodía constante, mientras Foti y Whent ofrecían ritmos más bajos, sus gruñidos alternándose, jugando, dirigiéndose hacia las profundidades muy por debajo.

Eujo se hundió por debajo de la torre de skars, a través de roca y piedra, sin sentir un solo bloque. Pasaban borrosos en marrones fantasmales, grises y geodas brillantes. Cuando Eujo intentó alcanzar, tocar, no sintió nada. La canción se aceleró junto con el descenso de Eujo, la tierra girando en un miasma oscuro hasta que... espacio.

Una cámara, una piscina, pero una rota. Rocas caídas y columnas irregulares descansaban entre aguas negras. Una sola llama parpadeaba débilmente en un extremo, pero Eujo no se dirigió hacia ella. En su lugar, la misma fuerza que la había traído hasta aquí la empujó más allá. Dentro del agua y bajo su superficie.

—Eujo —dijo y no dijo Wax, las palabras un pensamiento interrumpiendo la música continua de las skars. Mientras la voz de Wax resonaba en su cabeza, el hombre apareció, una mancha estirada distorsionada por el agua—. Necesito tu ayuda.

Wax explicó el resto sin palabras, con impresiones. Una simple verdad transmitida a través de la skar Tamas, cuya presencia se incorporaba a la sinfonía como un zumbido de fondo. Junto con las otras skars, la piedra Tamas llevó su conciencia hasta aquí abajo, donde Wax podía ver las puertas muertas. Se las señaló a Eujo, cada grupo muerto cobraba vida con un remolino submarino de la skar Rana.

—¿Qué sigue? —preguntó Eujo.

—Necesito todas las skars Vis y Noctia que puedas conseguirme —dijo Wax—. Cada una de ellas.

Eujo no voló de regreso, sino que se liberó de golpe volviendo a la cámara de skars. Cayó, sosteniéndose en la losa. Torny preguntó qué estaba pasando, pero Eujo no respondió, poniéndose de pie y mirando de nuevo a Wax. El Vis tenía los ojos cerrados, pero su mano izquierda tenía la palma hacia arriba, esperando.

—Skars Vis y Noctia —dijo Eujo a la bandida, y Torny se sacudió, uniéndose a Eujo para empujar una pila de las piedras oscuras y verdes hacia la mano abierta de Wax.

—¿Adónde fuiste? —preguntó Torny mientras Eujo vertía tantas skars como podía de cada tipo en el agarre de Wax, el hombre estremeciéndose de nuevo cuando las piedras lo golpearon.

—Él me llevó adentro —dijo Eujo, retrocediendo y observando—. Va a necesitar nuestra ayuda, Torny. No va a ser fácil.

—Oh, bueno, gracias a los dioses. Me estaba aburriendo.

Cuando Wax cerró su puño sobre las skars, un nuevo sonido rebotó en la habitación. Metal contra metal. Una maldición Vis gritada, la voz de Sawi.

Peor aún, el ruido no provenía solo de la puerta abierta. La lucha había comenzado, tanto arriba como abajo.

51
DESHACIENDO LO IMPOSIBLE

Los nuevos skars de Vis y Noctia amenazaban el equilibrio que Wax mantenía entre sus primeros siete. Colocar las piedras en su lugar había sido más fácil esta vez, como ponerse una prenda, y la sinfonía inicial permitió a Wax descender hacia la Oscuridad Inferior, cabalgando el alcance interminable del skar de Noctia más allá de la Ciudad Muerta hasta el estanque colapsado. Wax no sintió tanto ese viaje, sino que visualizó el destino, ofreciendo una vaga dirección hacia donde pensaba que estaría, y dejando que el skar de Noctia extendiera esos zarcillos invisibles y aparentemente infinitos para encontrar las puertas cerradas.

Aquellos siete portales aún esperaban, sus skars flotando en aguas tranquilas. Sus impresiones parpadeaban, como estrellas en el cielo nocturno, mientras las piedras conservaban su energía divina pero ya no se enlazaban entre sí. Piezas dispersas esperando ser encadenadas de nuevo, y con su unión, las puertas a viejos mundos se abrirían de nuevo.

Pero mientras el skar de Noctia había encontrado las puertas, la diosa de la muerte parecía reacia a dirigir esa unión. Cuando Wax instó a la piedra a desempeñar un papel más importante en la cuidadosa música, el skar de Noctia se negó, desinteresado. Hasta que Wax se orientó hacia una puerta en particular, la que pertenecía a la propia Noctia. Entonces, como una persona que reconoce a viejos amigos, el skar saltó a un estridente solo, lanzando su energía hacia sus hermanos skars de Noctia.

Wax sintió esto desde lejos, como si moviera un dedo del pie y viera cambiar la manta que lo cubría. Sin embargo, la retroalimentación llegó clara: el impulso inicial del skar de Noctia fracasó, sus notas estridentes rompieron el ritmo y le indicaron a Wax lo que necesitaba a continuación: más skars.

Eujo se los proporcionó.

Con los skars de Noctia en la mano, Wax canalizó la energía oscura del ópalo hacia sus hermanos enterrados. Enlaces de color púrpura-negro se formaron difusamente en aquellas profundidades acuáticas, uniendo cada skar a la deriva con el siguiente, drenando la energía necesaria de las piedras que Wax sostenía en la superficie. Como una telaraña tejiéndose, los skars se unieron uno por uno, y cuando el último se unió, los skars dejaron de estar separados y encontraron su antiguo propósito.

¿Cómo?

Wax no estaba seguro. Tal vez algún patrón antiguo impuesto por los dioses, o quizás los skars, como solían hacer, entendían lo que Wax quería y no necesitaban su guía expresa para llegar allí. De cualquier manera, las piedras comenzaron a moverse, brillando con un profundo color púrpura, resplandeciendo en las aguas oscuras.

Una puerta revivió.

Si Wax respiraba rápido, si sus piernas estaban débiles, si necesitaba una bebida o un día de descanso, el Vis no lo sabía. Todo lo que oía, sentía y entendía era la sinfonía de los skars. Desvió el foco de la puerta de Noctia y se dirigió hacia la de Vis, una elección hecha por las impresiones en su mente, el repentino florecimiento de los skars de Vis en su mano mientras los empujaba hacia sus hermanos.

De nuevo los skars canalizaron el poder desde la mano de Wax, cabalgando la cadena sinfónica a través de roca y piedra, aire y agua hasta la cámara y la puerta que esperaba. Líneas verde hoja unieron los skars de Vis, y pronto las piedras giraron bajo el agua, otro portal abierto.

Con el camino despejado, Wax se trajo de vuelta a la losa, a la cámara de los skars. Dejó caer los skars agotados de Vis y Noctia, las piedras rebotando de la losa al suelo, y pidió a una decidida Eujo los de Whent y Rana a continuación.

Esos fueron rápidos, al igual que Foti y Tamas después. Kance fue el último, y con todas las puertas girando vivas, Wax se empujó de vuelta a la losa con una amplia sonrisa.

—Felicidades —dijo el Vis mientras la sinfonía se desvanecía, mientras volcaba los skars de vuelta a la losa—. Los demonios han regresado.

—También los Najahn —Eujo giró bruscamente, el humor bien escondido de la Reina se había desvanecido en su mirada glacial—. Svarde y Kivi están siendo presionados abajo, mientras tu hermana y Sawi están ayudando a Quik arriba, hasta donde podemos decir.

Wax miró hacia arriba y por encima de su hombro, vio a Livier vigilando la puerta mientras Ami se posicionaba cerca de la base de la escalera, lista para correr hacia donde fuera necesaria. La Guardiana pelirroja con el rostro dorado hizo un gesto de asentimiento a Wax cuando sus miradas se cruzaron, repitiendo su éxito con las puertas.

—Una promesa que realmente cumpliré, entonces —dijo Ami—. Intenta que sean dos, Vis.

Todo lo que tendría que hacer es levantar una nueva isla desde el fondo del océano. Fácil, ¿verdad?

—Skars de Whent —dijo Wax a Eujo y Torny—. Todos ellos.

—¿Estás bien? —preguntó Torny mientras ella y Eujo empujaban las piedras doradas restantes hacia Wax, antes de correr al altar de Whent para agarrar más—. Pensaría que después de lo que acabas de hacer, estarías exhausto.

—Mientras tengamos skars para procesar, estaré bien —dijo Wax, luego parpadeó ante la maravilla de todo—. Los skars, están haciendo la mayor parte por sí mismos. Yo digo lo que quiero que suceda, pero son las piedras las que saben cómo hacerlo.

—Remanentes de los dioses —dijo Eujo, añadiendo suficientes piedras de Whent para dar a Wax al menos cinco en cada mano, más del doble de ese número apiladas frente a él—. Parece que podrían recordar algunas cosas.

—Esperemos que eso incluya construir un nuevo mundo —dijo Wax, las voces de Whent resonando fuerte y rápido en su mente.

Deshacerse de los otros skars significaba que no habría sinfonía etérea que dirigir, ni viaje fantasmal a través de roca y piedra para vislumbrar y conectar con las puertas. En su lugar, Wax tenía un solo de Whent, y con él vino la sensación de cada roca, peñasco y bloque a través de la torre, Noctia y el gran suelo bajo el océano. A medida que los skars captaban su idea, su sueño de una nueva isla, las piedras aceleraron su cadencia, y Wax se sumergió en la nueva canción.

Sus piernas ya no terminaban con sus pies, la sensación en cambio se extendía bajo el mar. El dedo del pie que movía bajo la manta ya no era un skar de Noctia, sino de Whent, y el temblor hizo vibrar la tierra. Wax rastreó la sensación más allá de la costa de Noctia, menos visual y más instintivo, entendiendo que el dedo del pie bajo la manta estaba realmente allí, aunque no pudiera verlo.

Wax ordenó a los skars de Whent ir aún más lejos, y las piedras doradas se estiraron.

El Vis cerró los ojos y viajó. Sintió la lava fluyente de Foti, los volcanes palpitantes en el núcleo de la isla. Adentrándose en el océano fresco e interminable, Wax y los skars llegaron a su desolado sueño: una extensión vacía, lista para ser hendida.

—Aquí —murmuró Wax, y los skars escucharon.

Las piedras Whent enviaron su energía a través del lecho marino, aferrándose a los bordes, un gran círculo, y comenzaron a perforar. A dividir. A debilitar. Wax abrió los ojos parpadeando, alcanzó y atrajo más skars Whent. Los abrazó ahora, juntando cada piedra, sus esfuerzos combinados cavando profundos surcos en tierras muy, muy distantes de aquí.

Los skars estaban seguros, confiados. Eran Whent, y para esto fueron creados, esto era lo que su dios podía hacer, y juntos construirían un nuevo mundo.

Wax comenzó a esculpir, plasmando esperanzas de montañas, valles, llanuras y playas suaves. Ideas entregadas a los skars para construir, para actuar. Se concentró en un pico particular, como las agujas de Kance, y mientras comenzaba a elevarse desde el fondo del océano, Wax se encontró sonriendo.

Así era ser un dios.

Hasta que irrumpió el dolor. Agudo, instantáneo,

intenso. Wax cayó sobre los skars, su rostro enterrado en las piedras Whent. Eujo gritó, sorpresa e ira juntas. Un líquido caliente corrió por la espalda de Wax, sobre su pecho, hacia los skars Whent, y la canción tembló. Los skars se confundieron, y Wax, jadeando, cayendo en shock, perdió el control.

52
LA PUÑALADA PROHIBIDA

Torny se juró que nunca volvería a la cámara de los skars. Había visto demasiadas cosas horribles en esa habitación de piedra con sus tenues linternas, gemas brillantes y una losa de piedra ocupada por última vez por la única persona a quien podría haber llamado padre. La impresión no mejoraba con Wax, quien parecía estar en trance, temblando con los skars Whent rodeándolo. En otra escena, en otro lugar, el Vis podría haber parecido un hombre adinerado extasiado con sus propias riquezas.

Era difícil ver eso con los sonidos de lucha por todas partes. Arriba, donde Bliss había ido y donde las escaleras se curvaban, se oían gritos y golpes, maldiciones y choques. ¿Qué había pasado con Annalyse y Quik? Torny no lo sabía, y era más fácil seguir las órdenes de Eujo de agarrar más skars Whent y dárselos a Wax que especular. Abajo, resonaban rugidos familiares, Svarde entonando su canción Foti. Su gran espada estaría balanceándose, golpeando, matando.

Tantos muertos en tan solo unos días, sin contar

siquiera a los Dedos Ágiles, sus amigos ladrones ya muertos o a punto de estarlo.

La bandida relacionó su terrible pesadez con los skars Whent, su acción.

Sin embargo, mientras empujaba unas cuantas piedras doradas más, casi las últimas, contra los brazos de Wax, no pudo evitar sentir un impulso hacia las escaleras. Bliss estaba arriba, luchando por su vida. Quik y Annalyse también. Torny podría ayudar, podría...

La torre se sacudió. Los skars Whent entrando en acción. Tanto Torny como Eujo se agarraron a la losa para mantener el equilibrio, la bandida mirando de nuevo hacia la salida de la cámara, buscando a Bliss. Las jaulas de los skars se agrietaron, las piedras sobre la losa se cayeron rodando. Ami, en las escaleras, se pegó a la pared para no caer. Livier apareció en la puerta, su estoque destellando mientras bailaba con el temblor de la torre. El luchador najahn que lo presionaba no mantuvo tan bien el equilibrio, y Livier se deslizó de vuelta a la cámara de los skars solo para arrastrar al najahn con él, con un agarre y un lanzamiento que envió el cuerpo con túnica volando para estrellarse cerca de Wax.

Torny tanteó alrededor de la losa, desenvainó su espada robada, preparándose para poner fin al najahn que gemía. Las túnicas negras y el cinturón de cuchillos sugerían que era de la Tercera Mano, un asesino, uno que merecería lo que Torny le hiciera, un hecho que Torny usó para aliviar su golpe. Un solo corte limpio, el trabajo terminado, y Torny limpió la hoja en la vestimenta del hombre muerto.

—¡Lánzanos otro! —gritó Torny a Livier mientras Eujo recogía y arrojaba más skars Whent a Wax, quien continuaba amontonando todas las piedras doradas en sus brazos.

La avalancha sobre Whent, la destrucción de una montaña, no había tomado más que un puñado de las piedras. Wax tenía tantas ahora. La inquietud se apoderó de ella. Torny apretó su espada, como si el arma robada pudiera fortalecerla contra el desastre.

Bliss tenía una mejor cabeza para todo esto, pero la Vis aún no había aparecido en la puerta de arriba. Sin embargo, otra cara que reconoció sí lo hizo. Quik, el cazador de Vis, lucía golpeado, ensangrentado y aturdido mientras se paraba en el borde de la escalera, mirando a su hermano. Sostenía una voulge, una que Torny creyó reconocer, pensando que había estado en manos de Bliss hace un momento. Otro luchador najahn pasó corriendo junto a Quik, interrumpiendo el interrogatorio de Livier con otra ráfaga de cuchillos, que el asesino kance contrarrestó retrocediendo por los escalones.

De nuevo la torre se sacudió. Más fuerte que antes. Quik plantó la voulge, estabilizándose. Otra mujer pasó por la puerta, caminando tan ágilmente como Livier a pesar del temblor de la tierra. Torny reconoció a esta, Kasava, y maldijo cuando la mujer arrancó la voulge de las manos aturdidas de Quik.

El cazador de Vis se tambaleó cuando el arma y su apoyo lo abandonaron, el hombre enrollándose en una caída justo cerca de Wax. Eujo gritó algo, pero todo lo que Torny pudo hacer, con una mano sosteniendo su espada y la otra agarrando la losa para mantenerse erguida, fue observar cómo Kasava arrojaba la voulge hacia Wax.

Curvada, pesada y afilada, la voulge se enterró en la espalda de Wax, estrellando al Vis contra la losa, los skars, y arrancando un grito desgarrador del Renovador. Del hombre que Torny debía proteger.

Como un chapuzón de agua fría o una bofetada en la

cara, la voulge sobresaliendo de la espalda de Wax rompió la vacilación de Torny. La tierra se estremeció, un violento empujón que envió polvo y piedra crujiendo a su alrededor. La bandida esquivó los bloques que caían, pasó junto a una Ami que descendía, un Eujo en pánico y un Quik aturdido, para alcanzar las escaleras.

Livier había aprovechado la violenta sacudida para superar a su oponente, apartando la defensa inestable del asesino y hundiendo el estoque profundamente en su costado. Torny terminó el trabajo, deslizando la espada por el cuello del asesino mientras pasaba corriendo, saltando los escalones con la precisión ágil de alguien que había pasado toda una vida corriendo a través de lo desconocido e impredecible.

Kasava aún estaba de pie en lo alto de la escalera, apoyándose contra la pared de la torre mientras el mortero se agrietaba y los bloques se desprendían. La puerta misma había torcido sus bisagras, la madera colgando en ángulo a través de la salida. Torny ignoró todo esto, llegó a la plataforma a toda velocidad, dirigiéndose directamente hacia su objetivo.

Y vio los skars de topacio alrededor del cuello de la mujer, captó sus ojos, su ceño fruncido, y Torny, a pesar de la torre que se sacudía, la herida de Wax, el caos a su alrededor, se detuvo en seco. La bandida no podía matar a esta mujer, no podía lastimarla. Eso ya no ayudaría a Wax, no salvaría nada más.

Lo único que Torny podía hacer ahora, con la torre derrumbándose, era correr. Salir, encontrar a Bliss y huir.

—Vete —dijo Kasava, los skars Tamas brillando alrededor de su cuello, y Torny se giró hacia la puerta, abandonó su espada y se lanzó a través de ella.

El pasillo más allá de la cámara de los skars bailaba. El

suelo se ondulaba y se rompía, las piedras se desprendían de sus lugares. El arte de las paredes y las linternas se estrellaban contra el suelo, las primeras ofreciendo combustible para el fuego liberado de las últimas. Torny navegó por el desastre hacia la sala central de la torre, saltando, esquivando y esperando, esperando que Bliss siguiera con vida.

Al final del pasillo, un círculo familiar esperaba. La mesa y las sillas habían sido volcadas. Varios cuerpos más de najahn yacían en charcos de sangre. Sin embargo, la atención de Torny se dirigió a las tres formas atadas y presionadas contra la pared lejana, a la sombra de la escalera que se curvaba hacia arriba.

Bliss, Sawi y Annalyse.

—¡Torny! —gritó Sawi al ver aparecer a la bandida—. ¡Ayuda!

—Eso hago —dijo la bandida, acercándose mientras los escombros llovían a su alrededor.

Torny fue primero hacia Bliss y encontró que la cabeza de la Vis colgaba a un lado, pero aún respiraba. Tenía los ojos cerrados y las manos y piernas flácidas. Los nudos que sujetaban a Bliss eran simples, apresurados y fáciles de desatar. Una señal de que sus captores no esperaban ningún rescate.

O no les importaba.

Torny luchó contra un repentino impulso de volver a la cámara de los skar. Como un despertar lento, Torny reconoció por qué había venido por este camino, por qué había dejado vivo al líder de la tercera mano. Esos skars de Tamas. Pero con la torre aparentemente derrumbándose, Torny no podría volver con Wax de todos modos. Los demás tendrían que mantener a Wax con vida.

Si es que no estaba ya muerto.

—... doblegó la mente de Quik, Torny —decía Sawi, con

el labio sangrando y los brazos cubiertos de cortes de cuchillo—. Noqueé a Annalyse y Bliss se encargó de los asesinos, pero Quik y los otros nos vencieron. Van a detener...

—Ya lo hicieron —dijo Torny, desatando el último de los nudos—. Vamos, tenemos que salir de aquí.

Con una sincronización impecable, la torre respondió a las palabras de Torny con un muro que se desmoronaba, las piedras cayendo detrás de ella y revelando el acantilado desnudo. Aquellas rocas naturales no parecían mucho mejores, con grietas que se extendían como telarañas prometiendo un mal final si esperaban más tiempo.

—Tú lleva a Annalyse —espetó Torny cuando Sawi se puso de pie. La bandida levantó a Bliss, que no pesaba menos que la propia Torny, pero la desesperación hacía milagros.

Torny no podía cargar a Bliss sobre su hombro, pero podía arrastrarla hasta las escaleras. El temblor casi lo hacía más fácil, la torre tambaleante ofrecía el impulso para avanzar tropezando. Juntas, la pareja llegó al primer escalón, con Sawi y Annalyse no muy lejos detrás.

Subir, correr hacia la salida y...

El Tajo Dorado había desaparecido en una tremenda avalancha. Una cascada que Torny y los demás habían esquivado escondiéndose detrás de rocas atascadas. Ella no había estado en medio, no había sentido el mundo deslizándose bajo sus pies. La bandida lo sentía ahora, no como una sacudida temblorosa, sino como un crujido horrible y chirriante mientras la torre se desmoronaba. Se partió en un bamboleo desgarrador cuando el mortero, la piedra y la gravilla se separaron de su antiguo hogar.

—¡Agárrate! —gritó Sawi, aunque Torny no estaba segura a qué.

Toda la torre se inclinó hacia la derecha, lanzando al cuarteto contra la pared que bordeaba la escalera. Volaron chispas, cayeron piedras, y Torny rodó para ponerse encima de Bliss. Objetos desconocidos se estrellaron contra su espalda, robándole el aliento mientras la torre se estrellaba contra la calle de Noctia, mientras arrasaba otros edificios más allá, mientras caía por el acantilado.

El estómago de la bandida se hundió junto con la torre en picada. Torny gritó, las lágrimas rodando por el miedo, la rabia de no haberse salvado a sí misma, de no haber salvado a Bliss.

Al oír el sonido, los ojos de la Vis se abrieron, encontrando los de Torny. Una última mirada.

Hasta que el océano se la llevó.

53
DESAFÍO ATURDIDO

Su cabeza resonaba con dolorosa claridad. La lluvia salpicando su rostro ayudaba, mientras el agua caía a torrentes. La culpa, la vergüenza y el miedo se arremolinaban, apretando los puños de Quik y forzándolo a cerrar los ojos mientras el cazador intentaba cortar a través de recuerdos torcidos, los últimos minutos eran cada uno como un cuchillo dentado que laceraba su alma.

Ahora era obvio que Kasava había quebrado su mente igual que Gladdring. Había usado esas malditas piedras Tamas para abrir una brecha en las preocupaciones de Quik, su inquietud por Wax y lo que podría suceder si los skars fueran liberados. Una estrecha grieta se convirtió en una amplia brecha cuando Quik se encontró con su hermana y Sawi al bajar las escaleras. Ya habían diezmado a varios asesinos de la Tercera Mano, los sigilosos asesinos no estaban bien versados en el combate abierto, pero, contra Quik, dudaron.

Cada golpe amenazaba con romper el control de Kasava, y esos eran los destellos a los que Quik volvía ahora, esos breves momentos de aterradora lucidez después de haber atrapado la voulge de Bliss y habérsela arrebatado, o de haber inmovilizado a Sawi contra la pared, permitiendo que Kasava y otros asesinos de la Tercera Mano ataran a las mujeres. Había sido una danza cuidadosa: cada vez que Quik vacilaba, Kasava presionaba los skars de nuevo, llevando el miedo de Quik al frente. Había que detener a Wax antes de que destruyera las islas, arruinara a Vis, y para eso, Quik tenía que estar dispuesto a luchar, a romper con todo.

Incluyendo a Annalyse.

Ella había sido la primera. Una pregunta curiosa en el centro de la torre, una que Quik respondió apartando de un golpe su dispositivo, permitiendo que la Tercera Mano la envolviera y la arrojara contra la pared. Junto con Bliss y Sawi, el trío estaría a salvo, sobreviviría. No importaba cuánto sus miradas de confusa traición laceraran a Quik. Tales heridas no eran nada comparadas con la supervivencia de las islas, con la belleza inmaculada de Vis.

¿Y ahora?

Quik se incorporó, preparándose mientras el suelo seguía temblando bajo él. La torre había desaparecido, el polvo y la tierra flotaban en el viento de la tormenta. Rugidos, crujidos y maldiciones cercanas se escurrían alrededor del furioso clima, y el cazador los rastreó todos, encontrando su propio lugar en el caos.

A su derecha, en un escalón roto, Livier se aferraba a un pilar agrietado. El Vientas ya no parecía tener un arma, su túnica empapada, sus pies resbalando en una mezcla de barro, sangre y agua. Sin embargo, la mirada de Livier permanecía aguda, y le hizo una pregunta a su Reina.

Eujo estaba a la izquierda de Quik, sus talentos de ladrona en exhibición mientras se movía con la tierra temblorosa para recoger y entregar skars por puñados a Wax. Vis, por lo que parecían, pero ¿por qué-?

Quik gruñó, una mezcla sin palabras de rabia, dolor y frustración al ver la voulge clavada en el hombro de Wax. No había sido su golpe, nunca su golpe, pero Quik sabía que había sido su ofensiva la que había confundido a Bliss y Sawi, su giro traicionero el que había provocado la muerte de su hermano.

El cazador se levantó, tambaleándose hacia la derecha hasta la base de la escalera, solo para que algo duro golpeara su hombro y lo hiciera girar de vuelta al suelo. Quik sintió sus dientes golpear la piedra, un salpicón sangriento en su boca.

—Quédate abajo, Vis —gruñó Ami, presionando una espada robada de Whent contra la espalda de Quik—. Muévete otra vez, y te mataré.

—Wax —dijo Quik, con la mejilla presionada contra la piedra mojada—. ¿Qué está pasando?

—Tu amiga de la Tercera Mano ha hecho estallar todo esto, eso es lo que pasa —Ami se inclinó, cerca del oído de Quik—. Ahora todo el maldito mundo se está desmoronando. Wax podría estar muerto, y todos los skars se están desvaneciendo. Buen trabajo.

Más adelante, Quik vio el aire abierto. Rasgado por la lluvia, los relámpagos y las nubes oscuras. Más allá de la costa de Noctia debería haber mar, un horizonte limpio. En su lugar, nuevas formas se alzaban, gigantescas y relucientes, iluminadas por los relámpagos. Bultos más pequeños se sacudían y saltaban, lanzando rocas muy por encima. Géiseres escupían desde profundidades infinitas, lava naranja mezclándose con agua humeante. Olores sulfúricos, como los de los páramos de lava de Foti, llegaban en oleadas.

Quik no lo entendió al principio, pero Ami le resolvió el enigma.

—Noctia ya no es una isla, y aún no ha terminado —hundió la espada más profundamente, asegurándose de que cualquier movimiento que Quik hiciera lo vería destrozado—. La Ciudad Anillada está cayendo en un mar que podría no existir mañana por la mañana.

Mientras hablaba, la ira de Ami se desvaneció, como si estuviera estupefacta por el momento. Quik ciertamente lo estaba. Torny había contado la historia de la avalancha en Whent, un accidente causado por solo unos pocos skars de Whent liberados. ¿Cómo, entonces, había hecho esto Wax?

Quik giró la cabeza contra la piedra, mirando hacia atrás a la losa. No podía ver mucho desde su ángulo. Eujo ya no estaba recogiendo skars del suelo, sino que estaba junto a Wax, quien aún tenía la voulge sobresaliendo de su hombro. La Reina Kance parecía estar abrazando al Vis.

¿De luto?

—¡No dejes que se concentre! —gritó Ami, un comentario confuso hasta que Quik se dio cuenta de que no estaba dirigido a él—. ¡Está usando Tamas!

Kasava. La responsable de todo este desastre. La torre ya no estaba allí. Había dejado a Bliss, Sawi y Annalyse —¡Annalyse!— atadas. Si la torre se derrumbaba en el mar, o se estrellaba contra los acantilados, no tendrían ninguna oportunidad, ninguna, todo porque-

Una piedra captó la atención de Quik, entre sus respiraciones entrecortadas y llenas de rabia. La piedra plateada corría cerca de su rostro, cabalgando un riachuelo entre las piedras irregulares. Ami continuaba gritando consejos a... ¿Livier? Quik no podía estar seguro, no podía permitirse importarle, siempre que el asesino no matara a Kasava antes de que el cazador tuviera su oportunidad.

La espada de Ami podría haberse clavado en la espalda de Quik, pero ella no tenía peso sobre su brazo derecho. Quik extendió la mano, salpicando al agarrar la piedra plateada. La voz del skar llenó su cabeza y Quik la liberó, incluso cuando Ami maldijo y cambió su postura, gruñendo otra amenaza inútil.

Inútil porque el skar Rana tenía agua por todas partes, y liberaría a Quik.

Las túnicas empapadas alrededor de Quik enviaron su agua a su espalda, poniendo la punta de la espada de Ami y su pie en un repentino chorro. La Guardiana cayó, su pecho golpeando la espalda de Quik antes de que el skar Rana se llevara eso también. Mientras Quik se levantaba, la piedra Rana empujó a Ami hacia el borde expuesto del acantilado, un remanente de torre maltratado y dentado. La Guardiana soltó su espada, escarbando en busca de un asidero mientras las aguas rugientes, impulsadas por los charcos crecientes alrededor, empujaban a Ami hacia el abismo.

Detente. Quik ordenó al skar Rana que se detuviera, pero los skars no eran músculos, no eran obedientes. La piedra cantaba con su victoria, su alegría carnal por las aguas que movía, y Ami ni siquiera logró maldecir antes de que las aguas la arrastraran por el borde y la alejaran.

El cazador miró la inundación en un shock silencioso, cualquier reflexión sobre el caos arruinada por el desastre continuo. Por otro temblor desgarrador que llevó a Quik de rodillas. Un desafío gritado atrajo los ojos de Quik hacia donde Livier y Kasava bailaban entre la escalera maltratada y rota, con relámpagos y edificios desmoronándose detrás.

El asesino de Kance sacó una pequeña daga de algún lugar y la volteó entre sus manos mientras contrarrestaba los rompeespadas de Kasava. Ambos se movían con la tierra temblorosa, pero mientras Quik se ponía de pie, la Tercera

Mano del Tenet usó su terreno elevado, pateó a través de un charco para salpicar los ojos de Livier. El asesino retrocedió sobre una piedra resbaladiza, sobre la tierra que temblaba, y su rodilla se dobló hacia un lado. Maldiciendo, Livier se empujó de las escaleras, estrellándose contra el suelo frente a Quik, gimiendo sobre la piedra.

Kasava descendió y Quik se levantó para encontrarse con ella. La lluvia los empapó a ambos, y Quik descartó la túnica empapada mientras subía, dejando solo un cambio andrajoso debajo. Frío, pero ligero, y con dos armas menos contra cero, Quik necesitaría su destreza. Kasava dudó mientras él se acercaba, dos escalones agrietados entre ellos.

—¿Por qué? —siseó Kasava—. ¿No puedes ver la devastación que tu hermano ya ha causado? Necesitas detenerlo. Ahora.

La sensación ahora familiar atrajo a Quik, marcando la razón en las palabras de Kasava. Debería darse la vuelta y separar a Wax de los skars, matarlo si fuera necesario. Preservar las islas, detener la carnicería. Debería hacerlo, y en otro mundo, uno en el que su amor, su hermana, su vida aún pudieran existir, quizás Quik lo habría hecho.

Pero ese mundo se había ido, y Kasava había sido quien lo destruyó.

—Ya no puedes controlarme —dijo Quik, sin emoción.

Kasava apretó los labios, entrecerró los ojos y apuñaló con su mano derecha, un golpe mortal hacia el cuello de Quik.

El skar Rana lo llamó, y Quik lo liberó. La piedra mojada bajo los pies de Kasava se arremolinó, desviando su puñalada hacia la izquierda, por encima del hombro de Quik. Lo mismo no ocurrió con el contragolpe de Quik, bajo en el estómago de Kasava. Ella se dobló, jadeando pero aún balanceando su mano izquierda, el rompeespadas dibujando una línea roja a través del pecho de Quik. El cazador bajó su mano, agarrando el tobillo de Kasava y levantándola.

La Tenet se estrelló contra el escalón de piedra, sus pies volando alto. Quik agarró su talón izquierdo, llamó de nuevo al skar Rana, que secó la piedra a los pies de Quik tan seca como un hueso. El cazador se preparó mientras Kasava, aturdida, trataba de cortarlo. Si lo hizo, Quik no lo notó. Si ella llamó, gritó o suplicó mientras Quik la arrojaba por las escaleras, sobre el acantilado y hacia el abismo, tampoco lo notó.

La venganza tenía toda su atención, y cuando terminó, el cazador se volvió hacia la losa, hacia la Reina y su hermano.

Y vio el fin de las islas.

54
EL VÍNCULO

Las cicatrices Vis dijeron que Wax vivía. Las cicatrices Noctia lo mantendrían así.

Eujo viajó de la vida a la muerte rápidamente después de que la vouge golpeara a Wax y lo doblara sobre la mesa, mientras esos primeros momentos carmesí lo sumían en la inconsciencia. Wax no pudo, no tomó las cicatrices Vis que Eujo le lanzaba, no respondió cuando ella le gritó que lo hiciera. Por un breve momento, Eujo intentó tirar de la vouge, pero el peso del arma, su ángulo y el grito de Wax cuando lo intentó hicieron que dejara el arma en paz.

Con un puñado de cicatrices Vis, Eujo tocó a Wax, diciéndoles a las cicatrices en su balbuceo curioso que enviaran sus energías sanadoras a través de ella hacia él. Las cicatrices respondieron con confusión, con floja atención a la piel helada de Eujo, los pocos cortes y moretones que quedaban de las penurias para llegar aquí, una torre con su parte superior arrancada, con viento, lluvia y relámpagos azotándolos a todos. Imposible, increíble y abrumador a menos que se mantuviera enfocada en lo único que importaba.

Eujo pensó en Svarde.

El bárbaro había estado ausente todo este tiempo, desaparecido abajo para asegurar su escape y prevenir una emboscada. Choques de metal, maldiciones y las constantes canciones Foti de Svarde habían resonado desde entonces, pero ni un alma había emergido por esas escaleras. Pensó en él, pero no era ahí donde se enfocaba.

En cambio, creyó en la espada. El acoplamiento de Vis y Noctia que permitía al bárbaro sobrevivir a cualquier herida. Wax había mencionado que las piedras de ópalo podían alcanzar a otro ser vivo y tocarlo, tomar de él. Sin embargo, en los momentos antes de que la vouge golpeara, Wax había dicho que esas mismas cicatrices lo conectaban de vuelta a las puertas demoníacas, las habían abierto de nuevo.

Esa esperanza hizo que Eujo rebuscara las piedras negras en los charcos a sus pies, luego sosteniendo cicatrices Vis en su mano izquierda y Noctia en la derecha. Con los puños llenos de ambas, se abalanzó sobre la forma de Wax, aún encorvado sobre la losa y las cicatrices Whent apiladas sobre ella.

Esta vez sonó un concierto diferente.

Las cicatrices Noctia lideraron, sus notas agudas respondiendo a la petición de Eujo. No vio los zarcillos oscuros que Wax había descrito antes, pero sintió la mordida cuando encontraron a Wax. Eujo luchó contra el primer deseo, drenar el débil pulso que aún quedaba en el cuerpo de Wax. La Reina se entregó entonces a las cicatrices Vis, empujándolas a correr a través del vínculo entre ella y Wax. La canción balbuceante de Vis pareció confundida al principio, pero ella hizo como Wax había dicho, empujó a las cicatrices a una canción sincronizada con sus compañeras Noctia.

Y por segunda vez en minutos, el mundo que se desmoronaba a su alrededor se desvaneció.

Como si las manos de Eujo se extendieran a través de un espacio infinito, sintió la vida a su alrededor. Wax, Quik y Livier, sí, pero también las arañas escondidas en los recovecos de la torre destrozada, acurrucadas en los restos de sus telarañas. Curioso, pero no lo que Eujo quería, y apartó las cicatrices Noctia de las criaturas. Refinó sus deseos. Solo personas, solo humanos, solo aquellos abandonados por sus dioses.

Abajo, Eujo encontró más, las cicatrices Noctia distinguiendo almas frescas y enviando sus cálidos pulsos de vuelta a la Reina. Manchas naranja brillante en medio de una nada azul profundo. Una destacaba, más fría que el resto, un extraño punto en blanco contra un lienzo por lo demás cálido.

Svarde.

Las cicatrices Noctia invitaron a Eujo a tirar de los vínculos, a alimentarse, y Eujo lo hizo. Una ligera presión, como abrir una puerta. Las cicatrices Vis se unieron a sus hermanas Noctia en la apertura, siguiendo la guía de Eujo para extraer... ¿qué, exactamente? Wax seguía llamándolo *energía*, la voluntad de vivir, de moverse, de respirar, y quizás eso bastaría, porque la esencia fluyó de esas almas hacia Wax.

Él jadeó. Se enderezó bruscamente solo para caer de nuevo sobre la losa. Ella invirtió el movimiento, abrazó de nuevo las Vis para mantener la cadena intacta. Quik y Livier escupieron maldiciones, cayendo al suelo, confundiendo a Eujo. Seguramente Wax no necesitaría más que todo esto para mantenerse con vida, ¿verdad? Seguramente...

Las cicatrices Noctia no se habían detenido. La canción continuaba, las cicatrices extendiéndose más y más, uniendo a Eujo con Najahn alrededor de la torre, en el barrio que se derrumbaba y la devastada Ciudad Amurallada. Muchos estaban heridos, y aquellos que no lo estaban encontraron sus vidas drenadas para ayudar a sus hermanos. Las cicatrices cantaban cada vez más fuerte, y mientras la Reina comprendía lo que estaba sucediendo, se negó a detenerse.

Wax estaba rompiendo el mundo. Ella podía mantener unida su mejor parte.

La Reina Kance no sabía cuánto había durado su sinfonía, solo que, en algún momento, Livier y Quik pusieron más cicatrices en sus manos. Wax, también, murmuró peticiones de piedras Rana y Foti, recibiendo lo que el asesino y el cazador pudieron recoger de las piedras empapadas a su alrededor. La pareja también, por fin, extrajo la vouge del hombro de Wax, tirando del arma y mirando cómo la herida se cerraba como tela cosida ante sus ojos.

Noctia y Vis continuaron su sincronía, dispersándose más allá de Noctia hacia los mares, las islas, el Abismo Oscuro y el Reino de los Sueños de Jochi. Eujo encontró a los enfermos, los heridos, los asustados, y los curó a todos. Borró venenos y cortes, unió huesos rotos por caídas recientes y accidentes antiguos. Las cicatrices Noctia tomaban lo que necesitaban mientras avanzaban, uniendo a todos a lo largo de las islas.

—Eujo —dijo Livier, su voz cerca de su oído, colándose—. ¿Qué estás haciendo?

—Estoy curando las islas —respondió Eujo, mezclando la mirada cansada del asesino con su impresión distante, una gran extensión azul llenándose de almas naranjas—. Cada persona.

—Los estás matando, Eujo. Nos estás matando.

¿Qué? No. Ella estaba restaurando... La Reina cerró los ojos, se concentró en la canción, en cómo las cicatrices continuaban su trabajo. Las piedras no eran infinitas, bebían de sus fuentes y de aquellos vinculados a ellas. Eujo había unido las islas, y al hacerlo, estaba bebiendo de los sanos para salvar a los heridos.

Curar un hueso roto significaba que otro hombre podría perder su fuerza y caer. Curar una enfermedad grave podría causar un ataque al corazón en alguien más. Alguien a las puertas de la muerte podría causar dolor o músculos atrofiados a varios otros solo para sobrevivir. Las cicatrices estaban hambrientas, eran indiscriminadas, y necesitaban poder.

La idea surgió cuando Wax se desplomó, con los ojos cerrados y laxo, desde el montón de skars Whent hasta los brazos de su hermano, revelando las piedras doradas apagadas sobre la losa. Tantos skars, tanto potencial. Tan terribles, tan hermosos. La causa de tanto miedo y dolor, poder e ira. Los dioses habían dejado una parte de sí mismos, ya fuera intencional o no, pero quizás era hora de romper el vínculo. Usar los skars para lo que los propios dioses nunca habían hecho y salvar las almas de las islas.

Eujo añadió un nuevo ritmo a su canción de Vis y Noctia, uno que las piedras negras acogieron con entusiasmo. Más motas aparecieron en la visión discordante de Eujo, pero estas no eran personas, no eran seres vivos en absoluto.

Los skars bebían de sí mismos, Eujo atrayendo las piedras divinas a su red y enviando su poder a los heridos, los desgarrados, los rotos. Eujo encontró piedras por todo Noctia, luego alcanzó y agarró las joyas en la Grieta Dorada, en la Gran Forja de Foti. Encontró las gemas ocultas en las salas traseras de Tamas y en lo alto de la aguja Kance, bajo el Remolino Rana y en los brotes frescos en la cima del Gran Sana. Con cada una, Noctia bebía profundamente y Vis lo entregaba, esas motas brillando intensamente antes de desvanecerse.

Cuando la última luz se apagó, Eujo aún sentía abundantes personas con dolor, enfermedad, miedo y cosas peores, pero cuando los skars de Vis volvieron a otros, a ella, para efectuar la curación, Eujo se apartó.

Esa ruptura la hizo caer hacia atrás, dejando caer los skars muertos de sus manos y aterrizando en la piedra mojada. Una piedra que se rompía y se agrietaba. Detrás y encima de ella, el Barrio Najahn se sacudió. Livier y Quik intentaron mantener el equilibrio, fracasaron. Wax cayó hacia atrás desde la losa, aterrizando junto a Eujo. Aún inconsciente, empapado en su propia sangre, pero respirando.

Eujo extendió la mano, agarró la mano de Wax mientras la torre se desprendía, mientras el acantilado se derrumbaba y caían, hundiéndose en una oscuridad fría y húmeda.

55
GRUTA

Punzantes dolores devolvieron a Wax al mundo que había arruinado. La oscuridad prevalecía, con destellos distantes proyectando una luz grisácea en la lúgubre penumbra de piedra empapada. Pesadas rocas y tierra cubrían sus piernas, pero por fortuna, el Vis no había sido aplastado por completo. Tampoco la mujer que sostenía su mano, aunque una línea sangrienta que goteaba por la frente de Eujo sugería que sus ojos no estaban cerrados por elección propia.

Las olas rompían cerca, y riachuelos salados cosquilleaban los pies de Wax. Gritos resonaban entre truenos, entre la tierra que se derrumbaba. Voces que Wax reconocía.

¿Era ese Svarde, bramando como solo ese bárbaro podía hacerlo?

—¡Aquí! —gritó Wax, intentando mover sus brazos y piernas, encontrándolos atrapados por los escombros. El hecho de que pudiera sentir sus dedos de los pies y de las manos indicaba que su cuerpo no estaba roto, pero no podría desenterrarse por sí mismo—. ¡Eujo y yo estamos aquí dentro!

Wax se volvió hacia la Reina, la atrajo hacia sí y la abrazó con fuerza. Eujo había esquivado lo peor de la caída, salvo por el golpe en la cabeza, y su forma inerte se movía con relativa facilidad. Wax repitió los gritos mientras acercaba a Eujo.

Cuando llegó la respuesta, Wax exhaló un suspiro. En la oscuridad, mientras los relámpagos continuaban, se maravilló, se preguntó y sacudió la cabeza ante lo que habían hecho. Las islas habían sido rehechas, rotas y forjadas de nuevo, pero ¿en qué?

Pasaron horas entre los escombros. El amanecer y el cielo despejado se acercaban antes de que los bloques que cubrían a Wax fueran levantados, el esfuerzo incesante de Svarde despejando el derrumbe una pesada pieza a la vez. Kivi también ayudaba, disfrutando el ferrite de un festín entre toda la piedra dispersa. Livier estaba sentado, aturdido y medio dormido, en la arena cubierta de piedras. En cuanto a Quik, Wax no vio señales de él.

—No son los únicos que necesitaban ser rescatados —respondió Svarde cuando Wax preguntó.

El bárbaro, para decirlo simplemente, parecía hecho jirones. La carne del hombre había sido cortada por hojas hechas por el hombre y skars forjados por dioses, un relato que Svarde contó mientras continuaba desenterrando a Wax y Eujo. Los asesinos de la Tercera Mano habían sido reforzados por el mismo Fassle, el hombre trayendo más Najahn con él en un arrollador descenso por el acantilado con la ayuda de un skar Kance.

—El bastardo me habría hecho pedazos si toda la isla no se le hubiera caído encima —dijo Svarde—. Esquivó las primeras rocas, pero luego esos skars dejaron de funcionar, y él también. —El bárbaro no parecía particularmente complacido con esa última parte—. Habría pensado que caería con las piedras, pero parece que esta hoja no es de las que renuncian a su poder tan fácilmente.

—Todavía no estoy seguro de cómo lo hizo Eujo —dijo Wax—. Cómo mató a los skars.

Svarde no interrumpió su acarreo de piedras, pero le lanzó a Wax una mirada curiosa y oscura mientras sus brazos desollados levantaban más rocas.

—Por la forma en que lo dices, me hace pensar que te preguntas por algo más que los skars en esa torre.

—Ella seguía murmurando sobre mantener a todos con vida. Creo que se refería a más que solo yo y Livier.

—Eso espero, porque no hizo un gran trabajo contigo. Ni con ella misma.

Cuando Wax se liberó, cuando él y Svarde excavaron a Eujo del deslizamiento de tierra, la mañana estaba más cerca del mediodía que del amanecer. Los cielos despejados dejaban que la luz del sol se estrellara contra un mundo cambiado, uno que Wax contempló con la boca abierta mientras Svarde y Kivi se alejaban en busca de otros pedidos de ayuda.

La Ciudad Anillada, o lo que quedaba de ella, se había deslizado por la pendiente del cráter más allá del puerto. Los edificios se mezclaban con el lodo, extendiéndose donde antes había olas, donde ahora se alzaba una vasta llanura arenosa. Barcos grandes y pequeños yacían esparcidos por la tierra marrón como juguetes arrojados por un niño precoz. Wax creyó ver el *Borde de la Tormenta* entre ellos, sus brillantes velas plateadas marcando su progreso hacia la recogida planeada.

Si el barco volvería a encontrar agua alguna vez parecía

una buena pregunta, ya que Wax no podía ver ni oír el golpeteo de las olas.

La gente se arrastraba entre los escombros, grupos ya formándose y cavando. Najahn con túnicas trabajaban con taberneros maltrechos y marineros aturdidos para mover los escombros y liberar a las personas atrapadas debajo. De vuelta en la cara del acantilado, sobre Wax, las majestuosas torres del Barrio Najahn se habían derrumbado todas, sus ruinas rotas sobresaliendo a su alrededor.

Lo que comenzó como asombro empezó a convertirse en un terror enfermizo. Como con Torny y la avalancha, Wax había comenzado con una premisa noble solo para que su sueño fuera socavado por skars rebeldes. Había hecho más que levantar una nueva isla para los demonios, había rehecho todo con una mano torpe.

No, no Wax. Los restos de un dios muerto. Eso es lo que había causado todo esto.

—Culparte a ti mismo no es el camino a seguir —murmuró Wax para sí mismo—. Tampoco la autocompasión. —Dejó a Eujo tan suavemente como pudo entre los bloques embarrados—. Cuando despiertes, Eujo, solo grita. Necesito encontrar a mi hermano y hermana.

Quik no estaba lejos, ayudando a Svarde a levantar a una maltrecha Ami de un sumidero. La Guardiana Foti parecía una bestia aterradora, cada centímetro de su cuerpo cubierto de marrón y negro. Sus ojos estaban desenfocados, sus pasos inseguros, la boca una mueca tensa. La razón era fácil de ver, ya que ambos skars Vis en su placa facial estropeada estaban apagados y sin vida.

Sin embargo, mientras se paraba sobre un estrecho tramo de piedra con Quik a un lado y Svarde al otro, Ami golpeó a Quik en el estómago.

—Eso es lo que te ganas por arrojarme de un acantilado

—tosió Ami, luego se sentó en la piedra—. Mis malditos skars no están funcionando. —Cuando nadie mostró sorpresa, Ami maldijo de nuevo, luego miró hacia la ciudad devastada—. Espero que todavía quede algo de cerveza allí, porque la voy a necesitar.

—No serás la única —respondió Svarde.

Wax pasó junto al par de Guardianes, siguiendo a Quik de vuelta a los lodazales. Los deslizamientos de tierra habían enterrado la mayor parte de la gruta bajo la torre del Precepto Comercial en profundos montículos. Wax no tuvo que pensar mucho para adivinar lo que Quik estaba buscando allí afuera.

Y para suponer las sombrías probabilidades.

56

EL MUNDO QUE SE ROMPE

Una torre derrumbándose no figuraba entre los lugares estancos de las islas. Torny, sujetando a Bliss mientras se hundían con Sawi, Annalyse y demasiada piedra en el mar, recordó tomar una bocanada de aire. Esto resultó innecesario, ya que los bloques y rocas que golpearon primero no se hundieron de inmediato, sino que ahuecaron las olas y le dieron al cuarteto un momento jadeante para evaluar sus cuerpos maltrechos, labios mordidos y almas confundidas.

—¿Qué está pasando? —chilló Sawi, la Vis agarrando la mano de Annalyse con la suya y tirando de ambas hacia Bliss y Torny, que se encontraban en el extremo más alto de la torre que se hundía.

El camino del dúo para reunirse con la ladrona y la cazadora era un peligroso trecho de unos pocos pasos, interrumpido por los pisos superiores de la torre inclinada. Esos seis o siete pisos mantenían su impulso, con el mortero partiéndose bajo fuerzas que sus creadores no podían concebir, y Torny miró hacia arriba para ver que el techo de piedra se derrumbaba sobre ellas.

—¡Bajo las escaleras! —gritó Torny, arrastrando a Bliss por el suelo de piedra inclinado debajo de los bloques que se agrietaban, se desmoronaban y se curvaban.

Usar los escalones que se derrumbaban como refugio podría haber sido una de las peores decisiones de Torny, pero la elección se validó a sí misma cuando los escombros comenzaron a llover. Sawi recibió un golpe en el hombro, el impacto dejando el brazo izquierdo de la Vis en un ángulo que atormentaría las pesadillas de Torny, pero aun así el cuarteto se reunió en un apretado y aterrorizado abrazo. El alud superior golpeó con fuerza durante varios breves segundos antes de que Torny viera la aguja puntiaguda de la torre y su longitud adjunta estrellarse contra el mar más allá de ellas.

Un mar que ahora se filtraba alrededor de las piedras hundidas, empapando las botas Najahn de Torny. Los relámpagos y la lluvia igualaban al océano en ferocidad, cubriendo el aire con truenos y azotando los últimos momentos de la torre con gotas lanzadas con fuerza.

En cuanto a últimos momentos, Torny pensó que esto era lo peor que podía pasar.

—Tenemos que nadar —dijo Annalyse.

—Imposible —siseó Sawi entre dientes apretados, su mano derecha sosteniendo ahora su hombro arruinado—. Yo no puedo, de todos modos, y con toda esta corriente, nos succionará bajo las olas.

Torny tomó esas palabras y el sombrío destino que proyectaban con una silenciosa aceptación. Sería doloroso, sería terrible, pero pronto, su vida habría terminado. La lucha acabada, y se iría con Bliss en sus brazos.

Tal vez este último momento no era tan malo después de todo.

Hasta que Bliss rompió el hechizo surgiendo del agarre

de Torny, tropezando hacia las escaleras que caían. Sus pies chapotearon a través del agua creciente, la mano izquierda de la Vis haciendo señas que solo Torny y Sawi podían entender.

"Aún no hemos terminado".

Una frase simple y dudosa, que provocó una pregunta de Annalyse y una maldición de Torny.

—Dice que muevas el culo —gruñó la bandida, quitándose la empapada túnica Najahn y su peso adicional para seguir a la Vis—. Al parecer no se nos permite morir.

"Así es", señaló Bliss, luego se zambulló en el centro de la torre, ahora bien bajo las olas, y comenzó a nadar.

Mientras Torny medio saltaba, medio caía en el agua agitada, envió otro agradecimiento a Yarvick, quien se había asegurado de que todos sus Dedos Ágiles pudieran nadar. Noctia era una isla rodeada de agua, decía el señor bandido, y cualquiera que no pudiera explotar el oscuro océano para escapar era inútil. Que Yarvick tendiera a deshacerse de los cuerpos en el mismo océano vinculaba el principio y el fin de tantos Dedos Ágiles a lo largo de los años.

La corriente tiraba de las piernas de Torny mientras la torre se hundía bajo ellas, abriendo un remolino. Torny mantuvo sus ojos en Bliss y las dos se encontraron, permaneciendo cerca y pateando como locas mientras la torre desaparecía. Sin embargo, el colapso total nunca llegó, el remolino muriendo tan rápido como se formó, el edificio desmoronándose hacia un fondo marino no tan lejano.

Por supuesto. Habían caído de los acantilados de Noctia, pero no estaban lejos de la orilla. De hecho, como Torny anunció con esperanza vertiginosa, la costa destrozada de las islas estaba a solo unas brazadas de distancia. Una buena noticia para Sawi y Annalyse. La científica ayudaba a la Vis a mantenerse a flote, un esfuerzo al que Torny y Bliss nadaron para asistir.

El cuarteto flotaba entre las olas turbulentas, buscando agarres y recuperando el aliento. Más allá, Noctia y la Ciudad Anillada continuaban temblando y cayendo. Nubes de polvo se elevaban para encontrarse con sus primas más naturales. Incendios estallaban y desaparecían entre la lluvia. Gritos y llamadas se filtraban entre los truenos. Los barcos en el puerto se encontraron empujados sobre los muelles, mientras que aquellos más alejados o capaces de zarpar rápidamente, giraban o volcaban en el mar enloquecido.

Las olas empeoraban con cada segundo, una realización que hizo que el cuarteto se empujara hacia la gruta colapsada, sus patas de roca negra aún en pie. El acantilado más allá de ellas, incluyendo la torre donde habían estado Wax y los demás, había desaparecido, dejando un agujero cóncavo. La visión envió otro apretón nervioso al corazón de Torny.

¿Habían pasado por todo esto, destruido tanto, solo para perder?

Aunque la única playa de la gruta tenía sus arenas profanadas por los escombros caídos, la pendiente que ofrecía funcionó lo suficientemente bien para que pudieran trepar y liberarse. Las olas chocaban contra su escape, haciendo rodar a Torny sobre rocas afiladas y muebles rotos, marcos de cuadros destrozados y frascos que nunca más contendrían cerveza.

Solo unos cuantos cortes y moretones más añadidos a su colección.

Sin embargo, se arrastraron sobre el barro, tambaleándose con los brazos sobre los hombros, una miserable tripulación que se balanceaba con la tierra temblorosa, hasta que se detuvieron, como uno solo, ante un hombre encorvado, con la espalda contra una pared de roca negra.

Fassle parecía dormido, con una línea roja en el pecho causada por medios sobrenaturales. Si Torny tuviera que adivinar, la hoja negra de Svarde había hecho el trabajo, una suposición respaldada por los otros cuerpos dispersos alrededor. Más asesinos de la Tercera Mano, lo que llevó a Torny a preguntarse cuántos espías asesinos tenía realmente el Najahn.

Después de hoy, al menos, ese número se vería muy reducido.

—Parece que recibió lo que se merecía —dijo Sawi, acercándose tambaleante a Torny—. Svarde debió de plantar cara.

—El bárbaro hizo más solo que todos nosotros juntos —reflexionó Annalyse, mirando junto con los demás—. No estoy segura de que me guste lo que eso dice sobre nuestras habilidades.

"No importa si Wax no está vivo", señaló Bliss, antes de escupir en el suelo a los pies de Fassle y continuar subiendo por la playa.

Sawi se desplomó cerca de Fassle, con los ojos casi cerrados por el dolor de su brazo roto. Annalyse se agachó a su lado, arrancando tela del cuerpo de un miembro de la Tercera Mano cercano y envolviéndola para hacer un cabestrillo improvisado. Bliss siguió adelante, ignorando a Fassle y dirigiéndose hacia el muro de escombros y lo que pudiera haber más allá.

Torny, sin embargo, no era de las que dejaban una muerte sin confirmar. Al igual que Wax cuando la bandida lo conoció en Foti, Fassle llevaba un collar Najahn. Pequeñas ranuras a lo largo de su longitud metálica servían para sostener skars, y todas estaban llenas de gemas de todos los colores. Más de siete, y Torny contó varias piedras de Foti entre ellas. Los skars, sin embargo, parecían apagados y oscuros, sin brillar con la misma energía pulsante que Torny recordaba.

Aun así, era mejor quitarle ese collar y eliminar el riesgo.

La bandida alcanzó la cadena en el cuello de Fassle, inclinándose cerca, y se congeló. Fassle todavía respiraba, el aire salía de sus labios y llegaba al cuello de ella. Se contuvo de maldecir, trabajó con sus ágiles dedos y se deslizó el collar, lo alejó solo para notar que los ojos inyectados en sangre de Fassle la observaban. El rostro afilado del hombre, sus rasgos calculadores, se quebraron en una sonrisa dolorida.

—Ahora son solo piedras preciosas —dijo Fassle, con voz ronca—. Los skars están muertos, y nosotros también.

Torny miró el collar en su mano, se dio cuenta de que no oía voces susurrantes, ni canciones dispersas en su cabeza. Fassle podría tener razón, y si era así... Arrojó el collar a un lado, dejando que se enterrara en la arena. Cerca, otro asesino caído aún sostenía sus cuchillos, como si el hombre hubiera sido abatido y se negara a soltarlos. Torny podría caminar directamente hacia allí, agarrar una de las hojas y poner a Fassle, por fin, en manos de Noctia.

En su lugar, mientras Fassle miraba el lugar donde descansaba el collar, Torny se maldijo a sí misma y a una sensación completamente ajena que detuvo su mano. En cambio, se agachó de nuevo sobre Fassle, examinó la herida en su pecho. Fea, pero superficial. La marca de alguien que había estado retrocediendo cuando la espada se balanceó. El hombre no moriría, al menos no hoy.

Así que Torny resopló y le dio un golpecito en la nariz a Fassle, lo que provocó un grito de indignación.

—Deja de quejarte —dijo Torny, consciente de que Bliss, Sawi y Annalyse tenían los ojos puestos en ella—. No vamos a morir, pero mucha otra gente podría hacerlo si no te pones las pilas.

—¿Yo? —preguntó Fassle—. ¿Mis pilas? ¿Cómo...?

Torny cruzó los brazos y le lanzó una mirada que esperaba que se pareciera a las que Eujo daba cuando quería destrozar el alma de alguien.

—Se acabó. Ya sea que Wax haya traído de vuelta a los demonios, cambiado el mundo, destruido los skars o todo lo anterior, lo que importa ahora es todo esto. —Torny asintió hacia los escombros, luego hacia la orilla detrás de Fassle y la ciudad en ruinas más allá—. Sigues siendo el líder del Círculo. Siempre hablas de poder, aquí tienes tu oportunidad de usarlo realmente para algo bueno. Así que levántate.

—¿Quién eres tú para darme órdenes?

Torny frunció el ceño, profundizando la amenaza. —No es una orden, es una expectativa. ¿Quién eres, Fassle? ¿Alguien que pone excusas o alguien que merece la confianza que el Najahn depositó en ti?

"¿De dónde salió eso?" señaló Bliss más tarde, cuando la lluvia había vuelto a ser una llovizna y el océano había desaparecido, desviado hacia nuevos lagos salados, con los barcos que antes estaban sobre su superficie ahora esparcidos por la arena.

—Le di la misma medicina amarga que te di a ti en Rana —respondió Torny—. No hay tiempo para regodearse en tus sentimientos. —La bandida frunció el ceño—. Y piénsalo, ¿quién más podría hacer que todos los que quedan aquí escuchen? No es perfecto, pero creo que Noctia necesita a su líder ahora.

Quik los había encontrado hace varias horas, apareciendo como una aparición sobre los escombros fangosos al final de la playa para hacerles señas. Se habían reunido al otro lado de la pendiente, en una planicie sucia donde Svarde y Kivi habían terminado de liberar a Wax y Eujo. En general, Torny estaba atónita de que no hubieran perdido ni una sola vida, aunque todos llevaban heridas, algunas que podrían permanecer durante mucho, mucho tiempo sin los skars de Vis para curarlas.

Fassle, vendado por Annalyse, había desaparecido entre los escombros con Kivi como guía, desesperado después de la advertencia de Torny por descubrir quién y qué quedaba de su Najahn y su amada Ciudad Anillada. Cualquier conversación sobre guerra, castigo o señalar culpables nunca comenzó, aunque Torny no era lo suficientemente ingenua como para pensar que la culpa y el arrepentimiento no tendrían su día.

Noctia había sido devastada, y a juzgar por la escala, por lo que Wax decía que había sucedido, cada isla podría haber sufrido. Muerte, destrucción, ¿y todo para qué?

¿Los demonios?

Ni siquiera Torny podía encontrar esperanza en eso.

57
ARENA FRESCA

Las líneas eran duras. Las fronteras, una vez talladas por los cuerpos de dioses muertos, habían sido borradas por la tierra que se había elevado, y nadie quería ceder terreno. La cumbre tuvo lugar en Noctia, por supuesto, porque lo que antes era la isla central ahora era el centro de una masa de tierra salpicada de lagos. Quik lo confirmó por sí mismo, llevando su ser relativamente ileso junto con Annalyse a largas caminatas, algunas que duraban varios días, por los lodazales que se estaban secando. Lo que una vez fue el fondo del mar contenía el fertilizante apelmazado de plantas y animales arrancados de sus hogares hacia una muerte lenta.

Una nueva vida lo reemplazó, brotando a medida que la primavera avanzaba. La escasa temporada de lluvias de Noctia ayudó a que los brotes se extendieran desde Vis, Rana y Whent hacia la tierra vacía, y Annalyse catalogó los retoños, afirmando que sus amigos querrían saber qué plantas estaban creciendo y qué animales merodeaban.

—¿Por qué? —fue la respuesta del cazador, preguntándose si los hanokos comenzarían a salir de Vis para acechar a los desprevenidos habitantes de la ciudad de Noctia.

—Porque todo esto es nuestro —respondió Annalyse, extendiendo sus brazos sobre la vasta extensión arenosa. Noctia y la Ciudad Anillada, siempre ruidosas con construcción y excavación, resonaban a sus espaldas—. Hace días, habíamos llenado las islas y no teníamos a dónde ir. Ahora, podemos crecer.

La deformación del mundo se había confirmado cuando llegaron los primeros vagabundos de las otras islas, almas valientes, antiguos marineros, tratando de averiguar qué había sucedido. Habían caminado durante días por puentes de tierra ininterrumpidos desde Rana y Tamas, Foti y Vis. Incluso Narro, el capitán de la marina de Kance, había llegado en planeador, diciendo que los océanos habían sido empujados hacia atrás en todas direcciones.

El tiempo se desdibujó. Los primeros días se pasaron trabajando para rescatar a los atrapados, una operación que se llevó a cabo en toda Noctia y las otras antiguas islas con continua sorpresa por la falta de vidas perdidas. Algunos, sí, habían sido enterrados demasiado profundo o destruidos cuando un barco se rompió contra una montaña que surgió repentinamente del mar. Pero muchos, incluso la mayoría, habían encontrado sus heridas curadas, sus huesos recompuestos, su salud lo suficientemente reforzada como para esperar el rescate.

Wax y Eujo no mencionaron por qué era así, y nadie le preguntó a Quik, así que el cazador se mantuvo callado. Ya había tenido suficiente atención para durarle toda la maldita vida.

Los roles volvieron rápidamente. Eujo arrastró a Wax de reunión en reunión, y este último le dijo a Quik lo celoso que estaba de que el cazador pudiera pasar sus días explorando. Ami, con su placa facial retirada y las quemaduras atenuadas, si no borradas, por cremas y cuidados tradicionales, se había marchado con Svarde y Kivi hacia la Herida.

El profundo agujero y su conexión con Dreamhold habían sido cortados una vez más por el colapso, pero los incansables esfuerzos del bárbaro y su recién adquirida experiencia en excavación habían restaurado las palabras, luego el comercio y el tránsito. Los mensajes de Jochi confirmaron que las puertas habían sido reabiertas, y los demonios volvían a trepar a través de ellas, tan desesperados como siempre por escapar.

Esta vez, sin embargo, el Señor de la Guerra de Whent tenía un mejor plan: sus ingenieros estaban cavando, bombardeando y abriendo túneles hacia el lejano océano occidental, hacia la gran nueva tierra que Wax había levantado más allá de Foti. Tomaría tiempo, pero con la ayuda de los caminantes de fuego, un túnel subterráneo que condujera a los demonios fugitivos hacia un hogar distante estaría terminado.

Que tal ruta estaría pavimentada con una carnicería interminable mientras los demonios luchaban entre sí fue reconocido, pero dejado de lado. Jochi prometió observadores a lo largo del vasto túnel, con cualquier demonio inteligente como los caminantes de fuego rescatado y ofrecido refugio. El alcance de la misericordia de las islas.

Ami lo aceptó, y con su consentimiento, el trato estaba hecho.

—¿Estás seguro de todo esto? —preguntó Annalyse después de terminar de anotar sobre un pájaro cercano, sus plumas moteadas de azul muy lejos de su hogar en Rana—. Podríamos irnos, ya sabes.

—Tú no quieres.

Sawi, Torny y Bliss se iban mañana, con Sawi lo suficientemente recuperada como para hacer el viaje de regreso a Vis. Torny nunca había visto la selva, y Bliss no había visto a sus padres en mucho tiempo. Cuando la guarnición de Najahn, por órdenes de Fassle, renunció a su control sobre la isla, Deshiva había sido la primera en llegar a Noctia. Su aparición había servido como catalizador para la hermana de Quik, recordándole la isla que tanto extrañaba.

—Yo... —Annalyse sacudió la cabeza—. Hay tanto que aún queda por entender. El mundo entero es diferente ahora, Quik. Todo es nuevo. —La emoción chispeante se desvaneció junto con su voz, y la científica apartó la mirada —. Y lo que pasó allá atrás, no estoy segura de estar lista para ello.

Quik la envolvió en un fuerte abrazo, plantando su barbilla en el hombro de ella. Las ligeras túnicas najahn eran cálidas, acogedoras. Más agradables, si Quik podía admitirlo, que un tejido seco y áspero.

—Podemos volver cuando estés lista —dijo Quik—. Dices que el mundo entero ha cambiado, pero creo que te equivocas.

—¿Ah, sí?

—Se siente familiar. —El cazador se apartó, sonrió mientras Annalyse le dirigía una mirada curiosa—. Tú, yo, ese lápiz de carbón y un montón por descubrir.

Annalyse rio, tan brillante como la soleada brisa primaveral. —Esta vez, creo, podemos dejar a los demonios fuera de esto.

58
REINA DEL NUEVO MUNDO

Endless debates reemplazaron el silencio que dejaron atrás los skars. Eujo echaba de menos esas voces mientras pasaba un día tras otro en la losa costera elegida por Fassle como la nueva sede del poder Najahn. Lo que eso significaba, lo que cualquier cosa significaba en este nuevo mundo, seguía sin definirse, pero Fassle hacía todo lo posible por aferrarse al pasado.

Eujo, junto con representantes de las otras islas —ninguna, gracias a Wax, seguía siendo realmente una isla— contrarrestaba las afirmaciones de dominio de Fassle con llamados a la independencia, a la unidad, a algo de razón en un mundo enloquecido. Ciudades y pueblos por igual habían sido devastados por terremotos mientras que, al mismo tiempo, aquellos que llevaban mucho tiempo enfermos o heridos se habían encontrado restaurados. Las muertes eran pocas, los confundidos muchos.

La Reina Kance y el Vis Renewal guardaron silencio sobre su papel en ambos, y Fassle no lo mencionó. Los tres lo atribuyeron al último error de los Dioses, los skars encontrándose entre sí y estallando sobre el mundo. Como explicación carecía de detalles, pero la confusión desviaba el escrutinio y, como aconsejó Livier, pocos líderes se molestarían en investigar algo que los había llevado al poder.

—Dices eso, pero nunca me dejas en paz —bromeó Wax una noche, mientras compartían unas cervezas en uno de los pocos bares que quedaban en Noctia. El *Colmillo de Rata* había sobrevivido debido a su extraña construcción, inundado de barro pero por lo demás ileso—. Sin mí, tú...

—Termina esa frase y haré que Livier te despelleje —replicó Eujo, y luego sonrió—. Y no puedo dejarte solo porque harías algo estúpido, y eso me haría quedar mal.

—¿Estúpido? ¿Como qué?

Eujo agitó su jarra hacia la puerta, señalando los montículos ruinosos más allá.

—De acuerdo —dijo Wax—, tal vez me pasé un poco. —El Vis, aún vestido con túnicas Najahn como Eujo, adoptó un ceño más serio—. He estado pensando en ese momento, Eujo, y no estoy seguro de que los skars se volvieran locos por sí solos.

Eujo ya conocía los patrones de Wax, le dio un momento complaciendo su bebida.

—Estaba tratando de construir otra isla al oeste, pero más profundamente que eso, solo quería que todo esto terminara. La lucha, los skars, las muertes. Creo que los skars Whent captaron eso, lo llevaron al extremo cuando la voulge me golpeó.

—¿Y su respuesta fue unir a todos por tierra? ¿Cómo va eso a detener todas las peleas?

—¿No lo ha hecho?

Esto dejó a Eujo sin palabras. Era cierto que de un solo golpe la guerra entre Noctia y Kance había terminado. La ocupación de Vis se estaba negociando. Las fronteras comunes facilitarían el comercio, la comunicación sería más rápida. Cada una de las antiguas islas, impulsadas por los mensajes de Livier, miraba a Noctia con recelo y con la columna vertebral endurecida por la solidaridad. Que estallaran pequeñas peleas por esto y aquello era inevitable, pero ¿guerras?

—Wax —dijo Eujo—, creo que podrías haber traído la paz por un tiempo, pero los dioses nos crearon, y los dioses no jugaban limpio.

Sin embargo, los dioses y la guerra estaban lejos de los pensamientos de Eujo mientras caminaban hacia Kitaye. La ciudad de la jungla emergía de la niebla matutina, su laguna y los lagos cercanos conservaban sus azules tropicales. La Reina Kance y su escolta —Deux había abandonado el *Filo de la Tormenta*, vendiéndolo por carretas más prácticas y bueyes Whent— entraron en la ciudad bajo la entusiasta guía de Wax, siendo su primera parada un puesto en particular instalado en el lado norte de la ciudad.

Allí, con ojos preocupados que se mezclaban con una sonrisa vigorosa y un puesto bien surtido, estaba la madre de Wax. Mientras el Vis hacía las presentaciones, el padre de Wax también apareció, ambos posando sus miradas sobre Eujo con amable curiosidad. Era obvio que había historias que contar, e igualmente obvio que la venta de hongos podía esperar.

—Sabes —dijo la madre de Wax después de varias copas de vino de melocotón, con fuegos y canciones entrelazándose en la cálida noche de verano—, mi hijo es un hombre salvaje. Necesita a alguien fuerte.

Eujo se rió mientras Wax protestaba, luego tomó la palabra.

—Yo también, y las islas también. Tengo suerte de

haberlo conocido. —Le dio a Wax una sonrisa cantarina—. Y más te vale creer que tienes suerte de conocerme.

Wax no discutió, simplemente alcanzó el vino. Su intento fue superado por el más rápido manotazo de Sawi, como había sucedido tantas veces. Torny, compartiendo el fuego y la mano de Bliss, chasqueó la lengua.

—Nunca habrías sobrevivido en las calles con manos tan lentas, Wax —dijo Torny.

—¿No debería mi Guardiana estar ayudándome? —replicó Wax, sonriendo todo el tiempo, mientras Sawi rellenaba sus copas de madera.

Torny dirigió sus ojos hacia Bliss.

—Creo que ese trabajo ya terminó, ¿no? Hemos acabado con los demonios, detenido la guerra. ¿Qué más queda?

"Unas vacaciones", señaló Bliss, "y algunas lecciones".

—¿Lecciones?

"Saltar entre tejados no es nada comparado con balancearse de árbol en árbol".

—¿Quieres intentarlo? —preguntó Wax a Eujo, y la Reina no dudó en aceptar, pero no de inmediato.

Que terminarían de vuelta en Kance, en el Palacio del Cielo, cuya aguja había sobrevivido a los terremotos devastadores, era un hecho. Que explorarían este nuevo mundo juntos era una verdad que ambos conocían y compartían. Cuando Wax preguntó cómo Eujo encontraría el tiempo, con Kance necesitando un líder para guiar su recuperación, la Reina tenía una respuesta preparada.

—Dos Reinas, Wax —dijo Eujo—. Ya es hora de que elijamos a otra, y entonces tú y yo nos tomaremos unas largas, largas vacaciones.

59
LA ESPERANZA DE LA ETERNIDAD

El bárbaro alzó su espada y se puso en marcha, caminando hacia el norte en dirección a la superficie. Él y Kivi estaban ya lejos de Dreamhold, donde Svarde había dejado a Ami con Jochi, trabajando arduamente para dar forma al nuevo túnel del demonio. Si esa fuente del caos resistiría, Svarde no podía asegurarlo, y supuso que la espada en su mano lo arrastraría de vuelta a los demonios a su debido tiempo.

A menos que la soltara.

En lo profundo del subterráneo, Svarde podría sentarse y aceptar un final tranquilo. Había sido destrozado en la pelea contra Fassle y los asesinos de la Tercera Mano. La piel y los huesos se habían recompuesto lo suficientemente bien, pero Svarde sabía que había otros costos, heridas más profundas que el poder del Vis no podía sanar.

Por eso caminaba hacia la única persona que podría ayudarlo a encontrar perspectiva. No el Rey Muerto, una mente desolada tan podrida por el tiempo que no era más que un obelisco insensible. Svarde tenía otro objetivo, otra persona, y Jochi le había dado la dirección.

Detrás de él, Kivi resopló y le dio un mordisco a una sabrosa roca. La ferrita, al menos, se estaba divirtiendo.

La pequeña aldea se encontraba en la costa norte de Rana, mucho más allá del Remolino. A pesar de la devastación de Wax, el océano aquí permanecía intacto, al igual que las colinas verdes utilizadas para alimentar ovejas y escalonadas en terrazas de arroz. La gente que se había asentado aquí había buscado refugio y, por lo que Svarde podía ver, lo habían encontrado.

Una pequeña taberna se asomaba a la plaza del pueblo, discreta salvo por las risas, la música y las brillantes linternas que resplandecían en su interior. El dulce aroma del verano flotaba en el aire iluminado por luciérnagas, el tono rosado de Sichi se mezclaba con el atardecer tardío. Era tan hermoso que hizo que Svarde vacilara frente a la puerta, al menos hasta que una mano le golpeó el hombro.

Nudoso, barbudo, pero con un aspecto más lleno de vida del que Svarde jamás había visto, Rasslebeck se rio ante la mirada fija del bárbaro.

—No me juzgues —dijo Rasslebeck—, porque eres tú el que parece haber perdido una batalla contra la mismísima Noctia.

Antes de que Svarde pudiera decirle al hombre cuán acertado estaba, Rasslebeck pasó junto al bárbaro y empujó la puerta para abrirla.

—Bueno, gente, tenemos un invitado esta noche, y a pesar de su aspecto, apostaría a que podría beber hasta dejarnos a todos bajo la mesa. Denle la bienvenida al viejo Guardián, bastardos.

Y así lo hicieron. La multitud, casi en su totalidad, provenía de la tripulación que Svarde había llevado a las Profundidades Oscuras hacía tantos meses. Uno por uno, dieron la bienvenida al bárbaro con burlas y gritos, choques de jarras y promesas de futuros barriles por abrir. La última de ellos, sin embargo, observaba desde detrás de la barra, ya llenando la jarra de Svarde. Se apoyó con los codos en el mostrador mientras Svarde se acercaba, su vestido color aguamarina haciendo juego con el mar.

—Te pediría que dejaras la espada fuera, pero supongo que eso no funcionaría, ¿verdad? —dijo Maena, con esa sonrisa de labios curvados brillando a la luz de las linternas.

—No a menos que quieras tener un cadáver polvoriento entre manos.

—Creo que ya he tenido suficientes de esos para toda una vida —respondió Maena, empujando una jarra fresca hacia Svarde—. ¿Qué te trae tan lejos, Guardián?

—La última vez, cuando pensé que había terminado el trabajo, me fui solo —dijo Svarde—. Estaba pensando que podría intentar algo diferente esta vez.

—Bueno, tal vez podría encontrarte un nuevo trabajo. ¿Alguna vez has dirigido un bar?

Kivi, a los pies de Svarde, resopló. El bárbaro, con la espada sobre el hombro, cogió la jarra con la mano derecha. La chocó contra la de Maena.

—No lo he hecho, pero siempre estoy dispuesto a aceptar un desafío.

Esa noche, por primera vez en mucho tiempo, la cerveza sabía como Svarde recordaba, las historias fluyeron sin preocupaciones, y incluso cuando todas las demás almas se habían ido a dormir o yacían inconscientes en el suelo, Svarde no se sintió solo.

En cambio, mientras se aventuraba afuera para ver el amanecer, Svarde pensó que podría aferrarse a esa espada un poco más.

60
EL FIN, EL PRINCIPIO

El principio del otoño había llegado cuando Wax alcanzó las magníficas alturas del Gran Sana. Los juegos políticos de Eujo continuaban, pero Kance tenía su segunda Reina y habían logrado su escape temporal. Wax evitaba todo aquello tanto como podía, pasando los días entre el viento, practicando su planeo, ayudando a reparar edificios dañados y construyendo otros nuevos. Sin embargo, había estado contando las semanas hasta este momento, este día.

El majestuoso centro de la flor había vuelto a crecer desde que los Najahn lo incendiaron, pero algo no había regresado al centro índigo: no brillaban skars entre el polen. Eso coincidía con las noticias que llegaban de todas las antiguas islas. Las piedras de los dioses no habían vuelto desde la desesperada lucha de Eujo por enlazar, absorber y sanar en Noctia.

Eujo declaró que eso era un consuelo. Las piedras y su poder serían de otro modo un imán para cualquiera que buscara causar daño. Wax no estaba tan seguro, pero los skars habían desaparecido, así que el asunto era discutible.

—Además —murmuró Wax, pisando uno de los largos pétalos. El sol de la tarde brillaba sobre una jungla ventosa, con pájaros surcando los cielos. Un bosque fresco crecía alrededor del abandonado puesto avanzado Najahn al oeste—. No estoy aquí para preocuparme. Estoy aquí para decirte, Pan, que cumplí tu promesa. Lo logramos.

El Vis metió la mano en su bolsa y sacó un solo shrive, uno que había recolectado unos días antes. Parte de un viaje a través de Vis con Eujo, y un espécimen que Pan habría adorado. Frotando el hongo entre sus manos, Wax observó cómo el viento agarraba los pedazos y los arremolinaba sobre la jungla que Pan había amado tanto.

Una mano encontró la suya, y Eujo, vestida con un tejido Vis y con tinta fresca de cazadora en sus hombros, compartió su silenciosa vigilia. Después de que los últimos fragmentos desaparecieran, Wax suspiró y le guiñó un ojo a Eujo.

—¿El primero que baje paga las rondas?

Eujo se rio.

—Trato hecho, Vis.

Annalyse no esperaba la convocatoria de Fassle, ni esperaba que la única otra persona en la habitación fuera Kasava, el Tenet en recuperación de la Tercera Mano. El líder de los Najahn le entregó a Annalyse varias hojas de papel almidonado, un recurso raro de gastar y una señal de la importancia de la información.

—Léelo —dijo Fassle, señalando con la cabeza la última silla vacía alrededor de la mesa.

Los papeles contenían nombres, edades, fechas y descripciones simples. Todos habían llegado en los últimos dos meses, y todos anotaban fenómenos. Un niño cuyos rasguños en las rodillas sanaban en segundos. Una artista callejera cuyos talentos eran de alguna manera deficientes siempre tenía su bolsa repleta de donaciones de espectadores admiradores. Terremotos menores, agua que corría donde nunca antes había habido ninguna.

Annalyse dejó las hojas y miró a los otros dos, formulando ideas. Podía ver en sus expresiones tensas que la pareja ya había llegado a conclusiones.

—Los skars se han ido —comenzó Annalyse—, pero los dioses aún no han terminado con nosotros.

—¿Cómo? —preguntó Fassle.

—No puedo decirlo con seguridad, pero si tuviera que adivinar, Eujo dijo que tocó a todos cuando intentó salvarlos del desastre. Quizás les dio más que sus vidas.

—Entonces, ¿por qué no está todo el mundo explotando con estos poderes? —preguntó Kasava—. Si todos tuvieran la habilidad de un skar en sus manos...

—Tal vez la tengan —dijo Annalyse, tanteando el terreno mientras hablaba—. Pero no todos podían usar un skar. Algunos lo descubrieron, otros nunca pudieron.

—Si lo que dices es cierto —Fassle tamborileó con los dedos—, entonces todos, incluidos nosotros, podríamos ser un arma.

—O una herramienta, un hacedor de milagros —Annalyse empujó las hojas de vuelta hacia Fassle—. Cómo manejemos esto, Fassle, determinará en qué dirección irá.

Fassle asintió.

—Juntos, entonces. Como las islas siempre han hecho, forjaremos nuestros futuros como uno solo —se volvió hacia Kasava—. Reúne a los Tenets. Tenemos un nuevo mundo que construir.

———

Guiar a los muertos hacia su próxima vida nunca ha sido un trabajo fácil. Resulta que a la mayoría de los muertos no les gusta estar, bueno, muertos. Pero cuando un espíritu poderoso y enojado comienza a reunir las almas perdidas y afirma que Carver podría ser el puente de vuelta a la vida, Carver tiene que descubrir por qué antes de que los muertos lo conviertan en uno de los suyos.

Comienza una nueva aventura de fantasía con *Riven*:

AGRADECIMIENTOS

Existe la idea de que escribir es un acto solitario, pero nada podría estar más lejos de la verdad. Cada escritor depende de amigos, familia y, por supuesto, de los lectores para seguir tejiendo sus historias.

En concreto, me gustaría agradecer a mi esposa, Nicole, cuyo amor y aliento infinitos hacen que cada día sea más brillante. A mis hermanos, Jonathan, Justin y Matthew, y a mis padres, Bob y Mary, que me ayudan a mantener una sonrisa en el rostro.

Mi editora, Susanna Daniel, hizo un trabajo increíble puliendo esta historia hasta darle un brillo resplandeciente.

Y, por supuesto, a todos vosotros, lectores, que hacéis posible esta vida.

Gracias.

SOBRE EL AUTOR

A.R. Knight escribe ciencia ficción y fantasía en el gélido norte de Wisconsin. Acompañado por un par de gatos, disfruta adentrándose en aventuras que tratan tanto sobre el villano como sobre el héroe.

Después de obtener un título en periodismo y recorrer el país instalando software de atención médica, A.R. Knight pensó que sería bueno volver a lo que amaba. Así que ahora tiene una pequeña oficina y madrugadas para hilar las historias que surgen en su imaginación.

Cuando no está escribiendo, A.R. Knight tiende a viajar a cualquier lugar que pueda, ya sea a islas frente a la costa de Ecuador, a la selva tropical, a practicar snowboard en las Montañas Rocosas o a saborear un whisky en Edimburgo. Esa es la ventaja de la vida de escritor, puedes llevarla a cualquier parte.

Para contactarlo o ver en qué está trabajando, visita www.blackkeybooks.com

Para Aurora